唐宋诗词难点解读

王俊鸣 著

学苑出版社

图书在版编目（CIP）数据

唐宋诗词难点解读 / 王俊鸣著. -- 北京：学苑出版社，2019.4（2019年8月重印）
 ISBN 978-7-5077-5680-7

Ⅰ．①唐… Ⅱ．①王… Ⅲ．①唐诗－诗歌研究②宋词－诗词研究 Ⅳ．①I207.2

中国版本图书馆CIP数据核字(2019)第069004号

责任编辑：战葆红　李蕊沁
出版发行：学苑出版社
社　　址：北京市丰台区南方庄2号院1号楼
邮政编码：100079
网　　址：www.book001.com
电子信箱：xueyuanpress@163.com
销售电话：010—67601101（销售部）　67603091（总编室）
印　刷　厂：北京建宏印刷有限公司
开　　本：700×1000　1/16
印　　张：30.75
字　　数：500千字
版　　次：2019年5月第1版
印　　次：2019年8月第2次印刷
定　　价：79.00元

序

崔永元

  王俊鸣老师教我语文，当然也教作文。我是八一级，"四人帮"耽误了几年，自己耽误了几年，教育部又添乱，让我们在小学上完初一，高中只上两年半，然后高考。

  记得王老师也说"高考"，但次数不多，比我妈少50多倍。

  如果有人说，你们王老师讲课好不好？我们会说，厉害。我觉得这两个字传神，讲课的水平，评价同学的作文，回答同学的提问，议论学校的通知……这两个字够了。

  相当长一段时间，我们都战战兢兢。我主持电视节目、我出书，有时一走神儿就会想，天哪，王老师会不会看到？

  看了王老师的书稿，我顿悟。他是个文化学者，致力于对古典文学、古代文化与哲学的考据与研究。像大部分学者一样，他们不会满足于重复或放大别人的声音，不管那个声音多威严多德高望重。王老师们的研究汲取先人精华，融入自己艰苦的考证，生发出独特的个性化的视角和观点。这很像登山，没有鲜花没有掌声，为什么还要登，因为山在那里。

  "笔者在20世纪80年代就为自己的教学确定了一个基本的价值取向，就是'为了使学生更聪明'，换句话说，就是要让学生在语文的课堂上获得一点读书作文的智慧……其实，从教育的总目标说，都只是'育人'二字。

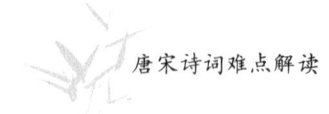

不只是语文教师,任何一科教师都得'在育人的制高点上'才能成为一个自觉的教育工作者……问题在于如何从各自学科的特点出发,从各自不同的角度、不同的方面去完成'育人'的任务。"

这是王老师一篇文章的节选,从中你可以看到一个教师的良苦用心。20世纪80年代,也就是王老师在教我们的时候,他已经开始从教书育人的高度思考一门课的作用。太难了,如何通过指定的一首诗、一篇文章、一本书让学生们明白有境界则自成高格……这么说吧,因为要高考,所以只能用指定的诗、指定的文章、指定的教材扶着学生过独木桥。在"术"之外挤一点时间和机会让学生知道一点"道",哪怕只是一个两个知道。

你可以这样看这本书:一个在地上蹲久了护雏儿的鹰忽地高飞起来,我们终于可以听到它完美的叫声……

自 序

在诗文中，什么是难点？就是不容易读明白的地方。而读书的基本要求是读明白，这就需要克服难点。在阅读中，不同文化层次人的所谓难点也会不同。本书所涉的难点，大多是从一些专家、教授常见的著作中选过来的。他们尚且没有读明白的地方，称之为难点应是名正言顺。又因其常见，影响广泛，就更有辨析的必要。克服难点，需要思辨能力；而要训练思辨能力，最佳的途径就是找一些有难点的诗文来读。——这是解题。

解题既毕，就来说说写这本书的动机。本书的宗旨就是引导读者把书读明白，着重体现思辨性阅读的过程。设想的读者对象，首先是每一个想读懂诗词的人，其次是有教育子女任务的家长，再次是语文教师，最后是那些靠讲诗词吃饭的人。

现在，有所谓国学热。有关的书籍一丛一丛地出版，许多媒体都有了传统文化的内容，做家长的大多也要求孩子学一点"国学"，高考明显增加了古诗文的分量，新编的语文教材也大大增加了古诗文的内容。但这种"热"，大多是热"表"而不及"里"，就是停留在读读背背的表面层次，停在看谁背得多的数量的层次，而没有进到文本的内里。没有从文化的角度理解它，从美学的角度欣赏它，从思维训练的角度利用它。停留在读读背背的水平，是对优秀传统文化的不恭，也是对优秀文化资源的浪费。

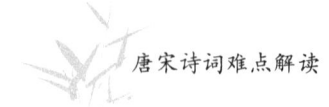

要进到"内里",基本的条件是读明白:它到底说的是什么?它想要表达的是什么?它是怎么表达的?它为什么要这样表达?这些问题弄清楚了,就算读明白了。仅仅读读背背,离读明白还远着呢。

把书读明白,不是一件容易的事。一些专家、教授的大作中经常出现的似懂非懂、解读混沌,甚至明显的错误就是明证。

于是,怎样把书读明白就成了摆在面前的大问题,每个读书的人都要面对它,每位家长、语文教师,都要面对它。可惜,有责任帮助大家解决此问题的专家、教授,至今也没有给出真正有效的方法。综合起来看,他们给出的路径就是四个字:多读多写。从"新课标"到新教材,到四处做辅导报告的专家之言,随处可见这"多"字经的影子,而"多"字经表面热闹,最后很可能使人丧失读书的乐趣与欲望,甚至使人变呆、变蠢。

鲁迅曾作《人生识字糊涂始》一文,说道:"我们先前的学古文……的方法,教师并不讲解,只要你死读,自己去记住,分析,比较去。弄得好,是终了能够有些懂,并且竟也可以写出几句来的,然而到底弄不通的也多得很。自以为通,别人也以为通了,但一看底细,还是并不怎么通,连明人小品都点不断的,又何尝少有?"为什么呢?"因为我们虽然拼命地读古文,但时间究竟是有限的","从周朝人的文章,一直读到明朝人的文章,非常驳杂,脑子给古今各种马队践踏了一通之后,弄得乱七八糟"。所以,即使"有所得"也大多是似懂非懂。今之念"多"字经者,其实还是在教人死读书,还是带来"马队"对人的大脑进行践踏。

"死读书""多读书",其实还是依靠个人的感悟。有所悟就是有所得,但终于停留在感性阶段,没有上升到自觉"思辨"的程度,所以一遇到难点,就常常露怯。

把书读明白是一种能力。我当然知道,要形成与提高阅读能力,需要一定的训练、实践的"量",但只念"多"字经究竟不是办法。古人读书,只在"语文"一科,真能读明白的尚且不多;现在的学生,所学学科既繁,社会活动又多，专门学语文的时间实在有限，不要说"多"的结果未必佳，你让他"多"，其实也很难做到。再说，倘若一个"多"字能解决问题，家长何必操心费力，学校何必开语文课，何必聘语文教师？

在几十年的教学实践与研究中，我体会到要把书读明白不能只念"多"字经，还要讲科学，要明"道"致远。这个"道"就是客观规律，包括文本自身的规律和读书人的心理规律，两个规律的结合，就是阅读学的基本内容。

任何合格的文本都是一个有机的整体。它有中心，有主旨，有情感倾向，有层次脉络，而且必有最能体现这主旨、情感与脉络的语句——指示语、概括语、情态语、过渡性语句、标题用语，等等。由此，读书时就应有整体观，就应有对关键语句的感知与把握。作为有机整体，文本内的诸种要素有一种既相互制约又相互阐释的关系，我谓之"文内诸因互解律"；而任何文本都是作者在特定情境下劳动的产物，因而文本必然与作者、与时代环境有一种联系，我谓之"文外诸因互解律"。根据这种互解律，读书时就应自觉地运用"互解法"。根据"文内诸因互解律"，就有"以文解文"之法，具体包括同义互解、对义互解、连义互解、虚实互解、宾主互解，等等；根据"文外诸因互解律"，就有以事解文、以理解文、以情解文，等等。

凡聪明者，他的思维一定遵循规律；反之就是糊涂，就是愚蠢。凡教人读书者，能训之以道，才不至于误人子弟。

进一步讲，不同体裁的文本又各有其特殊的规律。要"解"诗，就不能不对这种体裁的特殊规律有所了解，比如它的词语规律、句法规律、章法规律，等等。

就词法而言，涉及古今同形异义的现象，涉及词类的辨析（或谓"词类活用"），还涉及修辞中的借喻、借代等问题。

就句法而言，涉及的问题更多了：是主语还是状语，是宾语还是补语，音组与义组、紧缩与拆分、省略与倒装，等等。

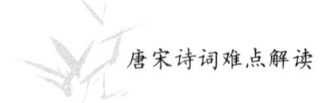

就章法而言，涉及顺承与转承、错综与跳脱、时间与空间、实写与虚写，等等。

我编写这本《唐宋诗词难点解读》，就是从揭示诗词语言的特殊规律入手，进而展示如何抓关键、看整体，如何以文解文、以事解文，等等。之所以采用"示例"这一样式，是因为单讲理论，讲者轻松，学者迷惘；而把理论付诸实践，不仅可以检验此理论的真理性，还便于学习者入其门，进而登堂入室。

要训练、提高能力，必须有适当的难度，只读一览无余的篇章是无法达到目的的。所以本书里所选的篇目都是有"难点"的。有的是大家都自以为读懂了，实际处于似懂非懂的状态，比如李白的《静夜思》《早发白帝城》，杜甫的《登高》，李煜的《虞美人》，欧阳修的《蝶恋花》，宋祁的《木兰花》，等等；有的连似懂非懂都说不上，论者干脆是误读谬说，比如杜审言的《和晋陵陆丞早春游望》，张九龄的《望月怀远》，贾岛的《题李凝幽居》，钱起的《省试湘灵鼓瑟》，贺铸的《浣溪沙》，岳飞的《满江红》，等等。至于像把周邦彦《过秦楼》词"惹破画罗轻扇"中的"破"字讲成触破、撕裂，把苏轼《念奴娇·赤壁怀古》中的"雄姿英发"讲成姿容雄伟、英气勃发之类的谬误，触目皆是。有难点，才需要分辨，所以把这叫作"思辨性阅读"。这种思辨能力，会潜移默化，使人更有理性，更聪明。

本书篇目的排序，完全是根据文本特点与阅读能力训练的需要。讲文本特点与训练解读思维，有区别又有联系。我先从文本特点入手，再讲解读思路，只是各有侧重而已。

本书各篇都附有我的"意译"。我的想法是：不但要把原作的意思表达出来，还要尽量表现它的意蕴与意趣，这无异于一次再创作。这很难，我做得并不太合格。但这是读明白的一种有效途径，而且带有了若干鉴赏的成分。在过去的教学中，我曾以此为策，效果是明显的。有真心想要传承（不是只想借此求名得利）优秀文化的读者，我劝君一试。

自序

又：书中常罗列诸家之言，意在显示读书之"难"，也为"思辨"搭建一个平台，读者察焉。

另，为便于读者阅读，本书行文中涉及的引文出处用了简称，详细出处见文后的"参考书目"。

是为序。

2018 年 3 月 6 日

目 录

引子 / 1

静夜思……李白 / 3
绝句……杜甫 / 6

词法部分 / 11

房兵曹胡马……杜甫 / 13
临江仙·夜登小阁忆洛中旧游……陈与义 / 16
送杜少府之任蜀州……王勃 / 19
使至塞上……王维 / 22
商山早行……温庭筠 / 26
月夜忆舍弟……杜甫 / 30

洞仙歌·泗州中秋作……晁补之 / 34

大酺·越调春雨……周邦彦 / 38

白雪歌送武判官归京……岑参 / 43

惜牡丹花二首（其一）……白居易 / 48

菩萨蛮·子规啼破城楼月……李师中 / 50

虞美人·春花秋月何时了……李煜 / 54

题李凝幽居……贾岛 / 59

赠阙下裴舍人……钱起 / 64

句法部分 / 67

江汉……杜甫 / 69

蝶恋花·庭院深深深几许……欧阳修 / 73

咏怀古迹五首（其三）……杜甫 / 79

芙蓉楼送辛渐……王昌龄 / 87

暗香·旧时月色……姜夔 / 91

海棠……苏轼 / 96

过香积寺……王维 / 99

秋登宣城谢朓北楼……李白 / 102

阁夜……杜甫 / 106

相见欢……李煜 / 112

浪淘沙·把酒祝东风……欧阳修 / 117

省试湘灵鼓瑟……钱起 / 121

更漏子……温庭筠 / 126

八六子……秦观 / 131

八声甘州……柳永 / 137

苏幕遮……范仲淹 / 141

在狱咏蝉……骆宾王 / 145

和晋陵陆丞早春游望……杜审言 / 149

终南山……王维 / 153

蜀先主庙……刘禹锡 / 157

摊破浣溪沙（又名《山花子》）……李璟 / 161

鹧鸪天……晏几道 / 166

登高……杜甫 / 170

春望……杜甫 / 178

望月怀远……张九龄 / 182

用前韵招蕃叟弟二首（其二）……陈傅良 / 185

晚次乐乡县……陈子昂 / 189

明妃曲二首（其二）……王安石 / 194

醉眠……唐庚 / 198

秋兴八首（其一）……杜甫 / 202

送李少府贬峡中王少府贬长沙……高适 / 207

浣溪沙……晏殊 / 211

凉州词……王翰 / 214

锦瑟……李商隐 / 218

喜见外弟又言别……李益 / 222

汉江临眺……王维 / 226

夏日三首（其一）……张耒 / 230

念奴娇·赤壁怀古……苏轼 / 233

六丑·蔷薇谢后作……周邦彦 / 239

雁门太守行……李贺 / 243

永遇乐……苏轼 / 248

枫桥夜泊……张继 / 253

章法部分 / 257

终南望余雪……祖咏 / 259

寄左省杜拾遗……岑参 / 262

旅夜书怀……杜甫 / 266

唐多令……吴文英 / 270

登楼……杜甫 / 274

蝶恋花……欧阳修 / 279

岁暮归南山……孟浩然 / 284

清平乐（春晚）……王安国 / 288

感遇十二首（其一）……张九龄 / 292

杂诗三首（其三）……沈佺期 / 295

送梓州李使君……王维 / 299

送李中丞之襄州……刘长卿 / 303

溪居……柳宗元 / 306

独不见……沈佺期 / 310

北青萝……李商隐 / 315

无题……李商隐 / 319

桂枝香……王安石 / 323

南浦……鲁逸仲 / 328

宣州谢朓楼饯别校书叔云……李白 / 332

滁州西涧……韦应物 / 337

次北固山下……王湾 / 340

点绛唇·访牟存叟南漪钓隐……周晋 / 344

行路难……李白 / 348

登柳州城楼寄漳汀封连四州刺史……柳宗元 / 354

淡黄柳……姜夔 / 358

解读方略部分 / 363

浣溪沙……吴文英 / 365

蝶恋花……晏殊 / 368

渭川田家……王维 / 373

赋得古原草送别……白居易 / 376

书边事……张乔 / 380

菩萨蛮·书江西造口壁……辛弃疾 / 383

剑门道中遇微雨……陆游 / 387

营州歌……高适 / 391

青溪……王维 / 394

下终南山过斛斯山人宿置酒……李白 / 398

声声慢……李清照 / 402

醉花阴……李清照 / 407

早发白帝城（又题为《下江陵》）……李白 / 412

黄鹤楼……崔颢 / 417

满江红……岳飞 / 423

浣溪沙……贺铸 / 429

寻诗两绝句……陈与义 / 433

六幺令……晏几道 / 436

遣悲怀三首（其一）……元稹 / 441

闺怨……王昌龄 / 445

江南逢李龟年……杜甫 / 448

滕王阁诗……王勃 / 451

玉楼春……宋祁 / 455

定风波……苏轼 / 462

参考书目 / 471

引子

引子

静夜思

李白

床前明月光,疑是地上霜。
举头望明月,低头思故乡。

李白的这首《静夜思》,在中国,大凡读过几天书的,甚至根本不识字的,差不多都能背诵。这当然是好事。不过,在幼儿园只管背诵,到初中还只会背诵,以至读完高中、大学,到了成年,还停留在只会背诵的阶段,就未必是好事了。不停留在背诵阶段,那要怎么样呢?要理解——解读,要在解读的基础上享受一点艺术的美感——赏读。怎么样才算解读了呢?不妨用下面两个问题检测一下:

一、诗中所说的"床"到底是什么东西?睡床?井栏?马扎?如果是睡床,他怎么能"举头望明月"呢?如果是井栏或马扎之类,那说明诗人始终是处在月光之下,又怎么会有"疑是地上霜"的心理过程呢?

二、诗人只说"举头望明月",那他这时"思故乡"了吗?他为什么要"低头"?是因为举头太久脖子累了吗?

你如果能很好地回答上述问题,说明你是真的读懂了,理解了。由此你就可以赏读:进入诗人的情感世界,体会诗词语言的技巧、境界的优美,等等。你如果不能回答,只是觉得朗朗上口,还能联想到月亮之类,虽说也是一种美感,毕竟与文学鉴赏不是一回事,有时不过是胡思乱想而已。

在诸位有所思考之后,我来做一点说明。

第一个问题:卧室的床前怎么可能下霜呢?诗人既在"床前",卧床应在室内,又如何能"举头"望月呢?

有人设法把诗人的立足点移到室外,其办法就是说"床"不是卧床,而是"井床"——水井四周的栏杆。金用先生对此"床"字的解释就是"卧床，古义又作'井栏'"，并肯定此处"床前"指"井栏前"。论中取此说者不乏其人。彭漪涟先生也说："诗人正是站在院子里，看到井旁的月光，才怀疑是地上下了霜。"马未都先生在央视《百家讲坛》讲座时，说"床"应为"胡床"，即口语的"马扎"。其用意当然还是要把诗人移到室外，而不能让他在室内。

这样似乎解决了问题。但马上就会引出另一个问题：诗人既在室外，那就意味着不管坐在马扎上也好，站在井栏之前也好，他始终是在"月光"之下的。既如此，无论月光的初现，还是月光的变化，都应该在他的视觉之内，那又怎么会有"疑是地上霜"的错觉呢？这种"疑是"的心理，只有恍惚之间才会发生。诗人居于客馆，深秋夜际，寒气侵人，梦醒后恍惚间见到床前月光，遂有"地上霜"之"疑"。诗人说"疑是"，只是一种心理活动，并非说室内真的下了霜。所以，诗人的立足点还应是在室内。

那么，既在室内，何以一举头就可"望明月"呢？又有人在"室"字上设想，拿莫高窟壁画描绘的"宫廷深院"说事，说那里的"厅堂房舍，或前楹开敞，或三面高悬半卷或低垂的帘幕"云云，意思是在这样的"室内"，也许"举头望明月"就没什么困难了。但，诗人所居乃是客舍，绝不会"前楹开敞"，更不会有什么"帘幕"低垂。

其实，问题并不难解决。诗人旅居客馆，夜寒而醒，恍惚间"疑"月为霜。但这"疑"只是瞬间之事，随即清醒，披衣出户，举头望月，徘徊思乡。——这只是个时空变换的问题。

第二个问题：诗人在望月时"思故乡"了吗？他为什么要"低头"呢？看看名家怎么说——马茂元："凝望着月亮，也最容易使人产生遐想，想到故乡的一切，想到家里的亲人。想着，想着，头渐渐地低了下去，完全浸入于沉思之中。"[1] 张碧波、邹尊兴："'举头望''低头思'，诗正是在这俯仰

---

[1] 萧涤非等：《唐诗鉴赏辞典》，上海辞书出版社1983年版。后文引用将简称"上海唐诗典"。

低回、曲折回环的动态的形象描写中,揭示出诗人在仕宦失意之后的思念故乡、怀念亲人的种种复杂心绪。"

依马先生的说法,"低头"是因为"完全浸入于沉思之中"——"举头"影响"沉思"吗?而"沉思"时与"月"还有关系吗?依张、邹二位的说法,诗人竟是一会儿"举头"一会儿"低头","俯仰低回、曲折回环"的。这"举头"与"低头"之间是怎样的心理变化,不得而知。

"望月"而"思乡",是中国传统文化的共有信息,"月"作为一个意象,在汉语中已成为"故乡"的代码。而且这一联诗上下"互解":下句的"思故乡"管着上句,上句的"望明月"管着下句:举头望月时是在"思故乡",低头"思故乡"时心中依然有那一轮明月在。为什么要"低头"?绝不是生理原因,也不是下意识的动作,而是体现了一个复杂的心理过程。举头望月,愈望而乡情愈重,愈重而心愈苦,于是想解脱,想忘却;"低头"就是为了解脱,为了忘却。然而,头是低了,那一轮明月却依然在心头,思乡之情依然浓烈。看到这一层,才能真正理解这首小诗的内涵和境界。

意译:
孤眠旅舍夜茫茫,
梦回千里畏寒凉。
床前忽疑霜满地,
却是多情明月光。
索性披衣到屋外,
举头望月思故乡。
望明月,思故乡,
越思越望越惆怅。
望月不堪思乡苦,
低头明月照心房。

绝句

杜甫

两个黄鹂鸣翠柳,一行白鹭上青天。
窗含西岭千秋雪,门泊东吴万里船。

这也是最为人熟知的诗篇之一。请参阅下面所提供的各种资料,对诸家赏析加以辨析,看看能否对此诗有些不同的理解。

1.西方的语言学、符号学认为任何语言、任何词语都是一个符号,这个符号如果在一个国家、民族里使用了很长的时间,它就在文化的、历史的背景之中形成了一个符码、一个记号,这个记号带着很多的历史文化的背景,所以这样的符号就成为一个文化的符码(cultural code)。(叶说诗)

2.古今名家对此诗的解读:

明王嗣奭:"窗对西山,古雪相映,对之不厌,此与挂笏看爽气者同趣;门泊吴船,即公诗'平生江海心,宿昔具扁舟'是也。公盖尝思吴,今安则可居,乱则可去,去亦不恶,何适如之!"

清浦起龙:"'西岭'多故,而'东吴'可游,其亦可远举乎!盖去蜀乃公素志,而安蜀则严公本职也。蜀安则身安,作者有深望焉。上兴下赋,意本一串,注家以四景释之,浅矣。"

萧涤非:"全诗四句皆对,一句一景,似各不相干,其实是一个整体,因为具有统一的喜悦情调。"

周啸天:"全诗看起来是一句一景,是四幅独立的图景。而一以贯之,使其构成一个统一意境的,正是诗人的内在情感。一开始表现出草堂的春色,诗人的情绪是陶然的,而随着视线的游移、景物的转换,江船的出现,便触动了他的乡情。四句景语就完整表现了诗人这种复杂细致的内心思想

活动。"(上海唐诗典)

张燕瑾:"这首绝句通过景物描写,表现了杜甫对无限春光的由衷喜悦,从而反映了他闲适的生活和开朗的胸怀,同时也流露出对去蜀游吴的向往。"

韩兆琦:"作品描写了成都春日的山川形势、景物风光,隐约地抒发了一种思乡之情。"

3.具体写作背景:此诗作于成都。草堂,杜甫因避乱曾离开多时,再回来时已破败不堪,只是做了简单的修补姑且居住。诗人写有一首《水槛》诗,告诉了我们当时的情形:

苍江多风飙,云雨昼夜飞。茅轩驾巨浪,焉得不低垂。

游子久在外,门户无人持。高岸尚如谷,何伤浮柱欹。

扶颠有劝诫,恐贻识者嗤。既殊大厦倾,可以一木支。

临川视万里,何必阑槛为。人生感故物,慷慨有余悲。

4."西山(雪)"和"(万里)船"在读诗中可谓之"语码",杜诗中多次用到:

(1)"万里桥"在成都市城南锦江上,是古时乘舟东航起程的地方。三国时蜀国的费祎出使东吴,诸葛亮于此饯行。费祎感叹说:"万里之行,始于此桥。"桥由是得名。

(2)杜甫门前确有一只船,不过是一只"破船"。杜甫《破船》诗:

平生江海心,宿昔具扁舟。……船舷不重扣,埋没已经秋。

仰看西飞翼,下愧东逝流。……

(3)"西岭"(又称"西山""雪岭"等),在杜甫那时的诗系里是一个语码。在杜甫那时的诗里,"西岭"总是和边防、寇盗(吐蕃侵扰)甚至灾难相联系的。请看他的《西山三首》录其二(原注:即岷山,捍阻羌夷,全蜀巨障):

彝界荒山顶,蕃州积雪边。筑城依白帝,转粟上青天。

蜀将分旗鼓,羌兵助井泉。西戎背和好,杀气日相缠。

辛苦三城戍,长防万里秋。烟尘侵火井,雨雪闭松州。

风动将军幕,天寒使者裘。漫山贼营垒,回首得无忧。

(4)杜甫《光禄坂行》诗:

山行落日下绝壁,西望千山万山赤。
树枝有鸟乱鸣时,瞑色无人独归客。
马惊不忧深谷坠,草动只怕长弓射。
安得更似开元中,道路即今多拥隔。

上述诸家,大同小异,都说诗人写的是可人之景,抒的是怡悦之情,甚至还说是什么"闲适的生活和开朗的胸怀"。多家都肯定诗中有"思乡之情",可又说这"思乡之情"仅与"江船"一句有关,至于它与全诗怎么是"统一"的,全不予理会。只有浦起龙指出"上兴下赋,意本一串",甚得诗人之心;而他又说"注家以四景释之,浅矣"。其实,注家之"浅",并非仅表现在"以四景释之"。根据上述资料,我们知道此诗写于避难归来茅屋毁损的境遇:茅轩低垂了,浮柱倾斜了,水槛也被水冲走了……把倾斜的茅舍找根木头支一支,水槛吗,就算啦!诗人的心情当然不会愉悦,更不会"闲适",而是"人生感故物,慷慨有余悲"。身居简陋复修的茅屋,面对黄鹂白鹭,引发的不仅是羡慕,更会是心酸苦楚。所以,对黄鹂白鹭的描写,只是铺垫,只是与自己的遭遇、处境对比。那西岭的"千秋雪",在诗人心目中绝不是什么悦目的美景,而只是刺目的寒光、透骨的寒气。那是强敌威胁之光,是大唐危难之气。"含"者,西山的寒光冷气仿佛聚拢而投入到诗人的小窗中来,一种强烈的刺激,那是想挡也挡不住的。"门泊东吴万里船",不是一般地写"思乡之情",更多的是表达欲归不能的忧戚。困守蜀中,日思东归,但天下扰攘,道路"拥隔",既是国难,也是家愁,国难、家愁交织在一起,萦绕心头,这才是这首诗的内涵。

意译:

在那青翠的柳荫深处,

引子

有双黄鹂正欢快地对唱。
在那蔚蓝天空的背景上,
一行白鹭正自在地飞翔。
从草堂的小窗望去,
这是多么祥和的景象。
然而,黄鹂与白鹭,
挡不住西山千年的雪光。
(我知道,就在雪山的那边,
有寇盗觊觎着我的大唐。
连那神圣的京都长安,
也曾变成他们肆虐的杀场。)
天下纷争,道路扰攘,
何时才能回到我久别的故乡?
门前泊着的那一只孤舟,
徒然引发我万里东下的惆怅。
让我变成一只白鹭吧,
让我生出凌云的翅膀!

词法部分

房兵曹胡马①

杜甫

胡马大宛②名，锋棱③瘦骨成。
竹批双耳峻，④风入四蹄轻。
所向无空阔⑤，真堪托死生。⑥
骁腾⑦有如此，万里可横行。

注释：

①兵曹：即兵曹参军，唐代官名，辅佐府的长官管理军事。胡马：古代泛称北方边地与西域的民族为胡，胡马即产于该地区的马。

②大宛（yuān）：西域国名，以产良马著称。

③锋棱（léng）：骨头棱起，好似刀锋。形容骏马骨骼劲挺。

④批：割，削。竹批：马的双耳像斜削的竹筒一样竖立着。古人认为这是千里马的标志。

⑤无空阔：意指任何地方都能奔腾而过。

⑥真堪：真可以。托死生：把生命都交付给它。

⑦骁（xiāo）腾：勇猛快捷。

在实际的阅读中，从来没有见过的"陌生"词语，书册上一般会有注解；即使没有，我们也会查一查，所以倒不大容易误解。最容易误解的，是那些我们"习见"但意义却实在"陌生"的词语。"词熟而义生"，阅读时以今例古，就不免陷入误区。翻一翻各种诗词选本或者"鉴赏辞典"之类，这样的错误随处可见，所以应该特别加以注意。

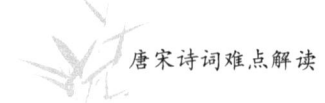

下面是网上流传的一种译文：

房兵曹的马是著名的大宛马。瘦骨棱棱，好比刀锋。两耳尖锐，如同削竹。四蹄轻快，犹如劲风。所向之地，空阔广漠。不怕险阻，可托生死。有如此健壮、如此奔腾快捷的良马，足可横行万里之外。

这首诗的尾联为全诗的主旨句：一方面向房兵曹示以祝贺之意，另一方面也表达了自己的内心愿望，一种追求——假如自己也能有此宝马（不是以马自喻），岂不是也就能纵横驰骋、建功立业了吗？当然，这里的"宝马"，是一种比喻的说法，实指一种"凭借"，一种"条件"，就像"给我一个支点就可以撬动地球"，就像大鹏鸟"水击三千里，抟扶摇而上者九万里"。倘若没有这样的"支点"，倘若"风之积也不厚"，那么地球就撬不起来，鹏鸟就飞不起来了。杜甫所期望的"支点"或者"风"，大概就是他终生渴望的一种可以施展才能与抱负的官职与地位。可惜，诗人终生不遇，赍志而殁。

上面所引的翻译和注释，大体是不错的。但要认真一些，就会发现许多需要研究的地方。

这里就说"熟词生义"现象。首联的"名""成"是什么意思？与此相关的句法结构又如何？就其意义结构说，应该这样断句："胡马大宛//名，锋棱瘦骨//成。""名"是形容词，著名，有名。全句是说：这是一匹产自大宛的胡马，名气很大。这是从产地、血统写马的不同寻常。"成"：与上句"名"字相对，也是形容词，义为"善"（美好，完美）。全句是说：此马骨棱突出如刀锋，没有赘肉，形体非常完美。这是从整体形象上写其神骏可爱。对比一下就可以看出，上面的译文与诗句的原意都有些距离，特别是"成"字，都有意无意地回避了。再说"风入四蹄轻"。这一联的意义结构是这样的："竹批//双耳峻，风入//四蹄轻。"（不是"竹批双耳""风入四蹄"）都是倒装比喻句：双耳之"峻"如"竹批"——像用刀削成的竹筒一样锐利劲挺。这也是良马的一个特征。这是以双耳写其"神"。四蹄之"轻"如"风入"。"入"，义为"至"，或"往"——马的四蹄之轻，奔跑起来就像一阵风吹过一样。这是以四蹄写其"才"。"四蹄轻快,犹如劲风"八个字倒还提得起精神;相比之下,"脚下生风"之类的解释就显得含糊了。

意译:
你的这匹胡马,产自大宛,非常有名。
看它体型完美,没有赘肉,骨棱如锋。
它的双耳,像用刀削成的竹筒一样锐利劲挺;
它的四蹄,奔跑起来轻快得就像一阵疾风。
凡主人之所向,它眼里没有任何艰难险阻,
这样的宝马,完全可以托付自己的死生。
羡慕你有这样骁勇奔腾的好马,
你凭着它真可以纵横驰骋,建立功名。

临江仙·夜登小阁忆洛中旧游

陈与义

忆昔午桥①桥上饮,坐中多是豪英。长沟流月去无声。杏花疏影里,吹笛到天明。

二十余年如一梦,此身虽在堪惊②。闲登小阁看新晴③。古今多少事,渔唱④起三更。

注释:

①午桥:在洛阳城南。据《新唐书·裴度传》载,裴度曾建别墅于午桥,号绿野堂,用作与白居易、刘禹锡等人的宴饮吟唱之所。

②堪惊:足以惊心动魄。

③新晴:指雨后初晴时的月色。

④渔唱:渔歌。

陈与义,字去非,号简斋,北宋末、南宋初年的杰出诗人。这是一首抚今追昔、伤时感世之作。上片以"忆昔"二字领起,展现一幅当年酣饮欢乐的生活画面:座中英才豪气冲天,桥下流水默默流淌,座旁杏花香飘四野,空中明月光辉朗照,而彻夜竞吹的笛声更给这次的群英会增添了一缕悠远的余韵。下片折回现实,对靖康之变所造成的旧交零落、盛会难再的局面深致慨叹。廿年如一梦,梦后自心惊:此身虽在,而已地覆天翻,想一想真是惊心动魄。雨后初晴,乘月登楼,又听到渔夫伤悼古今的歌唱,更是令人叹惋,令人深思:王朝何以兴衰?人生何以忧乐?一首小词,既有现实的心跳,又有历史的厚重,难能可贵。

诗中"午桥桥上"几个字太普通、太熟悉了,但理解起来却有麻烦。

且看诸家的解读：

中国社科院文研所[1]："午桥：桥名，在洛阳城南。"

葛晓音："午桥是庄名，在洛阳南十里。中唐宰相裴度在午桥庄建别墅，和白居易、刘禹锡诗酒唱和。"

胡云翼："午桥：《大清一统志·河南府》：'午桥庄在洛阳县南十里。'"

艾治平："聚饮的地方是在'午桥'……桥下的水悄悄地流着。"（燕山典）

李之亮："回忆起昔日在洛阳午桥上的痛饮，座客大多是豪杰英雄。"

蔡义江："想当年在午桥的桥上喝酒，在座的大多是豪杰英才。"

这"午桥"到底是"桥"还是"庄"？有说是"桥"的，有说是"庄"的。说是"庄"的，都不理会"桥上"二字，让读者莫名其妙。再说具体的聚饮所在，有的就以加引号的"桥上"二字含糊过去，但看接下来的"桥下"云云，似乎还是把聚饮地放在"桥上"的。有的就明明白白地说是在"午桥的桥上"了。这就违背了常识。"桥"是干什么的？确切地说，它是跨越河流、山谷、障碍物或其他交通线而修建的架空通道。"通道"，是供人们通行的，你怎么可以在那里聚饮通宵？而且下文还说到"杏花疏影里"，桥面上怎么可能还种有杏花？这里的问题就出在一个"上"字。现在说"桥上"，自然是说"桥面上"；但这个"上"不是古人那个"上"。本词里的这个"上"，是方位词，是边、畔的意思。"上"的这个义项用得十分广泛。如《诗·鄘风·桑中》："送我乎淇之上矣。"《论语·述而》："子在川上曰：逝者如斯夫，不舍昼夜！"《汉书·苏武传》："乃徙武北海上无人处，使牧羝，羝乳乃得归。"所谓"午桥桥上"不过是说"在午桥之畔"，这"之畔"大概就在裴度别墅的范围之内吧。

与陈与义同时代的晁冲之也有一首《临江仙》，开头两句是："忆昔西池池上饮，年年多少欢娱。"有鉴赏者说："忆昔"二句追怀西池欢娱，写当

---

[1] 中国社会科学院文学研究所编：《唐宋词选》，人民文学出版社2007年版。为便于读者阅读，引用时简称"中国社科院文研所"。

年词人与故友在金明池"池上"宴饮欢娱的情景。北京燕山出版社《宋词鉴赏辞典》载张厚余先生的鉴赏文章更发挥说："此处作者有意识地将'池'加以重叠，使人对'池'产生了加倍的印象：不是在池边、池畔，而是在波光潋滟的池水之上，这样就使得对饮宴的想象更令人神往倾倒了。""西池"，有人认为是汴京西的金明池，有人认为是泛指，说"东池""西池"，只是说某处的园林池水而已。金明池是宋代皇家园林，只是每年的三月初一至四月初八开放，允许百姓进入游览。只是"游览"而已，岂容百姓"池水之上饮"而且"年年"？问题还是出在一个"上"字。其所谓"池上饮"就是"池畔饮"，张先生的一片"神往"实在是落空的。

意译：

忆往昔，多豪情，
红颜绿鬓享太平。
午桥之侧明月下，
群英聚会尽千盅。
杏花盛开摇月影，
桥下流水默无声。
歌吟尽唱干云志，
短笛嘹亮到天明。
到如今，苦伶仃，
独上小阁赏新晴。
区区念载如一梦，
地覆天翻自心惊。
三更时分传渔唱，
千载兴亡寂寞听。

送杜少府之任蜀州①

王勃

城阙辅②三秦,风烟望五津③。
与君离别意,同是宦游人④。
海内存知己,天涯若比邻。⑤
无为在歧路,⑥儿女共沾巾⑦。

注释:

①少府:唐时对县尉的称呼,是县政府中的重要官员。之任:到……去任职。蜀州:今四川崇州。又作"蜀川",泛指蜀地。
②城阙:指唐代都城长安。辅:护卫。
③五津:四川境内沿江的五个渡口。
④宦(huàn)游人:出外做官的人。
⑤天涯:天边,这里比喻极远的地方。比邻:并邻,近邻。
⑥无为:无须、不必。歧(qí)路:岔路。古人送行常在大路分岔处告别。
⑦沾巾:泪水沾湿衣服和腰带。意思是挥泪告别。

王勃,唐代诗人,与杨炯、卢照邻、骆宾王齐名,世称"初唐四杰",而王勃居"初唐四杰"之首。

这是一首著名的送别之作,诗意是慰勉朋友勿在离别之时悲伤落泪。首句写送别之地,二句点友人"之任"之所,紧扣题意而境界阔大。颔联承上写慰藉:我和你都是远离故土、宦游他乡的人,漂泊异乡是我们的命定,离别更是常事,你的心情我是完全了解的,又何必伤感呢?颈联一转,写出了脍炙人口的千古名句:设想别后,只要我们声息相通,即使远隔天涯,

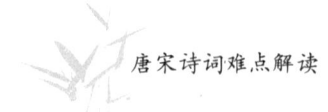

也犹如近在咫尺。这不仅扫荡了离愁别绪，安慰和鼓舞了朋友，也道出了一个哲理：真正的友谊是可以超越时空的，是禁得住考验的。尾联是"合"：综上所言，落到不要伤心落泪的节点。"无为在歧路，儿女共沾巾！"杜少府闻听此言，或许会粲然一笑吧。

需要讨论的是此诗的第一联。

上句是"城阙辅于三秦"之省。"城阙"：代指京城长安。"辅"：护卫，夹辅。"三秦"：今陕西关中地区，古为秦地，秦末项羽曾把这一带地区分为三个侯国，所以后世称它三秦。这一句写送别之地，长安城被辽阔的三秦之地所"辅"（护卫）。写地域之广，反衬出人之渺小；状京城之大，反见得不见容之可悲。下句则是"风烟望于五津"之省。"风烟"：随风飘动的雾霭。"望"：满，弥漫。"五津"：指岷江的五大渡口白华津、万里津、江首津、涉头津、江南津，这里泛指入蜀之途。这一句写杜少府即将宦游之地。风烟弥漫在五津，即杜少府即将赴任的地方被茫茫烟雾所笼罩，迷蒙一片。写风烟弥漫，不仅见得路途遥远，还隐喻着前途之迷茫与心绪之怅惘。

上面是我们的解读。请看几个名家的说法：

聂文郁："长安周围是过去三秦的地方，从这里看，在浩渺的尘烟的那边就是岷江流域。这里已暗暗指出杜少府要由长安出发而去蜀州就任。"

霍松林："首联……'风烟''望'，又把相隔千里的秦、蜀两地连在一起。自长安遥望蜀川，视线为迷蒙的风烟所遮，微露伤别之意，已摄下文'离别''天涯'之魂。"（上海唐诗典）

张碧波、邹尊兴译："三秦地带辅佐着长安京城，遥望蜀川但只见一片烟云。"

论者几无例外，把"风烟望五津"一句中的"望"字解读为"远看""遥望"，而这有悖于"文理"。既是"看""望"，那主语就只能是人。但是这句五个字中找不出"人"的存在，讲成"远看""遥望"没有根据。对于"城阙辅三秦"一句，大家都自觉不自觉地解读为"雄伟的长安被三秦所拱卫"

的意思（说"三秦地带辅佐着长安京城"，可以视为灵活的翻译，但把"三秦"移作主语，削弱了原诗突出"城阙"的意味），这实际上是把"三秦"看作补语。这一联是对偶句，对偶句一般具有相同的结构。"三秦"既是补语，"五津"也可看作补语。所以我认为两个句子都是省略了"于"字。第一句的"于"表"被"，第二句的"于"表"在"。这一句，直译过来就是：风烟弥漫在五津。这样才能"文理"顺畅。

把"望"讲成"弥漫"是有语义学根据的。《中华大字典》："望：茫也，远视茫茫也。"又："茫茫，盛貌。"《汉语大字典》："望：满。"《庄子·德充符》："无君人之位以济乎人之死，无聚禄以望人之腹。"（没有居于统治者的地位而拯救他人于迫近败亡的境地，也没有聚敛大量的财物使人吃饱肚子。）"望人之腹"就是满人之腹。满，茫，盛，这些义项用以形容"风烟"，引申为"弥漫"之类，我想不会太牵强吧。

读古诗文最忌望文生义，以今例古，这就要做一点训诂的工作。

意译：
辽阔的三秦大地拱卫着长安，
你与我不过是垫脚的城砖。
命运把你抛向遥远的蜀州，
途路上弥漫着恼人的风烟。
你我都是离乡背井谋斗禄，
今日东明日西早已成习惯。
不要发愁人间无知己，
天涯两分自有心相连。
别学哭哭啼啼儿女样，
上路吧朋友，一路平安！

使至塞上①

王维

单车欲问边,②属国过居延。③
征蓬④出汉塞,归雁入胡天。⑤
大漠孤烟直,⑥长河⑦落日圆。
萧关逢候骑,⑧都护在燕然。⑨

注释:

①使至塞上:奉命出使边塞。使:出使。

②单车:一辆车,车辆少,这里形容轻车简从。问边:到边塞去宣慰将士,察访军情。

③属国:指少数民族附属于朝廷而存其国号者。居延:是当时的属国,属凉州张掖郡。

④征蓬:随风飘飞的蓬草,此处为诗人自喻。

⑤归雁:雁是候鸟,春天北飞,秋天南行,这里是指大雁北飞。胡天:指北方少数民族居住的地方。

⑥大漠:大沙漠,此处大约是指凉州之北的沙漠。"孤烟"有二解:一云古代边防报警时燃狼粪,"其烟直而聚,虽风吹之不散"。二云塞外多旋风,"袅烟沙而直上"。据后人有到甘肃、新疆实地考察证实,确有旋风如"孤烟直上"。

⑦长河:指黄河。

⑧萧关:古关名,又名陇山关,故址在今宁夏固原东南。候骑:负责侦察、通信的骑兵。

⑨都护:当时边疆重镇都护府的长官,诗中指前方将领、河西节度使。

燕然：燕然山，即今蒙古国杭爱山。这里并非实指，只是说河西军得胜，都护还在前线，没有回府。

　　王维，字摩诘，官至尚书右丞，世称王右丞，其山水诗、边塞诗都有传世之作。开元二十五年（737）河西节度副大使崔希逸战胜吐蕃，唐玄宗命王维以监察御史的身份到凉州边塞宣慰将士，察访军情。此诗即记述这次出使途中的所见所感。

　　这是一首"纪实"的诗，记录诗人奉使劳军的情事。首联交代"使命"：要单车独骑到遥远的凉州去劳军、任职。在平平的叙事中隐露着失意之情。颔联接着写"行程"：如"征蓬"，似"归雁"，话语间仍含有身世之感。颈联写"至塞上"，诗人初至，被眼前的景象震撼了："大漠孤烟直，长河落日圆。"无尽的荒漠，浑圆的落日，沙烟直起，黄河流淌，雄浑而又不免单调，壮阔而又不免落寞。这是纪实，写出了塞上独有的景象；这更是抒情，把诗人复杂的内心感受表达了出来。因此它成了历代读者广为传诵的名句。曹雪芹在《红楼梦》中，写香菱谈到这一联时说："想来烟如何直？日自然是圆的，这'直'字似无理，'圆'字似太俗，合上书一想，倒像是见了这景的，要说再找两个字换这两个，竟再也找不出来。"尾联是继续前行，到达萧关，遇到了从前方骑马回来的侦察兵，得到都护尚在前线的消息，说是前线打了大胜仗，将军们还在"燕然"山上刻石纪功呢。至此，就把"使至塞上"的题目写尽了。至于如何到达都护府，如何劳军，那就是题外的事了，而且读者完全可以想象得之。假如真的把劳军的事也写一番，恐怕反而累赘了。

　　本诗的难点在"属国过居延"一句，而关键在一个"过"字。

　　首先是"属国"一词的含义。有论者解读为"典属国"的省略。其说之谬，陈增杰先生辨之甚详。

　　其次是"居延"的所在。林庚、冯沅君先生的解读是："是说边塞的辽阔，附属国直到居延以外。"陈增杰先生也认为居延在更远的西方，诗人不可能经过那里，所以赞成林、冯的意见。这样的解读，"过"字的含义就只能是"经过"。那么这次的出使究竟要到哪里去呢？泛泛地讲"边塞的辽阔"，有点莫名其妙。其实，居延就是指诗人所要去的地方。《后汉书·郡国志》："凉州有张掖、居延属国。""属国"在东汉是州下的行政区名。诗人要去的地方是凉州（都护府），而居延是凉州的"属国"。以"居延"代指"凉州"，是常见的借代修辞。

朱东润先生说"属国"句是"'过居延属国'的倒文"，但也没有讲到"过"字的含义，以致论者把它解作"经过"。《汉语大词典》："过：前往，到达。"例句：（汉）张仲景《金匮要略·肺痿肺痈咳嗽上气病》："热之所过，血为之凝滞。"韩愈《过襄城》诗："郾城辞罢过襄城，颍水嵩山刮眼明。""属国过居延"就是"到属国居延（凉州）那里去"，问题并不复杂。

还可以顺带说几个跟"过"有关的句子。

西鄙人《哥舒歌》："北斗七星高，哥舒夜带刀。至今窥胡马，不敢过临洮。"

李白《永王东巡歌》："春风试暖昭阳殿，明月还过鳷鹊楼。"

岑参《轮台歌奉送封大夫出师西征》："羽书昨夜过渠黎，单于已在金山西。"

欧阳修《蝶恋花》："泪眼问花花不语，乱红飞过秋千去。"

黄庭坚《清平乐》：（黄鹂）"百啭无人能解，因风飞过蔷薇。"

上述诸句中的"过"字大多被解为"经过"，其实都是"往、到"的意思。

意译：

奉命出使到边关，

轻车简从去居延。

恰如随风飘蓬草，

又似鸿雁归胡天。
塞上沙漠平无际，
风卷黄沙起孤烟。
黄河无语东海去，
一轮红日贴地圆。
萧关路遇侦察兵，
报告都护在燕然。
河西我军新得胜，
刻石纪功青史传。

商山早行①

温庭筠

晨起动征铎②,客行悲③故乡。
鸡声茅店月,人迹板桥霜。
槲叶④落山路,枳花明驿墙。⑤
因思杜陵梦,⑥凫雁满回塘。⑦

注释:

①商山:又名尚阪、楚山,在今陕西商洛市东南山阳县与丹凤县辖区交汇处。早行:清晨赶路。

②征铎:远行马车或牲口所挂的响铃。这里代指远行时役使的牲口。

③悲:思念。《汉书·高祖本纪》:"游子悲故乡。"

④槲(hú):陕西山阳县盛长的一种落叶乔木。叶子在冬天虽枯而不落,春天树枝发芽时才落。每逢端午用这种树叶包出的槲叶粽也成为当地特色。

⑤枳(zhǐ):也叫"臭橘",一种落叶灌木或小乔木。春天开白花,果实似橘而略小,酸不可吃,可用作中药。驿(yì)墙:驿站的墙壁。驿:古时候递送公文的人或来往官员暂住、换马的处所。

⑥杜陵:地名,在长安城南(今陕西西安东南)。温庭筠定居地距杜陵不远,他视杜陵为故乡,常自称"杜陵游客"。梦:湖泽,即指下句的"回塘"。

⑦凫(fú)雁:凫,野鸭;雁,一种候鸟,春往北飞,秋往南飞。回塘:岸边曲折的池塘。

温庭筠,字飞卿,晚唐时期诗人、词人。唐初宰相温彦博之后裔,出生于没落贵族家庭,富有天赋,文思敏捷,每入试,押官韵,八叉手而成八韵,有"温八叉"之称。但多次考进士均落榜,一生很不得志,行为放浪。这首诗,大概是写于唐懿宗咸通元年(860)春天从长安去襄阳时。当时他已是近五十岁了。

本诗抒写羁旅乡愁,也隐含着仕途失意的苦涩。

首联从"晨起"入手,突出一个"早"字。早起赶路,自然辛苦,但为了前途、生计,知天命之人又不得不如此,苦涩之情已隐含其中。次句更直接点明"悲故乡"之意。"客行",则离家乡日远,离家乡愈远,则乡情愈重。思乡而又不得不背乡远去,这是何等的矛盾,这种矛盾带给诗人的自然是更深一层的苦涩。

颔联描写初一上路时的情景。茅店,不仅交代鸡鸣之地,还补出诗人夜宿之所。在残月之光的映照下,踏着板桥上的清霜,听着凌晨的鸡鸣,凄寒,孤独,是回想茅店中那有限的温暖?是瞻顾前路上意外的艰辛?诗人不禁回首一望,那座荒山野店已然留在身后。但作为生命中的一个时点,一个场景,作为情感中的一个结,将永远留在诗人的心中。

继续前行,晨光漫起,眼前的景物也渐渐清晰。阔大的槲树叶落满山路,告诉诗人春天来了,而在路经一座驿站时,更发现驿墙外枳花开得十分灿烂。这驿站离那茅店也许并不甚远,然而,驿站乃官家之地,诗人以布衣之身只能与贩夫走卒一起屈居茅店。难道那枳花也偏爱官家吗?诗人或许觉得自己与官场的距离愈加遥远吧,于是有了尾联之"思":

在此春回大地之际,野鸭、大雁,都该纷纷北归了,家乡的池塘里该满是它们嬉游聚戏的身影了。而自己呢,还要继续前行,继续朝着背离家乡的方向前行。羁旅乡愁,仕途苦涩,真是无穷无尽啊。这时的"思杜陵",并非简单地与开头的"悲故乡"相照应,它有了新的开拓,有了更丰富的内涵。

这是温氏名篇,而论者所激赏者多在"鸡声""人迹"一联,以为只用名词(就是"名词句")而意象俱足。(明李东阳、霍松林等)更有论者直

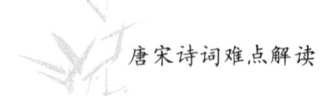

接指斥本诗前后"不称",章法混乱。(清顾安、屈复等)

我以为,"鸡声"一联,未必是名词句,"声""迹"做动词,在各工具书中都列有专门的义项。而把它看成主谓句也未必就比名词句逊色。所谓名词句,即不用"闲字",省去表明词间关系的词语,腾出笔墨多写实体意象,自然可以使句子的内容更充实。这种句法并不鲜见,比如"云里帝城双凤阙,雨中春树万人家"(王维《奉和圣制从蓬莱向兴庆阁道中留春雨中春望之作应制》),"西山白雪三城戍,南浦清江万里桥"(杜甫《野望》),"雨中黄叶树,灯下白头人"(司空曙《喜外弟卢纶见宿》),"绿蚁新醅酒,红泥小火炉"(白居易《问刘十九》),"昨夜星辰昨夜风,画楼西畔桂堂东"(李商隐《无题》),等等。但把"声""迹"看作名词,在这里并不比把它们看作动词更丰富,反不如看作动词来得生动。

颔联写初上路时的见闻,颈联写另一种路景。写槲叶之落,不仅突出了商山地域特色,也明示着春天的来临,为凫雁满堂做铺垫;而写驿墙之花,更是别有深意。在这里,诗人是把驿站与茅店对比着来写的:一个才高气盛之人,竟没有住进驿站的资格,只能屈身于茅店之中,其中的失落之苦,不平之气,远远超出颔联。所以绝不是"与七八全无关照,又复三四"(屈复)。

论者多把尾联之"梦"解释为"补出"夜间在茅店里的思家之梦(林庚、韩兆琦、霍松林等)。如果真是这样,那么"'因思'二字接五六耶? 接三四耶"(顾安语)这样的疑问就是有道理的了,说本诗章法混乱也就算不得诬枉了。其实,"因思"二字就是承五六而来,只不过此一"梦"字不是"睡梦"之梦,而是"梦泽"之梦。由春之消息而思及杜陵之"梦"(即"回塘"),而思及迎春北归的凫雁,完全顺理成章;也正是在这里,把羁旅乡愁与仕途苦涩完全融会到了一起。论者之迷,盖源于对"梦"的误读。

总之,本诗不仅有名句,章法也够谨严,这才不愧名篇之称。

按:"梦"释义为"湖泽",《汉语大词典》单立义项,例如《楚辞·招魂》"与王趋梦兮课后先（比赛先后）"句，韩愈《韩愈自袁州还京行次安陆，先寄随州周员外》诗"雨雪离江上，蒹葭出梦中"。兹再补两例:李贺《溪晚凉》:"溪汀眠鹭梦征鸿，轻涟不语细游溶。""梦征鸿"，即"梦上之征鸿"，与"溪汀之眠鹭"并列，做下句的主语，"梦"即湖泽。杜牧《洛阳长句二首》（其二）:"月锁名园孤鹤唳，川酣秋梦凿龙声。"（洛阳龙门传为大禹所凿）"秋梦"与"名园"对言，"梦"即湖泽。在"云梦""梦泽""梦浦""梦渚"等词语中，有了"泽""浦"等的启示，"梦"的"湖泽"义不易误解;而单用一个"梦"字的时候，就很容易把人带到"梦中"去。

意译：
清晨即起旅途长，
驴头铃铛响叮当。
越行越远离家客，
游子谁不思故乡。
雄鸡啼叫残月照，
回望茅店色苍茫。
蹇驴踏过木板桥，
桥上无人有白霜。
山路槲叶纷纷落，
寒冬将尽待春阳。
枳树争春开花早，
驿站墙外展容光。
一路行来风景异，
念念家乡好池塘。
池上鸭鹅相与戏，
谁曾怜我在异乡？

月夜忆舍弟①

杜甫

戍鼓断人行，②秋边③一雁声。
露从今夜白④，月是⑤故乡明。
有弟皆分散，无家问死生。
寄书长不达⑥，况乃未休兵。⑦

注释：
①舍弟：谦称自己的弟弟。
②戍鼓：戍楼上的更鼓。断人行：指鼓声响起后，就开始宵禁。
③秋边：秋天的边地，边塞的秋天。
④白：大，多。
⑤是：似，像。
⑥长不达：老是送不到对方手里。
⑦况乃：何况是。未休兵：战争还没有结束。

这是一首思乡念亲之作。全诗以"忆"为中心，环环相扣，层次井然。
首联以夜间戒严点明了战乱不安的背景，又以孤雁凄鸣烘托边塞荒寂凄寒的氛围。戍鼓雁声，是"忆弟"之情的引发，也显示"忆弟"的必然。
"忆弟"则思"故乡"，所以颔联就由此时此地的"露白""月明"而想到故乡的"白露""明月"。这一联，诗句全是议论的口吻，与其说是写景，不如说是抒情，抒"忆弟"之情。说"露白"，一方面有年光岁晚的伤感，同时也是鸿雁南飞而人却无家可归的隐喻；说"明月"，更是望月思乡的常情——都是扣住"忆"字的。

如果说颔联是虚写忆弟之情，颈联则进一步实写之。不但弟兄失散，连"问生死"的"家"都找不到，怎么不让为兄长的长相忆呢？

诗人对诸弟的忆念并非只停留在心头，而是有行动的，就是不断写信问讯。无奈的是，"寄书长不达"！连家书都无处投递，要想见面团聚，岂不是梦想吗？——只好苦苦地"忆"下去了。而这一切，都是因为"未休兵"啊！尾联进一步抒发自己内心的忧虑和惆怅，同时，直接揭示出是安史之乱给人民带来了痛苦和灾难，深化了主题。

综观全诗，诗人既写手足之情，又含家国之悲，平易中见深沉，变化中见严谨。

最要讨论的是"露从"这一联诗，有词法和句法两个层面的问题。

先说词法。这里的"白"与"是"应取什么样的义项？"白"，《汉语大词典》有义项为"明显，显赫"。所收许多词语中，"白"都取"大"义：白棒，大棍也；白路，大道也；白漠，大漠也；白雨，大（暴）雨也……我解"白"为大、多。"白露"本是成语，所谓"蒹葭苍苍，白露为霜"。唐孔颖达《礼记·月令》疏："谓之白露者，阴气渐重，露浓色白。"但露珠原本是无色的，只有结成"霜"的时候，才呈现白色。古人以四季配四方，四方分属四帝。秋与西方相配，西方由白帝主管，所以，白是西方之色，也即"秋色"。"白露"就是"秋露"，其名缘于季候，而非色彩。而且诗人这里强调的是"从今夜白"。如果这"白"指颜色，那么它原来呈什么颜色？还是说它原来就是白色，从今夜开始就更加白了？实际的情况是，一进秋凉，就开始有露水了，而到了白露节后，天更凉了，露水也就更多更重了。诗人是从季候的变化表达对年光迅逝、弟兄远隔的感慨。论者解此句为"今夜又值白露节候"（陈增杰），是完全没有词法根据的。

"是"，在这里不是表肯定判断，而是表比较。"是"所作"似、如"义，是常用义。徐仁甫《广释词》[1]："是，似。"例句有：白居易《早冬》："老柘

---
[1] 徐仁甫：《广释词》，四川人民出版社1981年版。

叶黄如嫩树，寒樱枝白是狂花。"（狂花：不依时序而开的花）李贺《苦昼短》："谁是任公子，云中骑白驴。"魏耕原《唐诗词语考释》[1]："是，犹言似，如，好像的意思。"例句有寒山诗："寄世是须臾，论钱莫啾唧。"辛弃疾《清平乐》："若解尊前痛饮，精神便是神仙。"本诗是要表达"千里共明月"的思念之情；而且，明月依旧，人事已非，连生死都无可问讯。如果要解释为"（今夜）故乡的月亮比秦州更明亮"，须是故乡处于理想状态，那里充满温馨。可实际上诗人的故乡已经家破人"亡"，说那里的月亮"更明亮"（张明非见"上海唐诗典"），岂不是莫名其妙？

把这两句翻译成"露水从今夜里即将变白，但月亮却还是故乡的才最光明"，既不合事实，也相悖于情理。

再说句法。这是倒装结构吗？自宋王彦辅倡"颠倒"之说，从之者甚众。清仇兆鳌说："今夜白，又逢白露节候也。故乡明，犹是故乡月色也。"不明言结构，只做了"意释"。所谓"倒装"，在语意上应与"顺言"基本一致。而"从今夜露白"与"露从今夜白"，"是故乡明月"与"月是故乡明"，意义相差甚远。而且，一联诗仅仅是说"今夜又值白露节候，当空朗照的依然是故乡所看到的明月"，无异于浪费。我以为，这是两个主谓句，强调的是"露"的变化与"月"的相似，并从这"变化"与"相似"中寄托自己的"忆弟"深情。

意译：

戍楼上打起了更鼓，
闲杂人等不准外出。
边塞荒远又逢秋肃，
大雁南飞彼此相呼。
独自徘徊仰望明月，

---

[1] 魏耕原：《唐诗词语考释》，商务印书馆 2006 年版。

遥想故乡月当如初。
夜深露重沾湿衣裤，
无边愁绪向谁倾诉？
亲兄亲弟流离飘散，
欲问生死不知居处。
兵荒马乱道路阻隔，
寄封家书耽于长途。
国不像国生民涂炭，
呜呼哀哉长歌当哭。

洞仙歌·泗州①中秋作

晁补之

青烟幂②处,碧海飞金镜。永夜闲阶卧桂影。露凉时,零乱多少寒螿③,神京④远,惟有蓝桥⑤路近。

水晶帘不下,云母屏⑥开,冷浸佳人淡脂粉。待都将许多明,付与金尊,投晓共流霞⑦倾尽。更携取胡床⑧上南楼,看玉做人间,素秋千顷。

注释:

①泗州:今安徽省泗县。
②幂(mì):覆盖,遮掩。
③螿(qióng):蟋蟀。或作"螀"(jiāng):即寒蝉,体小,秋出而鸣。[1]
④神京:指北宋京城汴梁。
⑤蓝桥:用秀才裴航于蓝桥会仙女云英事。蓝桥,今陕西省蓝田县西南蓝溪之上,故名。
⑥云母屏:云母做的屏风,艳丽光泽。
⑦流霞:这里指美酒。
⑧胡床:即马扎,一种轻便坐具,可以折叠。

晁补之,字无咎,北宋时期著名文学家,为"苏门四学士"(另有北宋诗人黄庭坚、秦观、张耒)之一。当时朝廷党争激烈,晁补之宦海沉浮,屡遭贬谪。

宋徽宗大观末年(1110),复出任泗州知州。这首《洞仙歌》就是此年

---
[1] 参见吴熊和主编:《唐宋词汇评·两宋卷》,浙江教育出版社2004年版。

中秋所作。

词开头紧扣题意，从明月高升写起。而月光清冷，寒蛩零乱，诗人感到的只是寒凉与孤寂。所谓"神京远"，是指朝中没有知音，没有温暖，于是产生对月宫仙界的向往。下片承接，继续想象月宫仙人的形象。写仙人，仍在写月之"仙宫"。而仙宫毕竟可望而不可即，于是以月光佐酒，一饮而尽；还要登高而望，欣赏那月光笼罩下的世界，也算是一种退而求其次的自我安慰吧。

全词以中秋之月为中心，天上人间，转换自如，浑然一体，而其欲摆脱现实又不可得的矛盾心情也表现得鲜明而生动。

对此词的解读，也存在着若干词法上的问题。且看蔡义江先生的译文：

在青烟笼罩之处，在碧色的大海上，飞升起一面明亮的镜子。长夜里，在寂静无人的阶台上，躺着桂花树的影子。露水带来凉意时，有多少寒蝉的叫声乱成一片。汴京遥远，只有通往佳人相会的地方路倒是很近的。

水晶帘子未放下来，云母屏风也敞开着，淡敷脂粉的美人正沉浸在清冷的月光里。等到月儿把光明都投入金杯之中，天将晓时，便将它与美酒一起喝尽。我们还要搬了交椅上南楼去，一同观赏白玉做的世界，看那银光普照千顷大地。

这样的翻译有不少地方是难以理解的。"在青烟笼罩之处，在碧色的大海上"，这两个"在"之间是什么关系？这"金镜"到底是从什么样的地方升起的？以"金镜"喻指明月，是否应该翻译出来？"桂影"是"桂树的影子"吗？叫声乱成一片的是"寒蝉"吗？"冷浸佳人淡脂粉"，"美人"何指？她为什么要"沉浸在清冷的月光里"？那岂不是自讨苦吃？等等。

诗人当时刚从党祸中解脱出来，出知泗州，在题中特意标明是"泗州中秋作"。这就告诉读者，他是咏中秋之月以抒宦海沉浮的感慨之情。"青烟"不是"烟"，而是借喻浓密的林木；"碧海"也不是"海"，而是借喻高空。

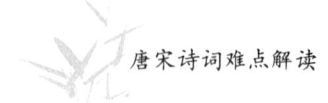

这几句连起来是说：一轮明月，从浓密的丛林处冉冉而起，飞上了碧海一样的天空。以"明月"为主体继续写来，"桂影"就是代指月影，这里的"桂"不过是传说中月宫里的桂树而已。所谓"闲阶卧桂影"，是说月影静静地映在"闲阶"上。叫成一片的不是"寒蝉"，而应是"寒蛩"——深秋的蟋蟀。既至中秋，又在夜间，不会再有"乱成一片"的蝉叫；而此时倒正是蟋蟀乱鸣的时节。"零乱多少寒蛩"句，上彊村民重编、唐圭璋笺注《宋词三百首》即误"蛩"为"螀"，蔡义江、郭伯勋、李之亮诸位也都认从"螀"字。殊不知，此处用"螀"，不但事理不通，也不押韵，错得莫名其妙。

"蓝桥"故事是一个传说：唐朝秀才裴航在蓝桥遇见一织麻老妪，航渴甚求饮，妪呼女子云英捧一瓯水浆饮之，甘如玉液。航见云英姿容绝世，因谓欲娶此女，妪告："昨有神仙与药一刀圭（古代量取药末的量器），须玉杵臼捣之。欲娶云英，须以玉杵臼为聘，为捣药百日乃可。"后裴航终于找到月宫中玉兔用的玉杵臼，娶了云英，夫妻双双入玉峰，成仙而去。后人就用蓝桥仙窟代指月宫。所以，"蓝桥近"就是月宫近，就是求仙出世的路近。如果理解为"与佳人相会"，就与咏月的主线不相干了，与诗人当时的心情也未必吻合。

词的下片承"蓝桥"之喻，想象月宫中的景象：那清凉的月光笼照着嫦娥的脸庞，就像施了淡淡的脂粉一样吧？这是以嫦娥的形象反衬月光之美。虽然"蓝桥路近"，但那是可望而不可即的世界，所以诗人把思路又转回现实：还是好好欣赏这明月，欣赏这明月下的人间美景吧……是一系列的借喻、借代把著作者搞糊涂了。

意译：

在如烟似雾的丛林暗处，

一轮明月冉冉升腾，

就像一面闪光的金镜，

飞上碧海一样的长空。
庭院寂寂，那台阶上
静静地映照着淡淡的月影。
天凉了，露水重重，
四面是寒蛩此起彼伏的悲鸣，
全不顾失意人此时的心境：
欲报效朝廷却没有门径，
似乎我此生的归宿
只有那明月仙宫。

那明月仙宫里，该是高卷水晶帘，
同时敞开了云母的屏风。
嫦娥沐浴着清凉的月光，
仿佛淡敷脂粉，娴雅雍容。
我一个凡夫俗子，到底升仙无能，
还是把那流泻的月光，
统统装进我手下的杯中；
直待破晓天明，与那醉流霞
一饮而尽，都化作我的生命。
这庭院狭窄，我还要搬了交椅，
到那南楼高处，遂心而尽情
欣赏千里万里的人间，秋月下
都如白玉般温润而又晶莹。

大酺·越调春雨

周邦彦

对宿烟收,春禽静,飞雨时鸣高屋。墙头青玉旆①,洗铅霜②都尽,嫩梢相触。润逼琴丝,寒侵枕障③,虫网吹粘帘竹。邮亭无人处,听檐声不断,困眠初熟。奈愁极顿惊,梦轻难记,自怜幽独。

行人归意速,最先念、流潦妨车毂。④怎奈向兰成⑤憔悴,卫玠清羸,⑥等闲时、易伤心目。未怪平阳客⑦,双泪落、笛中哀曲。况萧索、青芜国⑧,红糁⑨铺地,门外荆桃如菽⑩。夜游共谁秉烛?

注释:

①青玉旆(pèi):比喻新竹。旆,古代旗末燕尾状饰品。

②铅霜:指竹子的箨粉。

③枕障:睡枕和屏障。

④流潦(liǎo):道路积水。妨车毂:妨碍车子行进。毂:车轮的中心,这里代指车轮。

⑤兰成:庾信,字兰成,生平饱经丧乱,初仕梁,后留北周,作有《哀江南赋》。

⑥卫玠清羸(léi):卫玠,晋人,美貌而有羸(瘦)疾,二十七岁而亡。

⑦平阳客:后汉马融,性好音乐,独卧平阳,闻人吹笛而悲,故称平阳客。

⑧青芜国:喻指杂草丛生的地方。

⑨红糁(sǎn):指落花。糁,米。

⑩荆桃如菽:樱桃初生如豆。

先来看看赵慧文先生的一篇"鉴赏"文字[1]（这样的"鉴赏"文字，绝非独一无二）：

此篇在春雨迷蒙的意象中，点染人事。上片写春雨中的闺愁。开头三句写一宿春雨初歇，拂晓时烟雾弥漫，鸟儿刚刚睁开惺忪的双眼，还未婉转啼鸣，此时，大地一片寂静。而昨日，风雨交加，鸟鸣高屋，一片喧嚣。这是倒叙法，将静与动、冷与热两相对照，以突出今日之"静"，为下面闺愁作了衬托。"墙头"三句，从"静"字展开，写墙头青布酒招已不飘扬，楼上玉人洗尽铅华，只有柳眼微睁，柳丝依依，脉脉含情。几笔景物素描，已将闺愁暗暗托出。"润逼琴丝"三句，进一步勾勒闺房景物——琴、枕、屏障、竹帘，都在春雨潇潇中蒙上了湿润，浸透了寒气，是泪湿？是心寒？闺中人的愁情就能在这闺房景物中。"虫网吹粘帘竹"一句尤妙，以物象描绘之细微，揭示了闺中人百无聊赖无所事事之心境。"邮亭无人处"点出闺愁的原因——游子未归。"邮亭"古代驿站。"听檐声不断"五句，正面写出闺中人在春雨中的绵绵情思。她深夜不寐，听夜雨渐沥，檐水滴心，其情苦也。困乏时刚刚入睡，奈何又被"愁极"惊醒，梦中的相会是幸福的，然而又是短暂的，梦醒后，竟是"自怜幽独"。

下片写春雨中的羁愁。开头两句写游子归心似箭，然而最令人忧虑的是雨水成潦，阻住车轮，无法还乡。羁留他乡，岂不愁煞得兰成憔悴，卫玠瘦羸，在等闲之时，在无可奈何之中，不更易使人伤心落泪。此处用典言羁旅之愁。卫玠，晋安邑人，字叔宝，风神秀异。官太子洗马，后移家建业（今南京）。人闻其名，观者如堵，年二十七卒。时人谓"看杀卫玠"。"未怪平阳客"二句，又以平阳客在春雨潇潇中闻哀笛落泪事写羁愁。"平阳客"代指游子。"况萧索"以下四句，乃词意一大转折，说游子在春雨潇潇中泪落思乡，那么在万木萧疏、落

---

[1] 贺新辉主编：《全宋词鉴赏辞典》，中州古籍出版社2006年版。

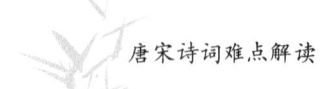

红遍地、一片荒芜的深秋时返乡,会如何呢?词中只以景物与感慨作答——家门外,桃园菽畦,荆棘丛生,如此苍凉景象,游子哪有心情与友人秉烛夜游呢?此处结得突然,是转折中的顿挫,词意含蓄,将游子之羁旅也愁、归乡也愁,写得淋漓尽致。可谓"顿挫中别饶蕴藉"……

这样的"鉴赏"真有点匪夷所思。

从大处看,说上片写"闺愁",下片写"羁愁",两不相干,这还称得上是"一篇"作品吗?如果非要找出点"联系",那就是闺房的所在下了雨,邮亭的所在也下了雨——岂不是太巧了?从细处看,说前三句是"倒叙法"也莫名其妙,那里明明有一个"对"字,它一直管到"时鸣高屋";后面也还说"听檐声不断",哪里是什么"春雨初歇"?接下来的"动静对照""闺情衬托"等的分析,全是没有根据的发挥。接着,把"墙头青玉旆"讲成"墙头青布酒招"。酒招,就是酒幌,亦称酒旗、酒望、酒帘、青旗、锦旆等,是一种最古老的广告形式。既是"广告",总要在显眼处、易见处,或悬于店铺之上,或挂在屋顶房前,或干脆另立一根望杆,扯上酒幌,让其随风飘展,以达到招徕顾客的目的。谁见过把酒招挂在"墙头"的?而说完这"墙头酒招",就来了"楼上玉人";刚说了这"闺中人"的百无聊赖,又来了"邮亭无人处——游子未归"("邮亭无人处"只是半句话,相当于"在驿馆悄无人声的时候,著作者讲成"游子未归",其妙莫明);而"邮亭无人处"之后,忽又回到"闺房",说"听檐声不断"五句,正面写出闺中人在春雨中的绵绵情思。这是哪儿跟哪儿啊!

论者对下片的"鉴赏",主要是说明几个典故,这当然有免除读者翻查之功。但从"门外"之后,又出故障了:"荆桃如菽",怎么能讲成"桃园菽畦,荆棘丛生"呢?"荆桃"就是"樱桃"啊!而且说"桃园菽畦,荆棘丛生"是"家门外"的"苍凉景象"。也许是为了和上片的"闺愁"之说相呼应,所以要让"行人""返乡";但又说是"与友人"如何如何:真不知道著作者是怎么想的。也许跟这里的一处"倒词"（在以后要专门讲到）有关："门外"二字本应在"况"字之后，现在后置。诗人是说"况门外……"一片萧条，还有谁和我秉烛夜游呢？不是说没有心情，而是说没有朋友，这是和上片的"自怜幽独"相呼应的。

推究起来，著作者步入歧途，陷入困境，主要是源于对"青玉旆"这一借喻的误读。其实，《汉语大词典》就有词条，谓青玉"喻指青竹"。著作者不明于此，既把"青玉旆"误作"酒招"，那"铅霜"就只好往"玉人"上靠，于是不得不来一番"闺情"云云。其实，这首词诸本都题为"春雨"。春日客舍遇雨，旅途受阻，欲归无计，无限幽独，于是写春雨而抒发羁旅之情：上片写听雨难眠，下片写欲归无计，与"闺情"毫不相干。

我们不厌其烦地抄录其原文，是一种警示：把书读明白乃是对读书者的基本要求，而世上常有一种连基本文意都读不懂而连篇"鉴赏"的文字，切勿上当。

意译：
清晨一看，昨夜的雾气都已消散。
春雨依然，敲打着屋顶时紧时慢。
鸟儿们一声不响，是怕冷还是贪着睡眠？
想那墙头如青玉之旗的嫩竹，
定是洗净了竹皮、竹节上的白粉，
只听得它枝摇叶晃，扰人之声轻而不断。
想弹琴，潮湿的水气浸润着琴弦，
想入睡，枕席间弥漫着料峭的春寒，
还有那蛛网，风吹雨打，沾上了竹帘。
客舍里悄无人声，只听得屋檐雨连绵。
忧烦，困倦，不由得阖上了双眼。

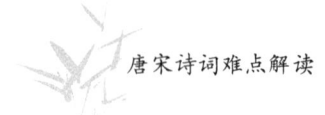

刚一打盹,却又惊醒,愁锁心间,
梦中的情境竟也是一片茫然,
默然独守,也只好自哀自怜。

出门在外的人,哪一个不是归心似箭?
可我最担心,路上积水,
在泥泞中行车该有多么艰难。
思乡而难归,徒叹无奈,
憔悴得就像兰成一般;
况我向来体弱,如今更是清瘦,
离卫玠早逝的结局恐怕不远。
平时熟知的那人那事,
此时想起,就勾起伤感无限。
别怪困居平阳的马融闻笛落泪,
天涯游子都有一样易碎的心肝。
看门外,落红满地,乱草荒园,
樱桃如豆,一片萧索,无莺无燕。
这情景,还有谁来和我秉烛夜游,
幽独人,日里熬煎,夜里熬煎。

白雪歌送武判官归京①

岑参

北风卷地白草②折，胡天③八月即飞雪。
忽如一夜春风来，千树万树梨花开。
散入珠帘湿罗幕，狐裘不暖锦衾薄。
将军角弓不得控，④都护铁衣冷难着。⑤
瀚海⑥阑干百丈冰，愁云惨淡万里凝。
中军置酒饮归客，⑦胡琴琵琶与羌笛。
纷纷暮雪下辕门⑧，风掣红旗冻不翻。
轮台⑨东门送君去，去时雪满天山路。
山回路转不见君，雪上空留马行处。

注释：

①武判官：名不详。判官，官职名。唐代节度使等朝廷派出的持节大使，可委任幕僚协助判处公事，称判官，是节度使、观察使一类的僚属。

②白草：西域牧草名，秋天变白色。

③胡天：指塞外的天空。胡，古代汉民族对北方各民族的通称。

④角弓：两端用兽角装饰的硬弓，一作"雕弓"。不得控：(天太冷而冻得)拉不开(弓)。控：拉开。

⑤都（dū）护：镇守边镇的长官，此为泛指，与上文的"将军"是互文。铁衣：铠甲。难着（zhuó）：一作"犹着"。着：亦写作"著"。

⑥瀚（hàn）海：沙漠。

⑦中军：主帅的营帐。饮归客：宴饮归京的人，指武判官。

⑧辕门：军营的门。古代军队扎营，用车环围，出入处以两车车辕相

向竖立，状如门。这里指将帅衙署的外门。

⑨轮台：地名，在今新疆维吾尔自治区轮台县境内。

　　岑参，唐代边塞诗人，代宗时，曾任嘉州（今四川乐山）刺史，世称"岑嘉州"。《白雪歌送武判官归京》是他的代表作之一。《白雪歌》相传是黄帝时的琴曲。岑参此诗歌咏边塞雪景，即以《白雪歌》为题，是借用乐府歌曲名，不是自创题目。"送武判官归京"才是诗题的自拟部分。

　　这是一首送别诗。全诗以雪为背景，以送别为主线。写雪景，也在写"心情"，雪的形象在诗人心目中的变化意味着他心情的变化，而心情的变化，实源于送别一事。章燮《唐诗三百首注疏》说："连用四'雪'字，第一'雪'字见送别之意，第二'雪'字见饯别之时，第三'雪'字见临别之际，第四'雪'字见送归之后，字同而意不同耳。"这对此诗章法的分析大体不错。

　　开头两句相当于背景交代。从第三句起，承"雪"字而下，就进入诗的主体部分。首先写"别前"，从早晨出门见雪写起。雪花如梨花，这对久在胡地的人来说，也是难得的一份惊喜。这是别前之景，别前之情。

　　天实在是太冷了。帐幕之内，冰冷湿潮，最好的衣裘衾被都不再温暖，角弓僵硬失去了弹性，铁甲冰凉难以上身；而帐幕之外，更是地冻百丈，阴云万里；人，会从体外一直冷到内心。因为大家都知道，在这天寒地冻里，有一次离别的酒宴在等待着大家。

　　十一、十二两句正面写酒宴，却只淡淡的两行。有人说，之所以然，是因为诗人对行者没有太深的感情。我的理解是，这是一种"以宾衬主"表现手法。朋友离别是主，雪大天寒是宾。写雪写天，就是为写离别铺衬。离别之际，尽管有酒有乐，但大家的心却有"天寒地冻""愁云笼罩"之感。以上写饯别之时。

　　接着写"临别"之际。没有不散的筵席。傍晚，朋友终于要上路了，大家送出辕门。这时发现，雪在继续下，风在继续刮，连平日飘飞的红旗也被冻结了。瞻望前途,更是一片茫茫,路,全被大雪覆盖了。要行走在这样的天气里,这样的路途上,叫人怎么放心得下呢?望着远去的身影,有不舍,有担忧,有祝福……走了,看不见了,转眼之间,就只有朋友走时留下的马蹄的印迹了,那印迹勾着人的思念,勾着人的怀想……写"别后"的这两行,真与"孤帆远影碧空尽,唯见长江天际流"有异曲同工之妙。

本诗解读的难点在"瀚海阑干百丈冰"一句中的"冰"字。

句中的"瀚海",有人说是指"北海",有人说其地在"喀尔喀"。但古代"北海"或指贝加尔湖,甚至指北冰洋,而所谓"喀尔喀",是在内蒙古,离新疆轮台至为遥远。所以,多数论者承认"瀚海"是指大沙漠。

但是,沙漠无水,既无水,何以有冰,而且"冰层之厚"以至"百丈"(林庚),有人说是"因雪成冰"(清陈婉俊、张燕瑾等),更有人说是"冰川"(傅德岷、卢晋)。从常识说,那里的沙漠上没有"冰川",也难得有"因雪成冰"的现象。于是,施蛰存老先生干脆怀疑是诗人"用错了词"。不过,以瀚海指沙漠,并不是岑参的发明,也不是他的专利。唐陶翰《出萧关怀古》诗:"孤城当瀚海,落日照祁连。"郑观应《盛世危言·邮政上》:"元宪宗于瀚海中间,沿途设卡。""沙漠"作为"瀚海"一词的义项,已经上了辞书了。

问题的关键在于"冰"字。一般论者,见了"冰"字就认定是"水的凝结物",于是钻进了死胡同。其实,冰,还有凝冻之意。《礼·月令》:"孟冬之月,水始冰。"《公羊传·成公十六年》:"雨木冰。"有"冰笔"——笔之冻结者。贯休《寄杜使君》:"残磬隔风林,微阳解冰笔。"有"冰蔬"——菜之冻结者。黄庭坚《次韵答秦少章乞酒》:"诗来献穷状,水饼嚼冰蔬。"说"瀚海""冰",就是说"沙漠""地冻"。仅从偶句互解的角度看,"冰"与"凝"相对,"凝"是动词,从而可以判定"冰"也是动词。

对"阑干""百丈"也要做恰当的解读。阑干,义为"纵横貌"。这里只取"纵"意,是说地层的深度。百丈,是极度夸张的说法,与平时形容天大寒说"地冻三尺",实际意思差不多。一句说地冻"百丈",一句说天

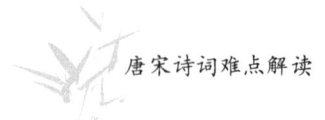

云"万里",字面上是相对的,意义上是互补的,只是要说"天寒地冻"而已。

意译:

北风劲吹地掀翻,
白草生生都折断。
西域严寒来得早,
八月大雪飞满天。
雪花凝结在枝头,
仿佛风吹梨花现。
大美雪景无心赏,
雪沾帷幕湿一片。
狐皮大衣锦丝被,
也难抵御彻骨寒。
将军角弓难拉开,
铠甲冰凉不可穿。
沙漠地冻深百丈,
愁云万里多惨淡。
中军帐设送行宴,
军乐声中祝平安。
酒罢送君出辕门,
千里宴席终须散。
大雪至暮落纷纷,
冒雪登程途程险。
红旗着雪凝成冰,
疾风劲吹不飘转。
送君君去出东门,

词法部分

大雪封山路艰难。
山回路转不见君，
空留马匹蹄印乱。
痴痴一心随君去，
徘徊不肯回行辕。

惜牡丹花二首（其一）

白居易

惆怅阶前红牡丹，晚来唯有两枝残。
明朝风起应吹尽，夜惜衰红把火看。

白居易的这首诗语言平易，主题明确，但要读懂也得有点常识，并且有一点正确的解读思路。比如"晚来唯有两枝残"一句，是说"到傍晚时只有两枝花开败了（其他还都好好的呢）"，还是说"到傍晚时（其他的花都开败了）只有两枝还残留着"？"把火看"，是拿着火把看花吗？

网上有对此诗的"赏析"，姑摘引如下：

> 在群芳斗艳的花季里，被誉为国色天香的牡丹花总是姗姗开迟，待到牡丹占断春光的时候，一春花事已经将到尽期。历代多愁善感的诗人，对于伤春惜花的题材总是百咏不厌。而白居易《惜牡丹花二首》却在无数惜花诗中别具一格。人们向来在花落之后才知惜花，这组诗第一首却一反常情，却由鲜花盛开之时想到红衰香褪之日，以"把火"照花的新鲜立意表现了对牡丹的无限怜惜，寄寓了岁月流逝、青春难驻的深沉感慨……"惆怅"二字起得突兀，造成牡丹花似已开败的错觉，立即将读者引入惜花的惆怅气氛之中。第二句却将语意一转："晚来唯有两枝残。"强调到晚来只有两枝残败，读者才知道满院牡丹花还开得正盛……

有一种"译文"则说："料想明天早晨大风刮起的时候应该把所有的花都吹没了，在夜里我对这些衰弱的却红似火的花产生了怜悯之心，拿着火把来看牡丹花。"

网络，对文化的传播有促进作用，但谬误流传也会误人子弟。对此诗的所谓"赏析"与翻译，就可能把人引入歧途。

把"唯有两枝残"解读为"只有两枝花开败了（其他还都好好的呢）"就是明显的谬误。残，不是残败，而是残留。因为第三句就说"明朝风起应吹尽"，这个"尽"是承接上句的"残"而来的：现在只残留着两枝花了；经风一吹，到了明天早晨就会花朵全无只剩枝叶了。这就是"以文解文"——利用本文提供的信息解读相关语句。

至于译文把"火"讲成"火把"，更是有违常识。"只许州官放火，不许百姓点灯"，这是耳熟能详的成语。句中"火"与"灯"对言互解，"火"就是"灯"。从事理上说，牡丹花何等娇贵，赏花之事何等雅致，你拿着"火把"，岂不是像强盗打劫，煮鹤焚琴了吗？还是苏轼、李商隐更"人道"，苏轼说"只恐夜深花睡去，故烧高烛照红妆"（《海棠》），李商隐说"客散酒醒深夜后，更持红烛赏残花"（《花下醉》）。他们都直接用了"烛"字，再无知的人也不会把"烛"讲成"火把"了。

意译：

晚来惆怅为牡丹，
仅存两枝在阶前。
明朝若有疾风起，
定叫花飞枝叶残。
举烛连夜花下守，
欲留王者照人间。

菩萨蛮·子规啼破城楼月

李师中

子规①啼破城楼月,画船晓载笙歌发。两岸荔枝红,万家烟雨中。

佳人相对泣,泪下罗衣湿。从此信音稀,岭南②无雁飞。

注释:

①子规:又叫杜宇、杜鹃、催归。常夜鸣,声音凄切,故借以抒悲苦哀怨之情。

②岭南:在五岭以南的广大地区,包括现在的广东、广西全境,以及湖南、江西等省的部分地区。据说,雁飞不过衡阳,岭南在更南处,所以鸿雁难到。

李师中,宋代词人,曾任提点广西刑狱,代理广西安抚使事,有政绩。民感其德,多画像立祠事奉,称为桂州李大夫,不敢直呼其名。此词应作于词人岭南卸任之时。

上片前两句写临别之况,后两句设想行途之景。一方面显示送行者之热情(百姓一大早就笙歌相送,民心可见),另一方面也透露着对为官一方造福百姓之政绩的自得(两岸荔枝,万家烟雨,一片太平安乐景象)。下片由广角镜头转向特写:与佳人无言对泣,难舍难分;再想到别后音信难通,更增几分愁苦。

通读全词,无大障碍。而看某名家的"鉴赏",却不免困惑。下面是徐培均先生的鉴赏文字(见上海唐宋辞典):

词为"题别"而作,通篇围绕一个"别"字做文章。上阕起句写临别前情景。词人将要离开广西了，黎明之前子规鸟就不住地啼鸣，把他从梦中唤醒。他举头看看窗外，一弯残月高挂西天，好像是被子规啼破了似的。

此词精于炼字，工于炼意。首句"子规啼破城楼月"中的"破"字当从锻炼中来。子规、城楼、月，本是三个互不相干的概念，然着一"破"字，遂连成一体，形成浑一的境界。

"子规啼破城楼月"，是子规把月亮"啼破"了吗？子规之"啼"会有如此之大的破坏力？月亮被"破"之后是什么样子？是"一弯残月"吗？文学作品虽然可以想象，可以夸张，但归根结底得有事实做根据。"白发三千丈"，到底有长长的白发存在；而月亮虽然有圆缺的变化，却从来不会"破（碎）"。有"破镜重圆"一说，从来没有人说"破月重圆"。

一见到"破"，就想到"破坏""破碎"之类义项，这是以今例古的思维在作怪，这也是误读古诗文的诱因之一。其实，在古诗文中，"破"字还有许多现代不用的义项，张相《诗词曲语词汇释》中有详尽的解说。"啼破城楼月"句中的"破"，是"尽"的意思。"啼尽城楼月"，就是"直啼到城楼月尽——月落"，也就是"直啼到天亮"。唐温庭筠《碧涧驿晓思》："月落子规歇，满庭山杏花。"这两句诗可以作为"啼尽城楼月"解释。子规之啼，可以引发离别愁怨之情；而啼声入耳，也表明诗人彻夜未眠之状。这只与月的圆缺升落相关，说月亮被破坏了，不仅大煞风景，也完全违背事实。

一个"破"字，难倒的不止徐先生。且列举几例。

晏几道《蝶恋花·梦入江南烟水路》："却倚缓弦歌别绪，断肠移破秦筝柱。"有人译为："我想要缓缓拨弦弹出离别的愁绪，极度的悲哀又几乎把筝上的玉柱都弄断了。"（蔡义江）琴柱怎么会"弄断"呢？而且是"倚缓弦"！既不合情也不合理。此中"移破"也是"移尽"的意思，意谓无论（为调弦）把筝柱移到哪里，奏出的都是断肠之音。

赵令畤《蝶恋花·欲减罗衣寒未去》："尽日沉烟香一缕，宿酒醒迟，恼破春情绪。"有人译为："终日里看一缕沉香轻烟从香炉中升起。昨晚喝

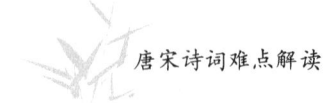

醉了酒，今日醒来已迟，心中烦恼，破坏了春天的情绪。"（蔡义江）同样的句子，还有这样译的："整日里面对沉香，默默地看着青烟缕缕。昨夜里饮酒太多，今日迟迟未醒，恼恨的就是残春将去。"（李之亮）两家之译都误。这里的"恼"，不是"烦恼"，也不是"恼恨"，而是"撩拨""引逗"的意思；这里的"破"，义同"杀（煞）"，表示程度之深。"恼破春情绪"，就是引起无限的伤春情绪。

周邦彦《过秦楼·水浴清蟾》："闲依露井，笑扑流萤，惹破画罗轻扇。"有人解释说："在井栏边，她'笑扑流萤'，把手中的'画罗轻扇'都触破了。"（万云骏文，见上海唐宋辞典）郭伯勋先生的解释走得更远："'惹破'一词，见纨扇撕裂，萤虫飞逃，花瓣震落，还有我一时帮了倒忙之故。""轻罗小扇扑流萤"是少女活泼天真的举动，再加一"笑"字，更是欢乐的氛围。而说罗扇"撕裂"，"萤虫飞逃"，岂不是煮鹤焚琴，太笨拙、太鲁莽了吗！此中"惹"字，义为"沾上"；"破"字，当解读为"着""了"。"惹破画罗轻扇"，就是那流萤粘在画罗轻扇上了，这是一种"胜利"的喜悦，"收获"的欢乐。

凡有著述，一旦收入"辞典"，无形中就有了某种"权威"性；如是误读歪解，其误人子弟的可能性也就更大。

意译：
子规彻夜悲啼，
直到城头月落。
窗前未眠人，
惆怅对谁说？
匆匆一早登船，
岸上吹笙伴歌。
船夫催发人去也，

佳人对泣湿绮罗。
人间别离最苦,
回想为政有得。
此去沿江荔枝红,
烟雨如诗万家乐。
唯有鸿雁止衡阳,
从此音信难得。

虞美人·春花秋月何时了

李煜

春花秋月何时了①，往事知多少？小楼昨夜又东风，故国不堪回首月明中。

雕栏玉砌②应犹在，只是朱颜改③。问君能有几多愁？恰似一江春水向东流。

注释：

①了：了结，完结。

②砌：台阶。雕栏玉砌：指远在金陵的南唐故宫。

③朱颜改：或谓指自己的容颜改变，或谓指所怀念的人已衰老，或谓暗指江山易色。

据说，这是亡国之君李煜的绝命词。确实，这首词写出了他的愁，他的恨，他的悔，他的绝望，王国维评之为"以血书者"，并不为过。春花秋月，是一年中最美好的景物，可以用来代指年节岁月。而诗人却说"春花秋月何时了"——这美景、这岁月什么时候是个头啊？"了"——结束，完结。这是一声痛彻心扉的绝望的呼喊。为什么会如此呢？第二句就做出了回答："往事知多少？"往事，应指归宋前后的种种情事。当年贵为天子，颐指气使，一言九鼎，何等尊贵，何等自在；丧国辞庙之日，泪为之尽，心为之碎，是何等的悲催，何等的无奈；此后成为"臣虏"，幽囚度日，不要说尊严，也不要说自由，整日如临深渊如履薄冰，连人身安全都失去了保障。想到创立江山的祖宗，想到自己治下的臣民百姓，想到自己如今的屈辱，如此种种，除了一死，实在没有别的选择了。但命运弄人。你怕见春花秋月，你希望早日解脱,而那"东风"偏又吹来,那明月偏又照来,使自己又沉浸在对故国江山的回忆中,徒增无限的悲哀与痛苦。至此,诸家的解读大同小异(只有对"朱颜"之所指有不同见解,不必细究),而对"问君"以后两句的解读就很有进一步研究的必要了。

对此二句,名家多有视"问君"二字而不见,径直去"鉴赏""一江春水"的比喻之妙者。叶嘉莹教授主编的《南唐二主词新释集评》就这样处理:在"注释"中说:"问君:作者自问。"在"讲解"中说:"'问君能有几多愁?恰似一江春水向东流。'真乃千古绝唱。这一股劲儿向东向江南流去的春水,恰似绵绵不断的去国之思;这滚滚无边、滔滔不尽的江水,象征日夜呜咽的失国之悲。"如果粗粗看过,这样的"新释"也还不错。但要认一认真,就会发现作者在"讲解"中有意地回避了"问君"二字。

"问君"一句是"问句"吗?"问君"二字,到底是"谁问谁"呀?

对第一个问题,做出回答的名家几乎异口同声说"是";对第二个问题,或避而不谈,或曰诗人"自指"。

唐圭璋先生说:"最后以问答语,吐露胸中万斛愁肠,诚令人不堪卒读。"(唐论丛)

叶嘉莹教授在讲陶渊明《饮酒》诗"问君何能尔"句时,拿李煜的这一句作证,说是:"'问君',表面意思是问你,实际上是在自我叙述的意思。在中国的文学传统中,常常会有这种情况,他不直接说我怎样,而用'你'代替我,实际是在说自己,比如(李煜《虞美人》的最后两句)……这里的'问君'就是自问,是问自己。类似这样的写法在中国文学语言的修辞中叫作设问。它是假设有一个人问你,由此引出你的回答。"(叶说陶)

高原先生说:"他遥望南国慨叹,'雕栏''玉砌'也许还在吧;只是当年曾在栏边砌下流连欢乐的有情之人,已不复当年的神韵风采了。""这最后两句也是以问答出之,加倍突出一个'愁'字,从而又使全词在语气上达到前后呼应,流走自如的地步。"(上海唐宋辞典)

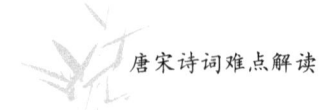

徐玉民、赵慧文：李煜《虞美人》"这是以一问一答的方式来结束全词。'君'是自指，'一江春水向东流'是比喻……"

按："君"字，上为"尹"，是手执权杖形；下为"口"，表示发布命令。从动词的角度看，字义是"握权执政，管理事务"；从名词的角度看，是指"握权执政，管理事务的人"。由此，"君"属于敬辞，凡以"君"称之者，都含尊重之意。从大夫、诸侯以至君王，都称"君"；在家庭中，父母祖辈是一家之"主"，也要称"君"；再至夫妻之间，互相尊重，也称"君"。直面或直指对方，称"君"相当于"您"；并非对面或直指，对不在眼前的第三者，如果表示敬意、爱意，也用"君"字，这就相当于第三人称，翻译过来，大体得用"您"字。总之，"君"字不能"自指"，不能相当于第一人称"我"，因为在诗文中公然用敬辞指称自己实在太不宜了。

一般情况下，"问君"一语，"君"作第二人称，是有明确所指的。如李白《蜀道难》："问君西游何时还？畏途巉岩不可攀。"这里的"君"明确指向"西游"入蜀者。王维的《送别》："下马饮君酒，问君何所之？"这是问所别之人。郑板桥《书七绝十五首长卷》的第一首："船中人被名利牵，岸上人牵名利线。江水滔滔流不息，问君辛苦到何年。"这是问为名利所累之人。

叶教授的"设问"之说，我也难以苟同。设问，在修辞中是指自问自答的手法，而不是设他人之问自己来答。诗词中确有"设问"但应是这样的：

"问余（如果问我）别恨今多少，落花春暮争纷纷。"（李白《忆旧游寄谯郡元参军》）

"问我（如果问我）今适何，天台访石桥。"（孟浩然《舟中晓望》）

或者这样：

"若问昭王无处所，黄金台上草连天。"（胡曾《黄金台》）

"若问骚人何处所，门临寒水落江枫。"（刘禹锡《酬窦员外郡斋宴客偶命柘枝因见寄兼呈张》）

"试问（如果有谁问）闲愁都几许？一川烟草，满城风絮，梅子黄时雨。"（贺铸《青玉案·凌波不过横塘路》）

"借问（如果有人问）为谁悲？怀人在九冥。"（陶渊明《悲从弟仲德》）

至于说"在中国的文学传统中，常常会有这种情况，他不直接说我怎样，而用'你'代替我"，也显得例证不足，理据无力。与其如此曲折牵强，不如另寻新解。查"问"字，一般会想到"疑问、质问"等的义项；其实，它还有与"问询"相反的义项：《中华大字典》《汉语大辞典》在"问"字下都列有义项：告，告诉。可惜例句只有《战国策·齐策》中一句"或以问孟尝君"。我以为，李煜此词中的"问"，就是"告"的意思，"问君"就是"告君"，全句可译为："（我）告诉诸位君子我能有多少愁吧，它就像那东流的江水一样，滚滚滔滔，无穷无尽啊！"

陶渊明《饮酒》诗"问君何能尔，心远地自偏"，不是问句，也不是"用你代我"，而是说"告诉诸君我何以能如此吧：一个人的'心'远离了功名利禄，不管他住在什么地方，都不会感到车马的搅扰"。

再看两例。

鲍照《梅花落》诗："中庭多杂树，偏为梅咨嗟。问君何独然？念其霜中能作花，露中能作实。摇荡春风媚春日，念尔零落逐风飚，徒有霜华无霜质。"

箫之译《古诗三百首》"问君"句："问我为何唯独赞美梅花？"直接把"君"译为"我"，毫无道理。此句应译为："告诉你们（指杂树）我为什么独独赞美梅花吧！"

纳兰性德的《菩萨蛮·问君何事轻离别》词："问君何事轻离别，一年能几团圆月。杨柳乍如丝，故园春尽时。　春归归不得，两桨松花隔。旧事逐寒潮，啼鹃恨未消。"

一般把"问君"也解读为"词人自问"。叶嘉莹主编《纳兰性德词新释集评》也说："上片由问句起，接以'一年能几团圆月'句，其怅叹离多会

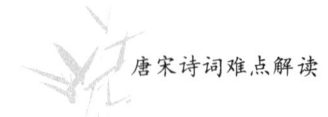

少之情以见……"到底谁问谁呢?没有解释。我以为,这里的"问君"也应是"告诉您"的意思。这首词是作者扈从康熙到东北巡祭时写给其妻的。他思念家园亲眷,也知道亲眷惦念自己,但职命在身,身不由己,只好向家人"解释":不是自己真的"轻别离",而是有不得不别离的原因在。

一句"问君",难倒了那么多大专家,要把书读明白,确实不易。

意译:

春花开过秋月来,
秋月逝去春花开。
失国为虏千般辱,
只要不死百事乖。
往事历历眼前过,
一事一刀刺胸怀。
老天罚我不放松,
小楼昨夜又东风。
遥想故宫有明月,
威仪粉黛一扫空。
雕栏玉砌应犹在,
李赵两家不同宗。
人人都或有忧愁,
我的忧愁自不同。
滔滔滚滚无穷尽,
一江春水流向东。

题李凝幽居①

贾岛

闲居少邻并②,草径入荒园。
鸟宿池边树,僧敲月下门。
过桥分野色,③移石动云根④。
暂去⑤还来此,幽期不负言。⑥

注释:

①李凝:诗人的朋友,也是一个隐者,其生平事迹不详。幽居:隐居之处。

②邻并:邻居。

③过桥:指从尘世到了"世外"。分野色:指分享了李凝居处幽深静谧的景色。

④移石:移,赠与。石,药物。云根:指"道院僧寺",因其为云游僧道歇脚之处,故称。这里代指作者自己。

⑤去:离开。

⑥幽期:幽,隐居,期,约定,隐居的约定。负言:指食言,不履行诺言,失信的意思。

贾岛,字浪仙(亦作阆仙)。早年为僧,法名无本,后还俗。诗工五律,诗风清俊幽僻,属于苦吟一派,对当时和后世都有很大影响。此诗写拜访李凝,临别题诗,以示同隐之志。

此诗因"鸟宿池边树,僧敲月下门"一联引发所谓"推敲"的典故,所以很"出名"。今之论者讲解此诗,也多详叙"推敲"一事敷衍而过。其实,此诗有待探讨者正不止一端。也可以说,千百年来,还没有谁真正从整体

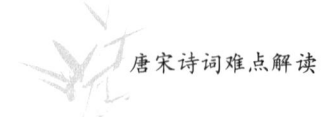

上读懂这首诗。

比如：诗人拜访李凝，是见面叙谈之后而分别，还是"过而未遇"？

施绍文先生说："全诗只是抒写了作者走访好友李凝未遇这样一件寻常小事……颈联'过桥分野色，移石动云根'，是写回归路上所见。"（上海原诗典）

诸葛山人也说："这首诗写访友人不遇，并无深意，但以'鸟宿池边树，僧敲月下门'一联著称……"

诗的尾联说："暂去还来此，幽期不负言。"从其内容与语气看，这诗是当面写给李凝看的。实际应是诗人当晚宿于"荒园"内，与李凝促膝而谈，且有"幽期"之言；翌日清晨，又看到园内景物，歆慕不已，更坚定了来此同隐的意向，这才有了尾联的许诺。如果是"不遇"而归，哪来的"幽期"之言？

再说"过桥分野色，移石动云根"，这一联诗从来就没有人讲明白过（笔者也曾误解）。一般的解读是这样：

清黄叔灿："'鸟宿'一联，意境幽寂，妙矣。'过桥'二句，尤极旷远。"

张碧波、邹尊兴："过了小桥，桥两边的色彩截然不同；山石动荡，云气从山中石穴喷涌……"

陈增杰："言桥的两边，景色截然不同；谷壑中云气喷涌，好像石岩也给搬动了。"

更匪夷所思的是韩兆琦教授的说法：（"过桥"句）"是说要过桥来与李凝为邻，分享郊野的景色。"（"移石"句）"是指运石建造房屋"。

"云根"就是"云之根"，古人认为云触石而生，所以谓"深山云起之处"为"云根"。但，"云"是可以"动"的，"云根（山石）"怎么会"动"呢？况且前面还有"移石"二字。假如把"移石"讲成"好像石岩也给搬动了"，那和"动云根"三字是什么关系？至于说"运石建造房屋"，把"幽居"变成建筑工地，更是完全脱离特定环境、特定人物的臆断。

上述的解读，牵强不通，而从上下联的关系看，也完全不合逻辑。有人发现了这个问题：

清顾安："上半首从荒园一路到门，情景逼真。'暂去'两字照应'月下'句，亦妙。可惜五六呆写闲景，若将'幽期'二字先写出意思来，便是合作。"

清屈复："五六与七八不关合，故不佳。"

冤哉！贾阆仙！这里的问题不是诗人"呆写"，而是论者"呆读"。

"云根"一词，除了有"深山云起之处"的义项外，还指"道院僧寺"，因其为云游僧道歇脚之处，故称。由此，"云根"可以引申指"云游僧道"。

再说"移石"。石，除了习见的石头、山石的义项外，还指治病用的石针、药石，这是在普通工具书上就有的义项。移，有施予、给予之义，《汉语大辞典》就列有此义项，并引文说："以物与人曰移。"

至于"动"字，义为感动、触动。"至诚而不动者，未之有也；不诚，未有能动者也。"（《孟子·离娄上》）这里的"动"，就是"感动"。

至此，我们可以解读"移石动云根"一句的意思了：你（指李凝）赠与我珍贵的药石，令我这个游僧十分感动。

回过头来再说"过桥分野色"。过桥，固可以看作写实——从自己的住处到达李凝的幽居，途中走过了一座小桥。但接下来说"过了小桥，桥两边的色彩截然不同"，就莫名其妙了：桥两边的景色怎么会"截然不同"？再说，诗人是戴月访友，在月光下又怎么能看出这"截然不同"？如果贾岛真是这样的意思，确实有点"呆"，而且与上下句缺乏内在的联系。不过，桥者，可通神、通仙、通天国，也可以通鬼、通冥府、通地狱，所以不妨把这里的"桥"看作"度"人出世的通道，"过桥"，就是从尘世到了"世外"。"分野色"，不是什么"桥两边的景色"，更不是"回归路上所见"，而是"分享了李凝居处幽深静谧的景色"。在宁夏中卫市城北有一座"高庙"，其砖雕牌坊上有一副对联："儒释道之度我度他皆从这里；天地人之自造自化尽在此间"，横批是"无上法桥"。贾岛所谓"桥"，大概是"无上法桥"之谓吧？

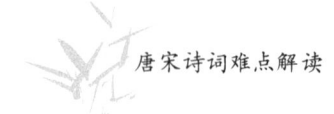

最后,再说说推敲之典。

这首诗之所以出名,跟推敲的故事关系很大,至今很多人还把这个故事作为美谈。

我以为,第一,这故事是杜撰的,没有真实性;第二,杜撰这故事的人当初的动机未必是褒扬,很可能是在贬损贾岛和韩愈。且看故事。宋计有功《唐诗纪事》卷四十云:

> (贾)岛赴举至京,骑驴赋诗,得"僧推月下门"之句,欲改"推"作"敲",引手作推、敲之势,未决,不觉冲大尹韩愈。乃具言。愈曰:"敲字佳矣。"遂并辔论诗久之。

据考证,贾岛于元和六年(811)赴洛阳,即获识韩愈,深得韩愈赏识,有师门弟子之情。而韩愈任京兆尹在长庆三年(823),其时贾、韩相识、相交已有十余年,哪里会有冲撞之事?再说,"僧敲月下门"是全诗中的一句,"敲"字是生活的真实,根本不是"骑驴"得句",也用不着半疯半傻地"引手作推、敲之势"。所以,把此故事看作"传说",似乎已有"共识"。

但这是不是"美谈"呢?前人已有所批评。清人王夫之《姜斋诗话》批评说:"'僧敲月下门',只是妄想揣摩,如说他人梦。纵令形容酷似,何尝毫发关心!知然者,以其沉吟'推'、'敲'二字,就作他想也。若即景会心,则或推或敲,必居其一;因景因情,自然灵妙,何劳拟议哉!"朱光潜先生在《咬文嚼字》一文中也说:"我很怀疑韩愈的修改是否真如古今所称赏的那么妥当。"

但今之论者津津乐道者还是很多,且大都是从"音响效果"的角度肯定"敲"字优于"推"字。如马茂元、赵昌平:"推门无声,敲门有声;'推'字音节哑,'敲'字音节亮;四野静谧,皓月舒波,此时着一缁衣僧,举手笃笃敲门,声响回荡空间,境界倍见幽迥。"(马新编)施绍文也说:"……刻画环境之幽静,响中寓静,有出人意料之胜。倘用'推'字,当然没有这样的艺术效果了。"如果就贾岛此诗的整体看,当然是"敲"字好,但这

好是好在它切合其时其境，而不是单纯追求什么音响效果。（见上海唐诗典）

　　传说故事的要害其实不在"推"与"敲"，而在于"骑驴赋诗，得'僧敲月下门'之句"。照这种说法，贾岛作诗，不是从生活实际出发，没有切实的生活内容，甚至连上下文的语境都没有，只不过是在那里孤立地雕琢词句；而作为文坛领袖的韩愈也糊涂得可以，也是既不顾及生活，也无诗篇整体的概念，就妄下判断。编造这样的故事，难道意在褒扬？我不相信。

意译：
隐居者少有邻人居住，
造访你要走一条荒草小路。
乘月色敲响你的院门，
此时的鸟儿已然休憩在树。
我是踏过了"无上法桥"，
有幸来到你这幽居之处。
分享了这里幽深静谧的美景，
我的枯寂之心得到满足。
你又拿珍贵的药石慷慨相赠，
这深情厚谊感我肺腑。
今日因故还需暂时离去，
共同隐居的誓言绝不辜负。

赠阙下裴舍人①

钱起

二月黄鹂飞上林②,春城紫禁③晓阴阴。
长乐④钟声花外尽,龙池⑤柳色雨中深。
阳和⑥不散穷途恨,霄汉常悬捧日心。⑦
献赋⑧十年犹未遇,羞将白发对华簪。⑨

注释:

①阙下:宫阙之下,阙是宫门前的望楼,帝王住处。这里代指朝廷。舍人:指中书舍人,其职责是草拟诏书,任职者须有文学资望。

②上林:即上林苑,汉武帝时的御苑,代指唐宫苑。

③紫禁:紫禁城,喻指皇宫。依照中国古代星象学说,紫微垣(其核心是紫微星,即北极星)位于中天,乃天帝所居;天人对应,就用来指称皇帝的居所。又因为皇帝居住的内城严禁黎民百姓靠近,所以又叫紫禁城。

④长乐:汉代宫殿名,这里代指唐宫。

⑤龙池:唐代宫苑内的水塘。

⑥阳和:春日的阳光,这里喻指皇恩。

⑦霄汉:高空,这里喻指朝廷。日:喻指皇帝。捧日心,就是忠于皇帝的心。

⑧献赋:作赋献给皇帝,用以颂扬或讽谏。这里代指应考进士。

⑨白发:代指"白发之人",诗人自指。簪:簪缨之簪,达官贵人的冠饰,这里代指裴舍人。

钱起(722?—780),字仲文,唐代诗人。早年数次赴试落第,唐天宝十年始中进士。他是大历十才子之一，也是其中杰出者，被誉为"大历十才子之冠"。

  此诗是献给在朝的中书舍人的，主旨是请求给予引荐。但这求援之意并不好开门见山，于是就从宫苑、皇城写起。首联两句互解：早春二月的清晨，林木葱茏的上林苑里，屋舍深邃的紫禁城中，黄鹂鸟唱着婉转的调子，自由地飞来飞去。这是宏观的、概括的描写。颔联再写宫内两种特殊景物，一是钟声，一是柳色。那钟声似乎带着紫禁的花香传布开来，而那柳色，新雨之后显得尤其浓郁。正如论者所指出的，这四句，是景物描写，又不是单纯的景物描写，景物背后"有人"，或说"有人的活动"。而这所谓"人"，既包括宫中之人，也包括宫外之人。宫中之人，自然重在裴舍人：作为皇帝的贴身近臣，皇帝上林行猎，紫禁早朝，长乐理政，龙池宴乐，总是少不了舍人身影的。对于裴舍人而言，享受雨露深恩，何等荣耀。而宫外之人，当然重在诗人自己：上林花木，紫禁杨柳，隔墙可见，但可见而不可即；林内黄鹂之唱，宫中钟磬之鸣，侧耳可闻，但可闻而不可近。对于一个一心仕进而久久失路的士子来说，该有何等复杂的心情：羡慕，渴望，焦急，还有几分嫉妒，几分恼恨，等等，若一言以蔽之，那就是"穷途恨"。

  颈联，就以"阳和""霄汉"两个词语紧承前两联的话题，隐在景物后面的人物走到前台，直接抒发自己的憾恨。从字面上看，"阳和"句是一大转折：前述阳和之景本是让人愉悦的，但诗人却"不散穷途恨"；"霄汉"句是一小转折：虽然怀有"穷途之恨"，但"捧日之心"还是始终不变的。这样的转折毫不牵强，因为在前两联已经蕴含着这样的意思。心迹既明，请托之意就可以道出了：自己之"未遇"已经有十年之久，至今白发布衣，在你这位得志的贵人面前，我真是抬不起头来啊！诉之以苦，动之以情，含蓄而不含糊，请托而不谄媚。裴舍人该不会无动于衷的吧。

  要读懂古诗词，需知道一些基本的修辞手法，比如比喻（特别是借喻）与借代。比喻，就不用说了。借代，就是"代指"，即不直说某人或某事物的名称，而是借和它密切相关的名称去代替，这种辞格也叫作"换名"。

这一首诗中，有四处借喻，六处借代，在注解中已分别显示出来，理解这样的表达方式，就成为读懂全诗的关键。

意译：
早春二月，皇宫苑内，紫禁城中，
林木繁茂绿荫重，黄鹂追逐飞鸣。
宫内钟声，悠扬舒缓，
——直传到郊外边城；
龙池翠柳，挺拔高大，
——经雨后绿色更浓。
你享受着皇家春天般的阳光雨露，
而我难以驱散潦倒的悲情。
尽管我忠心耿耿，
天天都挂念着朝廷。
十年科举，我倾心作赋，
竟无人欣赏，金榜无名。
到如今，布衣白发，
面对你这得意人我无地自容。

句法部分

江汉①

杜甫

江汉思归客，乾坤一腐儒②。
片云天共远，永夜月同孤。
落日心犹壮，秋风病欲苏③。
古来存老马，④不必取长途。

注释：

①江汉：该诗在湖北江陵公安一带所写，因这里处在长江和汉水之间，所以诗称"江汉"。

②腐儒：本指迂腐而不知变通的读书人，这里是诗人的自称，含有自嘲之意。这里是说自己虽是满腹经纶的饱学之士，却仍然没有摆脱贫穷的下场；也有自负的意味，指在乾坤中，如同自己一样的心忧黎民之人已经不多了。

③病欲苏：病都要好了。苏：康复。

④存：留养。老马：诗人自比。典出《韩非子·说林上》中"老马识途"的故事：齐桓公讨伐孤竹后，返回时迷路了，他接受管仲的"老马之智可用"的建议，放老马而随之，果然找到了正确的路。

这首诗作于唐代宗大历三年（768）秋。当时，杜甫自四川夔州经由三峡，流寓到湖北江陵一带。江汉，长江与汉水。江陵在长江边，北距汉水不远。他这时已五十六七岁，本想北归还乡，但无奈滞留，生计日蹙。此诗以首句头两字"江汉"为题，正是漂泊流徙的标志。

诗人怀有"致君尧舜上，再使风俗淳"的远大志向，但始终不得其位、

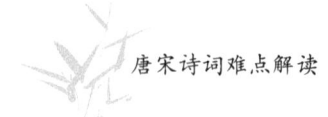

难遂其愿，到晚年更流落江湖，欲归不能。首联先揭出"思归客"的孤苦境遇，再点明"一腐儒"的独特身份与风骨。下面就扣住这两层意思展开。

颔联两句写"远"写"孤"，重在写其"思归客"的境遇，同时用"天共远""月同孤"的措辞渗透出"一腐儒"的精神与情怀。

颈联转折，语意双关，在"落日""秋风"的大背景下，自己不灰心，不颓唐，心壮病苏，重点写出"一腐儒"的风骨与抱负。

尾联，合"思归客"与"一腐儒"之意而发出感慨：我身为"治世之儒"，却沦为"思归之客"，悲哉恨也！但不是直白的表达，而是用典故作比方，把自己孤忠仍在、壮心犹存、报国思用的慷慨情思和怀才见弃的不平之气形象而又简洁地抒发出来。

此诗难点在中间两联，论者因不明句法而误读。

先看"片云"一联。这一联翻译过来并不复杂：（我）就像一片云彩，飘流到远离乡国的地方，这里只有青天与我同在；在漫长的黑夜，只有月轮和自己一起禁受着孤独冷寂。"像……一样"和"在……"在句子中都明显处于状语的位置并起状语的作用。

但或曲译其意或干脆误读谬说者还是很多。

萧涤非："这两句写思归之情。如果顺说，便是'共片云在远天，与孤月同长夜'。"——这是"倒装"说。但把"天共远""月同孤"这样拆开似乎太"硬"了一点。一般的原则应该是：在顺应原句结构就可以讲通的情况下，就不要按"倒装"处理，因为拆开重组虽然便捷，而往往偏离作者的原意。

韩兆琦："片云，比喻自己的孤独漂泊，且又远离乡国。""永夜：长夜。月同孤：月轮和自己一样孤独冷寂。"——说"片云"是比喻，这不错；但把"天共远"解释为"远离乡国"，还加上"且又"二字，这句中"片云"与"天共远"的关系就被有意地回避了。在解释下一句时，又把"长夜"做孤立处理，还是回避它与"月同孤"的关系。

陶道恕:"'片云'二句紧扣首句,对仗十分工整。通过眼前自然景物的描写,诗人把他'思归'之情表现得很深沉。他由远浮天边的片云,孤悬明月的永夜,联想到了自己客中情事,仿佛自己就与云、月共远同孤一样。这样就把自己的感情和身外的景物融为一片。诗人表面上是在写片云孤月,实际是在写自己:虽然远在天外,他的一片忠心却像孤月一样的皎洁。"——这里的处理手段与韩兆琦先生相仿:不是保持原文"片云"与"永夜"相对、"天共远"与"月同孤"相对的格局,而变成"云共远"与"月同孤"并提。格局的改变,不可避免地会影响到对诗意的理解。(上海唐诗典)

　　再说"落日"一联。这两句是说:面对"落日",人们常会有日暮途穷、没落衰颓之感,而我却仍然雄心万丈,壮心不已;迎着飒飒秋风,我的病情不但没有加重,反而觉得康复起来了。——这里语意双关,在"落日""秋风"的大背景下,自己不灰心,不颓唐,心壮病苏,重点写出"一腐儒"的风骨与抱负。这样解读没有任何障碍。但对此联的解读仍产生了"分歧"。

　　诸葛山人说:"落日:喻指垂暮之年。"韩兆琦说:"落日:以比喻自己的黄昏暮年。"——这是把"落日"看作"虚景"。

　　陶道恕更是为"虚景"说做了详解:"上联明明写了永夜、孤月,本联的落日,就绝不是写实景,而是用作比喻。黄生指出:'落日乃借喻暮齿',是咏怀而非写景。否则一首律诗中,既见孤月,又见落日,是自相矛盾的。他的话很有道理。落日相当于'日薄西山'的意思。'落日'句的本意,就是'暮年心犹壮'。它和曹操'烈士暮年,壮心不已'(《步出夏门行·龟虽寿》)的诗意,是一致的。就律诗格式说,此联用的是借对法。'落日'与'秋风'相对,但'落日'实际上是比喻'暮年'。'秋风'句是写实。"——说既然上联写了"孤月",下联再写"落日"是"自相矛盾",所以必得另立新说,还得归入"借对法"。

　　其实,此诗写的是一个"时间段"而非"时间点",是一段时间的事而非一天之内的事,所以既说"孤月"又说"落日"根本不存在什么矛盾。元末明初的赵汸就对此有过很好的说明："此诗中以情景混合言之。云天、夜月、落日、秋风，物也景也；与天共远，与月同孤，心视落日而犹壮，病遇秋风而欲苏。"（《类注杜工部五言律诗》）"落日"二字，到底看作实景好，还是看作比喻好？我以为看作实景好。"落日"与"秋风"对言，以实景对实景，都作状语，顺理成章，不必曲为之解。况且，看作实景并不否认它的喻义，而且因为把它与"秋风"看作同等性质，就连同"秋风"的喻义也揭示了出来。"落日""秋风"，正构成当时唐王朝象征性背景。

上述的混乱与曲解，都源于未能清醒地把握诗句的语法结构，在主语与状语的判别上陷于迷茫。

意译：
寄寓蜀中思家久，
流落江汉归不得。
坚守儒家报国志，
宇宙之大几人和？
犹如片云随风走，
天边地角孤身客。
风萧萧兮夜漫漫，
明月与我共寂寞。
有道日暮即途穷，
秋风萧瑟国势弱。
病体欲康精神好，
我自雄心朝天歌。
上阵杀敌固乏力，
老马识途智慧多。

蝶恋花·庭院深深深几许

欧阳修

庭院深深深几许①，杨柳堆烟②，帘幕无重数。玉勒雕鞍游冶处，③楼高不见章台路④。

雨横风狂三月暮，门掩黄昏，无计留春住。泪眼问花花不语，乱红⑤飞过秋千去。

注释：

①几许：多少。许，估计数量之词。
②堆烟：形容杨柳浓密。
③玉勒：玉制的马衔。雕鞍：精雕的马鞍。游冶处：指歌楼妓院。
④章台：汉长安街名。《汉书·张敞传》有"走马章台街"语。唐许尧佐《章台柳传》，记妓女柳氏事。后因以章台为歌妓聚居之地。
⑤乱红：凌乱的落花。

欧阳修，字永叔，号醉翁，晚号"六一居士"。北宋政治家、文学家、史学家，与韩愈、柳宗元、王安石、苏洵、苏轼、苏辙、曾巩合称"唐宋八大家"。后人又将其与韩愈、柳宗元和苏轼合称"千古文章四大家"。此词（又见于冯延巳的《阳春集》）深受读者喜爱，很有名气，连李清照都说"欧阳公作（《蝶恋花》），有'深深深几许'之句，予酷爱之"，并拟作"庭院深深"数阕（《漱玉词》《临江仙》序）。词意写闺中少妇的伤春之情，上片写深闺寂寞，下片写美人迟暮，总体看没有什么难度。但对具体语句的解读却有多处值得探究。下面引述一种有代表性的译文作研究的起点：

  庭院深深，不知有多深？杨柳依依，飞扬起片片烟雾，一重重帘

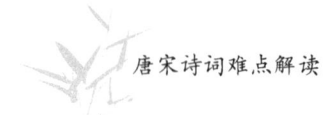

幕不知有多少层。豪华的车马停在贵族公子寻欢作乐的地方，她登楼向远处望去，却看不见那通向章台的大路。

春已至暮，三月的雨伴随着狂风大作，再使重门将黄昏景色掩闭，也无法留住春意。泪眼汪汪问落花可知道我的心意，落花默默不语，纷乱的，零零落落一点一点飞到秋千外。

此种解读有三处值得研究，这里涉及词法，也涉及句法：一是"杨柳堆烟，帘幕无重数"句，二是"门掩黄昏"句，三是"乱红飞过秋千去"句。

关于第一处：

清黄蓼园说："首阕因杨柳烟多，若帘幕之重重者，庭院之深以此，即下句章台不见亦以此。"

闵泽平说："杨柳攒聚，烟雾堆积，如一重重帘幕，使本来幽深的庭院更加深邃了。"

这两家是把"杨柳"看作"帘幕"的比喻，说是那杨柳就像重重帘幕。

夏承焘说："庭院深深，深到什么程度呢？庭院里外有无重数的帘幕，帘幕外面又有杨柳，早晚时候杨柳上又堆着迷蒙的烟雾。"（贺编典）

徐培均说："随着镜头所指，我们先是看到一丛丛杨柳从眼前移过。'杨柳堆烟'，说的是早晨杨柳笼上层层雾气的景象……镜头摇向庭院，摇向帘幕。这帘幕不是一重，而是过了一重又是一重。"（上海唐宋辞典）

这两家的解读是：杨柳是杨柳，帘幕是帘幕，庭院之深是有两层的原因。

我们来辨析一下：

根据"以文解文"的原则，从"楼高不见章台路"一句我们知道：词中的主人公要遥望"章台路"，她必定是在室外，且是楼之高处。既如此，怎么还会有"重重帘幕"遮住她的视线？遮挡在她眼前的，只有那高高的杨柳而已。所以，黄、闵的解读是正确的，夏、徐两家未能顾及句间之内在联系。

还有一层意思需要讨论:"杨柳堆烟"四个字怎么讲?上引四家或说是"杨柳烟多",或说是"杨柳上又堆着迷蒙的烟雾",意思大体一致,就是杨柳是杨柳,烟(雾气)是烟。为了确定此意,就不得不强调时在"早晨"或"早晚"。从事理上说,主人公遥望"章台路",是一定在"早晨"或"一早一晚"吗?有点牵强。再从文理上说,下片就说"黄昏"之时"雨横风狂",既有风雨,哪里还能有雾气笼罩树头?

按:"杨柳",即今日之"柳",因为其枝条繁茂,所谓"杨柳郁氤氲",远望如烟如雾,所以,以"烟"喻"柳"的诗句所在多有:"柳色如烟絮如雪"(白居易《隋堤柳》),"梅花落尽柳如烟"(唐彦谦《寄友三首》),"江上柳如烟"(温庭筠《更漏子·相见稀》),"夕阳低尽柳如烟"(周紫芝《江城子》),"花如锦绣柳如烟"(邹应龙《鹧鸪天·帝里风光别是天》),等等。

于是"柳"就有"烟柳"之称。例如:"最是一年春好处,绝胜烟柳满皇都。"(韩愈《早春呈水部张十八员外》)"灞桥烟柳,曲江池馆,应待人来。"(陆游《秋波媚·秋到边城角声哀》)"绿槐烟柳长亭路。恨取次、分离去。"(惠洪《青玉案·绿槐烟柳长亭路》)"一溪烟柳万丝垂。"(周紫芝《踏莎行》)

又称"柳"为"柳烟":"行盖柳烟下,马蹄白翩翩。"(李贺《代崔家送客》)"水轩檐幕透薰风。银塘外、柳烟浓。"(欧阳修《系裙腰》)"芳草灞陵春岸,柳烟深,满楼弦管,一曲离声肠寸断。"(韦庄《上行杯·芳草灞陵春岸》)"尚趁得、柳烟花雾。"(吴潜《贺新郎·用赵用父左司韵送郑宗丞》)。

进而就有人以"烟"代指"柳"。例如:"濯濯烟条拂地垂,城边楼畔结春思。"(张旭《柳》)"一簇青烟锁玉楼,半垂阑畔半垂沟。"(罗隐《柳》)"翠色连荒岸,烟姿入远楼。"(鱼玄机《赋得江边柳》)"他日参差春燕影,只今憔悴晚烟痕。"(王世贞《秋柳》)

晁补之《洞仙歌·泗州中秋作》词有"青烟幂处,碧海飞金镜"句,论者因为不懂"青烟"乃柳丛的喻指,竟然这样翻译:"青烟笼罩之处,在碧色的大海上,飞升起一面明亮的镜子。"——这"金镜"到底是从什么样

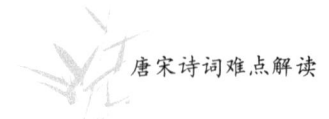

的地方升起的？

结论：这里的"杨柳堆烟"就是"如烟雾堆积之杨柳"，而不是"杨柳"之外再有什么"烟"。主人公远望"章台路"，也不必非得在"早晨"或"早晚"了。

关于第二处：

"门掩黄昏"四个字是什么意思？

闵泽平："黄昏时刻，只有掩起门户，独守空房，这怎么能留住春意。"

李之亮："时近黄昏，掩起门户，却无法将这春光留住。"

徐玉民、赵慧文："佳人唯恐时光速逝，欲掩门留住春光，可是又怎么可能呢？"

辨析：说"时近黄昏，掩起门户"，是把"掩黄昏"看作述补结构，等于说"门掩于黄昏"，翻译时把"黄昏"提前作状语，是适应现代汉语的习惯。说"重门将黄昏景色掩闭"，是把"掩黄昏"看作动宾结构，"黄昏"成了"掩"的对象。

"掩"作动词，其连带成分是补语还是宾语，要根据语意搭配习惯来区分。比如，"料静掩云窗，尘满哀弦危柱。"（袁去华《安公子》词）"画楼帘幕卷新晴，掩银屏，晓寒轻。"（卢祖皋《江城子》词）"云窗"也好，"银屏"也好，都是可以"掩"的，把它们看作宾语就没有问题。说"门将黄昏掩闭"，"黄昏"岂是可以"掩闭"的？即使诗人（语言的贵族）也不能太离谱。

类似的句子还有：徐伸《二郎神》词："门掩一庭芳景"；史达祖《绮罗香》词："记当日门掩梨花，剪灯深夜语"；张炎《渡江云》词："犹记得，当年深隐，门掩两三株"，等等，"掩"字后面都应视为补语。

关于第三处：

"乱红飞过秋千去"，这个"过"字怎么讲？在讲王维《使至塞上》"属国过居延"一句诗，我们曾说明那个"过"应解读为"往、到"，并列举了若干实例，其中也说到欧阳修《蝶恋花》词的这句"乱红飞过秋千去"。

试看各名家的说法：

邱少华："人被置于深闺中，正如花被抛弃于秋千外。"（叶主编新释）

徐培均："花儿不但不语，反而像故意抛弃她似的纷纷飞过秋千而去。"（上海唐宋辞典）

闵泽平："花儿默默不语，只有纷乱的落花，零零落落一点一点飞到秋千外。"

李之亮："又是一阵风雨袭来，片片花苞被抛过秋千，化成泥土。"

这里特别写到秋千，诗人要表达什么意思呢？

荡秋千，是古代女子重要的娱乐活动，这种活动往往和男女之情相关联。

李商隐《无题》："十五泣春风，背面秋千下。"这是把一位姑娘的爱情悲剧与秋千联系在一起。

苏轼《蝶恋花》："墙里秋千墙外道。墙外行人，墙里佳人笑。笑渐不闻声渐悄，多情却被无情恼。"这是写墙内女子荡秋千的欢笑声，引起墙外男子的心波摇荡。

吴文英《风入松》："西园日日扫林亭。依旧赏新晴。黄蜂频扑秋千索，有当时、纤手香凝。"词写怀人之情。佳人已去，但还是照样（依旧）去游赏林亭，看到"黄蜂频扑秋千索"，就想到那秋千索上还存留着佳人纤手的香气，由此引发多少回忆。陈洵说："见秋千而思纤手，因蜂扑而念香凝，纯是痴望神理。"（《海绡说词》）

欧阳修这里写到"秋千"，无疑也与爱情有关：那秋千不正是当初郎君陪伴自己欢愉取乐的地方吗？那秋千索上也许还存留着自己手上的香气吧？如今郎君薄情，自己哪忍再看那个引发自己伤心的东西！但是，落花偏偏飞到那里去，似乎有意为难自己一样！正是雪上加霜之感。所以，这个"过"不是越过，而是到，"飞过"就是飞到。如果讲成"飞过秋千而去"，那还有什么味道呢？

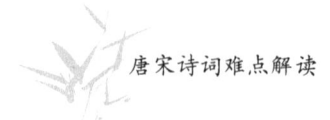

意译:

这庭院幽深,幽深得像个冷宫。
独守的日子漫长,漫长而空洞。
浓密的杨柳如烟如雾裹成堆,
又似帘幕,围了一重又一重。
那个浪子啊,歌楼妓馆玩不够,
即使登上高楼,也难见他的影踪。

等待中又是春深三月末,
风雨无情,珍花异草都打在泥淖中。
有谁知道,哪里还有春的存在?
直到黄昏,只好关门独自望星空。
也曾含泪问落花,落花不语,
却飞到秋千架下,似有隐衷:
那里有他殷勤的手印,
那里有我当初的笑容。

咏怀古迹五首（其三）

杜甫

群山万壑赴荆门①，生长明妃②尚有村。
一去紫台连朔漠，③独留青冢④向黄昏。
画图省识春风面，⑤环佩⑥空归夜月魂。
千载琵琶作胡语⑦，分明怨恨曲中论⑧。

注释：

①荆门：山名，在今湖北宜都西北，即王昭君故里所在。
②明妃：指王昭君。汉元帝宫人，晋时因避司马昭讳改称明君，又称明妃。
③去：离开。紫台：紫宫，汉宫廷。朔漠：北方的沙漠，指匈奴所居之地。
④青冢：指王昭君的坟墓。
⑤画图：凭借宫女的画像。省识：略识。春风面：形容王昭君的美貌。
⑥环佩：指王昭君原用的装饰品。
⑦作胡语：用胡人的音调。
⑧曲中论：在曲中怨诉。

这是一首访古咏怀诗。王昭君远嫁朔漠，身死异国，历代文人多有咏叹。杜甫此诗独以深刻感人而警动千古。其原因，正如明王嗣奭所说："因昭君村而悲其人。昭有国色，而入宫见妒；公亦国士，而入朝见妒。正相似也，悲昭君以自悲也。"诗人把自己去国离乡的愁怨寓于其中，加深了诗歌的内涵。

开首即说自己为寻访昭君故迹，不惜走过千山万壑，透出了一种渴慕

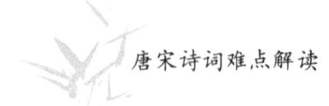

之情。而到达荆门，发现昭君出生的村庄依然存在，自然庆幸；然而毕竟人去村空，又不免怅然生悲。既到其村，缅怀其人，接着就写昭君一生的遭遇，这就是颔联。出句写其生，生而离乡背井，过一种腥食毡居的异族生活。对句写其死，死而埋尸荒漠，孤坟对黄沙，更是说不尽的凄苦悲凉。

如此悲剧，其酿造者全在于汉元帝。既选佳丽入宫，又"画图省识"其面，荒淫昏聩如此，致使昭君蒙羞。而昭君既嫁，元帝又悔之不及，每月夜思之，但已于事无补。颈联揭出罪魁，尾联再写昭君之恨，水到渠成。这"怨恨"二字，实是一篇之"眼"，也是"卒章显其志"的章法。特别是着"千载"一语，更强调昭君虽已身亡，而怨恨不绝，见得其恨之深，刻骨铭心，千古不朽。

这首诗，有两处涉及"是主语还是状语"的问题，而又久被误读，具有典型的意义。

开篇第一句，"群山万壑"是作主语还是作状语？这似乎不成问题，因为历来的选家、注家都不曾从这样的角度提出过疑问。不过，同是把它看作主语，在理解上还是产生了分歧。

明代的胡震亨认为："群山万壑赴荆门，当似生长英雄起句，此未为合作。"——他说这样的起句应该用来描写英雄人物，用在王昭君这样女子的身上不合适。

他同时期的黄周星就反驳他说："昔人或谓'群山万壑'句，颇似生长英雄，不似生长美人。固哉斯言！美人岂劣于英雄耶？"——他说胡震亨的说法太偏执了，美人并不比英雄差，所以用"群山万壑"这样的起句没有问题。

而质疑之声并不因黄周星的反驳而止息。到了清代，王夫之坚持说："首句是极大好句，但施之于'生长明妃'之上，则佛头加冠矣。故虽有佳句，失所则为疵颣（lèi，缺点、毛病）。"——他坚持说这样的起句虽为"佳句"，但用的不是地方（"失所"），就像给佛头戴上帽子一样。

不过,"钟灵毓秀而出佳人"之说还是占了上风:

清胡以梅:"起句虽赋江山之景,然荆门、虎牙,收锁江势于秭归之下流,犹言江山结束秀气,出此绝世佳人。"

清杨伦:"从地灵说入,多少郑重。"

清仇兆鳌引朱瀚曰:"起处,见钟灵毓秀而出佳人,有几许珍惜。"

直到现在,专家学者们仍然传承着这样的见解。廖仲安先生这样说:"杜甫写这首诗的时候,正住在夔州白帝城。这是三峡西头,地势较高。他站在白帝城高处,东望三峡东口外的荆门山及其附近的昭君村。远隔数百里,本来是望不到的,但他发挥想象力,由近及远,构想出群山万壑随着险急的江流,奔赴荆门山的雄奇壮丽的图景。他就以这个图景作为本诗的首句,起势很不平凡。""昭君虽然是一个女子,但她身行万里,冢留千秋,心与祖国同在,名随诗乐长存,为什么不能用'群山万壑赴荆门'这样壮丽的诗句来郑重地写呢?"(上海唐诗典)

为了肯定"群山万壑"为主语(也许是不自觉的),为了肯定起句的"郑重",就不能不把王昭君往"英雄"的行列里推,所谓"身行万里,冢留千秋,心与祖国同在,名随诗乐长存",这还不够一个"英雄"的称号吗?但,问题是,杜甫此诗是把王昭君当作英雄来写的吗?

王昭君,名嫱,是归州(今湖北秭归)人,其地今有昭君村。关于王昭君的事迹,"盖其事杂出,无所考证"(宋韩驹《题李伯时画昭君图序》)。既是"其事杂出,无所考证",后世之作者就不免各取所需以抒怀抱,很有点"六经注我"的味道。我们不妨看几首咏昭君的诗。

昭君墓周围有很多诗碣,其中一首诗刻的是:"闺阁堪垂世,明妃冠汉宫。一身归朔汉,万里靖兵戎。若以功名论,几与卫霍同。人皆悲远嫁,我独羡遭逢。纵使承恩宠,焉能保始终。至今青冢在,绝城赋秋风。""卫霍"即汉朝的名将卫青和霍去病,诗人把王昭君与"卫霍"相提并论,对她可说是高度赞扬了。诗中虽没明言,但显而易见,诗人笔下的王昭君是抱着

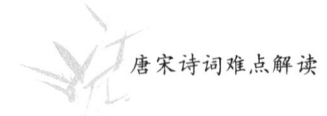

"自我牺牲"的精神主动自愿去和番的。

《彊村丛书》中有一首咏昭君的词,词牌名《烛影摇红》,词的前面有序文:"后汉匈奴传,言呼韩邪单于来朝,愿为汉婿,后宫王嫱以积怨自请行,此事之实也。《西京杂记》乃云,元帝使画工毛延寿图宫人形貌,按图召幸。王嫱以贿金少,画不及貌,宫人王嫱当行,帝见之悔,乃杀延寿。夫元帝柔仁之主也,而谓其因女色杀画工,余固不信。而王嫱以无宠自请行,诚一污贱女子耳,后之为昭君曲者多归咎元帝,殊不当也。因此赋。"其词曰:

> 深锁宫花,绣生鱼钥重门闭。美人何事怨东风,独赋伤春意。月照黄沙万里,到毡城,芳心自喜。尊前歌舞,马上琵琶,宠深谁比。
>
> 毳服胡妆,哪思旧日骄罗绮。年年秋雁向南飞,肯寄相思字。岁久玉颜憔悴。似花落、悔随流水。草青坟上,应是香魂,尚含愁思。

这里虽也是说王昭君是"自请行",但那是"以积怨"而行;虽也说她有明确的目的,但不是为了国家民族,而仅仅是为了个人私欲,所以骂她为"污贱女子",和那首把王昭君与"卫霍"相提并论的诗对照来看,恰成极端的对比。

杜甫此诗是根据怎样的"记载"来写的呢?从诗的内容看大体是依照着《西京杂记》的记载:汉元帝宫中宫女很多,帝不能一一面选,于是就按画像召见。因此宫女都贿赂画工。昭君不肯行贿,画工就把她画得很丑,当然得不到召见。后来匈奴使者来朝求婚,元帝就遣昭君为呼韩邪单于阏氏。临行前,昭君被召见,元帝才发现她是后宫第一美人,后悔不及,就把画工毛延寿杀掉了。后呼韩邪单于亡故,其长子即位,按照匈奴"父死,妻其后母"的风俗,昭君再嫁。而据《琴操》载:昭君拒绝再嫁,"乃吞药自杀"。王昭君去世后,葬于今呼和浩特市南郊,墓依大青山,傍黄河水,后人称为"青冢"。

"一去紫台连朔漠,独留青冢向黄昏。"相比之下,可以看出杜甫笔下的昭君既不是"英雄",也不"快乐",更不是什么"污贱女子",她只是一个被选入宫而又无辜远嫁的女子。她的出塞,不是主动的,她更没有什么超人的民族意识和高远的志向,而是被迫的,无奈的,不得不听天由命的。在杜甫笔下,她是一个受害者,她的一生是个悲剧,她的心里所有的只是"怨恨"。既然如此,"钟灵毓秀而出佳人"之说就站不住脚了。

对昭君村,白居易在《过昭君村(村在归州东北四十里)》诗中说道:"灵珠产无种,彩云出无根。亦如彼姝子,生此遐陋村。"他倒是称昭君是"灵珠""彩云",但仍实事求是地说昭君村是个"遐陋村",与"地灵人杰"之说恰恰是反调。

其实,问题很简单,从汉语语法的角度看,"群山万壑"几个字在句子里不是主语,而是状语:修饰"赴"字,表示行为动作的方式。杜甫的这句话是说:(我为了探寻昭君遗迹)不惜穿过了群山万壑奔赴荆门。其结果呢,皇天不负苦心人,昭君出生、生长的那个小村庄还真的存在!"生长明妃尚有村",是庆幸,是欣喜,这完全是经历一番艰苦跋涉而终于得偿所愿的语气。

这里又会产生一个问题:杜甫的这首诗应该是在什么时候什么地点写的?先看看一些专家教授怎么说。

沈文凡、李博昊:"此诗作于杜甫经过昭君村时。"

张碧波、邹尊兴:"这首七律是大历元年(766)杜甫寓居夔州时所写。"

韩兆琦:"《咏怀古迹》共五首,分别吟咏五个与三峡有关的历史人物的古迹",昭君村"在长江三峡范围内,故杜甫吟咏及之"。

前面所引廖仲安先生还说得更细致:"杜甫写这首诗的时候,正住在夔州白帝城。这是三峡西头,地势较高。他站在白帝城高处,东望三峡东口外的荆门山及其附近的昭君村。"

但是,"咏古迹"而靠"遥望",也许当代的某些人会这么做,像杜甫一类的古代文人绝不会走这样的捷径的。读万卷书,行万里路,是那时候知识分子的修养功夫,是他们的生存状态。从组诗的其他作品看,除了第一首,也都有明显的"现场"情味。"江山故宅空文藻,云雨荒台岂梦思。最是楚宫俱泯灭,舟人指点到今疑。"(其二)"古庙杉松巢水鹤,岁时伏腊走村翁。武侯祠堂常邻近,一体君臣祭祀同。"(其四)这哪里是靠"遥望想象"写得出的?对于这组诗的内部关系,清代的浦起龙有过很好的分析,他认为第一首"此'咏怀'也,与'古迹'无涉,与下四首亦无关涉……诗中止言'庾信',不言其宅,而宅又在荆州,公身未到,何得咏及之?""此下四首,分咏峡口古迹也。"第二首"因宅而咏宋玉",第三首"因村而咏明妃",第四首"因庙而咏蜀主",第五首"因像而咏诸葛"。除了指出"第一首"与下四首"无涉",浦起龙特别强调杜甫是"因宅而咏宋玉""因村而咏明妃",等等。"公身未到,何得咏及之?"是啊,没有亲身到那里,怎么能"咏及之"?

"此诗作于杜甫经过昭君村时。"大体不错。但不如说:此诗是诗人经历千辛万苦,穿越群山万壑,终于探访到昭君村后所作。

还是这首诗,还有一个句子涉及"是主语还是状语"的问题:"画图省识春风面,环佩空归夜月魂。"

对于出句,理解上没有分歧,自觉不自觉地都把"画图"二字看成状语,翻译过来就是:通过画图认识宫人昭君的容貌(因而造成悲剧)。但对于对句,所有的选家、注家又都把"环佩"二字看成主语,说是"代指昭君",翻译过来就是:在凄凉的月夜/风里响着环佩/那是你归来的思念故国的一缕游魂。陈增杰先生说:"下句(环佩句)说,昭君眷怀故国,死后她的魂魄仍然乘着月色夜归。"并引朱鹤龄云:"月夜归魂,明其始终不忘汉宫也。"——这样的解说是不能成立的。

从杜甫笔下昭君形象的特点说,昭君是一个受害者,她生不得享人伦之乐,死不得返归故乡,她对"汉宫"能是什么态度?"分明怨恨曲中论"!什么"眷怀故国""不忘汉宫",完全是脱离杜甫诗作的臆说。从律诗对句相偶的格律说,对句与出句的结构应该是一致的。古人虽未必有"语法"概念,但他们在实践中是完全遵循语言规律的。特别是杜甫，只要不是存心写所谓"拗体"，在格律上是从不马虎的。既然出句的"画图"作状语，对句相应位置的"环佩"也应该是状语。再从章法的逻辑说，全诗四联，起承转合，严整顺畅。颔联承上写昭君一生的遭遇，颈联一转，写汉帝的荒唐与懊悔。如果把"环佩"一句看作写昭君，章法就全乱了。

当然，把"环佩"一句看作写昭君，还与句中的"归"字有关。根据习惯思维，"归"不就是"归来"吗？而能与"归来"搭界的，自然只有昭君之魂。"归"应解作"怀"。《经籍纂诂》："归，或为怀。"《中文大辞典》立有义项："归，怀也。《礼记·缁衣》：'私惠不归德。'注：'归，或为怀。'"出句"省识"的主语是汉帝，对句"空归"的主语也是汉帝，只不过主语都省略了。而元帝"发现她是后宫第一美人，后悔不及"的记载就是杜甫说他"空归月夜魂"的根据。这一句的意思应是：元帝月夜难寝，面对着昭君留下的环佩而怀念之，但已无济于事，只是"空怀"而已。

以上两处状语的问题解决后，才可以说是读懂了这首诗。

意译：
翻越千山与万壑，不辞劳苦赴荆门。
汉宫故事唐人想，我要一探昭君村。
僻远破败幸犹在，天公未负苦心人。
遐陋村庄生姝女，彩云映日本无根。
山脚下，溪水滨，我自徘徊自探寻。
昭君一生如影像，影像目前甚清真。
离乡背祖入宫门，宫中万千百媚人。
君王临幸凭图画，画师贪贿总失真。
保边卫国男儿事，男儿无赖靠和亲。
灵珠被弃赐匈奴，君王始见美昭君。

一别汉宫从此去，大漠腥膻无人伦。
此身虽在心已死，含悲饮鸩入孤坟。
入孤坟，对黄昏，声名后世更纷纭。
传说汉皇君去后，一宫佳丽俱不亲。
对月伤怀怀昭君，想见昭君月夜魂。
昭君魂魄飘塞外，永世不见汉宫人。
只留胡曲传千古，曲中怨恨动鬼神。

句法部分

芙蓉楼送辛渐①

王昌龄

寒雨连江夜入吴,平明送客楚山孤。②
洛阳③亲友如相问,一片冰心在玉壶。

注释：

①辛渐：王昌龄的朋友。芙蓉楼,遗址在润州（今江苏镇江）西北。

②吴、楚：润州,原是吴的都城所在地（后吴迁都江宁）,到战国时归楚,这里"吴楚"指同一地域。贾至《送李侍郎赴常州》诗："雪晴云散北风寒,楚水吴山道路难。"苏轼《满庭芳》词："坐见黄州再闰,儿童尽楚语吴歌。"

③洛阳：当时是唐朝的"陪都"。此诗写辛渐从京口（今镇江）出发,取道扬州赴洛阳。

王昌龄,唐玄宗开元十五年（727）进士,一生仕途坎坷,写本诗时为江宁县（今南京市）丞。县丞,是县令的属官。据殷璠《河岳英灵集》卷下载,王昌龄"晚节不矜细行,谤议沸腾,再历遐荒,使知音叹息"。

这是一首送别诗,标题就概括了诗的基本内容；而作者通过临别赋诗表白了自己的心迹。不少人读此诗,粗粗一过,把"名句"记诵下来,有收获,无问题。但当你多看几家的解读,认真想想,问题还不少呢。

先介绍几家名文：

明唐汝询："此亦被贬入吴,逢辛赴洛而有是叹也。言我方冒雨夜行,君则依山晓发,不胜跋涉之劳。倘亲友问我之行藏,当言心如冰冷,日就清虚,不复为宦情所牵矣。"

杨叶荣："这两句（首联）说,寒夜之中,冒着风雨陪辛渐赶到了吴地。

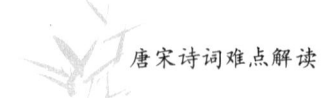

第二天早上将他送别后，心头顿时产生了寂寞的感觉，甚至看到前面的楚山，也像自己一样显得孤零零的。"作者"表白了自己蔑视功名利禄、坚持高洁自守，不愿同流合污、随俗漂流的高尚品格"。

张碧波、邹尊兴："在一个阴雨绵绵的秋夜里，远迎好友来到吴地；夜雨已停，天色平明，送别友人，连那楚山也显得冷清孤单。"说明："以冰心玉壶作形象比喻，言自己功名之念，仕宦之情完全消歇，目前心境有如玉壶冰心，尽管有些凄凉，却正与自己的心情相合。"

葛晓音："'寒雨连江夜入吴'，迷蒙的烟雨笼罩着吴地江天，织成了一张无边无际的愁网。夜雨增添了萧瑟的秋意，也渲染出了离别的黯淡气氛。那寒意不仅弥漫在满江烟雨之中，更沁透在两个离别友人的心头上。'连'字和'入'字写出雨势的平稳连绵，江雨悄然而来的动态能为人分明地感知，则诗人因离情萦怀而一夜未眠的情景也自可想见。但是，这一幅水天相连、浩渺迷茫的吴江夜雨图，正好展现了一种极其高远壮阔的境界。"（上海唐诗典）

第一个问题是："夜入吴"的是谁？上面就有四种说法：①唐说是诗人自己；②杨说是诗人和辛渐；③张说是辛渐；④葛说是寒雨。我们探讨一下。

先说"夜入吴"的是"人"还是"雨"吧。这实际是个句法分析问题。说入吴是"雨"的，即把"寒雨"二字看作主语；说入吴是"人"的，是把"寒雨连江夜"都看作状语。葛认定是"雨"，还铺陈了大段的"鉴赏"文字，我不以为然。如果"入吴"的是"雨"，那"人（送别的双方）"在哪里？应在"楼内"吧？人在楼内，又是夜间，他怎么会看到"迷蒙的烟雨笼罩着吴地江天"，又怎么会从中感到"离别的黯淡气氛"？从文理上讲，第一句不写"人"，到第二句直接"平明送客"，不仅显得突兀，而且削弱了情感的浓度。那"入吴"的应该是"人"，理解为诗人自己也好，诗人陪辛渐两人也好，都是说"人"冒着寒雨连夜赶到芙蓉楼，这"冒雨"，这"连夜"，就有一份深情在。况且，诗人当时在江宁任职，要到芙蓉楼送客，必须走水路赶到那里,所以说连夜冒雨之行是合乎事理的。

第二个问题是:说"入吴",就意味着是从不属于吴的地方到吴地去。可在历史上,润州曾属吴,江宁也曾属吴。既如此,从江宁到润州怎么能说是"入吴"呢?我有一个解释:这里的"吴"不是泛指"吴国的属地",而是特指曾作为"吴国都城"的地方,就是芙蓉楼所在的地方。还有,一句说"吴",一句说"楚",这"吴"与"楚"是什么关系?我以为应是同义异说。这样用词,不仅是为了避免重复,也是音韵协调的需要("吴"是平声,"楚"是仄声),同时给人一种"距离感",从"吴"到"楚",仿佛是遥遥相隔的两地。

第三个问题是:送客临别,既没有对对方的留恋,也没有给对方任何嘱咐,而是特地要他对自己在洛阳的朋友说:自己冰清玉洁,在节操品格上没有任何污点。为什么会这样?这里必然有一个背景(或说"前提"),那就是自己遭到了非议。大概就如殷璠所说:王昌龄"晚节不矜细行,谤议沸腾,再历遐荒,使知音叹息。"所以他急于要借机表白心迹,以正视听。这里,就要考虑事实的背景,又要体谅诗人的心理。

第四个问题是:"一片冰心在玉壶"这个比喻该怎样理解?冰者,既有晶莹剔透、明洁无瑕的一面,又有凄凉冷峻的一面。以此喻心,也该从两方面加以解读:一方面,从品格上说,自己如冰之洁,所有"谤议"不过是诽谤而已,请亲友放心;另一方面,从职位上说,虽仕途坎坷,屡居下僚,自己并不为此忧心,因为对官场已经失去热情,心冷如冰了,这一点,也请亲友不必操心。诗人曾作《悲哉行》诗,其开头四句是:"勿听白头吟,人间易忧怨。若非沧浪子,安得从所愿。"这可以作为参考。

意译:

冒雨连夜离江宁,
赶到润州送君行。

一夜对饮情未尽，
细雨敲窗断肠声。
平明分手君去也，
祝君神清路也平。
唯有楚山天边立，
也像我心叹孤零。
世俗欺我多谤议，
洛阳亲友不知情。
此去为我作见证，
纯如美玉净如冰。

暗香·旧时月色

姜夔

辛亥①之冬,余载雪诣石湖②。止既月,③授简④索句,且征新声⑤,作此两曲,石湖把玩不已。使二妓肄习之,⑥音节谐婉。乃名之曰:《暗香》《疏影》。

旧时月色,算几番照我,梅边吹笛?唤起玉人,不管清寒与攀摘。何逊⑦而今渐老,都忘却春风词笔。但怪得竹外疏花,香冷入瑶席⑧。

江国⑨,正寂寂,叹寄与路遥,夜雪初积。翠尊易泣,红萼无言耿相忆⑩。长记曾携手处,千树压、西湖寒碧。又片片、吹尽也,几时见得?

注释:

①辛亥:宋光宗绍熙二年。

②石湖:在苏州西南,与太湖通。范成大居此,因号石湖居士。

③止既月:指住了一个多月。

④简:纸,稿笺。

⑤征新声:征求新的词调。

⑥二妓:乐工和歌妓。肄习:学习。

⑦何逊:南朝梁诗人,早年曾任南平王萧伟的记室。任扬州法曹时,廨舍有梅花一株,常吟咏其下。后居洛思之,请再往。抵扬州,花方盛开,逊对树彷徨终日。杜甫诗:"东阁官梅动诗兴,还如何逊在扬州。"

⑧但怪得:只是惊异。瑶席:对座席的美称。

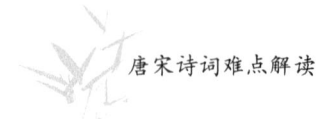

⑨江国:江湖之乡,指江南的水乡。

⑩翠尊:翠玉的酒杯,尊通"樽",这里指酒。红萼:指梅花。耿:耿然于心,不能忘怀。

姜夔,南宋词人。他少年孤贫,屡试不第,终生未仕,一生转徙江湖,靠卖字和朋友接济为生。他多才多艺,精通音律,能自度曲,其词格律严密。其作品素以空灵含蓄著称,有《白石道人歌曲》等。

这首词创作于光宗绍熙二年(1191)。是年冬,姜夔冒雪访范成大于石湖。他在石湖住了一个多月,自度《暗香》《疏影》二曲咏梅,成为文学史上著名的咏物词,被誉为姜夔词中具有代表性的作品。沈祖棻云:"《暗香》《疏影》虽同时所作,然前者多写身世之感,后者则属兴亡之悲,用意小别,而其托物言志则同。"

《暗香》一词,以梅花为线索,通过回忆对比,来抒写个人身世之感。开首以"旧时"二字明示写回忆:不止一次,花前月下,悠然吹笛,更有佳人折梅相赠,何等优雅,何等幸福。接着用"而今"二字一转,回到现实,以何逊作为对比,感慨自己年华已逝,诗情锐减,面对红梅,再没有当年那种浪漫情怀,也没有当年那样的风流词笔了。而梅花似乎不管人间变化,仍把清冷的幽香送入词人的室内,以致词人都感到意外。当然,这"意外"的深处是对自己"渐老"的伤感。

下片承上,写现实境遇,独处异乡,佳人不再,空前冷清寂寞。于是想折梅投赠,却又怕水远山遥,风雪隔阻,难以寄到。既投赠无望,只有借酒浇愁;但面对盈盈翠盏,反而是"酒未到,先成泪":一转再转,百计千方,而仍无法摆脱思人之苦。最后,又想从窗外红梅身上来寻求寄托并据以排遣胸中的别恨,然而引起的却是更加使人难以忘情的回忆。"相忆"二字又把文字从现实引向既往:当年与佳人携手游览西湖,那孤山红梅傲雪迎霜,虽是寒气凛冽,它仍幽香袭人,那勃勃的生机多么令人振奋!至此,文气一扬；而接着又是一抑：眼前乃是万花纷谢，一片肃杀景象。而诗人又不甘于此景此境，"几时见得"——什么时候能再见到那样盛开的红梅，再与佳人携手而游？

全词句句写梅，又句句写人。由昔而今，又由今而昔；文气扬起而又抑落，抑落而又扬起。脉络曲曲折折，情感淋漓尽致，确是难得的佳作。

此词解读也有难点。

"何逊"一句，各家都理解为以何逊喻指自己：何逊爱梅，自己也像何逊一样爱梅，不过是自己如今渐入老境，再也没有往年那样的妙词佳句（来描绘梅花）了。"像……一样"，应看作状语，尽管不一定做这样的语法分析，至少在语意的解读上没有分歧。

再看"翠尊""红萼"两句。

郭伯勋："'翠尊易泣'写杯中酒如泪盈眶，更写'酒入愁肠，化作相思泪'（范仲淹《苏幕遮》句）！'红萼无言'写瓶中梅花无语，更是座中词人哽咽，故只有心中耿耿不忘。"

李之亮："面对酒杯最易让人感伤垂泪，红梅花似乎也随我一同回忆起昔日。"

蔡义江："举杯消愁，容易流泪，红梅也默默无言，我心里总是割舍不断对她的思念。""赏析"："'翠尊易泣'，切'瑶席'，所谓'酒入愁肠化作相思泪'也；'红萼无言'，切'疏花'，所谓'泪眼问花花不语'也。'耿相忆'三字，点明寄托。"

艾治平："'翠尊易泣，红萼无言耿相忆。'这两句是由物及人，由于人的心绪凄迷，而觉得尊前的绿酒，室外的红梅（即上片的'疏花'）似乎也都在深深地怀念着那个人！'亦泣'（原文如此）、'无言'对偶工整，使物拟人化，具有人的情感，从而也更写出了词人的情深。"（见燕山典）

粗粗一看似乎差不多，仔细看看，各家对此句法以至修辞的理解（不管自觉不自觉）是有差异的。艾文明确认定两句都用了"拟人化"手法。其

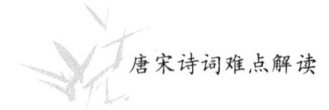

余三家,只把"红萼"一句视为"拟人";而对"翠尊"一句,郭文解为比喻(酒如眼泪),李、蔡译为状语("面对……"是典型的介宾短语的形态,"举杯消愁"则相当于"在举杯消愁的时候")。

把作为状语的名词和名词性短语误作主语,当其与谓语完全不能搭配的时候,最便捷的逃路就是视为"拟人"。"翠尊"作为酒杯(代指杯中酒)当然不会"泣","红萼"作为花当然也不会"言"也不会"忆",于是就说是"拟人化"。如果孤立地看这两句,说是"拟人化"还大体能通——只是"大体上"而已。实际上,即使把酒杯(酒)、梅花解为拟人化,也还是相当勉强:"酒杯(酒)"怎么会有"易泣"的性格特点?说"梅花""无言"尚可,再加上"耿相忆"就未免过分。至于说"'翠尊易泣'写杯中酒如泪盈眶",想象得有点匪夷所思;说"'红萼无言'写瓶中梅花无语,更是座中词人哽咽,故只有心中耿耿不忘",更是把"无言"的主语看作"梅花",而"相忆"的主语变为"座中词人"。这样随意发挥,虽有"诗意",但也未免太不尊重文本了。

如果把这两句放到文本的整体来看,"拟人化"的解读就更站不住脚:通篇是以"我"为主体的("旧时月色,算几番照我"),这两句突然改换主语,不仅显得突兀,文脉亦为之折断,作者似乎不该这么笨拙。而把"翠尊""红萼"看作状语,则主语仍是"我",就不会有用语突兀、气脉折断的问题。

意译:

回首往事,最难忘的是月下吹笛,
多少次,暗香疏影,梅下竹篱,
凄婉的笛曲撩动着美人的心绪。
不顾清寒,她为我把梅花折取,
献梅情意,相亲相爱,相偎相依。
赏梅而赋,我多想与那何逊风流相匹,

可惜如今见老,再没有那美妙的文笔。
今夜,不料那竹外梅花的冷香,
阵阵吹到我的座席,引得我心动神迷。
心动神迷,想那美人已隔得千里万里。
远隔千里万里,我滞留在这江南水乡,
周遭一片沉寂,谁能懂得我心的秘密?
多想寄一枝梅花,表达我的深情厚谊。
可路途遥遥,偏又夜雪初下,满地新泥。
无奈何,消愁只有酒相宜;
而翠杯未举,先已是泪下淋漓,
——那里分明有她温馨的手迹!
无奈何,只有望月徘徊,攀梅思忆,
无言相对,心驰意骋,若即若离,
——在枝头我探寻她脂粉的气息!
思忆复思忆,西湖赏梅总被记起。
我们素手相携,漫步长堤,
千树万树的梅花,倒映着湖水的清碧,
梅边月下的情侣,更胜似牛女的七夕。
唉,眼见得雨打风吹,花片满地枝头稀,
日月无情红颜老,何日是佳期?

海棠

苏轼

东风袅袅泛崇光，香雾空蒙月转廊。
只恐夜深花睡去，故烧高烛照红妆。

要读懂这首小诗，并不容易。且看沙灵娜、陈振寰的译文：
> 摇曳不定的和煦东风，
> 吹动着高处海棠的花光，
> 迷蒙的夜雾中清香流溢，
> 月亮静静地转过回廊。
> 只怕夜深时花儿会像美人一样睡去，
> 特地让明月如高烧的银烛把海棠照亮。

网上还有人这样"鉴赏"："'东风袅袅'形容春风的吹拂之态，化用了《楚辞·九歌·湘夫人》中的'袅袅兮秋风'之句。'崇光'是指正在增长的春光，着一'泛'字，活写出春意的暖融，这为海棠的盛开造势。"

上述译文和鉴赏涉及这样几个问题：

第一句中"东风"是全句的主语吗？第二句说"香雾"，果然有雾气吗？第四句说"高烛"，是指明月吗？

题曰"海棠"，起笔却只"为海棠的盛开造势"，从文理上说不通：诗一共四句，起笔倒旁逸斜出，恐为诗家所不取。论者之所以这样说，是误把"东风"看作了全句的主语。在诗词中，名词作状语是极普通的现象。"青海长云暗雪山，孤城遥望玉门关。"（王昌龄《从军行》其二）"雨抛金锁甲，苔卧绿沉枪。"（杜甫《重游何氏》之四）"漠漠水田飞白鹭，阴阴夏木啭黄鹂。"（王维《秋雨辋川庄作》）"秋草独寻人去后，寒林空见日斜时。"（刘长卿《长沙过贾谊宅》）"无可奈何花落去，似曾相识燕归来。小园香径独徘徊。"（晏殊《浣溪沙》）"平冈细草鸣黄犊，斜日寒林点暮鸦。"（辛弃疾《鹧鸪天》）"东篱把酒黄昏后，有暗香盈袖。"（李清照《醉花阴》）加着重号的部分都是名词作状语。"东风"之后紧接"袅袅"一词，恐怕也是造成误读的因素之一。"袅袅"一词，有多个义项，既可以形容"风动的样子"，也用以形容"摇曳的样子"等等。诗的主体是"海棠"，"袅袅"正是描绘海棠"摇曳的样子"；"东风"作状语，相当于"在东风的吹拂之下"。"泛崇光"，闪烁着夺目的光芒。崇，有"满""盛"义，我译为"夺目"。由"泛崇光"三字，我们还悟到这是描绘阳光下的海棠。论者把此诗所涉的时间定为夜间月下，不仅误读了文字，也大大削弱了诗的主旨：爱花惜花之情。诗人对"海棠"之爱，体现在从日间到月下持续地观赏，至夜犹意有不舍，竟举烛照之。

再说"香雾"二字。一见"雾"字，就解读为"烟雾""雾气"，是思想的懒惰。雾，常用作比喻义，喻指"轻细""盛多"之物，像女子的浓密秀发就可以称作"雾鬟""雾鬓"。且有"月转廊"作背景，应该是清朗的时空。如果雾气迷蒙，那海棠花还能看得清爽吗？"香雾"，不过是形容海棠花香气四溢，如"雾"之迷漫而已。

译者还有一个匪夷所思的解读：把"高烛"说成是"明月"。从文理上看，上句已说"月转廊"，这里再以"烛"喻指之，是重复；且"特地让明月"的主体是谁，老天爷吗？从情感表达的角度看，举烛照花正体现着诗人爱花的深挚，如果是"老天爷"，那爱花惜花的也是"老天爷"了，跟诗人何干？

此诗为苏轼贬官黄州时所作。"空庖煮寒菜，破灶烧湿苇。"即使是过着这样凄苦的日子，他还惦记着海棠花。苏东坡的这种热爱，是和他的遭遇联系在一起的。《记游定惠院》一文说："黄州定惠院东小山上，有海棠一株，特繁茂。每岁盛开，必携酒置客，已五醉其下矣。"还有《寓居定惠院之东，杂花满山，有海棠一株，土人不知贵也》一诗。其开头就写道："江城地瘴蕃草木，只有名花苦幽独。嫣然一笑竹篱间，桃李漫山总粗俗。也知造物有深意，故遣佳人在空谷。……明朝酒醒还独来，雪落纷纷那忍触！"这分明是借花喻人，写的就是他自己。诗人爱花惜花，夜深陪花，是对孤高品质的爱惜和尊重，也是对自己的期许与激励；同时，在与海棠共度良宵的愿望中，也透露出诗人的孤寂之感。

读一首诗，能和作者的经历、遭遇联系起来思考，是"读懂"的途径之一。

意译：
东风轻轻拂海棠，
一树袅袅泛红光。
至夜香气迷月色，
花香月色满回廊。
花亦有情花亦倦，
只恐夜深入梦乡。
我燃灯烛高高照，
你我相伴话衷肠。

过香积寺①

王维

不知香积寺,数里入云峰。
古木无人径,深山何处钟②。
泉声咽危石,日色冷青松。
薄暮空潭曲,③安禅制毒龙。④

注释:

①过:过访,探望。香积寺:唐代著名寺院。
②钟:寺庙的钟鸣声。
③薄暮:黄昏。曲:水边。
④安禅:为佛家术语,指身心安然进入清寂宁静的境界。毒龙:佛家比喻俗人的邪念妄想。见《涅槃经》:"但我住处有一毒龙,想性暴急,恐相危害。"

这是王维在长安时所作的一首诗。过,访问、探访。香积寺是唐代著名寺院。香积,本为佛号,取自《维摩经》:"维摩(维摩诘,释迦牟尼同时代的佛教中人物)遣八菩萨往众香国礼佛言,愿得世尊所食之余,于是香积如来以众香钵盛饭与之。"此寺位于今陕西省长安区南黄甫村,原貌不存。

这可以看作是一首阐发"禅理"的诗。从外在的行为看,诗由寻访香积寺起,以到达香积寺止。从诗人的心理过程说,是由对禅境的追求起,以悟到"安禅制毒龙"止。

开首就说寻访香积寺的决心与执着,连具体的位置都没搞清楚就急于

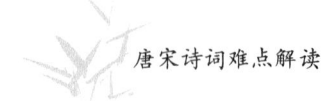

上路了。走过平地,踏入高山,古木幽径,一路前行。试想,你独自一个人行走在荒林野径中,耳边响着如泣如诉的泉水声,四围是茂密的青松,连太阳照在上面都反射出阴冷的光。你会感到孤寂,甚至有一点悚然吗?而这时候,从大山深处传来隐隐的钟声。虽然一时还难以确定钟声所在的方向,但已足以令诗人感到欣慰,看到希望,鼓足前进的勇气。上天不负苦心人。经过艰难的跋涉,诗人终于在傍晚时分找到了香积寺,走进了佛国净土。于是,一切执着,一切辛苦,一切光与影,一切声与色,都将化为"无",化为"空"。这正是诗人追求的境界,是诗人要告诉读者的"意思"。俞陛云《诗境浅说》:"此诗写赴寺道中山景,在题前盘绕……末句归到山寺,言龙归潭静,见禅理高深也。"我想,诗人在"题前盘绕"绝不是要显示其写景状物的本领,而是为其"主旨"服务的。也就是说,前面写赴寺道中山景,写其艰辛之扰意,写其声色之乱心,而一旦踏入佛土,立即可以进入静思凝虑的状态,这种强烈的反差,不是正好衬出了佛法的伟大吗?

这里需要特别提出来讨论的是对"泉声咽危石,日色冷青松"一联的解读。

沈文凡、李博昊:"颈联写山泉流淌,撞击着岩石发出仿佛抽咽的声音,阳光透过层层叶子照进青松林,光影仿佛已变得冰凉,松树荫给人一种清冷的感觉。"

杨业荣:"这两句说,清泉流过怪险的石头发出幽咽的声音;虽有阳光照射,但青松之下仍然显得寒凉。"

中国社科院文学研究所:"'咽危石',流泉经过高险的山石发出幽咽之声。'冷青松',写深山树木葱郁,连照到松树上的日光也有寒意。两句都是倒装句法。"

句中的"冷"字到底是形容什么的?霍本说"光影""松荫";杨本说"青松之下";文研所本说"日光"。从句法上分析,此联为对句,结构相同。上句"泉声咽危石",是"泉声咽于危石"之省,"于危石"做补语,直译就是"泉声幽咽地从危石上传出";依此,"日色冷青松"也应是"日色冷于青松"之省,"于青松"做补语,直译过来就是"日色寒凉地从青松之上反射回来"。上句的主语是"泉声",下句的主语是"日色"。幽咽的是"泉声",寒凉的是"日色"。"文研所"本说对了,但又说是"倒装句",就是理解成"泉声于危石咽,日色于青松冷",这未免有点绕。

意译:
久闻香积寺,
只知在山中。
决意去寻访,
云山有仙踪。
林海古木下,
路窄无人行。
山深不见底,
隐约有钟鸣。
路旁岩石间,
泉流呜咽声。
青松映晚日,
其光更幽冷。
日暮进寺内,
有潭水清澄。
我欲消尘心,
禅坐敬佛灯。

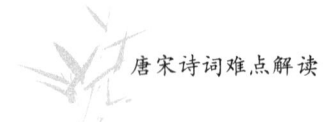

秋登宣城谢朓北楼①

李白

江城②如画里，山晚望晴空。
两水夹明镜，③双桥落彩虹。④
人烟⑤寒橘柚，秋色老梧桐。
谁念北楼⑥上，临风怀谢公⑦？

注释：

①谢朓，字玄晖，是六朝南齐的重要诗人，擅长作山水诗，与六朝南宋诗人谢灵运分别称为大谢、小谢。在南齐争权夺势的复杂斗争中，谢朓受到排挤，最终死于非命。李白对小谢很推崇，所谓"一生低首谢宣城"，诗中多有赞颂谢朓之句，创作上也很受他诗风的影响。谢朓北楼，亦称谢公楼，唐时改为叠嶂楼，是南齐时谢朓任宣城（今安徽宣城）太守时所建，故址在陵阳山顶，是宣城的登览胜地。

②江城：泛指水边的城，这里指宣城。唐代江南地区的方言，无论大水小水都称为"江"。

③两水：指宛溪、句（gōu）溪。宛溪上有凤凰桥，句溪上有济川桥。明镜：指拱桥桥洞和它在水中的倒影合成的圆形，像明亮的镜子一样。

④双桥：指凤凰桥和济川桥。彩虹：指水中的桥影。

⑤人烟：人家里的炊烟，借指人家、住户，这里引申指所望之居民区。

⑥北楼：即谢朓楼。

⑦谢公：谢朓。

李白在长安为权贵所排挤、弃官而去之后，政治上一直处于失意之中，过着飘荡四方的流浪生活。宣城是他旧游之地。天宝十三载（754）中秋节后，李白从金陵再度来到宣城，登上北楼，写下了这首五律。

首联开门见山，描绘一幅登楼所见的宣城山水画。"江城"，突出水城的特色；不说"楼晚"而说"山晚"，突出山城的特色，并且说明是"傍晚"时分，是"晴空"之下。接着两联就分别扣住"江"和"山"来展开。颔联写"水"，用两个比喻句，水如明镜，桥似彩虹。颈联写"山"，通过橘柚、梧桐显示晚秋的"寒"和"老"。写水写山，都是傍晚的水和山，都是晴空之下所见的水和山，脉络清晰，章法谨严。前三联一路写景，似乎满有闲情逸致。其实登斯楼望斯景，诗人心中时时忆念的是建此楼之主人，咏的是一肚子苦闷彷徨的孤独之感。但是诗人的这种隐衷一般人是难以理解的，所以尾联就发出无奈的感慨："谁念北楼上，临风怀谢公！"在字面上点明"北楼"，照应题目；在内涵上点明主旨，卒章见意，圆融而谨严。

此诗有三处在解读上存在问题，都与是宾语还是补语有关：

第二句"山晚望晴空"的"望晴空"，第五句"人烟寒橘柚"的"寒橘柚"，第六句"秋色老梧桐"的"老梧桐"。

先看看各注家的说法：

中国社科院文学研究所："……人家炊烟升起，衬托橘柚，使橘柚显得有寒色；秋天枯黄的颜色染上梧桐，使梧桐显得老了。李白《将游衡岳别族弟皓》一诗有'秋色黄梧桐'，语意相同。"

陈增杰："'人烟'二句：言秋景萧疏，人烟稀落，远处的橘柚林笼罩着寒意，梧桐也因枯谢而显得苍老。'寒'、'老'二字句眼，恰切深秋景候，李维桢云：'"人烟寒"、"秋色老"，独到。'"（《唐诗隽》）

诸葛山人："傍晚，登楼眺望／岚光山色映衬的晴空"，"远处的村落人家／炊烟袅着寒气／灰茫茫将橘柚林漫笼，深沉的秋色／催老了山冈上／一树树苍老的梧桐"。

马茂元："秋天的傍晚，原野是静寂的，山冈一带的丛林里冒出人家一

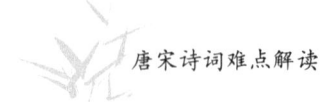

缕缕的炊烟,橘柚的深碧,梧桐的微黄,呈现出一片苍寒景色,使人感到是秋光渐老的时候了。"(上海唐诗典)

詹锳等:"美丽的宣城如在画图之中,我站在陵阳山遥望明朗的夜空。明镜般的宛溪、句溪夹城流过,宛溪上的两座桥像跌落的彩虹。炊烟给橘柚带上寒意,秋色催老了梧桐……"

先来讨论第二句。诸葛山人译为"傍晚,登楼眺望/岚光山色映衬的晴空",詹锳译为"我站在陵阳山遥望明朗的夜空",显然都是把"望晴空"三字看作动宾结构了。但"遥望晴(夜?)空"是"仰望",那就看不到下面的河流、桥梁、橘柚、梧桐之类的景象了,这是常识。"望晴空"是"望于晴空"的省略,"晴空"是补语,意思是"在一片晴朗的天空下眺望"。此句与上句倒装,顺言之是:傍晚时分,我登上谢朓北楼,在一片晴朗的天空下眺望宣城,那秀美的山川就像在一幅画里一样。

再来讨论第五和第六句。诸多论者都把"橘柚""梧桐"看成宾语,大概意译为"人烟给橘柚带上寒意,秋色催老了梧桐"。把"人烟"理解为"人家的炊烟",甚至说"炊烟袭着寒气",这是违背生活常识的。"炊烟"给人的感觉应是温暖,李白在这里似乎也没有从炊烟中感到寒意的特定心理条件。而且,"人家之寒"是看不见摸不着的,是"虚",是"果";"橘柚"则是"实",是"因"。诗人是由"实"而觉"虚",是从"橘柚"而感到"人烟"的"寒意"。所以,应把"橘柚"看作补语。同样,"秋色之老"是"虚"是"果","梧桐"是"实"是"因",人们只能从"梧桐"的枯黄凋落感知"秋色之老",而不是相反。所以,"梧桐"也应是补语。而且,这两句诗还应该合读互解,不能只做线性解读。

意译:
傍晚时分,我登上谢朓北楼眺望,
在一片晴朗的天空下,那宣城

山川秀美,就像在画图中一样。
宛溪、句溪,两条溪水夹城而流,
如同明镜,显得格外清澈透亮。
坐落在溪流上的凤凰桥、济川桥,
就像两道彩虹,怡悦游人的目光。
秋晚的橘柚,闪着暗绿的冷色,
让人觉得,人间是一片苍凉;
梧桐树叶枯黄而凋零,
显示着秋深已至霜降。
我登楼临风,怀念谢公,
谁又能理解我内心的忧伤!

阁夜

杜甫

岁暮阴阳催短景,①天涯霜雪霁②寒宵。
五更鼓角③声悲壮,三峡星河④影动摇。
野哭千家闻战伐,⑤夷歌⑥数处起渔樵。
卧龙跃马终黄土,⑦人事音书漫寂寥。⑧

注释:

①阴阳:日月,代指岁月时光。短景:指冬季日短。景:通"影",日光。

②霁(jì):雪停。

③五更鼓角:天未明时,当地的驻军已开始活动起来。

④三峡:指瞿塘峡、巫峡、西陵峡。星河:银河,这里泛指天上的群星。

⑤野哭:响彻四野的哭声。战伐:指四川军阀之乱。

⑥夷歌:指四川境内少数民族的歌谣。夷,指当地少数民族。

⑦卧龙:指诸葛亮。《蜀书·诸葛亮传》:"徐庶……谓先主曰:'诸葛孔明者,卧龙也。'"跃马:指公孙述。字子阳,扶风人。西汉末年,天下大乱,他凭蜀地险要,自立为天子,号"白帝"。这里用晋代左思《蜀都赋》中"公孙跃马而称帝"之意。诸葛亮和公孙述在夔州都有祠庙,故诗中提到。这句是说贤圣之人也都终成黄土。

⑧人事:指交游。音书:指亲朋间的慰藉。漫:全都。寂寥:寂寞寥落。

这首诗是大历元年(766)冬杜甫寓居夔州西阁时所作。当时西川军阀混战,连年不息;吐蕃也不断侵袭蜀地。而杜甫的好友李白、严武、高适等都先后死去。感时忆旧,伤乱思乡,他写了这首诗,表现出异常沉重的心情。

开首二句点明时间，写冬夜寒怆。光阴荏苒，岁月逼人，天涯浪子面对凄寒的夜景，自是感慨万千。颔联承上而下，写夜间见闻。诗人长夜难眠，直至五更时分，军中鼓角之声响起，格外悲壮；而群星映于峡中，随江流摇曳不定。这反映到诗人心中，总是一种殷忧，一种沉重。颈联，按时间顺序写拂晓所闻。正是战乱连绵之秋，因为众多男儿死于战场，所以到处是一片哭丧之声；而那少数民族的渔樵之人，似乎能超脱这世间的纷扰，各自唱着他们的歌谣。诗人为哭声而伤感，闻夷歌而寂寞。眼见耳闻，人生各态，引发诗人对历史、对命运的感慨，这就是尾联：诸葛出山分天下，公孙跃马称帝王，结果如何呢，到头来还不是埋于一抔黄土之下！今之诸路军阀，你们争来打去，除了给黎民百姓带来灾难，还有什么意义呢？不过这一番感慨也只能存于心中，在这战乱纷争的时候，亲朋流散隔离，连通信交流的机会都很难得了，又能对谁诉说呢？

论者对此诗评价极高，说它气象雄阔，有上天下地、俯仰古今之概。明代胡应麟称："气象雄盖宇宙，法律细入毫芒"，并说它是七言律诗的"千秋鼻祖"，并非溢美之词。

诗中有四处涉及是宾语还是补语的问题，对此，注家歧解纷纭。

一是"岁暮阴阳催短景"之"催短景"。

林庚、冯沅君："'岁暮'句：是说日月不停地运转，一天天很快地过去了。"——"日月不停地运转"，一年到头都是如此。这样注释，"催短景"三字基本没有落实。

韩兆琦："阴阳：指古人所说的构成天地宇宙的阴阳二气……'阴阳催短景'，谓冬日本来就短，似乎又有一种什么造化的力量在催着它急速度过，于是显得更短了。"——这样讲，显然是把"短景"看作"催"的宾语，看作"催"的对象了。而所谓"阴阳二气"该是永恒的存在，非要说"催"，四季无异，与"岁暮"没有必然的联系。

诸葛山人："一年残尽时／日月匆匆／催短冬日的夕夕朝朝。"——"日

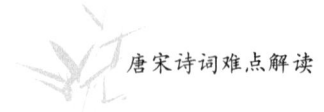

月""催短""夕夕朝朝"？这只能看作病句吧？

陶道恕："岁暮，指冬季；阴阳，指日月；短景，指冬天日短。一个'催'字，形象地说明夜长昼短，使人觉得光阴荏苒，岁序逼人。"（上海唐诗典）——"催"字有"岁月逼人"之意，这没问题。但从句法关系上说，这一"催"字是对什么而言？

上列几家，陶文是最为畅达的。需要说明的是，"催短景"是"催于短景"的省略；"阴阳催短景"就是"阴阳被短景所催"。全句的意思是说：年终岁末之时，白天日短，一晃就是一天，时光岁月仿佛被"催"着一般匆匆流转，所以给人以岁序逼人之感。

二是"天涯霜雪霁寒宵"之"霁寒宵"。

韩兆琦："霁：原指雨后或雪后天晴，这里指辉光照射。'霜雪霁寒宵'即霜雪的寒光照射着凄凉的寒夜。"——把"霁"的词义引申为"辉光照射"，从而把"霁寒宵"三个字解释为动宾结构。"霁"是说"天晴"，转移到"霜雪光照"上去，未免牵强；且"催短景"三字既不能看作动宾关系，从对句的格局说，"霁寒宵"三字也就不能解释为动宾关系。

诸葛山人："'霁寒宵'：雨雪初晴的寒夜。"今译（句）："天涯沦落的我／不眠在西阁／霜雪初晴的寒宵"——这是把"霁寒宵"三字看作偏正短语，而译文把作"我"作为全句的主语，这离原句略嫌远了一点。

其实，本诗的首联是对起，"霁寒宵"与"催短景"对言，"催短景"是"催于短景"之省，"霁寒宵"也是"霁于寒宵"之省，意思是"在这个寒冷的夜晚，终于雪过天晴了"。这里含有一种前提语意：这雪下得太久了，而且，冬夜本来就寒冷，雪后的夜晚就更加寒冷，所谓"风后暖，雪后寒"是也。作为天涯倦客，在这样的夜晚，自然不免凄寒之感。

三是"野哭千家闻战伐"之"闻战伐"。

四是"夷歌数处起渔樵"之"起渔樵"。

林庚、冯沅君："'野哭'句：是说从千家野哭中听到了战争的声音。

公元765年10月，四川爆发战乱，这时尚未平息。""'夷歌'，夷人之歌。'起渔樵'，起于渔樵。渔人和樵夫都唱夷歌，足见夔州僻远。"——既说"起渔樵"是"起于渔樵"，就当理解到"闻战伐"是"闻于战伐"，而把"闻战伐"解释为"从千家野哭中听到了战争的声音"，有点莫名其妙。这是把"战伐"看作"闻"的宾语的结果。

陶道恕："'野哭'二句，写拂晓前所闻。一闻战伐之事，就立即引起千家的恸哭，哭声传彻四野，其景多么凄惨！夷歌，指四川境内少数民族的歌谣。夔州是民族杂居之地。杜甫客寓此间，渔夫樵子不时在夜深传来'夷歌'之声。'数处'言不止一起。这两句把偏远的夔州的典型环境刻画得很真实：'野哭''夷歌'，一个富有时代感，一个具有地方性。对这位忧国忧民的伟大诗人来说，这两种声音都使他倍感悲伤。"——千家恸哭，仅仅是因为"一闻战伐之事"？不合情理。这也是把"战伐"看作了宾语。

傅德岷、卢晋："'野哭……'这是承接上联，诗人写拂晓前的所闻。一闻号角战伐之声，千家痛哭，哭声遍野；渔夫和樵子也在江中和山上唱起了悲戚的歌声。这一切反战之声，煎熬着忧国忧民的诗人的内心。"

喻守真："以'星河动摇'起后的'战伐'，以'夷歌'的承平音响来陪衬鼓角野哭的战伐之声。"——"鼓角野哭的战伐之声"，"野哭"与"战伐"什么关系？且这"夷歌"到底是"承平"之音，还是"反战之声"？

"闻战伐"几个字，上述诸家都未能解通。倒是古人在没有语法概念的情况下看得较为明白。

王穉登："闻，闻野哭也。起，起夷歌也。蜀中华夷杂处。"

仇兆鳌："'千家''几处'，言哭多而歌少。""二句写战乱的祸害。千家，见死亡众多；几处，见生人寥落。"

胡以梅："第五（句），死锋镝者众，写得淋漓。第六（句），山野将晓之境宛然，令人起无限悲思。"

"闻"的宾语是"野哭"，"起"的宾语是"夷歌"；而"战伐""渔樵"

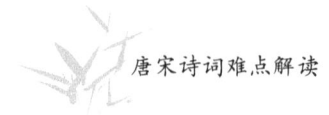

作补语。"闻战伐"是"闻于战伐"之省,意思是"在这战伐连绵不断的时候",或者说"在这战伐频频的情况下"。"起渔樵"是"起于渔樵"之省,意思是"从那打鱼砍柴的地方传出了(夷歌)",或者说"那些打鱼砍柴的人唱起了(夷歌)"。

在这首诗中,还有一个跟宾语补语无关但有必要讨论的问题,就是这里的"夷歌"是"悲歌"还是"承平"之歌?要准确理解这"夷歌"的情味,不能离开这首诗的基本情调。"悲壮"与"寂寥",是本诗的两个"情调语",全诗的情调由此可知。所以"承平"之说恐难成立。是否"悲歌"呢?也未必,因为渔樵之歌是劳动之歌,一边忧伤一边"渔樵"总是不大相宜的。在诗人听来,这应该是陌生的歌,是引起"天涯"倦客乡思的歌,是让诗人徒增"寂寥"的歌。张说《南中送北使》诗中有"夷歌翻下泪,芦酒未消愁"的句子;陈羽的《犍为城下夜泊闻夷歌》也说"此夜可怜江上月,夷歌铜鼓不胜愁",可以作为参照。

意译：

年终岁末,日光短暂,仿佛身影一晃,
岁月流转不息,这时更显得紧迫匆忙。
在这个冬日的夜晚,终于雪停霜静,
严寒袭来,哪管我是在天涯流浪。
五更时分,天色朦胧,军中早早整装,
只听得鼓声角声连成一片,声声悲壮。
俯瞰湍急的大江流水,映照着长天星斗,
星光闪耀,洪波动荡,在峡谷中激昂碰撞。
几年来战乱连连,多少子弟丧身疆场,
遍野新坟,令孤儿寡母哭断衷肠。
而打鱼砍柴的夷人,辛劳中自歌自娱,

谁来理会一个滞留老翁的寂寥悲怆？
唉，智慧如诸葛，英雄似公孙，
最终还不是黄土埋身，与布衣一样？
近年友朋接连辞世，连音书也愈见稀少，
由它去吧，我已经禁不起无尽的哀伤。

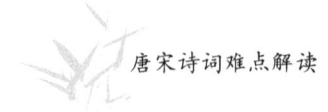

相见欢

李煜

无言独上西楼，月如钩，寂寞梧桐深院锁清秋①。
剪不断，理还乱，是离愁②，别是一般滋味③在心头。

注释：

①清秋：一作深秋。
②离愁：指去国之愁。
③别是一般滋味：另有一种意味。别是，一作别有。

公元975年，宋朝灭南唐，李煜亡家败国，肉袒出降，被囚禁待罪于汴京。宋太祖赵匡胤因李煜曾守城相拒，封其为"违命侯"。李煜在忍屈负辱地过了三年的囚徒生活后，被宋太宗赵炅赐酒毒死。李煜的词以被俘为界，分为前后两期，前期词多描写宫廷生活与男欢女爱，香艳精致，才情蕴藉；后期词多倾泻失国之痛和去国之思，沉郁哀婉，感人至深。《相见欢》便是后期词作中很有代表性的一篇。

首句"无言独上西楼"，"独上"而"无言"，何其落寞，何其孤寂。接下来"月如钩"两句写登楼所见。如"钩"之月，是残月的象征；清秋"深院"更似囚人的牢笼，一个"锁"字，透露出词人独有的心理体验。此时此景，在词人心头引发的唯有"离愁"而已。但这"离愁"不同于一般亲朋的暂时离别，也不同于青年男女的无奈分手，它是"别有一番滋味"的——这个"别"，就别在词人是一个亡国之君。他离别的不是一个或几个人，而是一个国家政权；使他痛苦的不仅是个人的囚徒境遇，他无法面对打下江山的祖宗，无法面对自己的"子民"。这种"愁滋味"实在是太深挚了，无法回避，无法摆脱,如丝如絮,"剪不断,理还乱";这种"愁滋味"又实在是太复杂了,其中有思,有痛,有悔,有恨,等等。用简洁的语言表达丰厚的内容,用直白的态度展现动人心魄的力量,称之为"千古词帝",良有以也。

这里要研究的是"寂寞梧桐深院锁清秋"一句,特别是"锁清秋"三字的结构。

唐圭璋:"'无言独上西楼'一句,叙事直起,画出后主愁容,其下两句,画出后主所处之愁境。举头见新月如钩,低头见桐阴深锁,俯仰之间,万感萦怀矣。"(唐简释)

高原:"举头望月,月如钩,在伤心人眼里,这缺月不也象征着人事的缺憾吗?再向深院望去,冷月的清光照着梧桐的疏影,寂寞庭院,重门深锁,多么清冷的环境啊!'寂寞梧桐深院锁清秋',实非梧桐深院,人也。'锁清秋',被锁者,实非'清秋',亦人也。被锁在深院中的人,悲愁无尽,只有清冷的秋天相对,怎不感到寂寞!"(上海唐宋辞典,唐·五代·北宋卷)

中国社科院文学研究所:"'深院锁清秋':清秋锁于深院之中。这是作者看到寂寞梧桐所引起的联想。用一'锁'字,当和作者的处境和感受有关。"

徐育民:"接下来一句,是俯视所见之景,它勾画出后主所处的愁境。因为自己囚居在只有梧桐树的深院之中,心情十分寂寞,故而联想到清秋被锁在深院之中了。言外之意,自己终日只是和冷清清的秋色作伴。一个'锁'字,用得极妙,桐荫深锁,把环境景物的寂寞冷清写到了极点。联系后主居处,'但一老卒守门。……不得与外人接',这个'锁'字,写尽了这位亡国之君的内心感受。总之,词的上片……通过'月如钩''寂寞梧桐'、'深院锁清秋'环境气氛的渲染,勾勒出极其凄凉的境界,深刻反映出主人公内心的孤寂之情。"

"桐阴深锁""重门深锁""梧桐深院""寂寞梧桐",从上引各家的这些说法就可以看出在解读上的纷纭。

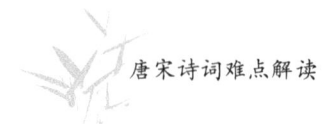

首先是结构问题。"寂寞梧桐深院锁清秋"这九个字的内在结构是怎样的?"寂寞"不是修饰"梧桐"的,"梧桐"也不是"锁"的主语。"寂寞""梧桐"都是"深院"的定语,分别附加在"深院"之上;"深院"是主语的中心词,而"锁"是谓语中心词,"清秋"作补语,实际是"于清秋"的省略。意谓主人公不仅被深院所"锁",还被"清秋"所"锁",是双重的闭锁。而把"锁清秋"看作动宾结构,解作"清秋被锁在深院之中",甚是无谓。深院之中是"清秋",难道深院之外就不是"清秋"了吗?这样的"锁"要表达什么?能表达什么?

再就是如何理解"清秋"一词。《汉语大词典》"清秋"只有一个义项,就是"明净爽朗的秋天"。这显然是不全面的。"清",有"寒"意,正如"清霜"就是"寒霜","清秋"就是"寒秋、深秋"。杜甫《晓望》诗:"地坼江帆隐,天清木叶闻。"这里的"天清"就是"天寒",因为"天寒"所以"落木萧萧"可闻。其《宿府》诗更有"清秋幕府井梧寒,独宿江城蜡炬残"之句,把"清秋"与"寒"直接联系起来说。柳永《雨霖铃》:"多情自古伤离别。更那堪、冷落清秋节。"这个"清秋"绝无"明净爽朗"之意。明乎此,说"桐阴深锁"就有问题了:"梧桐一叶落,天下尽知秋",这是说它是最早落叶的树种,正所谓"金风细细,叶叶梧桐坠。"(晏殊《清平乐》)时至深秋,桐叶该是凋落殆尽,哪会有"桐阴深锁"的景象?

这里还涉及对"梧桐"一词的理解。在古诗词中,"梧桐"是一个"语码",有丰富的情感联想作用。人们广泛地在庭院的井栏边上栽植梧桐,因此诗人又常常称梧桐为"井桐""井梧"等。而庭院、井与梧桐相连,梧桐是和家园紧密地联系在一起的。所以当诗人身居他乡的时候,梧桐便成了他记忆中家乡与家园的象征,上引杜诗就是以"井梧"隐乡愁的。如果是"缺月挂疏桐",那乡愁就更浓重了。"梧桐",又用来象征别人愁绪。例如李白《赠别舍人弟台卿之江南》诗:"梧桐落金井,一叶飞银床。"李煜《采桑子》词:"辘轳金井梧桐晚,几树惊秋。"张先《虞美人》词:"亭亭残照上梧桐,一时弹泪与东风,恨重重。"

　　上述问题厘清了,才能明白李煜的这一句词所表达的思想情感:"院落"是"深"的,而且是被严密"锁闭"的;又时值"清秋",天地间笼罩着一片肃杀之气,院落中的梧桐树已是黄叶凋零,一片惨淡;再配以"如钩残月",作为亡国之君,高楼独上,其忧愁寂寞自然是"剪不断,理还乱"的。

　　下面是与"锁清秋"结构相似的例子:

　　李商隐《隋宫》:"紫泉宫殿锁烟霞,欲取芜城作帝家。"——"巍峨的长安宫殿,空锁一片迷冷的烟霞。"(诸葛山人)这是把"锁烟霞"看作动宾结构的解读。不要说思想意义,连基本的事理都不通:"烟霞"何在?怎么能被"宫殿""锁住"呢?

　　周邦彦《琐窗寒》:"桐花半亩,静锁一庭愁雨。"——"半亩大的庭院中开满桐花,好像锁住了满庭的雨水。"(李之亮)这也是把"锁一庭愁雨"看作动宾结构。正如"一帘幽梦"之不是用"一帘"来限定"幽梦"(见秦观《八六子》词"夜月一帘幽梦,十里春风柔情"),"一庭"也不是作定语来限定"愁雨"的。在这里,"静锁一庭"是一个义组,"一庭"就是"独庭",意为"孤独的院落",是"锁"的宾语,而"愁雨"作补语,即"锁于愁雨",补充说明这庭院不仅是"静锁"的,而且是笼罩在一片"愁雨"之中的。

　　史达祖《绮罗香》:"记当日门掩梨花,剪灯深夜语。"——"还记得当初也是这样的雨天,我们把梨花掩在门外,剪着灯烛深夜里悄悄诉说着柔情蜜语。"(李之亮)还是把"掩梨花"看作动宾结构。但翻译成"把梨花掩在门外",表达的是什么?其实这是"掩于梨花"之省,意为"在梨花盛开的季节,我们掩门夜语"。

　　张炎《渡江云》:"犹记得,当年深隐,门掩两三株。"——"还记得当年深深地隐居不出时,我那关着的院门内也有过两三株柳树。"(蔡义江)这同样是把"掩两三株"视为动宾结构。这应理解为"掩于两三株(柳树)"之省,意谓院门被两三株柳树所遮掩,隐用陶渊明《五柳先生传》"宅边有

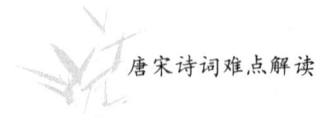

五柳树"的典故。而说"关着的院门内也有过两三株柳树",还有什么意味?

意译:
没有了姬妾,
没有了扈从,
孤身一人登上西楼。
满腹话语对谁说?
只望虚空月如钩。
人不圆满月亦缺,
上天下地皆寇仇。
庭院深锁无声息,
梧桐叶落报寒秋。

剪不断,理还乱,
如丝如絮是离愁。
丧了家,失了国,
祖宗江山归人手。
亦思亦痛亦恨悔,
百般滋味在心头。

浪淘沙·把酒祝东风

欧阳修

把酒①祝东风,且共从容②,垂杨紫陌洛城东。③总是④当时携手处,游遍芳丛。

聚散苦匆匆,此恨无穷。今年花胜去年红。可惜⑤明年花更好,知与谁同?

注释:

①把酒:端着酒杯。

②从容:留恋,不舍。

③紫陌:紫路。洛阳曾是东周、东汉的都城,据说当时曾用紫色土铺路,故名。此指洛阳的道路。洛城:指洛阳。

④总是:大多是,都是。

⑤可惜:却惜。可:表转折的副词。

这是一首惜春忆友的小词,上片是对"去年"朋友共游的美好回忆,下片是写"今年"的离恨和对"明年"的展望。

全词不长,涉及的时间却是"去年""今年""明年"。时空的广阔,当然更有利于展现人生的境遇,寄寓深沉的感慨。开首从"去年"写起,"去年"二字却在下片出现。这是"信息后出"的技巧,文字省检而趣味盎然。那时节,亲朋聚会,春风美酒,携手游春,一幕幕如在眼前。但人生匆匆,聚散无常,去年一别,如云飘散,留下多少遗憾!如今又是春风起,那花开得似乎比去年还要红艳,但有谁与我同赏?花有情而人离散,使离别之恨更增加了鲜活的色彩。但词人的眼光并没有停留在"今年",他又转进一层，想到了"明年"：今年尚且不能相聚，明年是更没有希望了！而唯一不变的是那盛开的红花。其实，花未必真的一年更比一年红，只是由于离恨在心，那花就显得格外刺眼罢了。

词中难点在"把酒祝东风"一句，诸多选本都译为"希望东风"如何如何，谬种流传，需要澄清。

王思宇："上片叙事，从游赏中的宴饮起笔。这里的新颖之处，是作者既未去写酒筵之盛，也未去写人们的宴饮之乐，而是写作者举酒向东风祝祷：希望东风不要匆匆而去，能够停留下来，参加他们的宴饮，一道游赏这大好春光。"（上海唐宋辞典）

丰涛："起首'把酒'二句，写词人持酒祝祷，希望东风暂且与人从容流连，千万不要匆匆离去，这是他此刻的希望，紧接着便转入回忆。"

蔡义江："我拿着酒祝告东风，请它跟我们一同在此多流连些时候。"

李之亮："举起酒杯向东风祈祷：春光啊，且再逗留些时候，不必如此来去匆匆。"

祝，甲骨文刻画的是一个人跪在祭坛前，祭奉神灵，祷告求福。由对神灵的"祝祷"，引申出对一般美好愿望的表达，就是"祝颂"，如"祝福""祝寿"等等。这里的"祝"就是"愿"。从容，意为"流连"。把"祝东风"理解为"祝祷东风"，"希望东风"如何如何，而下面说的是与朋友携手共游的行动，在语脉上连接不上。至于说"希望东风不要匆匆而去，能够停留下来，参加他们的宴饮，一道游赏这大好春光"，更是违背基本逻辑："东风"与"大好春光"是什么关系？"东风"难道不是"大好春光"构成因素，而是"大好春光"的欣赏者？

"祝东风"实际是"祝于东风"之省，意谓在东风浩荡的大好春光里，举酒邀约，希望朋友们"盘桓逗留"，共度佳期。接下来写的就是"共从容"的具体内容：沿着洛城东的垂杨紫陌，携手同行，游遍芳丛。

类似的例子还可以举出宋祁《玉楼春》中一句："为君持酒劝斜阳，且向花间留晚照。"论者都把"劝斜阳"解读为"劝夕阳不要匆匆归去",还说是"拟人"云云。但以理以情揆之,似乎并不符合诗人本意。从"晓寒"到"斜阳",诗人已是冶游了一整个白昼,即使真的"劝住斜阳",又能延时几何?诗人追求的绝非这傍晚的片刻,他要"夜以继日"(当然也不放过这傍晚的片刻)!"劝斜阳",实际是"劝于斜阳"(述补结构)之省:在斜阳西下之际,诗人端起酒杯,要他的朋友不要散去,"且向花间留晚照"——我们要等待明月东升,继续在这歌儿舞女间尽享欢愉。——这个"花间",就是"歌儿舞女";"晚照"是指月亮,而不是"傍晚时分"。关于此词,后面还有详解。

意译:
东风浩荡春意浓,
友朋频频举翠盅。
祝你红颜永常驻,
祝你平步上苍穹。
饮罢携手寻芳去,
洛城垂柳路路通。
花街柳巷都游遍,
处处香飘卉葱茏。

无奈各奔前程去,
人生聚散苦匆匆。
相别时难聚更难,
此恨悠悠无尽穷。
年年春到花开放,
今年更比去年红。

明年花开会更好,
你我却难更相逢。
难相逢,恨重重,
可怪花开别样红。

省试①湘灵②鼓瑟

钱起

善鼓云和瑟③,常闻帝子④灵。
冯夷⑤空自舞,楚客⑥不堪听。
苦调凄金石⑦,清音入杳冥。
苍梧⑧来怨慕,白芷⑨动芳馨。
流水传潇浦,悲风过洞庭。
曲终人不见,江上数峰青。

注释:

①省试:唐时各州县贡士到京师由尚书省的礼部主试,通称省试。考试时作的诗叫"试帖诗"。"湘灵鼓瑟"当是这一次省试诗题。

②湘灵:传说中舜的妃子娥皇和女英,在舜死后因哀伤而投湘水自尽,变成湘水女神。灵,神。

③云和瑟:云和,古山名。《周礼·春官大司乐》:"云和之琴瑟。"

④帝子:屈原《九歌》:"帝子降兮北渚。"注者多认为帝子是尧女,即舜妻。

⑤冯(píng)夷:传说中的河神。

⑥楚客:指被流放的屈原,一说指远游的旅人。

⑦金:指钟类乐器。石:指磬类乐器。

⑧苍梧:山名,今湖南宁远县境内,又称九嶷,传说舜帝南巡,崩于苍梧。此代指舜帝之灵。

⑨白芷:香草名,夏日开小白花。

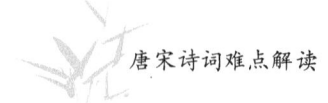

钱起，是大历（唐代宗年号）十才子之一，这首诗是他参加进士考试时的答卷。诗赋不是拿来治国的，是用来显示文化修养的。朝廷考诗赋的目的是要检验应考者的文化根底和应变能力。临时命题，当场赋诗，考生必须吃透题意，把握重点，调动自己全部的文化积淀，把自己对经史子集天文地理人情世事的各种体验迅速做出筛选编排，从而写出令考官满意的作品。要写好《湘灵鼓瑟》这个题目，就要考虑到：一、题目来自《楚辞·远游》"使湘灵鼓瑟兮，令海若舞冯夷"，诗的内容必须涉及"楚客""远游"的心思。二、鼓瑟者在湘水，描写的环境不能离开湘水；鼓瑟即奏乐，诗要描写的对象是乐音。三、湘灵是神灵，不可把她只作人来写；而其"鼓瑟"的水平自然不同凡响，诗要充分表现出其乐曲的高妙，等等。本诗之所以被称作试帖诗的范本，就因为它完全符合上述各项要求。

首联破题，并以一个"善"字点明湘灵善于鼓瑟的主旨；接着三联正面描写其所鼓瑟曲的高妙。第二联先从其瑟曲的深刻内涵写，冯夷闻声起舞，固然见得乐曲有感人的力量，但他并不能真正体会乐曲的情感，只有遭遇了挫折和不幸的人，只有痛苦、呼号的生命才能真正与之共鸣。第三联，从瑟曲的情调写，通过与钟磬之音相比较，突出其"凄"与"清"的特点。第四联，再从瑟曲的感人效果写，上感苍梧之英魂，下动白芷之芳草，确是感天动地了。第四联，再写其传布之广远。如此美妙的音乐，如果只传布到很小的范围，不仅可惜，也有损于它的神奇。现在是湘水之滨，洞庭之上，到处都可以听到，确是非凡人所能为。

诗人通过对湘灵瑟曲的生动描绘，把读者带到了一个神奇的音乐世界；而当读者神往于这个神奇的音乐世界的时候，音乐却戛然而止："曲终人不见，江上数峰青。"不仅乐曲终止了，想一睹女神的仙姿也绝无可能，呈现在人们面前的只是江岸的数座青峰——那青峰不也是瑟曲的聆听者吗？青峰在目，余音绕耳，你会久久地回味，久久地遐想。这就是所谓言有尽而意无穷。

大略地看，似乎没有问题，一较真，就发现至少有两处容易误读。

一是对"苦调凄金石，清音入杳冥"的理解："凄金石""入杳冥"，是什么结构？动宾还是述补？我们看看论者是怎么讲解的："你听，那曲调深沉哀婉，即使坚如金石也为之感到悲凄；而它的清亢响亮，可以传到那无穷无尽的苍穹中去。"（刘逸生文，见上海唐诗典）说"坚如金石也为之感到悲凄"，显然是把"金石"看作宾语了。这是误读。"金石"，是钟磬类乐器的代称，不是一般的"金石"——一般的"金石"怎么会"感到悲戚"呢？这实际是"凄于金石"之省，"金石"做补语，翻译过来就是"湘灵弹出的瑟曲比金石之声更凄苦"。"清音入杳冥"是"清音入于杳冥"之省，讲成"清音""传到那无穷无尽的苍穹中去"是对的，实际上是把"杳冥"看成了补语。一联诗，还是对偶句，一句讲对了，一句讲错了，这说明论者缺乏语言分析的自觉，而只是"跟着感觉走"，即使讲对了，也有偶然性。

第二处，是对"流水传潇浦，悲风过洞庭"一联的解读。流水传湘浦，"湘"：水名；"浦"：水边。"流水"作状语，即（"苦调""清音"）随着流水……"传湘浦"：即"传于湘浦"，传到（传遍了）湘水的两岸。"悲风过洞庭"，"悲风"做状语，是说（"苦调""清音"）随着"悲风"飘过洞庭湖。我们看论者的讲解："乐声在水面上飘扬，广大的湘江两岸都沉浸在优美的旋律之中。寥阔的湘水上空，都回荡着哀怨的乐音，它汇成一股悲风，飞过了八百里洞庭湖。"（同上）"乐声在水面上飘扬"，"广大的湘江两岸"怎么就"沉浸在优美的旋律之中"了？"哀怨的乐音"怎么会"汇成一股悲风"？况且，这鼓瑟之声到底是"优美的旋律"还是"哀怨的乐音"？这种"鉴赏"实际还是"跟着感觉走"，而不是根据文本语言的规律，是不足为训的。

关于这首诗，还有一次小小的争论：朱光潜先生说："我从前读'曲终人不见，江上数峰青'，以为它所表现的是一种凄凉寂寞的情感……现在我觉得这是大错……如果在……两句中见出'消逝之中有永恒'的道理，它所表现的情感就不只是凄凉寂寞，就只有'静穆'两字可形容了。凄凉寂寞的意味固然也还在那里,但是尤其要紧的是那一片得到归依似的愉悦。这两种貌似相反的情趣都沉没在'静穆'的风味里。"[1] 鲁迅则说:"……中间的四联,颇近于所谓'衰飒'……一看题目,便明白'曲终'者结'鼓瑟','人不见'者点'灵'字,'江上数峰青'者做'湘'字,全篇虽不失为唐人的好试帖,但末两句也并不怎么神奇了。"[2]

对此,我们可以看,可以想,做出自己的判断。

意译:
我久仰的湘水之神,娥皇和女英,
她们弹琴奏瑟,抒发感天动地的悲情。
河神冯夷激动得扬波起舞,
可惜他并不真懂那乐曲的初衷。
只有含冤负屈贬谪流放的屈子,
才能共振泪水浸泡的心灵。
铜钟奏响,石磬齐鸣,
总难以发出这瑟曲凄凉的和声。
这清苦的乐曲,直达天庭,
连天神也无法气定心平。
白芷被感动得清香四溢,
舜帝更一腔思慕,伤悲涕零。
那乐音悠悠不绝,
随着滔滔的江水,
趁着山间的劲风,
飘入两岸痴男怨女的心底,

---

[1]《朱光潜全集》第8卷,《说"曲终人不见 江上数峰青"——答夏丏尊先生》。
[2]《鲁迅全集》第6,《题未定草(七)》卷。

传遍八百里泱泱的洞庭。
天在听,地在听,
天地众生皆酩酊。
划然一声曲终了,
女神窈窕不见影。
唯有江边青峰在,
矗立人间作永恒。

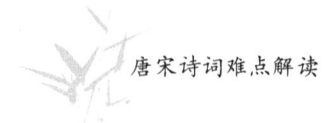

更漏子

温庭筠

柳丝长，春雨细，花外漏声迢递。①惊塞雁，起城乌，画屏金鹧鸪。②

香雾薄，③透帘幕，惆怅谢家池阁④。红烛背⑤，绣帘垂，梦长⑥君不知。

注释：

①漏声：这里指雨声。或谓"漏壶滴水声"。古人用铜壶滴漏来计时，将一夜分为五更。迢递：时间久。或谓"远貌"。

②塞雁：塞外南归之雁。城乌：城头栖宿的乌鸦。画屏：有图饰品的屏风，为女主人公居室中的摆设。金鹧鸪：画屏上面绘（或绣）的金色的鹧鸪鸟。

③香雾：指窗外带有花香的雾气。薄：或谓通"迫"，逼来。

④谢家池阁：豪华的宅院，这里即指女主人公的住处。谢氏为南朝望族，居处多有池阁之胜。后来便成为一共名。

⑤背：灯烛燃尽。或谓"背对红烛"，或谓"遮住烛光"。

⑥梦长：一作梦残。

这首词很有名，可以看作温庭筠词的代表作。但解读起来异见纷纭，有的地方至今也没有说明白。

我们提出几个问题：

一、"花外漏声迢递"一句中的词语都是什么意思？

二、"惊塞雁，起城乌"写的是什么景象？与前后句是什么关系？

三、"红烛背"的"背"到底该怎么讲？为什么说"梦长君不知"？

"花外漏声迢递"一句,"漏声"到底是指"铜壶滴漏之声"还是指"雨声"？叶嘉莹教授持"雨声说"："若果然为计时之滴漏,则此滴漏何以不在室内而在花外？因知此所谓'漏声',非真为漏声,实乃雨滴滴落之声也。"（叶论词）而由叶教授主编《温庭筠词新释集评》的编著者张红、张华不取此说而主"铜壶滴漏"说。刘学锴先生也持"铜壶滴漏说",并说明理由："……花外传来点点更漏。夜深人静,漏声似乎变得特别悠长而遥远。""或以为'漏声'实指雨声,则不但与题意不合（此调在唐、五代多咏本意）,而且与下面两句也显然脱节。"（上海唐宋辞典）那么,"滴漏"之声何以在室外呢？持此说者的解释是：这实是指"司更"之漏声,就是司更人凭漏刻报时的声音。当然,"花外""迢递"两个词语的出现也应是持此论者的根据。刘学锴说漏声从"花外传来""悠长而悠远";张红、张华二位也说"滴漏之声从花园外面远远地传来",就是证明。

其实,叶嘉莹先生的说法更合理。此句承上"春雨细"而来,以雨声喻漏声很自然。特别是,报时之更漏声,只是"即时"一响,绝没有"连续不断"的道理,这定时一响的声音,对人心理的影响恐怕是有限的。

更要说明的是,持"铜壶滴漏"说者,都误解了"花外""迢递"两个词语。花外,不是"花园之外",而是"花上"或"花中"。外,作为方位词,不仅有与"内""里"相对的义项,还可以指"上"指"边"指"中"指"下",王瑛著《诗词曲语辞例释》有详细的解说。兹略抄几例：杜甫《独立》诗："空外一鸷鸟",即"空中"一鸷鸟。秦观《满庭芳》词："斜阳外,寒鸦万点",即"斜阳光下"或"斜阳光中"有寒鸦万点。苏轼《惠崇春江晚景》诗："竹外桃花三两枝",即"竹（边）畔"有桃花三两枝。岑参《早秋与诸子登虢州西亭观眺》诗："亭高出鸟外",即亭高在飞鸟之"上"。冯延巳《上行杯》词："柳外秋千出画墙",即"柳下"秋千出画墙。

迢递,也不是"距离远",而是"时间长久""连绵不绝",这在《汉语大词典》上就列有义项。其例有：韦应物《春宵燕万年吉少府南馆》："河

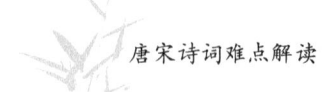

汉久纵横,春城夜迢递。"沈约《九日侍宴乐游苑》诗:"虹旌(彩旗)迢递,翠华葳蕤。"

如此,"花外漏声迢递",就是说:细雨洒落在窗外的花丛上,水珠滴落,那声音就像催促时间流逝的滴漏一样,久久地,连绵不断地传过来。

肯定"漏声"即"雨声",是否与后面的两句"脱节"呢?

这就要弄明白后面的这两句到底说的是什么。"铜壶滴漏"论者说:塞雁与城乌"仿佛亦闻迢递的漏声而惊飞;唯一不动不鸣的,似乎只是室内华美的'画屏金鹧鸪'……'惊''起'打破了寂静,似乎也暗示出对她心灵的更大冲击。"(张红、张华同上)刘学锴也说:"雨夜漏声之中,传来塞雁、城乌的鸣叫声,从长夜怀人的不寐者听来,仿佛是这'漏声'所惊起的……这真切地表达了女主人公静夜闻漏声过程中间,闻乌啼、雁鸣所以起的寂寥、凄清和骚屑不宁的心理状态。"(同上)两家都承认,"漏声"之微(《新释集评》本自相矛盾:先说其声为"更漏",后又回到"滴漏")本不足以惊雁起乌,不过是主人公的心理使然,是"感觉的真实"。

上述说法是不足为信的。我们已经说过,若把"漏声"讲成报时之"更漏",它没有持续性,不足以使人产生强烈的冲击。若把"漏声"解成"滴漏"声,其声之微无法惊雁起乌且不说,这里的时空怎么处置?主人公身处"谢家池阁",这是文本明确说了的;那么,塞雁在哪里?城乌又在哪里?塞雁何时飞?城乌何时起?她怎么能都听得入耳还触动心灵?有意思的是,叶嘉莹教授在做了种种解释后,说道:"若以为此说仍不免牵强,则私意以为此三句实但如鄙说乃温词纯美之特色,原不必深求其用心及文理上之连贯。"(叶论词)

其实,这"惊塞雁,起城乌"乃是其梦中景象——下片就点出一个"梦"字。主人公在连绵不断点点滴滴的单调的雨声中,慢慢进入了梦乡,去追寻她在边塞戍守的丈夫或情人。"塞"也好,"城"也好,都跟远离的丈夫或情人相关。在梦中,有回归的塞雁,有城头的乌鸦……但似乎并没有找到自己亲爱的人。梦醒之后，眼前只有"画屏金鹧鸪"！这屏上的鹧鸪也许是成双成对的吧，那它们则是从另一角度刺激到主人公，使她倍加寂寞、凄凉。正是有了这两句，下片的结句"梦长君不知"才有着落。

上片写入梦之迷乱及梦醒之孤寂，下片写梦后叹梦，寂寞中透出几许哀怨，贯穿全篇的就是一个"梦"字。下片写梦后已是凌晨，帘幕仍然低垂，而蜡烛已然烧尽。凌晨时分本来温度低些，偏偏又有晨雾透过帘幕，更增加了几分凄寒。主人公不禁叹道：我在梦中对你苦苦追寻，你哪里知道啊！所谓有几分"哀怨"，就见于此。这一句不是要"入梦"，而是"说梦""叹梦"。

"红烛背"，二张释为"烛光从背面照来"（同上），叶教授也说主人公"故背红烛"欲以入梦（同上）。其实，这里的"背"字，不是"背对着"，而是灯烛燃尽、熄灭之意。这在《汉语大词典》就有义项，不知诸名家为什么搞错。而一字之误，又影响到对全篇的解读。

意译：

春雨扯着细丝，连绵不息，
窗外的花丛，响着均匀的水滴。
富丽的妆楼上，少妇孤栖，
独守空床，心头承受着雨点的敲击。
那单调而持续的雨声，
就像铜壶滴漏，催促着生命的马匹。
楼畔有几株垂柳，
此时又勾起多少青春的回忆。
敲击复敲击，回忆复回忆，
梦中寻郎到辽西。
塞雁惊飞，城乌聒噪，
我的情郎，你在哪里？在哪里？

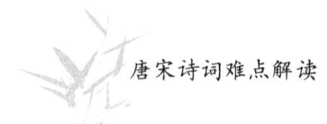

一梦惊醒,画屏上偏是相爱的夫妻,
金鹧鸪成双成对,亲亲密密。

漫天的寂寞盘踞心底,
这孤楼上只有孤栖的自己。
黎明的薄雾带着繁花的清香,
透过帘幕传来逼人的寒气。
红烛燃尽,再也没有伤心的泪滴,
黯淡中我也懒得把绣帘卷起。
情郎啊情郎,我的情我的梦,
可曾激起你心湖的一波涟漪?

八六子①

秦观

倚危亭,恨如芳草,萋萋刬②尽还生。念柳外青骢③别后,水边红袂③分时,怆然暗惊。

无端天与娉婷④。夜月一帘幽梦,春风十里柔情⑤。怎奈向、欢娱渐随流水⑥。素弦声断,翠绡⑦香减;那堪片片飞花弄晚,蒙蒙残雨笼晴。正销凝⑧,黄鹂又啼数声。

注释:

①八六子:词牌名,又名"感黄鹂"。
②刬(chǎn):同"铲"。
③青骢(cōng):毛色青白相间的马,代指行人。
④红袂(mèi):红袖,代指女子,情人。
⑤无端:不知何故,没来由。娉(pīng)婷:美貌,代指美人。
⑥春风:喻指美女佳人。杜牧《赠别》诗:"春风十里扬州路,卷上珠帘总不如。"
⑦怎奈向:即怎奈、如何。宋人方言,"向"字为语尾助词。渐:旋即,不久。
⑧翠绡:碧丝纱巾。
⑨销凝:销魂凝恨,极度伤神。

秦观,北宋词人,字少游,一字太虚,为"苏门四学士"之一。工诗词,词多写男女情爱,也颇有感伤身世之作。作此词时,还未能登得进士第,没有一官半职。

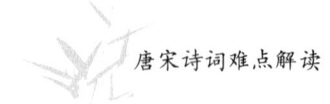

此为怀人之作,写他与曾经爱恋的一位妓女之间的离别相思之情。

上片写临亭远眺,直接揭出一个"恨"字;且以"芳草"喻离恨,突出其无法祛除、绵绵无尽之态。"恨"从何来?从"念柳外"直到结尾,都在回答这个问题。先是忆及"柳外""水边"分手之时,以"青骢"代指自己,暗谓行速之快;又以"红袂"代指佳人,暗谓牵手扯袖之留恋。这一幕,至今想起来还"怆然暗惊"——动心凄怆。下片进而回忆与美人相逢、欢聚的幸福时刻。这个相逢完全是意外,仿佛是天上掉下个林妹妹,大喜过望。而两人相聚,更是有似杜牧的扬州之欢:明月的辉光透过帘幕把内室映照得似明似暗,绝代佳人弦歌曼舞,柔情似水,两人相偎相依,进入梦乡。但欢聚是短暂的,"怎奈向"一句之后转写别后之凄惶寂寞。"欢愉渐随流水"——那种欢愉很快就像流水一样,一去不返了。"渐",正是"旋即""不久"之义。此后,再也没有弦歌曼舞的欢愉,连她留赠的纱巾上的香味都慢慢消散了。至于眼前,飞花弄晚,残雨笼晴,直教人伤神不已。偏偏此时又有黄鹂的啼鸣,更叫人难以承受——黄鹂之声,本有飞黄腾达之说,而自己此时还是布衣之身,情爱不再,仕途渺茫,正是双重的悲苦啊。

整首词缠绵悱恻,柔婉含蓄,融情于景,既抒发了对佳人的深深追念,又融入了自己的身世之感,情韵兼胜,确是佳作。

词中"飞花弄晚""残雨笼晴"两处涉及宾语还是补语的问题。先来看看各注家的说法。

叶嘉莹:"我怎能忍受眼看着一片片飞花跟过去那些美好的往事一样在傍晚斜阳之中飘落下来,而且还下着蒙蒙的细雨。笼晴者,是一半阴,一半晴,雨丝笼罩着日光。"(叶赏词)——把"弄晚"讲成"在傍晚斜阳之中飘落下来",显然是把"弄晚"看作"弄于晚"之省,把"晚"看作了补语。而把"笼晴"又看作动宾结构,讲成"雨丝笼罩着日光",前后不一致。

徐培均、罗立刚:"那堪二句:'弄晚'与下句'笼晴'互文,意谓飞花残雨在逗弄晚晴。"讲解:"这里则既有飞红,更有残雨。落花与微雨交织成一片哀愁的天地，景色凄迷，离人当此，情何以堪！在片片飞花、蒙蒙残雨之后，又各缀以'弄晚'、'笼晴'两组宾语，于是无情之物便变为有情之物。这飞花，这残雨，似乎跟他过不去，故意作弄晚晴，撩人愁绪。"[1] 说"弄晚""笼晴"是"宾语"，殊难理解。飞花、残雨"作弄晚晴"，怎么就是"跟他过不去"？

沈祖棻文："晚风之中，落花片片，乍晴之后，残雨蒙蒙。""不说风吹花落，而说飞花戏弄于晚风之中，不说阴晴不定，而说残雨笼罩了晴光，'弄'字和'笼'字，用得极其富于想象力，而又生动、新颖。"（燕山典）——笼罩，意谓像笼子一样罩在上面，是自上而下的动作状态，而且一定是在上者大于在下者，如"晨雾笼罩着湖面""月光笼罩着原野"。说"残雨笼罩了晴光"，是自下而"笼"上，是违背常识的。

郭伯勋："'飞花弄晚'写好景不长，'残雨笼晴'写阴晴不定，二者兼之而来，人所难受。"

李之亮："眼见得片片花瓣随风而落，增长了暮色的悲切，点点滴滴的残雨，还笼罩着欲晴的天空。"——上句"意译"，离原文未免太远；下句的译文，谬误如沈文。

蔡义江："怎能忍受这片片飞花在晚春时舞弄，蒙蒙残雨来将晴空笼罩。"——第一句的译文虽然笨拙，大体与原文相符。第二句之误，与沈、李二家一样。

"片片飞花弄晚，蒙蒙残雨笼晴"，是对句，而且正如《新释》所说，还是"互文"。既如此，它们的句法结构应该是一致的。实际上，"弄晚"是"弄于晚"的省略，意谓"在傍晚的时光逗弄"；"笼晴"是"笼于晴"的省略，意谓"被晴光所笼罩"。若把"晚"看作"弄"宾语，同时就得把"晴"看作"笼"的宾语。于是就不得不违背常识，硬说"残雨笼罩着天空"。奇怪的是，沈文既说"飞花戏弄于晚风之中"，蔡文也说"飞花在晚春时舞弄"，

---

[1] 叶嘉莹主编，徐培均、罗立刚编著：《秦观词新释辑评》，中国书店2003年版。

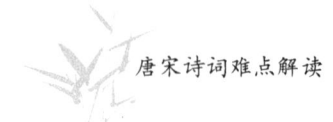

是把"弄晚"看作"弄于晚"了,而在讲"笼晴"时却又把"晴"看作"笼"支配的对象。

"那堪片片飞花弄晚,蒙蒙残雨笼晴"这两句的意思是:

让我难以承受的是:傍晚时分,大半天空已然放晴,而偏偏在我的眼前依然细雨蒙蒙,雨打花落,片片落花仿佛在逗弄着我的愁情,让我感到我的生命也像那落花一样在一点点地逝去。

把"弄晚"之"弄"释为"逗引""逗弄",似乎是有根据的。

查《汉语大辞典》,"弄"字有如下义项:用手把玩,舞弄;玩耍,游戏;欺骗,戏弄;显现,卖弄;撩拨,逗引;玩赏,等等。而词条"逗引"的解释是:触动,引发;勾引,吸引引诱;用言语、行动逗引对方借以取乐,等等。在"撩拨、逗引"的一项下,列有三例:①唐刘希夷《采桑》诗:"青丝娇落日,湘绮弄春风。"②宋陆游《西邻亦新葺所居复与儿曹过之》诗:"新苗畦蔬经宿雨,半开篱槿弄斜晖。"③元赵普庆《普天乐·秋江忆别》曲:"梧桐一叶弄秋晴,砧杵千家捣月明。"

我以为,上述三例中,无论从文理说还是从事理说,至少第①和第③,"弄"字都显然不能讲作"撩拨"或"逗引"。从文理说,二例都出于对句,在严格的对偶句中,相对应的部分结构应该是一致的。从事理说,如果把"弄春风"看作动宾结构,讲成"逗弄春风","娇落日"也看作动宾结构,怎么讲?"娇"是美好可爱,这只能看作是"娇于落日"之省,即"在落日的辉映下显得特别美好可爱"。由此反观"弄春风",也应看作"弄于春风"之省才是,翻译过来,就是"在春风中飘动"而已。且两句互文,全面地翻译,应该是:采桑女那长长的黑发,那丝绸细软的衣衫,在夕阳的映照下,在和煦的春风中,轻轻地飘动着,特别娇美可爱。

例③同样明显。如果把"弄秋晴"看作动宾结构,讲成"逗引"或"逗弄""秋晴",那么"捣月明"也得看作动宾结构,讲成"捶打月明"或者"搅扰月明",这显然乖谬不通。所以只能把"秋晴""月明"看作补语,看作

"弄于秋晴""捣于月明"之省。"弄",只能取用"玩耍,游戏"之类的义项,或加以引申。

其实,在《汉语大词典》收录的"弄+名词"的双音词中,有些就是述补结构。如"弄潮"就是"在潮水里游水作戏","弄水"就是"在水上作竞技表演","弄晴"则解释为"指禽鸟在初晴时鸣啭戏耍",等等。可见在"弄+名"的组合中,名词作补语并不新鲜。

同样有"弄+名词"组合而应把名词视为补语的词句还有:

张元幹《兰陵王》:"栏杆外,烟柳弄晴,芳草侵阶映红药。"——"弄晴"等于"弄于晴","映红药"等于"映于红药"。而且,这里的"弄晴"还不能用《汉语大词典》所列的义项加以解释。

卢祖皋《宴清都》:"离肠未语先断,算犹有凭高望眼,更那堪衰草连天,飞梅弄晚。"——"衰草连天"等于"衰草连于天","飞梅弄晚"等于"飞梅弄于晚"。

意译:
闲倚在高高的亭台,
连绵的恨意涌上心来。
就如随风生长的春草,
刚铲断又把大地覆盖。
要问我所恨何事,
一段浪漫的情事萦绕胸怀。
承蒙老天的眷顾,
送我佳人一个,堪称绝代。
她曼舞清歌千般媚,
她柔情似水百样乖。
明月清辉透帘幕,

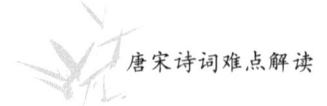

照我巫山云雨到阳台。
无奈何，欢愉短暂随流水，
霎时流去不再来。
那时节，我马徘徊不忍去，
她红袖遮颜泪满腮。
自别后，瑶琴蒙尘音声断，
留赠的纱巾香气也渐衰。
如今倚楼思往事，
眼前是夕阳细雨真无赖。
飞花片片笑我痴，
我自伤神空感慨。
更有黄鹂叫连声，
促我奋发早日把桂冠摘。

八声甘州

柳永

对潇潇暮雨洒江天,一番洗清秋①。渐霜风凄紧②,关河冷落,残照当楼。是处红衰翠减,③苒苒物华休。唯有长江水,无语东流。

不忍登高临远,望故乡渺邈④,归思难收。叹年来踪迹,何事苦淹留⑤?想佳人,妆楼颙望⑥,误几回、天际识归舟。⑦争⑧知我,倚栏杆处,正恁⑨凝愁!

注释:

①一番洗清秋:一番风雨,洗出一个凄清的秋天。
②霜风凄紧:秋风凄凉紧迫。霜风,秋风。
③是处红衰翠减:到处花草凋零。是处,处处。红,翠,指代花草树木。
④渺邈:遥远。
⑤淹留:久留。
⑥颙(yóng)望:抬头远望。
⑦误几回、天际识归舟:多少次错把远处驶来的船当作心上人回家的船。
⑧争:怎。
⑨恁(nèn):如此,这样。

此词写羁旅怀乡的凄苦之情,是柳永的代表作之一。上片重在写景,雨后秋暮,登楼而望,凄寒萧飒,悲情自在其中;下片直接抒情,思故乡而念妆楼颙望,叹羁旅而恨身无自由。写景则触目而惊心,抒情则回肠而九转。连苏轼都说:"人皆言耆卿词俗,然如'霜风凄紧,关河冷落,残照当楼',唐人佳处,不过如此。"(宋赵令畤《侯鲭录》)

此作虽备受青睐,但在具体解读中却不无问题。就看开首之"一番洗清秋"句,"洗清秋"三字表达的是什么意思?

周汝昌先生说:"时节既入素秋,本已气肃天清,明净如水,却又如此一番秋雨,更是纤埃微雾,尽皆浣尽,一澄如洗。"(上海唐宋辞典)——本已"气肃天清,明净如水",再怎么雨水冲洗,也不过"明净如水"而已,"洗"和不洗有什么区别?

蔡义江先生说:"……雨过天晴,经此一番洗涤,更显出宇内秋气清爽明澄。"——这也是说"清秋"是雨水"洗涤"而来的。

顾之京等说:"……映入眼帘的是高天洒向大江的一番黄昏密雨'洗'出的'清秋',凄凉萧瑟而又气象博大。"[1]——不仅认定那"清秋"是秋雨"洗"出来的;还说那"黄昏密雨"只"洒向大江",这不仅违背常识,也与"气象博大"之说自相矛盾。

叶嘉莹教授说:"'洗',冲洗。'洗清秋',一是说经过一场风雨的冲洗之后,山峰、树木都冲洗得更干净了。一是说一场风雨过后,树木更加零落萧疏,树叶少了,江天也显得更寥廓了。"(叶赏词)——此两说并存,但那个"洗"字都是"雨水冲洗"之意。而这里只说"树木"不及其他,也与文意不合。

诸家之论皆误。

何谓"清秋"?明净爽朗之秋也,应是秋高气爽之日,而非"霜风凄紧"之时。这样的秋景应不是秋雨"洗涤"而来,因为一场秋雨一场寒,秋雨只会把景象变得更为惨淡萧飒。按诸文本,接下来所写也确是惨淡萧飒之景。这就要重新审视"洗"字的含义了。洗,本义是洗脚,引申为以水去污,再引申而有"除去"之义,专指则有"风霜雨雪使草木零落尽净"之义。其例有王昌龄《秋兴》诗:"日暮西北堂,凉风洗修木。"洪迈《夷坚丙志·苕溪龙》:"大风拂溪水而过……骤雨翻盆,仅两刻许……视向来所游处,几不可识,荷芰(jì,菱)洗空无一物。"(《汉语大词典》)兹补一例:刘克

---

[1] 叶嘉莹主编,顾之京等编著:《柳永词新释辑评》,中国书店2005年版。

庄《卜算子》:"朝见树头繁,暮见枝头少。道是天公果惜花,雨洗风吹了。"所以,此"洗清秋",当是寒雨使"清秋"尚存之草木零落尽净之意,如此才和后面的描写相衔接。

再说一个"渐"字。论者几无例外,都把此"渐"理解为今之"渐渐、逐渐",而且就此发挥,说出一大篇"好处"来。仅举一例:"渐"字领起,"不仅使霜风、关河、残照三个画面构成一个完整的运动变化着的境界,有动感,有力度,而且使这个空间景象具有了时间推移的内涵,既预示令人伤怀的秋色将益加浓深,且隐含了一种人事无常的沧桑之感。"(叶主编新释)——霜风、关河、残照是"三个"画面吗?这三者又怎么"运动变化"?"渐"为领字,一直管到"残照当楼",分明是一时登楼所见,哪里来的"时间推移的内涵"?至于"人事无常的沧桑之感"是有的,但不是来自这个"渐"字,而是来自于整个节候的演变。

这个"渐"字该怎么讲?正也,恰也。诗人登楼一望,眼前景色"正"如此如此也。"渐"字的这个用法并非偏僻,《汉语大词典》列有义项,诗词作品中也多有所见。如杜甫《白帝城楼》诗:"夷陵春色起,渐拟放扁舟。""渐拟","正拟"也。韦庄《江城子》词:"角声呜咽,星斗渐微茫。""渐微茫","正微茫"也。宋词中以"渐"为领字而义为"正"者也不少。单是柳永词就还有《醉蓬莱》:"渐皋亭叶下,陇首云飞,素秋新霁。"《迎新春》:"渐天如水,素月当户,香径里,绝缨掷果无数。"其他如陈允平《江城子》词:"渐一声雁过南楼也,更细雨,时飘洒。"

还有句中的"苒苒"一词,因为把"渐"解读为"渐渐、慢慢",于是不得不把它释为"同冉冉"(叶主编新释)。苒苒,形容草茂盛的样子,属于常用词,柳永似乎没有理由故弄玄虚,用它来代"冉冉"。

意译:

不忍登楼还是要登楼,

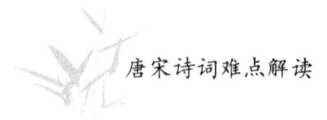

游子天涯何以解乡愁?
一阵萧萧冷雨后,
清秋顿然变残秋。
西风劲吹霜寒紧,
花繁柳翠今何有?
辗转奔波又一年,
只见荒芜满神州。
幸有夕阳多情客,
天边为我相留守。
天悠悠,地悠悠,
生生死死谁主谋?
无情最是长江水,
不闻不问不回头。
不忍登楼还是要登楼,
游子天涯何以解乡愁?
故乡渺远望穿眼,
归魂梦醒泪难收。
异乡漂泊为何来,
愧无铁马觅封侯。
奉旨填词黄花瘦,
一样相思两地愁。
佳人欲化望夫石,
几回误我在归舟。
她恨江流千帆过,
我在天涯想妆楼,
想妆楼,
何时西窗烛下话绸缪!

苏幕遮

范仲淹

碧云天,黄叶地,秋色连波,波上寒烟翠。山映斜阳天接水,芳草无情,更在斜阳外。

黯乡魂,①追旅思,②夜夜除非,好梦留人睡。明月楼高休独倚,酒入愁肠,化作相思泪。

注释:

①黯:形容心情忧郁。黯乡魂:用江淹《别赋》"黯然销魂"语。
②追:追随,可引申为纠缠。旅思:羁旅之思。

此词上片写游子心目中的秋景,白云蓝天,黄叶大地,绿水寒烟,在斜阳残照下连成一片,阔远中充满萧飒之气,羁旅思乡之情见于字里行间。下片直抒胸臆,乡魂旅思如长丝之不断,如怨鬼之纠缠,欲入眠而不得,欲望月而胆寒,唯有饮酒买醉,偏偏酒入愁肠,化作相思泪!这一番思情,真是写得弥天盖地,难解难分。

全词总体易懂,而有两处可视作"难点":

一是"碧云天"之"碧云"是什么颜色?

二是"在斜阳外"是在哪里?

我们看看论者对"碧云天"三字的解读。

李之亮先生只说:"碧云漂浮的蓝天。"——"天"是蓝的,而"碧云"就是"碧云",不予解读。

李霁野先生则说:"碧云天,碧空有浮云飘动,云天一色。"——这是把"碧"和"云"分开来,"碧"指天,"云"只是"浮云";而且还"云天

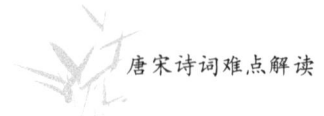

一色"——云和天怎么会成"一色"呢?

艾治平先生说得干脆:"天空,青碧瓦蓝色的云缓缓流动……"(燕山典)——有所谓"青碧瓦蓝色的云"吗?谁见过?

蔡义江先生的说法与艾治平相仿:"天空飘着淡清的云朵。"——"淡清(或是"青"之误?)",绿、蓝、白、黑,到底是什么颜色?

刘学锴先生另有办法:"起手两句,即从大处落笔,浓墨重彩,展现出一派长空湛碧、大地澄黄的高远境界……"(上海唐宋辞典)这里干脆把"云"字连带"叶"字都忽略不计,虽然省事,却难以圆满。

这个"碧"到底是什么颜色?《汉语大词典》列的前三个义项是:①青绿色或青白色的玉;②青绿色;③青白色。"绿"就是绿,"白"就是白,这里的"青"是什么颜色?该典在"青"字下列有四种颜色:绿色,蓝色,白色,黑色。那么"青绿""青白"中的"青"到底怎么讲?也许就是发"蓝"或者带"黑"吧。那么"碧云"之"碧"又是什么颜色?该典释为"青云;碧空中的云"。秋季是"天高云淡"的季节,此章又重在写秋景之清远,此"云"该不会是"黑色",而"蓝色"的云根本不会存在,所以我认为这就是"白色的云"。《汉语大词典》承认"青"字有"白"义,而尽量避免直接释"碧"为"白";但在"碧青"一词下也不得不列一义项:"形容白里泛青的脸色。"其实,"碧"既与"青"通,"青"可释为"白",把"碧"释为"白"也是顺理成章的事,何况"碧"字形内就有一个"白"字。

称"白云"为"碧云",并非范仲淹的发明,且看:

"西北秋风至,楚客心忧哉。日暮碧云合,佳人殊未来。"(南朝江淹《休上人怨别》诗)

"愿借老僧双白鹤,碧云深处共翱翔。"(唐戴叔伦《夏日登鹤岩偶成》诗)

"山月不知心里事,水风空落眼前花,摇曳碧云斜。"(五代温庭筠《梦江南》词)

"怅佳人未来,碧云冉冉;王孙去后,芳草萋萋。"(宋刘克庄《沁园春》词)

"丹枫万叶碧云边，黄花千点幽岩下。"（宋张抡《踏莎行·秋入云山》词）

"碧云深，碧云深处路难寻。数椽茅屋和云赁，云在松阴。"（元卫立中《殿前欢》曲）

上述诸例，从南北朝，经唐宋至于元，诗人骚客都在用"碧云"一词。"碧云"就是"白云"。特别是戴叔伦、张抡、卫立中几例，都与隐居生活相关，而"白云"正是隐居生活的象征，"碧云"当指"白云"无疑。至于不说"白云"而用"碧云"，大概是为了增加美感吧。

再说"在斜阳外"是在哪里？

上引诸家没有例外，都解读为"斜阳之外"，或说"比斜阳更远的地方"，或说"斜阳照不到的地方"，基本意思差不多。"斜阳之外"，难道真有"比斜阳更远的地方"或"斜阳照不到的地方"？违背常识。蔡义江先生觉出此说不合理，故解释说："此所谓诗趣，非关理也。"（同上）当讲不出令人信服的道理时，就拿"趣"字来作结，其实是一种无可奈何的敷衍。外，作方位词时，不仅与"内里"相对，在古诗文中还有"上""中""下"多个义项。在讲温庭筠《更漏子》词"花外漏声迢递"一句时，我已有所说明，此"在斜阳外"，就是"在斜阳下"——斜阳所在，就是遥不可及之处，而芳草竟然蔓延到如此之远，岂不是太"无情"了吗？

意译：

奔波在异乡的道路上，

无边的秋色牵动游子的愁肠。

在高远的碧空，

无根的白云徘徊游荡；

前路遥遥，落木萧萧，

把大地装点得一片枯黄。

还有那轻雾笼罩的湖水，

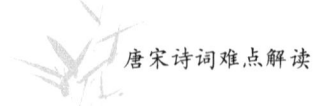

深秋时节也浮动着深绿的忧伤。
山连水，水连天，
天边是一轮欲坠的夕阳。
游子的路哪里是个尽头，
无情的芳草引我把故乡遥望。

歇歇脚，住进陌生的客房，
多想酣然入梦把忧思遗忘。
满心是背井离乡的酸楚，
眼前是亲人晃动的影像。
辗转反侧，九转回肠，
除非在梦中剪烛话西窗。
有人楼头倚栏望明月，
我怕明月把心伤。
欲饮楚酒图一醉，没承想，
酒入愁肠，顿化珠泪洒襟裳！
——相思如病，病入膏肓！

在狱咏蝉

骆宾王

西陆①蝉声唱,南冠②客思深(侵)。
那堪玄鬓影,③来对白头吟。
露重飞难进,风多响易沉。
无人信高洁,谁为表予心。

注释:

①西陆:指秋天。《隋书·天文志》:"日循黄道东行一日一夜行一度,三百六十五日有奇而周天。行东陆谓之春,行南陆谓之夏,行西陆谓之秋,行北陆谓之冬。"

②南冠:本指楚冠,此处作囚犯解,用楚国钟仪被囚的典故。《左传·成公九年》记,晋景公到军府检查,看见有一个官员模样的人被囚系着。景公便问:"那个被捆着的戴着楚冠的人是谁?"有司回答说:"是郑国献来的楚国囚犯钟仪。"后世遂称縶囚为"南冠"。

③玄鬓影:玄鬓,蝉的黑色翅膀,这里代指蝉。影,动词,隐、躲藏。

这首诗作于唐高宗仪凤三年(678)。骆宾王作为侍御史,上疏论事触忤武后,遭诬,以贪赃罪名下狱。此诗是他身陷囹圄之作。有"序",略。

首联分言蝉和己。"蝉"而特意以"西陆"为饰,突出秋蝉的特点。秋蝉之声,是一种生命将终时的哀鸣,格外凄切,也格外能扰动人心。"客"而着意以"南冠"为饰,突出诗人身陷囹圄的苦境。囚徒之悲,特别是冤狱之悲,可谓人生之至悲,其深重,其难消难解,真可让人朝如青丝暮成雪。

当蝉声之悲与冤狱之悲交织在一起的时候,那狱中之人自然更会有心

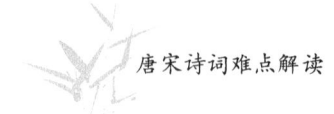

肝俱碎之痛。诗人恰就有了这样的遭遇。诗人用"那堪"一语来表达自己耳闻蝉鸣时的感受,那真是心灵难以承受之重啊。这就是颔联,是合言蝉和己。

三联进一步,是喻言蝉和己。在这里,再分不清哪里说蝉哪里说人,而是以蝉喻人。"雾重飞难进,风多响易沉",字面上说的是蝉,内里说的是自己。内里的意思都包含在比喻的词面里了。"露重":秋露浓重,则蝉翼沾湿。"飞难进":是说欲飞而难进。这句是以秋露浓重,蝉翼沾湿,想飞而难以飞动为喻,说自己宦海浮沉,想有作为,而政治环境恶劣不能有所作为。"风多":风力大。"响":指蝉的叫声。"沉":沉没,被淹没。这句是以风力强大,蝉的叫声被淹没为喻,说自己满腔忠愤,却无法传达出心声,无法被人理解。

蝉是高洁的,自己是高洁的。蝉之为物,居高饮露,哀鸣而已;自己为万物之灵,岂能就此了结?于是从"喻言"跳出来,抛开秋蝉而径直表达自己的意旨:感叹自己的高洁不被人了解,呼吁朋友伸出援手,助自己摆脱困境。这就是尾联,是自言。

全诗由分言到合言,再到喻言,最后抛开秋蝉,直抒胸臆;先是感物起兴,继之托物寄意,周折变化,情意深婉。

此诗的难点在前两联。

首联,有代表性的解读是:"诗一开始即点出秋蝉高唱,触耳惊心。接下来就点出诗人在狱中深深怀想家园。"(上海唐诗典 沈熙乾文)这是把"蝉声""客思"各做一个语义单位,且域内论者尚未见异议。"蝉声",都不做解释,自然是"蝉的叫声";"唱",解作"高唱"。但"蝉声"怎么会"高唱"呢?"客思:客中的情思。"(刘评本)"客思,家乡之思。"(朱东润)这倒是给出了解释,但诗人被诬入狱,意在诉冤求救("谁为表予心"),怎么会偏偏产生"家乡之思"呢?文理不通,事理也不通。

论者为什么会陷入"不通"呢?原因就是意识中没有"音组""义组"之分的概念,从而把"音组"当成了"义组"。

古诗词与音乐有着天然的联系，表现在语言的结构上，就是讲究乐律节奏。比如王之涣的《登鹳雀楼》："白日／依山／／尽，黄河／入海／／流。欲穷／／千里／／目，更上／／一层／／楼。"主谓间一顿，主语两个音节，谓语三个音节；谓语的三个音节又可以划分为2/1节奏。又如孟浩然的《春晓》："春眠／不觉／晓，处处／闻／／啼鸟。夜来／风雨／／声，花落／知／／多少。"同样是主谓间一顿，主语两个音节，谓语三个音节；只是谓语的三个音节不是2/1的划分，而是1/2的划分。以上两首诗可以代表五言诗的基本语言结构和乐律节奏。而在这两首诗中，"白日""依山""尽""处处""闻""啼鸟"等，从语义的角度看，都构成"义组"，就是都构成相对完整的语义单位；而从音乐的角度看，又都是相对独立的音步，构成"音组"。好在这两首诗的音组与义组完全一致，我们读起来觉得很顺畅，理解起来也没有太多困难。

但诗词中也有"音组""义组"不一致的，《在狱咏蝉》即其一例。按照"音组"，其节奏是：西陆／／蝉声／唱，南冠／／客思／深。而这在文理、事理上都不通；因为它的"义组"是：西陆蝉／／声唱，南冠客／／思深。"西陆蝉"对"南冠客"，"声唱"对"思深"。唱，通"畅"，响亮。思，悲哀，忧愁。上句说：那秋天的蝉，其叫声悠长而响亮——听上去总有一种凄切之感。下句是说：陷于囹圄的我，其哀愁深重而无穷。

第二联，"那堪玄鬓影，来对白头吟"，一般分析为"那堪／／玄鬓影，来对／／白头吟"。把"玄鬓影""白头吟"各作为一个义节。奇怪的是论者对"影"字的处理。"玄鬓，状蝉翼，指蝉。"而"白头，作者自谓。吟，指蝉鸣。"这是无视"影"字的存在。（陈增杰）"玄鬓，指蝉。""玄鬓影，指蝉的身影。""白头，诗人自指。吟，指蝉鸣。"（刘评本）这里把"影"讲成"身影"，则"影"为名词，与动词"吟"失对。也有把"白头吟"看作一个义组的，说是"乐府曲名"（上海唐诗典 沈熙乾文）。这更是完全不顾句法事实的"鉴赏"：把"白头吟"看作一个整体，那个"对"字怎么办？

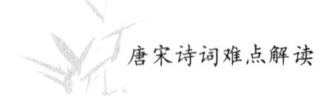

整个句子就成了"病句"。这种看似深奥的"鉴赏",实不足取。

按照"义组",这联诗应该这样划分:那堪玄鬓∥影,来对白头∥吟。"影"与"吟"相对,义为"隐,躲藏"。蝉鸣于树,心存畏惧——怕螳螂,更怕人类的捕杀,所以要躲在枝叶深处。这当然是诗人忧谗畏讥心理的反射。这一联诗是"流水对",意思就是:那秋蝉躲在枝叶深处,对我这白头之人长鸣不已,如怨如诉,叫我怎么受得了啊!

意译:
西风萧瑟,高树上有秋蝉哀鸣。
无辜被诬,牢狱中我满腹悲情。
那蝉儿躲在枝叶的深处,
一声声诉说着自己的不幸;
叫得我回肠九转心肝碎,
我的不幸比你多几重!
我知道,你要高飞冲天去,
无奈朝朝夕夕雾气浓。
你想传声千里外,
无奈风疾无人听。
我亦胸怀冲天志,
我亦欲诉一身清。
有谁相信我的高洁?
有谁感动我的赤诚?
朝野的正人君子啊,
谁肯为我发出同情之声?

句法部分

和晋陵陆丞早春游望①

杜审言

独有宦游人②,偏惊物候③新。
云霞出海曙,梅柳渡江春。
淑气④催黄鸟,晴光转绿蘋⑤。
忽闻歌古调⑥,归思欲沾巾。

注释:

①和:指用诗应答。晋陵:现江苏省常州市。
②宦游人:离家作官的人。
③物候:指自然界的气象和季节变化。
④淑气:和暖的天气。
⑤绿蘋(pín):浮萍。
⑥古调:指陆丞写的诗,即题目中的《早春游望》。

这是一首"和"诗。依照别人诗的题材、体裁作诗,叫"和"。原诗是晋陵陆丞作的《早春游望》。晋陵即今江苏常州,唐代属江南东道毗陵郡。陆丞,作者的友人,其名不详,时在晋陵任县丞。大约武则天永昌元年(689)前后,杜审言在江阴县任职,与陆丞是同郡邻县的僚友。他们同游唱和,可能即在其时。

早春时节,和朋友一起出游,风气和畅,阳光明媚,鸟语花香,本该游目骋怀,尽情享受。但诗人却心"惊"于物候,泪"沾"于巾帕。其原因在于诗人的仕途失意。诗人在唐高宗咸亨元年(670)中进士后,一直充任县丞、县尉之类小官。到永昌元年,他宦游已近二十年,诗名甚高,却仍然远离京洛，在江阴这个小县当小官，心情自然不能舒畅。这种"宦游"之情，郁积于心，逢到季候变化，便一触即发了。

开首即直言宦游者最动心于物候变化。"独有""偏惊"，是一种强调，更是一种感叹，一种牢骚。意思是说，那些平步青云的人，那些日享天伦之乐的人，他们没有我们的这种心境，也不会理解我们的这种心境。

接下来两联即具体描写"物候"之"新"，并在这描写中透出宦游者之"惊"。颔联从宏观着眼，从时间的流逝着眼。一句写一日之始的景象，一句写一年之始的景象。一日之始，江海日出，虽绚烂而非吾乡；一年之始，春至江北，自己却可望而难归。而日复一日，年复一年，自己总是沉沦下僚，客居他乡，乐景只能引起哀情。

颈联转换角度，着眼于微观，写黄鸟、绿蘋的生长变化。这是以物候之"新"反衬自己之"旧"，以物候的勃勃生机反衬自己的衰飒。游望早春之景，本已满怀伤感，现在更有朋友的诗作触发，便禁不住泪下沾巾了。尾联既呼应首联的"惊"字，又归结到题中"和"字，章法谨严。

诗中的"云霞出海曙，梅柳渡江春"一联是难点。难在哪里呢？且看古今论者的解读：

清徐增："春气自南而北，梅先从江南开起，然后开到江北；柳先从江南绿起，然后绿到江北，谓之'渡江春'。"

清黄叔灿："'出海曙''渡江春'奇绝，非人思议所及。"

清王尧衢："中间'出''渡''催''转'四字，似属'蜂腰'。以诗好自不觉。"

林庚、冯沅君："'梅柳'句：是说春满江南江北。"

陈增杰："'云霞'二句：曙日从水面升起，映照得江天璀璨，云蒸霞蔚；春气渡江而来，梅柳枝头透露出浓郁的春意。"

中国社科院文学研究所："（'云霞'句）破晓的时候，太阳好像从东海升起，云气被朝阳照耀，蔚成绚烂的霞彩，也好像和旭日同时从海中出来，所以说'云霞出海曙'。""('梅柳'句)江南比江北早暖,梅、柳的枝头透漏春意也比江北早些。由江北到江南,忽见梅树已经开花,杨柳已经发绿,好像梅柳一过长江就换上了春妆似的,所以说'梅柳渡江春'。"

倪其心:"所以诗人突出地写江南的新春是与太阳一起从东方的大海升临人间的,像曙光一样映照着满天云霞。""'梅柳'句是……说梅柳渡过江来,江南就完全是花发木荣的春天了。"(上海唐诗典)

解说虽多,而真正能让读者明白的,确实还没有。至如"文研所"《唐诗选》《唐诗鉴赏辞典》的解读,更是缠绕不清。问题在于对诗句结构的分析。一般论者,显然是把音组等同于义组,把"出海曙""渡江春"各作为一个意义单位了,所以难以理解,所以就说它"奇绝,非人思议所及"。

正确的解读应是:云霞出海//曙,梅柳渡江//春。"云霞出海""梅柳渡江"各为一个义组,"曙""春"各为一个义组,而且是倒装句。曙,指天亮之时,不是指"太阳"。"渡江"是说由江南到了江北,不是泛指"江南江北"。这里有一个立足点的问题:诗人是在江南还是在江北?说"春气渡江而来,梅柳枝头透露出浓郁的春意",就意味着诗人是在江北了,这不符合实际。说诗人"由江北到江南",也没有根据。至于说"梅柳渡过江来,江南就完全是花发木荣的春天了",更是违背常识。其实,是诗人立足江南(晋陵,即今江苏常州)而望江北所见,并没有什么难懂,更没有什么"奇绝"。具体讲来:

"云霞出海/曙",倒装句,顺言之为"曙则云霞出海"。"海":指宽阔的江面。"曙":破晓,天亮。这句说:破晓的时候,绚烂的云霞就会从浩阔的江面上升起。这句说一日之始。这种江海日出的景象,是诗人在故乡(河南巩县)难以见到的,所以特别容易触动乡思。

"梅柳渡江/春",倒装句,顺言之为"春则梅柳渡江"。"渡江":由江南到了江北。春天到来之际,梅花已经开到了江北,杨柳也已经绿到了江北。这是诗人立足江南而望江北时所见。这句说一年之始。春到江北,而自己

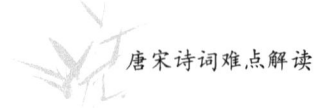

仍不得不滞留江南，只能望江北而兴叹。

还有所谓"蜂腰"问题。虽然中间两联四句的第三字都是动词，其实结构并不相同。"出""度"从属于前面的义组，"催""转"从属于后面的义组，所以也就无所谓"蜂腰"之病了。

有人反对对诗词做语言分析（甚至认为诗词的语言是不能分析的），而不作语言分析会导致怎样的"解读"，这是一个有趣的例子。

意译：
为官一任，远离故土亲人，
万千思念，化作乡愁吟。
经冬历夏，草木荣枯，
年去年来，感物伤怀少欢欣。
多少清晨，云霞从江面升起，
灿烂如锦，却不是故乡星云。
如今春至，梅香柳色过江去，
我仍是引领而望苦登临。
日暖天晴，黄鸟双双鸣翠柳，
风和水动，绿蘋朵朵波粼粼。
春回大地又一年，
满眼风光入客心。
同是宦游最体己，
君诗令我泪沾巾！

终南山①

王维

太乙近天都,②连山接海隅③。
白云回望合,青霭入看无。
分野④中峰变,阴晴众壑殊。
欲投人处宿,隔水问樵夫。

注释：

①终南山，在长安南五十里，秦岭主峰之一。古人又称秦岭山脉为终南山。秦岭绵延八百余里，是渭水和汉水的分水岭。

②太乙：又名太一，秦岭之一峰。唐人每称终南山一名太一，如《元和郡县志》："终南山在县（京兆万年县）南五十里。按经传所说，终南山一名太一，亦名中南"。天都：传说中的天帝居所，这里指帝都长安。

③海隅：海边。终南山并不到海，此为夸张之词。

④分野：古天文学名词。古人以天上的二十八个星宿的位置来区分中国境内的地域，被称为分野。地上的每一个区域都对应星空的某一处分野。

这首诗是作者隐居终南山时所作。由于仕途不顺，王维对政治的态度渐趋消极，最终选择了半官半隐的生活道路，自开元末至天宝十五年，他曾先后在终南、辋川隐居，寄情山水。

此诗赞美终南山，也可以说是向人"介绍"终南山。首联用夸张的手法从总体上说山之高，山之远。颔联承首联之意，以云气的有无变幻烘托山的高远。颈联改换角度，以"分野"之变写山之"广"，以"阴晴"之殊写山峰之错综。既高又远，既广而又错综，写足了终南山辽阔荒远的气势。

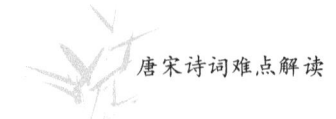

但有山无水,终显枯燥,所以尾联又引出"水",引出"樵夫",如同大幅山水画中勾画溪流,点缀人物一样,给大山增添了几分灵气,增添了几分生命的活力。有人批评说,此诗尾联"与通体不配"(沈德潜),那是没看出此联对状写终南的作用。

诗中"白云回望合,青霭入看无"一联最让选注家头疼。试看几家的解读:

喻守真:"此诗……是咏的终南山,重在'远看',并不是跑到山中去游。首句先定山的位置,次句写山的气脉。因看山而看到云霭,愈足以显终南山的高远,所以颔联就从云气的变幻立说,这是文章中的以宾定主法。颈联就正咏山的本身,是题中应有的文章。结句是说终日看山并不餍足,直至日暮,要想向山中人家借宿,入山穷胜。'隔水'二字,可知是隔水远望,并非臆测。"

朱东润:"白云二句:意谓全山都弥漫着青白的云雾,连成一片。回望合,四望如一。霭,雾气。入看无,一切都消融在这雾气之中。"

林庚、冯沅君:"'白云'二句:说山之高。四面遥望,远远的白云连成茫茫的一片;而头顶上的青霭,尽入眼来若有若无……'青霭',与青天一色的高空游氛。"

沈文凡、李博昊:"颔联写回望山下,白云滚滚,可见山之高;遥看林间,青霭迷茫,走进山中却又看不见,可见山之广。"

张碧波、邹尊兴:"'白云'二句:合,汇合。迴望合,指诗人穿过云雾,登上高处,回首白云,见云雾遮蔽群山。青霭,青色的云雾。"

韩兆琦:"'白云'句:是说回头远望,见白云已将自己刚走过的来路封锁遮盖。'青霭':是说向前望去只见青色的云气,茫茫一片,待走到跟前,却又什么都没有了。"

陈殊原:"遥望终南,气势恢宏,进入终南山后……白云迷漫,一切都笼罩在云中……诗人走出茫茫云海,前面又是蒙蒙青霭。青霭是蓝色的烟雾……穿过云海，走过青霭，诗人终于登上了终南山主峰峰顶……不觉间已到黄昏……发现了山涧那边的樵夫……"

诸多论者都认为此诗是以游踪为线索，以时空变化为顺序，对终南山进行描绘：先是远望，接着进山，从"白云"走进"青霭"，最终登上主峰，云云。此种解读，殊难接受。试想，从远而近，从"近"而"进"，还要从"云海"中走出，"走过青霭"，还要"登上主峰峰顶"，直至黄昏问人求宿。这样的任务，恐怕非健将级人物，是很难完成的。再者，终南山是诗人隐居之地，他何以要在一天之内拼命完成这样的"考察"？其实，诗人写的是"终南山"，而不是"登终南山"。他不是写一次登临的所见，而是根据他对终南山的了解，抓住其特征，从整体上加以描写，进行"介绍"的。至于把"白云回望合"讲作"四面遥望，远远的白云连成茫茫的一片"，把"青霭入看无"，解作"头顶上的青霭，尽入眼来若有若无"，"一切都消融在这雾气之中"，等等，都很难理解："四面遥望"，还"远远的"，诗人站在哪里呀？"青霭"在头顶上，怎么还"尽入眼来"？这是真正的"硬解"。

之所以会产生上述的情况，显然跟对颔联结构的解读有关。一般论者都把"回望""入看"各作为一个义组，这样，不讲成"回头望""进入看"，似乎就没有办法了。既然有"回头"有"进入"，那就得让诗人劳苦一番了。喻守真认定是"远看"，可惜没有对相关语句的解读。其实，这两句诗的义组应做这样的划分：白云回／望／／合，青霭入／看／／无。"回"的主语是"白云"，"入"的主语是"青霭"，这样，就把诗人解放出来了，他可以远远地"望"和"看"了。具体的解读是："回"：环绕，包围。"合"：会集，聚合。这句说：终南山上白云缭绕，望上去仿佛天下所有的云雾都在那里聚合。这是形容山中云雾之盛。"青霭"：也是白色云雾。青，白色。"入"：没，隐没，消失。这句说：雾霭消失了，看上去，一点儿云气都没有了。这两句互解：白云、青霭，回而望合、入而看无，形容云气变幻的奇妙，也见得山之高远。

这种"义节"与"音节"不一致的情况，在诗词中是常见的，只不过

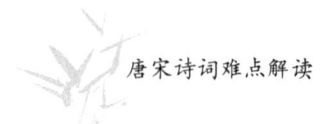

常常被人忽略,硬以音节作解读的依据,牵强附会也就不可避免了。

意译:
 长安城南终南山,
 太乙高峰上摩天。
 岭接岭,峦靠峦,
 连绵直到东海边。
 白云远望浑无际,
 缭绕弥漫没峰巅。
 有时雾气藏身去,
 山石树木尽宛然。
 太乙一峰划分野,
 北秦南蜀列两边。
 千岩万壑错杂走,
 几处阳光几处寒。
 日暮游人要投宿,
 请问樵夫绿水边。

句法部分

蜀先主^①庙

刘禹锡

天地英雄^②气，千秋尚凛然。
势分三足鼎，^③业复五铢钱^④。
得相^⑤能开国，生儿不象贤^⑥。
凄凉蜀故妓，来舞魏宫前。^⑦

注释：

①蜀先主：即汉昭烈帝刘备，其庙在夔州白帝城。诗题下原有注："汉末谣，黄牛白腹，五铢当复。"

②天地英雄：一作"天下英雄"。《三国志·蜀志·先主传》：曹操曾对刘备说："天下英雄，唯使君与操耳。"

③"势分"句：指刘备创立蜀汉，与魏、吴三分天下。

④五铢钱：汉武帝执政时铸造的一种每文重五铢的铜钱，这里用以代指汉王朝的功业。王莽代汉时，曾废五铢钱，至光武帝时重铸，天下称便。这里以光武帝恢复五铢钱，比喻刘备想复兴汉室。

⑤相：此指诸葛亮。

⑥不象贤：此言刘备之子刘禅不肖，不能守业。象，效法。

⑦"凄凉"两句：刘禅降魏后，东迁洛阳，被命为安乐县公。魏太尉司马昭在宴会中使蜀国的女乐表演歌舞，旁人见了都为刘禅感慨，独刘禅"喜笑自若"，乐不思蜀（《三国志·蜀志·后主传》裴注引《汉晋春秋》）。妓：女乐，实际也是俘虏。

刘禹锡此诗意在赞誉英雄，鄙薄庸碌，赞扬了刘备的功业，慨叹蜀汉

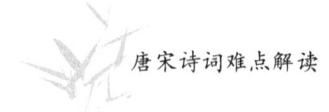

事业后继非人，总结蜀汉亡国的历史教训。首联写先主庙堂威势逼人，颔联赞刘备的英雄业绩，颈联为刘备功业未成、嗣子不肖而叹息，尾联感叹后主亡国。王文濡赞道："前写先主英雄，何等气概！后及后主昏暗，致堕先业，而蜀妓之舞，正其明证，足为后主之殷鉴。"

对这首诗，也存在似是而非的解读。兹介绍两家之论供讨论：

一、韩兆琦："三足鼎：指建立了蜀国，与魏、吴三足鼎立。"（五铢钱）"汉武帝执政时铸造的一种每文重五铢的铜钱，这里用以代指汉王朝的功业。"

二、吴汝煜："'天下'两字囊括宇宙，极言'英雄气'之充塞六合，至大无垠；'千秋'两字贯串古今，极写'英雄气'之万古长存，永垂不朽。遣词结言，又显示出诗人吞吐日月、俯仰古今之胸臆……'势分三足鼎，业复五铢钱。'刘备起自微细，在汉末乱世之中，转战南北，几经颠扑，才形成了与曹操、孙权三分天下之势，实在是很不容易的。建立蜀国以后，他又力图进取中原，统一中国，这更显示了英雄之志。'五铢钱'是汉武帝元狩五年（前118）铸行的一种钱币，后来王莽代汉时将它罢废。东汉初年，光武帝刘秀又恢复了五铢钱。此诗题下诗人自注：'汉末童谣：黄牛白腹，五铢当复。'这是借钱币为说，暗喻刘备振兴汉室的勃勃雄心。"（上海唐诗典）

你能看出上引注解、鉴赏哪里有问题吗？

"三足鼎"就是三只脚的鼎，这用不着解释。而注释者却说"建立……"云云，这种动词性从何而来？如果"三足鼎"本身具有了动词性，那句中的"分"字又是什么意思？这种注释只能让读者莫名其妙。还有论者采用"意译"法："上句说，刘备建立蜀汉，与魏（曹操）、吴（孙权）三分天下，鼎足而立……下句说，刘备一生志业是恢复汉朝的帝业……复用五铢钱，意即兴复汉朝。"（陈书第669页）。这意思并无大错，但这些意思怎么和原句的五个字对应起来，却没有给读者提供任何线索。其实，这个句子的难点不在"三足鼎"，也不在其"大意"，而在其整体的结构。置句子结构于不顾，就无法给读者提供真正的帮助。其义组结构为"势 / 分 // 三足鼎，业 / 复

// 五铢钱。"——（蜀主刘备功业是）创造了与曹、吴三分天下的情势（为全面恢复汉家天下打下了基础），（他所追求的最终目标是）恢复五铢钱的使用（意味着汉王朝的真正复兴）。

吴汝煜先生的"赏析"更是一段"奇文"。其实，"天下"二字只是修饰"英雄"两字的，"天下英雄"合起来才限制一个"气"字，全句是4/1结构。论者把"天下"误解为"英雄气"的修饰语，扯出什么"囊括宇宙""充塞六合""吞吐日月"之类的豪言，乍一看挺唬人，其实完全背离了诗的本意。

意译：
（曹瞒当年论英雄，
青梅煮酒炸雷惊。
落箸佯装凡俗样，
"惟汝与操"一语灵。）
浩气冲天千秋后，
威威庙宇震豪英。
三分天下成足鼎，
小试牛刀一隅清。
既为皇叔肩负重，
不兴汉祚不休兵。
开国有赖诸葛相，
继业偏无子英明。
（魏军一至城门下，
抬棺自缚树降旌。
东迁洛阳得安乐，
安乐宫里自安宁。）
司马欲侦降房意，

宫前歌舞命蜀伶。
伶人歌悲舞步惨,
流云止步鸟不鸣。
唏嘘掩面他人泪,
阿斗独乐醉酩酊。

句法部分

摊破浣溪沙（又名《山花子》）

李璟

菡萏①香销翠叶残，西风愁起绿波间。还与韶光②共憔悴，不堪看。

细雨梦回鸡塞远，③小楼吹彻④玉笙寒。多少泪珠何限恨，倚栏干。

注释：

①菡萏：古人称未开的荷花为菡萏，即花苞；又作荷花的别称。

②韶光：春光，美好的时光。

③鸡塞：即鸡鹿塞，在汉之朔方郡（今陕西横山县西）。这里泛指边塞。远：既可以指空间之辽远，也可以指时间之久长。

④彻：大曲中的最后一遍。"吹彻"意谓吹到最后一曲。

李璟，五代十国时期南唐第二位皇帝，史称南唐中主。他的词，感情真挚，风格清新，语言不事雕琢，其诗词被录入《南唐二主词》中。

此词的上片着重写景，景中寄情。菡萏，应指未开的荷花，即花苞。"菡萏香销翠叶残"是在说一个过程：从花苞到花开到"香销"到"叶残"，这是生命由盛而衰的过程，"西风"句承"叶残"，落到眼前之景。如此就有"与韶光共憔悴"之叹。"不堪看"，即指眼前之景，也指人之容颜，一个"愁"字贯穿其中。

下片着重写事，即事抒情。在细雨霏霏的夜晚，独处楼中，思夫而入梦，到边塞寻夫。大概是与夫相见了，但相见匆匆而被迫分手；一梦醒来，雨却仍在淅淅沥沥。为了排遣心中的愁闷，于是吹笙，但直到吹完最后一曲，愁依然是愁，闷依然是闷。这时候，只觉得小楼内寒气逼人，直透心底。还

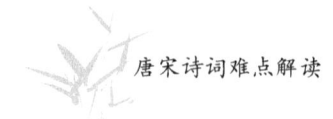

有什么办法呢？只得倚栏遥望，泪下潸潸。"多少"、"何限"，流不尽，说不完。流不尽的是泪，诉不完的是恨；泪因恨洒，恨依泪倾。其情之深，其心之苦，确能打动人心。结语"倚栏干"一句，情意悠长，给读者很多想象的余地。

词中"细雨梦回鸡塞远，小楼吹彻玉笙寒"之句，一般选家都如此顿逗："细雨/梦回/鸡塞远，小楼/吹彻/玉笙寒。"既把这视为音组，又把这视为义组。其解读也大同小异：

唐圭璋："梦回细雨，凝想人在塞外，怅惘已极，而独处小楼，唯有吹笙以寄恨，但风雨楼高，吹笙既入，致笙寒凝水，每不应律，两句对举，名隽高华，古今共传。陆龟蒙诗云'妾思冷如簧，时时望君暖'，中主词意正用此；而少游'指冷玉笙寒'句，则又从中主翻出。或谓玉笙吹彻，小楼寒侵，则非是也。"（唐简释）

徐育民："'寒'，指笙因吹久而含湿润，所以说'寒'。有人释为'心境凄寒'，或'小楼寒侵'，是主观发挥。陆龟蒙诗说'妾思冷如簧，时时望君暖'，李璟正用其意。而秦观的'指冷玉笙寒'，则又是从李璟句中翻出。"

杨敏如："（'小楼'二句）夜来，在绵绵细雨中思妇做过一个好梦。她梦见征夫就在身边眼前。等到梦醒，窗外有雨，枕边有泪。梦中，仿佛和征夫在一起；梦后，格外觉得征夫在极远极远的边塞。……思妇再也不能安枕了，她悄悄起来，在小楼上吹着玉笙，任凭吹得再久，也难吹尽相思之情，也难吹散孤独和寂寞。笙吹久了，管口濡湿的暖气渐渐凉了，她的心也彻底寒冷了……"（叶主编新释）

值得讨论的是"吹笙既久，致笙寒凝水"之说，我以为这并不符合事实。方成培《香研居词麈》"论笙"部说，笙"吹多则簧有气水，亦不应律，应以微火烘之"。"吹多则簧有气水"，这是事实；但并非是笙簧因为"吹多"而"致寒"。笙簧在吹奏的过程中不断震动，不但不会"致寒"，其温度应该会比未吹奏时有所提升。只不过笙簧的温度还是比周围的气温低，所以吹奏者气流中的水汽会凝聚在簧片上。

至于论者所引陆龟蒙诗和秦少游词,也难以证明其说的正确。说李璟典出于陆,少游又典出于李,毕竟只是一种推测;而且,即使确实典有所出,其用意也未必一致,借他人之瓶装自己之酒的事也是常有的。更有意思的是,后人借用前人的话头,不妨"断章取义"。"放浪形骸"现在是一成语,但原文是"放浪形骸之外"。"形骸"并不是"放浪"的宾语,而且"形骸"本身是不容"放浪"的,只有"形骸之外"的思想、精神才是应该"放浪"的。现在常听有人说"一帘幽梦","幽梦"怎么能以"帘"为单位呢?原来,秦观《八六子》词说的是"夜月一帘幽梦,春风十里柔情","一帘"是形容"夜月"的,而许多人还是觉得"一帘幽梦"的说法很美妙,又是歌曲,又是连续剧,盛传不衰。

再具体分析一下陆诗和秦词。

陆龟蒙《赠远》:"芙蓉匣中镜,欲照心还懒。本是细腰人,别来罗带缓。从君出门后,不奏云和管。妾思冷如簧,时时望君暖。心期梦中见,路永魂梦短。怨坐泣西风,秋窗月华满。"

这里说的"妾思冷如簧,时时望君暖",显然是说"不奏"时的状态,而不是说"吹彻"后"簧冷笙寒"。

秦观《如梦令》:"莺嘴啄花红溜,燕尾点波绿皱。指冷玉笙寒,吹彻小梅春透。依旧,依旧,人与绿杨俱瘦。"

这里说的"指冷玉笙寒",也是指未吹奏时的情形。笙在刚捧上手里的时候总会有"寒"的感觉,但主人公不顾指冷,也不顾笙寒,还是要"吹彻小梅春透"。至于"吹彻"之后是否"寒",这里没说。

问题出在哪里?出在音组与义组的矛盾。按照义组,这两句词应该这样顿逗:"细雨/梦回鸡塞/远,小楼/吹彻玉笙/寒。""吹彻玉笙"是一个义组,"寒"独立为另一个义组。这句话的主干是"小楼——寒",是说她连续地吹奏了一个套曲,在停下之后,愈发感到小楼内一片凄寒——自然,内心的凄寒更是不言而喻的。

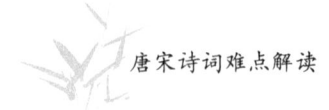

到这里就得返过去说说上一句了。之所以有这么多名家坚持把"玉笙寒"看作一个意义单位,恐怕与上句的"鸡塞远"有关。单看"鸡塞远"三字,作为一个意义单位没有什么问题。但在惜字如金的诗词中,既说"鸡塞",还有必要加一"远"字吗?那么,把"梦回鸡塞"作为一个义组,把"远"独立出来,这个"远"字怎么讲呢?查《汉语大词典》:"远:漫长,时间久。《吕氏春秋·大乐》:'音乐之所由来者远矣。'高诱注:'远,久也。'……"《汉语大字典》:"久远。指时间漫长。《论语·学而》:'慎终追远,民德归厚矣。'邢昺疏:'远,谓亲终既葬日月已远也。'……""远",不仅指空间的距离,也指时间的距离,这是常用的义项。这句话的主干是"细雨——远",是说"细雨"点点滴滴,没完没了。"梧桐更兼细雨,到黄昏,点点滴滴。""悲欢离合总无情,一任阶前点滴到天明。""青灯照壁人初睡,冷雨敲窗被未温。"秋雨点滴,是愁人最难堪受的境界,所以接下来才有"多少泪珠何限恨"之句。

意译:

眼见得小荷露出尖尖角,
眼见得荷花打苞了,
眼见得荷苞怒放了,
眼见得玉殒香销了,
如今那田田翡翠叶
也被西风害得残败枯焦了!
从春到夏,从夏到秋,
直教西风吹得我愁堆积,
吹得我青春老!
那满池的憔悴,
我不忍再看,不忍再瞧!

西风吹细雨,迷蒙到塞边。
清清楚楚见我郎君面。
欲语声哽咽,欲前脚牵绊,
情急梦醒湿枕席,
唯有秋雨点点滴滴无间断。
情难了,心头乱,
小楼吹笙一遍遍。
吹不走的愁,吹不走的怨,
到头来满楼的凄清满心的寒,
独倚栏杆泪难干。

鹧鸪天

晏几道

彩袖殷勤捧玉钟,①当年拚却②醉颜红。舞低杨柳楼心月,歌尽桃花扇底③风。

从别后,忆相逢,几回魂梦与君同④？今宵剩把银釭照,⑤犹恐相逢是梦中。

注释：

①彩袖：代指穿彩衣的歌女。玉钟：古时指珍贵的酒杯,是对酒杯的美称。

②拚(pàn)却：甘愿,不顾惜。却：语气助词。

③桃花扇：歌舞时用作道具的扇子,绘有桃花。底：下。

④同：聚在一起。

⑤剩：尽,只管。把：持,握。银釭(gāng)：银质的灯台,代指灯。

晏几道,其父晏殊是北宋名相、婉约派著名词人。早年,他过了一段逍遥自在的风流公子生活,而随着父执的亡故与政坛失势,加之个性耿介,一生仕途坎坷,生活境况也日趋恶化。这使他的词作中常有忆昔思今的苦吟。

此词写与一个女子久别重逢的情景,以相逢抒别恨。上片回忆当年佳会：两人初次相逢,一见钟情,在酒宴上觥筹交错,尽欢尽兴。下片抒写久别相思不期而遇的惊喜之情：别后相思,魂牵梦绕;不期而遇,反疑梦中。全词亦虚亦实,词情婉丽,是传诵千古、脍炙人口的名篇。

词中难点是"舞低杨柳楼心月,歌尽桃花扇底风"两句。诸选家都很欣赏这两个句子，但实际的解读不仅有差异，还存在着明显的误读。

中国社科院文学研究所："两句描绘当年同女伴彻夜歌舞狂欢的情景。上句用月亮由当空而西沉表明歌舞时间之久；下句夸张地说由于不停地歌舞，扇子下已无凉风，好似风已被扇尽。"

胡云翼："（两句）描绘彻夜不停地狂歌艳舞。月亮本来是挂在柳梢上照彻楼中的，这里不说月亮低沉下去，而说'舞低'，便指明是欢乐把夜晚消磨了。桃花扇，歌舞时用的扇子。这里不说歌扇挥舞不停，而说风尽，也就是表明唱的回数太多了。"

刘逸生："（'舞低'句）许多个夜晚，在轻歌曼舞的氛围中，他们彼此都忘却了时间的流逝；直到楼外的杨柳树梢坠下了金黄色的晓月，才发觉天快亮了。""（'歌尽'句）何尝不可以说，他们在桃花盛开的日子，她拿着扇子，清歌数曲，让桃花洒满一地呢！"（燕山典）

李之亮："杨柳环抱的楼上你翩翩的舞姿使月儿都俯下身子，画着桃花的扇子轻展轻摇，风儿也凝止不动，静静倾听你婉转的歌喉。"

蔡义江："你翩翩起舞，直跳到杨柳掩映的楼台上月儿西沉；你宛转歌唱，直唱到画着桃花的歌扇已无力摇动。"

诸家解译中，蔡译最为准确，可惜在注解中没有必要的句法分析。多数选家的问题都出在把音组等同于义组上，即把"舞低""歌尽"都当作了义组。按义组划分，这两句的结构应是："舞／低∥杨柳楼心月，歌／尽∥桃花扇底风。""舞""歌"都是独立的意义单位，后面是对它们的补充说明。把这个特殊句法还原为一般句法结构，就是"舞（至）杨柳楼心月低，歌（至）桃花扇底风尽"。"月低"就是月轮下沉，"风尽"就是风没有了——歌扇无力摇动了，再也无气力歌唱了。两句互文，翻译过来就是：歌女舞姿曼妙，清歌婉转，一直到累得连扇子都摇不动，一轮明月也都沉落下去。——只是极言歌舞时间之久而已。说什么"风已被扇尽""翩翩的舞姿使月儿都俯下身子""风儿也凝止不动"等，看起来挺浪漫，其实是脱离文本的臆说。

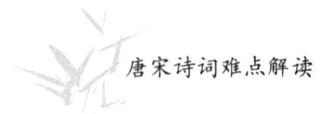

至于说什么"在桃花盛开的日子,她拿着扇子,清歌数曲,让桃花洒满一地",更是连"桃花扇底"是一个义组这样的基本事实都不顾,这样的解读颇不足为训。

意译:
少年得意,满眼是春风,
灯红酒绿,难忘在相逢。
葡萄酿,夜光杯,
红酥秀手捧千盅。
千盅好醉鸳鸯意,
岂管心跳面色红。
舞姿曼妙旋复旋,
歌声婉转声复声。
再也摇不动那桃花扇,
再也举不起那玉液觥。
连那杨柳梢头一轮月,
也已收敛清光夜朦胧。
夜朦胧,情意浓,
世势无情,劳燕各西东!

含悲忍泪分别后,
悠悠天地觅无踪。
觅无踪,寻梦中,
长夜辗转梦相逢。
梦相逢,又相拥,
相拥一霎又成空。

句法部分

今夕何夕兮天降福,
天降福兮你我再相逢!
高举银灯照左右,
照遍衣着照面容,
还请卿卿莫嗔怪,
犹怕空喜在梦中!

登高

杜甫

风急天高猿啸哀①,渚清沙白鸟飞回。②
无边落木萧萧下,③不尽长江滚滚来。
万里悲秋常作客,④百年⑤多病独登台。
艰难苦恨繁霜鬓,⑥潦倒新停浊酒杯。⑦

注释:

①猿啸哀:指猿的叫声凄厉。

②渚(zhǔ):水中的小洲;水中的小块陆地。鸟飞回:鸟在急风中飞舞盘旋。回:回旋。

③落木:指秋天飘落的树叶。萧萧:模拟树叶飘落的声音。

④万里:指远离故乡。常作客:长期漂泊他乡。

⑤百年:犹言一生,这里借指晚年。

⑥艰难:兼指国运和自身命运。苦恨:极恨,极其遗憾。繁霜鬓:增多了白发,如鬓边着霜雪。繁,这里作动词,增多。

⑦潦倒:衰颓,失意。这里指衰老多病,志不得伸。新停:刚刚停止。杜甫晚年因病戒酒,所以说"新停"。

这首诗作于唐代宗大历二年(767)秋。当时虽然安史之乱已经结束四年,但地方军阀不断割据作乱,依然是国无宁日。而严武病逝后,杜甫失去依靠,只好离开经营了五六年的成都草堂,买舟南下。本想出蜀还乡,却因病魔缠身,困在夔州。这一年杜甫五十六岁,适逢重阳佳节,独自登上夔州白帝城外的高台,百感交集。于是,就有了这首被誉为"古今七言律第一"的旷世之作。

此诗虽备受推崇，但要把其中的意蕴情感体会到并传达出来并不容易。这需要对诗的句法有清晰的认识，特别是对"紧缩句"的认识。

"紧缩句"是诗词中常见的一种句子形式。它形式上是一"句"，意义却相当于两句甚至更多，就是说，它把两句甚至更多的句意紧缩在了一句之中。而这正是诗词能够以少胜多，以最少的语言表达尽可能丰富的内容的妙诀之一。紧缩句相当于一个"复句"，其内部关系也略同于复句的类型。

并列关系的：

高适《使青夷军入居庸》："溪冷泉声苦，山空木叶干。"——溪水寒冷，泉流发出苦涩的声响；丘山显得空阔，树叶都已经干枯。

周邦彦《蝶恋花》："楼上栏杆横斗柄，露寒人远鸡相应。"——高楼上空的北斗七星已经横斜，天色渐明，晓露凄寒侵骨，人已远去，只有雄鸡的啼叫此起彼应。

连贯关系的：

崔颢《赠梁州张都督》："出塞清沙漠，还家拜羽林。"——出塞则平定外族侵扰，还家则拜授羽林将军。

辛弃疾《鹧鸪天·鹅湖归病起作》："着意寻春懒便回，何如信步两三杯。"——有意出门去寻春，精神不佳只好返回。何如随意走一走，边把酒饮上三两杯？

因果关系的：

范仲淹《渔家傲》："浊酒一杯家万里，燕然未勒归无计。"——离家万里之遥，而眼前却只有一杯浊酒相慰。因为敌情尚未消除，所以无法解甲归田。

转折关系的：

孟浩然《望洞庭湖赠张丞相》："欲济无舟楫，端居耻圣明。"——想要过渡到对面去，却没有渡船（想要为朝廷出力，却没有一定的官职）；想要闲居（隐居）无所事事，却又觉得对不起圣明天子。

李煜《清平乐》："雁来音信无凭，路遥归梦难成。"——传书的鸿雁飞过了，却没有带来任何的音信；路途遥远，即使做梦也难以回到家门。

假设关系的：

李白《行路难》："弹剑作歌奏苦声，曳裾王门不称情。"——假如让我像冯谖那样弹剑作歌，我也只会唱出牢骚不满；假如让我在权贵之门卑躬屈节，那更不合我的心意。

柳永《蝶恋花》："衣带渐宽终不悔，为伊消得人憔悴。"——即使人瘦得衣带宽大了我却始终不悔，为了她，让自己变得消瘦憔悴也是值得的。

条件关系的：

王昌龄《从军行》："黄沙百战穿金甲，不破楼兰终不还。"——因为身经百战，身上的铁甲都被磨出了窟窿（此句为因果关系）；（但是）只要不打败楼兰（泛指侵犯西北边境的少数民族），就不能解甲归田。

白居易《长相思》："思悠悠，恨悠悠，恨到归时方始休。"——我的思念无穷无尽，我的怨恨无穷无尽，这思这怨，只有到你归来时才会了结。

目的关系的：

姚合《寄紫阁无名头陀》："不眠知梦妄，无号免人呼。"——为僧不眠，是因为知梦由妄念而生，为了祛妄，所以不眠；无名则人不呼，目的是避免外人干扰。

辛弃疾《丑奴儿》："爱上层楼，为赋新词强说愁。"——（少年时）爱上高楼远望，为了写出新的词章，没有愁硬要说愁。

为了有所比较，先列举几家对此诗的评析和翻译。

宋罗大经："'万里'，地之远也；'秋'，时之惨凄也；'作客'，羁旅也；'常作客'，久旅也；'百年'，暮齿也；'多病'，衰疾也；'台'，高迥处也；'独登台'，无亲朋也。十四字之间含有八意，而对偶又极精确。"

施蛰存："此诗最后二句，没有结束上文，表达新的意旨。"

俞陛云："起结皆用对句……首句于对仗中兼用韵，分之有六层意，合之则写其登高纵目，若秋声万种，排空杂遝而来……五六句亦分六层意，而以融合出之。末句感时伤老，虽佳节开筵，而停杯不御，极写其潦倒之怀也。"（唐浅说）

蒋和森："劈空而起，骋其笔势，一气滚去，真写得苍茫高浑，卓炼精深，在阔大雄健之中又透出一片郁勃之气。满溢在诗中的萧森秋气，与其说是季节的，毋宁说是时代的。"[1]

张碧波、邹尊兴《新编唐诗三百首译释》译诗："天高风急山上猿声啼叫的悲哀，青水白沙洲上鸟儿高下飞回。无边的山林飒飒地飘飞落叶，望不尽的长江滚滚地流下来。漂泊万里又逢深秋我常年作客，拖着年老的病体我独自登台。一生的艰难苦恨增加了霜鬓白发，穷愁潦倒因病我又新近停下浊酒杯。"

下面我们来逐句进行分析。

风急天高猿啸哀，

并列紧缩句，由三个小主谓句合成。"猿啸哀"，巫峡多猿，鸣声凄厉。当地民谣云："巴东三峡巫峡长，猿鸣三声泪沾裳。""风急"，则凄寒而萧瑟。"天高"，则寥廓而茫远。"猿啸哀"，则引人泣下。"风急"则无云，无云则"天高"，隐含有因果关系。"风急天高"又是"猿啸"的背景，猿声本来凄厉，在此背景下更令人心生悲凉。这不是纯客观的景物描写，而是客观景物在诗人心目中的反映。在高天急风中听着凄厉的猿啸，个人的渺小感、孤凄感，自是弥漫了诗人的心灵。

渚清沙白鸟飞回。

并列紧缩句，由三个小主谓句合成。"渚"：水中的小块陆地。"渚清沙白"，正是深秋景象。"鸟飞回"："鸟飞"作主语，"回"作谓语，义为"回旋"，形容"鸟飞"之状是因"风急"而打旋。鸟在"急风"之中飞翔不止，

---

[1] 蒋和森：《碧海掣鲸手——杜诗的气魄》，《文学遗产》1962年第412期。

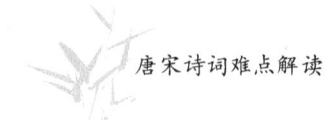

显示的是一种力量,更是一种精神。上句"风急天高"令人孤凄,此句"渚清沙白"给人温馨;上句"猿啸哀"令人泪下,此句"鸟飞回"给人鼓舞。

无边落木萧萧下,

"落木":落叶。"萧萧":秋风吹动树叶的声音。落木萧萧,是韶光的消逝,是生命的告别。"无边"二字,表现的是空间的普遍性,在诗人心目中,普天之下,率土之滨,纷纷扬扬,无非"落木";"萧萧"二字,状写的是落木之声,落木萧萧,繁声在耳,更声声敲打着诗人之心。

不尽长江滚滚来。

江流滚滚,是生命的奔流,是力量的涌动。"不尽"二字,表现的是时间的永恒性,在诗人的心目中,宇宙之大,尽管沧海桑田,总有一些东西像这江流一样,是不可阻挡不可磨灭的,是值得人类永远追寻、永远珍视的。"滚滚"二字,状写江水之势,千秋万代,汹涌奔腾,壮人眼目,更激荡着诗人的胸怀。不说"大江东去",而说"滚滚来",妙在取物的角度,而"角度"决定于心态。"去"是灭,"来"是生;"去"是绝望,"来"是希望。上句"落木萧萧",不免令人伤感,此句"长江滚滚",则令人激奋。

万里悲秋常作客,

递进紧缩句:"万里(作客)"则易"悲秋",而自己却是不但"作客",而且是"常作客"。"万里":即离家万里,指作客他乡。"悲秋":见秋景而悲伤。"作客":漂泊异乡。"常":长久、不断。杜甫从四十八岁开始,一直到五十八岁去世为止,十一年中,一直在外飘零,写这首诗时已是第八个年头了。这句是说,背井离乡,万里作客,即使偶一遭遇,也是令人伤感之事;何况自己之"作客",是既久且远,又逢肃寒之秋,其心之"悲",何以复加?

百年多病独登台。

转折紧缩句:虽"百年多病"却仍然坚持"独登台"。"百年":一生,这里偏指暮年。"多病":杜甫三十多岁即患了风痹症,一直缠绵不愈,以致晚年"缓步仍须竹杖扶"。后又患有严重的糖尿病（中医称为"消渴"）、肺病，并因糖尿病并发了白内障、耳聋、偏枯、足痿等一系列病症。晚年而多病，却不甘寂寞，即使在客中，没有亲朋陪伴，独自一人也要"登台"览胜，以抒情怀。其心之"壮"，可见一斑。这一联两句互解："万里悲秋"也管着"独登台"，"百年多病"也管着"常作客"。

艰难苦恨繁霜鬓，

因果紧缩句：因为"艰难"，所以"苦恨繁霜鬓"。"艰难"：指时势并由时势造成的生计的艰难。"苦恨"：甚恨，最恨。"繁霜鬓"：即"繁霜之鬓"，生长出许多白发的两鬓。这句是说，面对国势的艰难和自己生计的艰辛，本应该有所作为，但鬓霜日繁，龙钟衰老，心有余而力不足，所以诗人"恨"自己，恨自己的衰老。"名岂文章著，官应老病休。"这是一个心比天高的要强者无助的痛苦，无奈的悲哀。

潦倒新停浊酒杯。

转折紧缩句："潦倒"，却又"新停浊酒杯"。"潦倒"：失意，无聊。"新停"：这时杜甫正因病戒酒。心情不好，失意无聊，原可以借酒消愁，但现在却因病忌酒，连这一点精神的慰藉都没有了，情何以堪。何焯《义门读书记》卷五四："远客悲秋，又以老病止酒，其无聊可知。"胡以梅《唐诗贯珠笺》卷五十："结句又老又病，苦况在言外。"

我主张诗词鉴赏要以"语言通解"为基础，词法、句法、章法，一切解读、赏析，都要有文本语言的根据。分析语言，一不可"饾饤"视之，即不能把诗句看作辞藻的堆砌，而要从它本身的语法逻辑中求得尽可能确切的理解；二不可总以"线性"视之，即不可把诗句看作一条自上而下的线，诗句之间有错综，有互解，要在错综与互解中求得尽可能充分的理解。且以本诗为例。

从章法（"章法"问题后面有专章讨论）说，全诗是悲与壮的交汇：写景则一句侧重于悲，一句侧重于壮，且抒悲于前，表壮于后；叙事也是记"悲

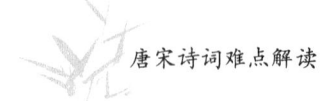

情"于前,转"壮怀"于后:总是使"壮"胜于"悲"。尾联一跌,仍是悲中有壮。这才使得本诗感伤而不颓唐,悲愁而不衰飒,有一股沉雄郁勃之气。

从句法看,径直地说"万里悲秋常作客,百年多病独登台"有八层意思、九层意思,就不免饾饤之嫌。而如果简单地解读为"漂泊万里又逢深秋我常年作客,拖着年老的病体我独自登台",哪里还有什么"郁勃"之气,悲壮之怀?我把它分析为"紧缩句",见得"常作客"更甚于一般羁旅之悲,"独登台"乃不屈于老病之身,这不就是"悲壮"吗?

再说词法(上一章已有详解),只说第七句。傅庚生《杜诗析疑》说:"细揆诗意,'艰''难''苦''恨'四字应该是平列的,读时应该一字一顿。""'繁'有与日俱增之义,解作动词,才能振起一篇精神。"王力《诗律余论》谓"应以'霜鬓'连读",霜鬓是杜诗中的熟语……"陈增杰:"此言霜鬓已繁,谓两鬓白发已多。"

照上述意见,这一句只是"一生的艰难苦恨增加了霜鬓白发"的叙述而已,意浅而情淡。我把此句分析为因果复句:因为国事艰难、生计无着,所以"苦恨繁霜之鬓"。"恨"的对象是"鬓"。为什么此鬓可恨?因为它不断地滋生着"霜(白发)"。年老发白,乃属正常,而年既老发既白则意味着要退出历史舞台,这正是诗人最不愿接受的事实,所以要"恨",而且"苦恨"。这就有了挣扎,有了抗争,表达着一种无助、无奈的撕心裂肺的痛苦。

如果再从句法结构看,"苦恨"与"新停"相对,都是"状语+中心词"的结构;"繁霜鬓"与"浊酒杯"相对,都是"定语+中心词"的结构。对句互解(即互相制约又互相阐发),这是一般的规律。

一切意蕴的解读,都来自对语言的分析,岂不然哉!

意译:

西风凄紧,长天苍苍,

声声猿啸,搅动愁肠。

河州清清,沙岸如霜,
鸥鹭倔强,迎风回翔。
满目落叶,纷纷扬扬扑四野,
无尽长江,浩浩荡荡来天上。
离家万里游子悲愁临秋肃,
更何况我长年累月在异乡!
疾病缠身举手投足都吃力,
我仍要登上高台慨而慷!
岁月艰难,多想再驰骋飞扬,
千愁万恨,最恨是两鬓霜降。
穷困潦倒偏偏需要戒酒,
是谁剥夺了我最后一点奢望?

春望

杜甫

国破①山河在，城春草木深。
感时②花溅泪，恨别鸟惊心。
烽火③连三月，家书抵④万金。
白头搔更短，浑欲不胜簪。⑤

注释：

①国：国都，指长安（今陕西西安）。破：陷落。
②感时：为国家的时局而感伤。溅泪：流泪。
③烽火：古时边防报警的烟火，这里指安史之乱的战火。
④抵：值，相当。
⑤浑欲：简直就要。不胜：受不住，不能。簪：一种束发的首饰。古代男子蓄长发，成年后束发于头顶，用簪子横插住，以免散开。

这是杜甫的名作之一。天宝十四年（755）十一月，安禄山起兵叛唐。次年六月，叛军攻陷潼关，唐玄宗逃往四川。七月，太子李亨即位于灵武（今属宁夏），世称肃宗，改元至德。杜甫闻讯，只身一人投奔肃宗，不幸在途中被叛军俘获，解送至长安，因官职卑微而未被囚禁。至德二年春，杜甫目睹了长安城一片萧条零落的景象，百感交集，这首诗就记下了他当时的所见所闻和沉重的情感。

此诗首联写春日长安凄惨破败的景象，颔联写自己"感时""恨别"的心情，国家衰亡之恨与亲人隔绝之苦交织在一起，字字泪，字字血。颈联分别以"烽火连三月"应首联国破之叹，以"家书抵万金"应颔联思家之忧；

尾联则进一步强调忧思之深导致发白而稀疏，连束发之簪都插不住了。全诗声情悲壮，对仗精巧，是好诗，也是信史。

读此诗，也要注意"紧缩句"的现象。

"国破山河在，城春草木深。"这一联上下都是"紧缩句"，出句应是并列关系，对句则是转折关系。但历来的选家，要么单说"山河在""草木深"，要么把出句也视为转折关系，强调"山河依旧"。

陈增杰：（"国破"二句）"暗寓江山易主、物是人非的感叹。"

徐应佩、周溶泉："开篇即写春望所见：国都沦陷，城池残破，虽然山河依旧，可是乱草遍地，林木苍苍……'国破'之后继以'山河在'，意思相反，出人意表；'城春'原当为明媚之景，而后缀以'草木深'则叙荒芜之状，先后相悖，又是一翻。"（上海唐诗典）

傅德岷、卢晋：（首联）"写'春望'所见：国都沦陷，城池残破；虽然山河依旧，春色满城，但草木深深，无人修葺，一片荒败景象。"

张碧波、邹尊兴："国都虽已残破而山河仍旧在，长安春天草木荒芜一片萧深。"

诸葛山人："国都沦陷了／一片残破的残垣断壁／可山河依旧还存，京城春色浓了／可满目如秋的凄凉／乱草荒木深深。"

陈增杰先生说（"国破"二句）"暗寓江山易主、物是人非的感叹"，这当然不错，但如果没有对句法的分析，这"感叹"是体会不深的。其余几家，都说"山河依旧"，这就欠妥。而两家"辞典"，更移花接木，把"山河在"与"国破"切开，下连到"草木深"上去，这就完全打破了原诗的句法结构，也伤害了原诗的意蕴。

把出句讲成"国都虽已残破而山河仍旧在"，"仍旧在"——似乎还有所慰安，充满希望，明显背离诗意。说"虽然山河依旧，可是乱草遍地"，失去了与"城春"的对比；至于把对句讲成"春天的长安城一片草木葱茏"，只是一个普通的陈述句，更完全失去本有的沉痛情感。

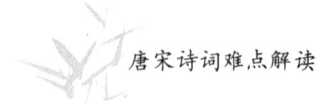

我的理解,出句是并列关系,对句是转折关系。"在"字,义为"岂在""不在"。这种字面为肯定而在语境中实为否定的现象,在古诗文中并不罕见。李颀《宋乔琳》诗:"阮公惟饮酒,陶令肯羞贫。"——"肯羞贫",意谓"岂肯羞贫"。李白《怀仙歌》:"一鹤东飞过沧海,放心散漫知何在?"——"知何在",意谓"不知何在"。杜甫《自京赴奉先咏怀五百字》诗:"兀兀遂至今,忍为尘埃没?""忍为",意谓"不忍为"。李义山《代魏宫私赠》诗:"知有宓妃无限意,春松秋菊可同时?"——"可同时",意谓"不可同时",等等。——江山易主,对唐王朝来说,"山河已然不在"了。其大意是:京城被胡虏占领了,大唐的山河沦于他人之手了,在这本应美好的春天,到处是无人光顾的乱草荒木。——如此,把紧缩句内的"关系"揭示出来,才能把诗的内涵充分表达出来。

意译:
胡人攻陷了长安,
君王避祸,逃到了蜀川。
辉煌的宫殿黯然失色,
街街巷巷,到处有胡兵乱窜。
大唐的锦绣山河,
落在蛮人之手,破成碎片。
春天如期而至,
全不顾人间的苦难!
昔日游人如织的城池,
如今只有杂草丛生,树木凋残。
死的死了,逃的逃了,
而我,成了囚徒,度日如年。
亲人信息阻隔,

国事如此溃烂。
那摇曳的野花,
是在等待游人的顾盼?
那凄凉的鸟叫,
是把失散的友朋呼唤?
我的心一阵阵剧痛,
止不住两眼泪潸然。
三个多月了,战火连绵,
多少人在战火中遭受苦难!
交通阻隔,一信难得,
亲人的安危时时挂在心间。
国恨家忧,让我白发萧疏,
简直都要插不住一支竹簪。

望月怀远①

张九龄

海上生明月,天涯共此时。
情人怨遥夜②,竟夕③起相思。
灭烛怜光满,④披衣觉露滋⑤。
不堪盈手赠,⑥还寝梦佳期。

注释:

①怀远:怀念远方的亲人。

②遥夜:长夜。

③竟夕:终宵,即一整夜。

④怜:爱。光满:月光充盈。

⑤滋:湿润。

⑥不堪:不能。盈手:双手捧满。月华虽好但是不能捧在手上以相赠。陆机《拟明月何皎皎》:"照之有余辉,揽之不盈手。"

张九龄,是唐代一位有胆识、有远见的著名政治家、文学家、诗人、名相。他的五言古诗,以素练质朴的语言,寄托深远的人生慨望,对扫除唐初所沿袭的六朝绮靡诗风,贡献尤大。誉为"岭南第一人"。《望月怀远》这首诗应写于他罢相遭贬后。

清杨逢春说:"首点月,二便含'怀远'意。三四正写怀远,五六承四申说,情景俱融。'灭烛'句,更深而月正中也;'披衣'句,坐久而寒侵也。"这大体说得不错。首句以雄阔之境捧出一轮明月,即含有"望"字,"天涯"一句就扣紧"怀远",十个字完成了对题目的诠释,也总括了全诗的意旨。

下面就"望月"而"怀远"四字展开。颔联承"共此时"说，意谓你我多情之人，在此月明之夜，相思而难相见，恐怕都要因此而怨夜的漫长了吧。推己及人，也见得彼此情意相通。这是由"怨遥夜"侧面写相思之苦。

　　颈联再单写自己的辗转相思。诗人灭烛出屋，久久望月，想象着对方也在这同一轮明月之下相望，这月就似乎变成了一面明镜，可以照见所思之人的影子，当然也可以为对方照见自己的影子。诗人完全沉浸在想象与思念之中，直至深夜的露水打湿了自己的衣衫，被一阵寒意激醒。但诗人并不就此罢休，他加披一件衣服，仍旧执着地望啊，想啊，真是一往情深难分难解。

　　思望之久，忽发奇想，要捧一把月光赠予对方。但聪明的诗人旋即觉得这只是一种"痴想"，是完全办不到的。而刚刚排除痴想，立即又进入"梦想"：希望在梦中与所思之人相聚尽欢。由痴想到梦想，由"望月怀远"到"归寝寻梦"，既出人意外，又在情理之中。结句把思情推向高潮便戛然而止，余韵悠远，让读者有无尽的回味。

　　此诗的颈联是两个因果紧缩句，而诸家的解读不是含糊不清，就是扞格不通。

　　陈增杰：（"灭烛"二句）"吹熄蜡烛，披衣出户，月光洒满庭宇，更觉得皎洁可爱；月下徘徊久立，夜露湿润了衣裳。"

　　沈熙乾："竟夕相思不能入睡，怪谁呢？是屋里烛光太耀眼吗？于是灭烛，披衣步出门庭，光线还是那么明亮。这天涯共对的一轮明月竟是这样撩人心绪，使人见到它那姣好圆满的光华，更难以入睡。夜已深了，气候更凉一些了，露水也沾湿了身上的衣裳。这里的'滋'字不仅是润湿，而且含滋生不已的意思。"（上海唐诗典）

　　沈文凡、李博昊："三四句承上写'怀人'，有情之人都会觉得长夜漫漫，难以入眠，整夜都为相思之情所缠绕，点出相思之深切。颈联写吹灭了蜡烛，愈觉得月光是那样的明亮，整间屋子都是它的清辉；披上衣服，更觉得衣

服似乎也被月下的凝露所润湿，微微有些清寒。"

"灭烛怜光满"，是说因"怜光满"而"灭烛"；"披衣觉露滋"，是说因"觉露滋"而"披衣"：倒置的因果紧缩句。《唐诗鉴赏辞典》的解读，竟把"不能入睡"与"烛光耀眼"联系起来；说出门所见，"光线还是那么明亮"，似乎诗人并不喜欢这明亮的月光。这当然不合诗意。至于"披衣觉露滋"，"披衣"与"觉露滋"这两件事的关系完全被打乱了，甚至被取消了。沈文凡、李博昊的说法也有同样的问题，它不仅颠倒了实际的因果关系，也模糊了空间与时间的变化。其他几家也都有因果不清的问题。

意译：

那一轮如银如玉的明月，
仿佛孕育于广阔而深沉的江海。
当它从江面冉冉升起，把清光
洒向大江南北，长城内外。
普天下的离人普天下的情，
举头望月千里共徘徊。
相思难断，相思难眠，
漫漫长夜，难过难挨。
灭掉窗前的蜡烛吧，
去享受明月的光彩；
夜深了，露重了，寒气侵人了，
加披一件长衣，还是不忍离开。
多想掬满手的月光相赠啊，
无奈那清光无形难以剪裁。
倒不如回去睡他一觉，
在梦中也许能偿那相思债。

用前韵招蕃叟弟①二首（其二）

陈傅良

落花风雨奈愁何②，愁亦不应缘落花。
尚可流觞追曲水③，底须占鵩似长沙。④
无人晤语鸟乌乐，为我食贫楼笋⑤佳。
休说关河无限恨，腹非空怒道旁蛙。⑥

注释：

①用前韵：用此前刚写过的某诗的韵。招：邀请。蕃叟：作者族弟陈武的字。

②奈愁何：拿"愁"怎么样？对"愁"有什么影响？

③流觞曲水：觞：古代酒器；曲水：弯曲的水道。古代的风俗，夏历三月上旬的巳日，在水滨聚会宴饮，以祓除不祥。后泛指在水边宴集。出自晋·王羲之《兰亭集序》："又有清流激湍，映带左右，引以为流觞曲水。"

④底须：何须，不须。占鵩似长沙：汉贾谊，贬谪长沙，为长沙王太傅，故称贾长沙。其时，曾有鵩鸟飞入其舍，止其座旁。鵩鸟似猫头鹰，为不祥之物。贾谊遂作《鵩鸟赋》以自伤，以为寿不得长。占：占卜。这里是说贾谊根据鵩鸟的降临而推测自己寿命不长。

⑤楼笋：蒌蒿、竹笋。

⑥腹非：亦作"腹诽"，心里认为不对而嘴上不说。道旁蛙：据《尹文子·大道上》载，越王勾践一次在路上遇到一只发怒的青蛙——仿佛那青蛙也在为自己的国王感到不平而愤怒，就在车上扶轼表示敬意。这当然是收买人心、鼓舞士气，以助其洗雪国耻。

陈傅良,南宋著名学者、思想家、政治家、教育家。他为学主"经世致用",反对性理空谈,在当时影响很大。官至中书舍人(负责为皇帝起草诏书),而为官清正不阿。南宋光宗皇帝曾为陈傅良写过一副对联:"东瓯理学无双士,南宋文章第一家。"

其时赵汝愚与韩侂胄争权而失势,因争权时赵汝愚曾引朱熹"道学"集团以自助,韩侂胄得势后就进行报复,打算斥逐朱熹。陈傅良出于公心,对皇帝说:"朱熹是三朝故老、罢官内批下来,满朝大臣都会失色,臣不敢草诏书。"这事使陈傅良以"依托朱熹"的罪名受到参劾,又被罢官。从此,他一心韬晦、闭门静居,称自己的居室为"止斋"。而韩侂胄进而发动"庆元党禁",指控朱熹的道学为"伪学",把陈傅良等五十九人列入"伪学"名单。此诗大约写于此时。

读此诗的难处,主要在于对紧缩句内部关系的理解。我们先来看一种译文:

风雨摇落了春花,
能够减轻我的愁闷吗?
满腹难解的烦愁,
又岂是因为落花?
既然还可以沿着曲折的流水,
漂放酒杯取乐,
又何须占卜吉凶,
像鹏鸟入室的长沙?
没有人对面交谈,
鸟儿更觉得快乐;
为解我生活的穷困,
蒌蒿、竹笋长得特大。
且别说关河破败,

带给人无限的遗恨，
若只是心中愤懑，
空激怒道旁的青蛙！

（沙灵娜、陈震寰）

这个译文有多处不妥。

开头两句，构成因果关系。那落花风雨，能把我们心中的愁绪怎么样呢？其意是说它不会让我们的愁绪变得更加沉重，因为我们的愁怨根本也不是因为落花而产生的。"风雨落花"从来不会"减轻我们的愁闷"，诗人也绝不会生出这样傻的想法。译文的逻辑满拧。

三、四句之间也是因果关系，只不过是因果推断，相当于"既然如此，又何须那样"。译文没有问题。

五、六两句就涉及紧缩句的内部关系了。"无人晤语／鸟鸟乐"，前后是因果关系，但不是"没有人对面交谈，鸟儿更觉得快乐"，而是"因为没有人可以交谈，而更觉得鸟儿的快乐——群鸟和鸣，让诗人觉得比孤寂的自己快乐"。"为我食贫／楼笋佳"，前后也是因果关系，但不是"为解我生活的穷困，蒌蒿、竹笋长得特大"，而是"因为吃食匮乏，所以就觉得蒌蒿、竹笋的味道特别鲜美——饿了，吃什么都香啊"。

最后两句，句间也是因果关系：我们不要说什么"关河之恨——国土沦亡之恨"，因为即使"腹诽"，我们也只能像道旁的"怒蛙"一样。"腹非空怒道旁蛙"也是紧缩句，前后是假设关系。这是用典，但一个"空"字，就改变了原典结局：当年的"怒蛙"得到勾践的理解与尊重，而我们即使为"关河"之恨成了"怒蛙"也是无人理解的，所以是"空"。

意译：
任你风雨落花陷泥沼，
我愁我怨不长也不消。

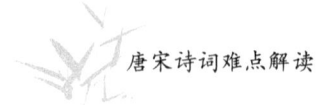

愁怨原本另有源,
与风雨落花缘分少。
既然曲水流觞堪取乐,
何必学那贾谊自烦恼!
我孤零零一人多寂寞,
倒觉得那鸟儿对唱兴致高。
贫困缺食难果腹,
美味还有竹笋与蒌蒿。
山河沦丧我辈多少恨,
就像江河流水日滔滔。
即使隐忍不开口,
变成怒蛙无人晓。
企盼阿弟来相聚,
一杯淡酒共逍遥。

晚次乐乡县①

陈子昂

故乡杳无际，②日暮且孤征③。
川原迷旧国，④道路入边城⑤。
野戍⑥荒烟断，深山古木平⑦。
如何此时恨，嗷嗷⑧夜猿鸣。

注释：

①次：旅途中住宿。乐乡县：地名，唐襄州属县。此诗自蜀入京时作。
②故乡：指梓州射洪。杳，渺远。无际：不见边际，盖极形其远。
③孤征：独自远行。
④迷：迷茫不辨。旧国：指乐乡县城。因其建制久远，故称"旧国"。
⑤边城：荒远的城邑，亦同指乐乡县城。
⑥戍：驻兵防守的城堡。野戍：指荒废的城堡。戍荒无人驻守，故曰"荒烟断"。
⑦古木平：古树成片成林，远望不辨高低。
⑧嗷（jiào）嗷：猿啼声。

这首诗深得论者青睐。明顾璘："无句法，无字眼，天然之妙。"明周敬："古淡雅远，超绝古今。"等等。但读起来却有点难度。古圣先贤之论我们就不再引述，只把刘学锴先生撰《唐诗选注评鉴》一书的"校注"摘要如下——我们相信刘先生是参考了既往之评述才有此校注的，再抄出网上流传的一种译文，然后加以讨论。

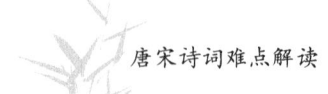

故乡已经遥远得看不到边际，太阳西垂暮色来临时，我一个人在征途。

这里的山川原野使我迷失了故乡，一个人走的道路终于进入边远的小城。

城外戍楼上的缕缕荒烟已在视野中消失，深山上的林木看上去也模糊一片。

为何此时心中充满无限惆怅，只听见猿猴在夜色里的鸣叫。

对首联的注释和翻译，没有大的问题。诗人写离家远行，不从起点说，而从途中说。行至途中，回首故乡，杳无踪影。多少留恋，多少凄苦，都在这一回首中了。而独身赶路，行行复行行，直至日暮天晚，筋疲力尽，但还没到可以歇脚的处所，还得继续前行。"且"字写出途路之遥，也写出行役之苦。

第二联就要讨论一下。

先说"川原迷旧国"一句。"川原"一词，刘未注，译文作"山川原野"。按诸文意，"川原"就是"原野"。因为视野所及，不可能既有"山川"又有"原野"这般广阔。况且诗人家乡多"山川"，他感到陌生的恰是此地的"原野"，倘"山川原野"一并现于眼前，那陌生感就不那么鲜明了。再说此句中的"迷旧国"，刘注"迷"为"迷茫不辨"，"旧国"为"乐乡县城"；连起来就是"乐乡县城迷茫不可辨"。一座县城，即使规模不大，怎么会"迷茫不辨"呢？况且，从诗意看，此时诗人离此城已不甚远。再说，把"旧国"解读为"乐乡县城"，也与下句之"边城"重复，显得文多而意少。译文说"使我迷失了故乡"，是符合文意的。"迷旧国"就是"迷失了旧国"——失去了故乡的景象。这不仅避免了与上句语义重叠，还能与对句中的"人"相称。总起来说就是：眼前之川原完全失去了故乡之景色，亦即为完全不同于故乡之景色。蜀中多山，此地弥望的是原野，与故乡迥异。这种差别使诗人感到陌生，而这种陌生感更增加了对故乡的思念。

再说"道路入边城"一句。译文作"一个人走的道路终于进入边远的小城"。这是个病句。译者没有搞清楚到底是"道路"入城还是"诗人"入城，就这么囫囵地应付。从句法看，"道路"与出句的"川原"相对，是做主语的；"入"，就是"通往"，不能讲成"诗人入城"。这里还涉及时空问题。既然已经"入城"，下联的景物描写从何而来？这句大意是：乐乡县在先秦时属楚，对中原来说是边远之地。这是说，要到那个"边城"住宿，前面还有一段路要走。天晚了，人乏了，而前路漫漫，真是凄苦而又无奈。"入"是"路"入，并非人"入"。

再来讨论第三联。

"野戍荒烟断"，刘注不单讲"荒烟"一词，而直接把"荒烟断"讲成"戍荒无人驻守"。这就是把"烟"解读为"人烟"了。如此，"荒烟"就是"无人驻守"，这个"断"字属多余，或者说诗人造了个病句。再说，这样讲与下句的"古木平"也难以相对。译文说"城外戍楼上的缕缕荒烟已在视野中消失"，完全违背常识，从傍晚至夜间这一段时间，恰是烟雾渐生渐浓的时候，怎么会消失？其实，这是个省略了被动词的被动句，意为"野戍为荒烟所断"。"野戍"，指野外的戍楼；"荒烟"，荒野的烟雾。"断"：遮断，隔绝。这句是说："野戍"被"荒烟"笼罩，只能看到模糊的影子。

上句读明白了，"深山古木平"一句也就容易讲通了："深山为古木所平。""深山"：远山。在茫茫暮色中，似乎只是无边林木，浑然一片，分不出高低参差。这一联两句互解："野戍"也有树遮掩，"深山"也有烟雾笼罩。既切晚字，又含烟字，构成苍茫混沌的意境。诗人孤身置于此境，该有多么孤凄，多么惶惑。

"如何此时恨，嗷嗷夜猿鸣。""如何"：不是"为何"，是奈何，怎么办。"恨"：悔，后悔。诗人之"恨"，该是指后悔背井离乡而求功名之举。与下句连读：正在为自己此行满心后悔而不知如何排遣的时候，又传来夜猿凄厉的叫声。

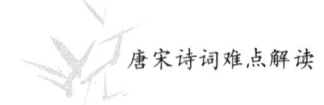

总起来看,这是一首写羁旅之愁的诗。"恨"字是"诗眼",是情态语,标明了本诗的意旨。

开首从旅途中回望故乡而不见写起,就紧紧扣住了"恨"字。行至日暮,仍前路遥遥,且四顾无侣,其"恨"何如!

继续前行,惶惶四顾,只觉景色与故乡迥异,徒增了身在异乡的孤独感;而瞻望前途,虽看到了边城的影子,但要到那里歇宿,还得赶一段路程。对一个身心俱疲人的来说,这实在是一种痛苦的折磨。这一联承接首联,从远离故乡、旅途孤苦进一步写"恨"字。

颈联正面写眼前之景:近处有野戍,远处是大山,而到处都是荒林古树。在苍茫暮色中,在烟雾迷漫下,野戍只露出模糊的身姿,远山也只是平平的一线树影。诗人眼中的景物是如此苍茫如此混沌,正显示着他心中的迷茫与惶惑——仍然是写一个"恨"字。

入夜,终于进城了,住宿了。回顾着一天的奔波劳苦,思念着故乡亲人,深深的悔意侵蚀着诗人的心。正在无可奈何之际,偏又传来凄厉的猿叫。前人说"猿鸣三声泪沾裳",此时此刻,恐怕一声猿鸣就足以令诗人泪下了。

一路写来一路"恨",结句更以猿鸣烘托,诗人之泪可见,读者之心难平。

意译:

背井离乡行复行,
故乡回望杳渺无踪影。
直走到红日沉沉依山尽,
形影相吊脚步不能停。
眼前一片原野平展展,
难寻家乡山水相映好风景。
只有一条弯弯曲曲不平路,

通向那偏僻荒远的小县城。
荒野的雾气晚来重,
那废弃的营垒已经辨不清。
远处的山峦林木盛,
看上去莽然一片与天平。
终于入城落脚歇一歇,
辗转反侧心难定。
何苦辞亲悔复恨,
猿啼声声不忍听。

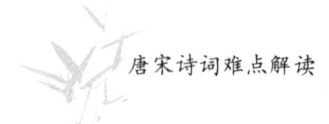

明妃①曲二首（其二）

王安石

明妃初嫁与胡儿，毡车百两皆胡姬。②
含情欲语独无处，传与琵琶心自知。
黄金杆拨春风手，③弹看飞鸿④劝胡酒。
汉宫侍女⑤暗垂泪，沙上行人⑥却回首。
汉恩自浅胡恩深，人生乐在相知心。
可怜青冢⑦已芜没，尚有哀弦留至今。

注释：

①明妃：即王昭君，汉元帝宫女。晋人避司马昭讳，改昭为明，后人沿用。

②毡车：指匈奴接迎王昭君的车。两：同"辆"。胡姬：匈奴女子。

③杆拨：弹琵琶的工具。春风手：形容能弹出美妙音乐的巧手。

④弹看飞鸿：嵇康《赠秀才入军》有"目送归鸿，手挥五弦"之句，形容闲雅的心境。这里借其字面，是说明妃一边弹着琵琶一遍仰望飞鸿——盼望飞鸿能把自己的心意传送给自己的亲人。

⑤汉宫侍女：指陪昭君远嫁的汉官女。

⑥沙上行人：指匈奴负责迎娶的使者。匈奴使者来自沙漠，故称"沙上"。

⑦青冢：昭君墓，在今呼和浩特市南。传说因其墓草常青而得名；或谓在漫漫黄沙中，其墓独显青色，故名。

王安石的《明妃曲》共两首，此为其二。之所以选这首来讲，是因为作者曾因此诗受到后人的不少攻击。这种攻击实来自误会，而误会的产生来自于诗句成分的省略。

此诗首两句写明妃嫁胡，胡人以毡车百辆相迎。《诗经》上有"之子于归，百两御（迎）之"的诗句，可见胡人恩义深厚，是以迎接王姬之礼来迎明妃的。而面对宫女，又胡汉生疏，致使明妃"含情欲语独无处"，只好把一腔心事寄托在琵琶上。她一面手弹琵琶劝胡人饮酒，一面眼"看飞鸿"，心向"塞南"。这一细节，生动地刻画了明妃内心的矛盾与痛苦。她的弹奏引起了不同的反应："汉宫侍女暗垂泪"，而"沙上行人却回首"。接下来，就是引发后人攻击的两句："汉恩自浅胡恩深，人生乐在相知心"。这还了得！一个汉廷大臣，竟然如此唯恩是感，唯乐是求，胡汉不分，毫无气节！王安石去世五十多年后，一位名叫范冲（官至翰林侍读学士，龙图阁直学士）的就对他发起了攻击。他对宋高宗赵构说："臣常于言语文字之间得安石之心，安石为《明妃曲》曰：'汉恩自浅胡恩深，人生乐在相知心。'然则刘豫降金为儿皇帝不是罪过，汉恩自浅而房恩深也。今之背君父之恩投拜而为盗贼者，皆合于安石之意。孟子曰：'无父无君，是禽兽也'。以胡房有恩而遂忘君父，非禽兽而何？"（见李壁《王荆公诗注》）有这样的罪名，即使杀头也不足以谢天下了。

但这位翰林是放了空炮，他根本没有读懂王安石的诗。

在听了明妃的琵琶曲之后，陪嫁的汉宫侍女都悲伤流泪，而"沙上行人却回首"。"却"，转折词。作为匈奴使者，他们听了明妃的弹奏，不但没有流泪，反而回过头来——回过头来干什么？用话宽慰明妃啊。在"回首"之后省略了一个字：曰。"汉恩自浅胡恩深，人生乐在相知心。"这不是王安石的话，而是匈奴使者所说。明妃在汉为禁闭于长门中的宫女，又被当作礼物送出"和番"，所以"汉恩"是"浅"的；我们胡人对你以"百辆"相迎，"恩"礼自然是"深"的。这在胡人看来是再明显不过的事实与道理，他们说这种话也完全符合他们的身份。当然，这种宽慰并没有效果，所以接下来的两句是："可怜青冢已芜没，尚有哀弦留至今。"明妃之心诚如杜甫所说：

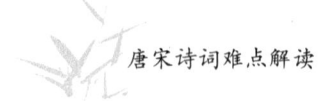

"千载琵琶作胡语,分明怨恨曲中论!"匈奴使者的话,恰恰做了明妃至死不渝的反衬。

因为误读,竟造成一桩公案。后人千方百计为王安石解套,因为未能从诗句本身立论,都显得苍白无力。由此见得阅读中语言分析是何等重要。

至于王安石创作此诗的动机,有一种说法可以作为参考:当时,辽国、西夏"交侵,岁币百万"(赵翼《廿二史札记》)。而且就有施宜生、张元等,因在宋不得志而投向辽、夏,为辽、夏出谋献策,造成宋的边患。诗人们写明妃,不过是借汉言宋。

意译:
汉王无情弃明妃,
嫁与胡儿靖边陲。
毡车百辆来接嫁,
匈奴侍女排成队。
明妃含情对谁说?
胡人不懂汉女悲。
手挥琵琶看飞鸿,
一片离心随雁飞。
胡人自顾饮胡酒,
汉女伤情泪暗垂。
胡人使者回头道:
"汉皇对你恩情浅,
我王恩情深百倍。
人生一世何为乐?
无非举案在齐眉。"
明妃已殁烽烟起,

可怜青冢成沙堆。
千载亡魂难消散,
哀哀琵琶诉与谁?

醉眠

唐庚

山静似太古①,日长如小年②。
余花犹可醉,好鸟不妨眠。
世味③门常掩,时光簟已便。④
梦中频得句,拈笔又忘筌⑤。

注释:

①太古:远古,上古。其时天地初成,万物未生,一片静寂。

②小年:将近一年。

③世味:世态,社会的人情冷暖。

④簟(diàn):竹席。便(pián):安适,习惯,擅长。

⑤忘筌:忘记了捕鱼的筌。比喻目的达到后就忘掉原来的凭借。语出《庄子·外物》:"荃(通'筌')者所以在鱼,得鱼而忘荃;蹄者所以在兔,得兔而忘蹄……言者所以在意,得意而忘言。"

唐庚,宋代诗人,文采风流,有"小东坡"之称。著有《三国杂事》《唐子西集》《唐子西文录》。此诗为其谪居惠州时所作。2013年,江苏省高考曾以此诗为题,其答案中竟有"门掩世味"之说,所以我就来说说这首诗。

全诗以"醉"为中心,描写自己的谪居生活。时在初夏,日长如年;贬谪之身人情薄,无人造访门长关。这时光如何打发呢?一是醉,一是眠,其实是醉而后眠。花残了,依然花下饮;鸟叫了,不妨簟上眠。眠长梦多,梦中常常有诗句涌出,而醒后想提笔把它记下来,却又一句都想不起来了。梦后忘言虽是常事,但记梦之诗也不罕见。诗人之"忘筌",是真"忘"还是怕犯忌而托言，就留给读者去品味了。

此诗的难点在三联，还是紧缩句省略的问题。

"世味门常掩，时光簟已便。"钟元凯先生的解读是："'世味'二字，透露出诗人隐秘的心声。门之开合，与'世味'何关？原来在封建社会里，'门'常常成为人物命运遭际的表征，它和屋主人的贵贱穷达、荣辱进退是休戚相关的。如'朱门'象征权势炙人的达官显贵，'寒门'则表示社会地位的卑微低贱，所谓'门第'也者，正是把'门'和品第等级联系在一起。故得势显达时'开门延客'、'门庭若市'，落拓不遇时则'杜门谢客'、'门可罗雀'。炎凉世态，系于区区一门。唐庚当时正谪居岭南，他对这样的'世情'是尝够了滋味的……诗人不说'门掩知世味'，却将'世味'置于'门掩'之前，不止是为了协调声律，也是强调了诗人内心的感慨，又可以解作诗人欲乘掩门之际，将那使人心寒的'世味'推将出去，拒之门外，永不让它再来骚扰和破坏恬淡的心境……"（上海宋诗典）

钟先生先是抓住一个"门"字阐发了一通"世态炎凉"的大道理，再回到唐庚此诗作具体分析。大道理无可置疑，具体分析就值得讨论。"世味门常掩"五个字是什么结构？钟先生判定是"门掩知世味"的倒装——这里补了一个"知"字，接着就从"知世味"说到"掩门"。按照这种逻辑，这五个字还得再"倒装"一次，变成"知世味（而）掩门"。这未免太绕脖子了。其实，"世味门常掩"是一个因果关系的紧缩句，前半句"世味"与"门"相对而后面有所省略，而这省略的成分可以从后半句的内容得到补足的线索。既是"门常掩"，见得那"世味"肯定不是"好味"，而是苦味，辣味，等等。这句诗就是说：因世味（苦辣）而门常掩。

再说此联的下句："时光簟已便"。这应是一个转折关系的紧缩句，"时光"后有所省略。要寻求所省略的成分，还是得从"簟已便"找线索。先说这个"便"字，钱钟书先生说是"合宜、当景的意思"。"合宜"是形容词，而与之相对的"掩"是动词，虽然从宽对的角度说，形容词对动词亦无不可，

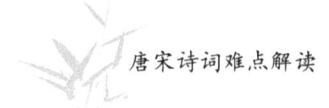

但毕竟不如同一词类相对更严谨。特别是,"门常掩"是诗人的主动选择,"合宜"则只是对"簟"的性质的描述,显然不合诗意。那么"便"有没有动词义项?有:适应,习惯,擅长。《后汉书·陈龟传》:"家世边将,便习弓马。"《三国志·魏志·吕布传》:"布便弓马,膂力过人,号为飞将。"《晋书·宣帝纪》:"帝闻而笑曰'吾便料生,不便料死故也。'"如此,我们可以这样来解读:时光(无情——时光的流逝就是生命的丧失),(但)我已经习惯了竹席上的生活。这是无奈,也是宽慰,当然更隐含着愤懑不平。

没有对语句结构的准确分析,无论怎样貌似深刻的"鉴赏",都是禁不住"推敲"的。

意译:
臣罪当诛,谪居岭南,
仿佛回到远古,一片荒蛮。
纵然站上山的峰顶,
也见不到车行马喧。
那太阳似乎出了故障,
一天的时间得走一年。
春天的脚步倒是便捷,
转眼间已是草盛花残。
残花依依枝头恋,
我陪残花醉且颠;
几声鸟鸣堪悦耳,
鸟鸣声中更宜眠。
罪臣之身人人厌,
谁肯同情到门前?
人情世态既如此,

干脆掩门绝世缘。
岁月无情无所事,
我借竹席自安眠。
竹席清爽宜入梦,
梦中好诗句联翩。
醒来提笔欲翻记,
梦境支离又忘言。
忘言是失还是得,
心香一瓣可对天。

秋兴①八首（其一）

杜甫

玉露凋伤②枫树林，巫山巫峡气萧森③。
江间波浪兼天涌④，塞上风云接地阴。⑤
丛菊两开⑥他日泪，孤舟一系故园⑦心。
寒衣处处催刀尺⑧，白帝城高急暮砧。⑨

注释：

①公元759年，杜甫为避"安史之乱"，携妻儿由陕西入四川，寓居成都，依靠四川节度使严武等亲友的接济维持生活。765年四月，严武病逝，杜甫失去依凭，于是离开成都，准备出峡归乡。但因故滞留夔州（今四川奉节）。《秋兴八首》就是诗人大历元年（766）秋在夔州时所作一组七言律诗，因秋而感发诗兴，故曰《秋兴》。

时持续八年的安史之乱刚刚结束，吐蕃、回纥又乘虚而入，加以藩镇拥兵割据，战乱时起，唐王朝国运危迫，犹如四季之在暮秋，杜甫为此而深感忧虑。而他自己已经五十五岁，也处在人生之秋，眼看来日无多，叶落归根之想更为迫切。正是在此种悲人生之秋和国运之秋的心境下，他写下了《秋兴》这组诗。它是八首蝉联、结构严密、抒情深挚的组诗，体现了诗人晚年的思想感情和艺术成就。"玉露凋伤枫树林"是其中的第一首。

②玉露凋伤：秋天的霜露，使草木凋落衰败。

③萧森：萧瑟阴森。

④兼天涌：波浪滔天。

⑤塞上：指巫山。接地阴：风云盖地。"接地"又作"匝地"。

⑥丛菊两开：杜甫此前一年秋天在云安，此年秋天在夔州，从离开成

都算起，已历两秋，故云"两开"。

⑦一系，常系，总是系而不发。故园此处当指长安。

⑧催刀尺：指赶裁冬衣。"处处催"，见得家家如此。

⑨白帝城：即今奉节城，在瞿塘峡上口北岸的山上，与夔门隔岸相对。砧：捣衣石。急暮砧：黄昏时急促的捣衣声。

这首诗的难点在第三联："丛菊两开他日泪，孤舟一系故园心。"不妨看看古今论者的评述：

有论者加以贬评。

宋刘辰翁："（"丛菊"句）此七字拙。"（《唐诗品汇》）

明胡震亨："'一系'对'两开'，'一'字甚无着落，为瑕不小。"（《唐音癸签》）

叶嘉莹教授：（这种文法的创新）"即使在五四新文学革命以后的近代，也还有些人对之不能完全承认或接受，如陆侃如与冯沅君合著之《中国诗史》，便曾讥诋《秋兴》及《咏怀古迹》的一些诗句为'直坠魔道'，'简直不通'，胡适之的《白话文学史》，在评述杜甫的七言律诗时，也曾说：'《秋兴八首》，传诵后世，其实都是一些难懂的诗谜，这种诗全无文学的价值，只是一些失败的玩意儿而已。'对于这种评语，我却不敢苟同……"（叶论诗）

有论者加以褒评。

清黄生："杜公七律诗，当以《秋兴》为裘领，乃公一生心神结聚之所在也……三、四喻乾坤扰乱，上下失位之象。花如他日，泪亦如他日，非花开也，开泪而已。身在孤舟，心在故园，非系舟也，系心而已，故云云。"

萧涤非："菊开，泪眼亦随之开，所谓飒飒开啼眼。"

张忠纲：（开、系）"都有双关义：开，指花开，也是指泪下。系，是指身系孤舟，也是指心系故园。"

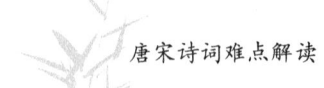

对那些贬抑之词，无须多辩；上引"褒解"之词，其实也没有真的读懂。叶教授看出这是杜甫在"文法"上的创造，可惜没有对这创造做具体的分析。

古诗的语言，尤其是律诗的语言，有别于散文。其不同点之一就是常常用名词句——纯以名词或名词性短语成句。比如："归棹洛阳人，残钟广陵树。"（韦应物《初发扬子寄元大校书》）"细草微风岸，危樯独夜舟。"（杜甫《旅夜书怀》）"雨中黄叶树，灯下白头人。"（司空曙《喜外弟卢纶见宿》）"巫峡啼猿数行泪，衡阳归雁几封书。"（高适《送李少府贬峡中王少府贬长沙》）"昨夜星辰昨夜风，画楼西畔桂堂东。"（李商隐《无题》）等等。

其不同点之二就是常常用紧缩句。诗以"行"为句，一行叫作一"句"。习惯上我们把这"一句"看成一个单句。而古诗的一行，常常是一个复句，包含着两个或更多的分句。上述"名词句"已有此类组合。再比如："野旷天低树，江清月近人。"（孟浩然《宿建德江》）"潮平两岸阔，风正一帆悬。"（王湾《次北固山下作》）"凤凰台上凤凰游，凤去台空江自流。"（李白《登金陵凤凰台》）"风急天高猿啸哀，渚清沙白鸟飞回。"（杜甫《登高》）

如果这种复合句的每一个分句都是同样的结构，比如都是主谓结构，或者都是名词性结构，等等，那还好辨识、好理解；如果在一行诗中，既有主谓结构（或动词性结构），又有名词性结构，那就容易误解。比如"塞花飘／客泪，边柳挂／乡愁。"（岑参《武威春暮，闻宇文判官西使还，已到晋昌》）"禁钟／春雨细，宫树／野烟合。"（韦应物《送汾城王主簿》）"日斜江上／孤帆影，草绿湖南／万里情。"（刘长卿《赠别严士元》）"塞花飘""边柳挂（挂即垂）"是主谓结构，"客泪""乡愁"是名词性结构，意思是见"塞花飘"而"流客泪"，望"边柳挂"而"起乡愁"。但这样的结构很容易误解为"飘客泪""挂乡愁"，还要说这样的组合很有"诗意"，似乎诗人有什么神秘的语言法术。而另一种意见就说这是"直堕魔道"了。其实，这没有什么神秘，也不是"魔道"，不过是一种复合句罢了。我们不妨把它称作"半省略句"：紧缩句中的"一半"有所省略，而通过"互解"可以悟出所省的成分。

"丛菊两开他日泪，孤舟一系故园心"一联诗也当作如是观。"丛菊两开""孤舟一系"是主谓结构；"他日泪""故园心"是名词性结构。句的意思只是说：见"丛菊两开"而再次流泪，苦"孤舟一系"而"故园心焦"。当然，这两句还应该"互解"，不能只作"线性"解。

难点解决之后，就可以从整体上来鉴赏这首诗了。

题为"秋兴"，全诗句句写秋景秋事，又句句抒写因秋而起的感兴。

首联以枫林凋伤、气象萧森，开门见山地描绘出具有浓重感伤色彩的秋色、秋气，奠定全篇萧飒衰残的基调。颔联承秋意而下，写上天之阴云，江间之波浪。而"波浪在地而曰兼天，风云在天而曰接地"（清杨伦《杜诗镜铨》），仿佛连天接地，惊涛骇浪，风云翻滚，完全笼罩在阴晦萧森的氛围之中。清金圣叹《杜诗解》说："若谓玉树凋零，枫林叶映，虽志士之所增悲，亦幽人之所寄托。奈何流滞巫山巫峡，而举目江间，但涌兼天之波浪；凝眸塞上，惟阴接地之风云，真可谓可痛可悲，使人心尽气绝。"这写的是眼前之"秋"景，"兴"的是诗人抑郁忧闷、焦躁不安之怀。

诗人面对萧森秋景而"兴"悲怆之怀，并非无病呻吟，而是有着深刻的现实原因。所以颈联就转入家国不幸、身世坎坷的描写。急于出峡归里，却偏偏"孤舟一系"，而且至于"丛菊两开"，其"故园"之心备受煎熬，悠忧之泪一流再流。徘徊复徘徊，直至日暮天穷，这时从白帝高城传来急促的捣衣之声，诗人知道，那是人们在缝制冬衣了——也许是为他们在外的游子或征夫吧？而自己漂泊既久，有家难归，既无冬衣可"捣"，也无人为自己"捣"衣。这尾联又从"寒衣"之事而"兴"孤寂无依之怀。

钱谦益曰："首篇颔联悲壮，颈联凄紧，以节则杪秋，以地则高城，以时则薄暮，刀尺苦寒，急砧促别，末句标举兴会，略有五重，所谓嵯峨萧瑟，真不可言。"

意译：
秋露成寒，枫树残伤，
落叶飘飞，纷纷扬扬。
巫山巫峡，苍茫在望，
阴气弥漫，萧瑟荒凉。
俯瞰长江流水，滔天巨浪，
仰观塞上风云，接地如网。
天地间一片混沌，
天地间八方动荡。
本想买舟东下归故里，
无奈路断，困顿在襄阳。
困襄阳，两重阳，
枉看菊花又开放。
可怜孤舟水边系，
何时启程归故乡？
归故乡，成奢望，
难禁泪水又沾裳。
岁月无情随江水，
白帝城头久彷徨。
又闻砧杵之声连绵起，
赶制冬衣户户忙。
有家有室有业产，
亲人相守享安康。
谁知天下多少客，
像我一样漂泊在远方？

送李少府贬峡中①王少府贬长沙

高适

嗟君此别意何如,驻马衔杯问谪居②。
巫峡③啼猿数行泪,衡阳④归雁几封书。
青枫江上秋帆远,⑤白帝城⑥边古木疏。
圣代即今多雨露⑦,暂时分手莫踌躇。

注释:

①峡中:此指夔州巫山县(今属重庆)。

②谪(zhé)居:贬官的地方,这里应指赴"谪居"的心情。

③巫峡:地名,在今重庆市巫山县东。古民谣《巴东三峡歌》:"巴东三峡巫峡长,猿鸣三声泪沾裳。"

④衡阳:地名,今属湖南。相传每年秋天,南飞之雁,止于衡阳的回雁峰。

⑤青枫江:地名,在长沙。秋帆:指秋风吹着小舟。张若虚《春江花月夜》:"白云一片去悠悠,青枫浦上不胜愁。"青枫浦,泛指游子所在。

⑥白帝城:位于奉节东白帝山上,到此就出了三峡了。

⑦雨露:喻指皇恩。

这是一首送别诗,它的特点是"记言",而且是记录三人的"对话"。由于主语的省略,使古今论者皆陷于迷茫。

清胡以梅说:"起处松活,只一'嗟'字含情,第二总提谪居,以下两人谪处双行,交互错举,富赡陆离……第三以闻猿堕泪,写其凄婉;而第四之归雁附书,亦在悲凉中矣。"

清黄生说:"此诗先作问语,代写其意,极得开谈妙法。盖彼方不乐我遽以圣代雨露之说告之,彼正有许多谪居道远、风景不佳、音信难达说话,未曾发泄,闻我之言,是愈加彼不乐也。此妙在将彼意中之语,先自代为剖明,言外云非但尔不乐,即我言之亦不乐;然后徐徐慰之云,虽说如此,然'圣代即今多雨露',我知分手不过暂时,万勿以谪居为意。迁客闻之,有不欣然就道者哉!此虽律诗八句,其实是一席老练人情世故说话也。"

陈增杰先生说:"(中)四句分咏李、王两人贬地,交互错举,映带陆离,工整中而有变化。三四句紧承'问'字而下,'数行泪''几封书'为询问之辞;五六句换笔,'秋天远''古木疏'为瞻望之景,不为堆垛。"

论者毫无例外地认为本诗是诗人自说自话。但这样解读有两个问题:一是首联就有一个"问"字,所问的内容也很明确。按照人之常情、事之常理,送者有问,行者应该有答,而按"自说自话"论却是有问无答。不仅如此,还把"数行泪""几封书"也当作"询问之辞",似乎诗人问问不已,未免太过唠叨了。第二个问题是,中两联"交错互举",第三句言李,四五句言王,第六句再言李;说"两人谪处双行"自然没错,但为什么要这样"交错互举"呢?这样就显得"富赡陆离"吗?很难理解。

或说这是"将彼意中之语,先自代为剖明"。这种解释并不能解释为什么"交错互举"的问题,而且,也不太合情理。按"人情世故"说,也总该让朋友有机会张口说话,何况你开头就有所询问,在此种情况下,岂有自问自答的道理。

其实,这是一首"记言"的诗,记的是饯行时双方的对话。古诗中记言者并不罕见,贾岛的《寻隐者不遇》,杜甫的《石壕吏》,都以记言为主。只不过它标明了是谁在"言"。不标明的也有。岑参《还高冠潭口留别舍弟》:"昨日山有信,只今耕种时。遥传杜陵叟,怪我还山迟。独向潭上酌,无上林下棋。东溪忆汝处,闲卧对鸬鹚。"后四句就是直接把杜陵叟来信上的话直接写上去了。不明事理者很容易把"汝"误解为"舍弟"。高适的这一首诗还有一点特别之处，就是对话者不是两个人，而是三个人。中间两联是两个人的发言，因为是朋友交谈，所以不免"插话"，这才是"交错互举"的根源。这种"交错"，其妙处在于很有现场感，能逼真地体现朋友间交谈时的情态。

以"记言"体视之，一切都顺理成章。如此读来则文从意顺：

首联是诗人的问话，问"贬居"，就是问"意何如"。中间两联是两位少府的答话。先是李少府回答，他的贬所在"峡中"，要途经"猿鸣三声泪沾裳"的巫峡，他就以此作答，既道贬所，又表达心情。他的话没说完，王少府就插了话。他说："我的贬所在长沙，就在青枫江畔，路途十分遥远。你要途经巫峡，我可要途经衡阳呢！至衡阳则雁回，我却还要南行，此后要传达信息都难啊。"王说完后，李又补充了一句："我的贬所在白帝城边，那里是古木参天的荒古之地啊！"——言下之意，也希望朋友能多多写信以作慰藉。

两位少府说完，诗人感到他们心有"踌躇"，于是好言宽慰，让他们放心上路，皇恩浩荡，他们总会有出头之日的。在那样的时代，那样的时刻，诗人不好作豪迈语，亦不可作悲伤语，仅以"圣代雨露"示以希望，也是用心良苦的。

意译：

（我）在这分别的时刻，
我下马举杯为两位饯行。
被贬到遥远的去处，
两位此时是怎样的心情？
（李）三峡路险巫峡长，
猿鸣三声泪沾裳啊！
（王）长沙更在衡阳外，

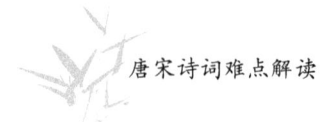

鸿雁不到信难来。
青枫江上乘小舟,
多少游子江上愁。
(李)莫说青枫江上游子意,
白帝城边树老悲鸟啼。
(我)二位仁兄不必太伤感,
皇恩浩荡有青天。
尽管前去莫踌躇,
很快归来为君再把盏。

浣溪沙

晏殊

一向年光有限身，①等闲离别易销魂，②酒筵歌席莫辞频③。
满目山河空念远，落花风雨更伤春，不如怜取眼前人。④

注释：

①一向：一晌，片刻，一会儿。年光：岁月，也指春光。有限身：有限的生命。
②等闲：平常，随便，无端。销魂：这里形容极度悲伤。
③莫辞频：频，频繁。不要因为次数多而推辞。
④怜取眼前人：怜：珍惜，怜爱。取：语助词。

这首小词似乎没有什么难度，但看看论者的解析、译文，还是大有研究的必要。

郭伯勋："上片三句告诫未别之人。写年光短暂，切勿轻离，应不负人生之乐。下片三句劝慰已别之人。不要徒然念远，风雨伤春，且将旧意爱怜新人。"——这是把上下两片拆开说，"未别之人""已别之人"，不在同一时空。如此，就失去了特定的背景与具体的写作动因，成了纯粹的"冥想"产物。再者，把末句解读为"且将旧意爱怜新人"，也有"负心""薄幸"之嫌，恐不是诗人之意。

李之亮：译文："……不要推辞这频频而来的歌舞饮宴。极目辽阔无际的山河，会加重对远方亲友的怀念，见到风雨吹落鲜花，更加感伤春光的短暂。倒不如放开情怀，怜爱眼前这俏丽的佳人，她会给我带来快乐无限。"解析："作者虽然口上说'不如怜取眼前人'，但它的前提是'满目山河空念远，落花风雨更伤春'。在政治的旋涡中，在人生的旅途上，一个人无力左右自己，也只有用怜取眼前人来慰藉伤痛的心灵，这不是再简单不过的道理吗？——此译文到下片，忽然"极目"山河，忽而又"见到"落花，最后归结到"怜爱眼前这俏丽的佳人"。既然"这佳人"就在"眼前"，说明诗人是在特定的时空——一次歌舞饮宴的聚会，怎么会"极目"山河、"见到"落花？至于"解析"之论，更是脱离实际的臆说。晏殊是历史上有名的"太平宰相"，晚年虽小有蹭蹬，但终归完满。他位极人臣，历仕两朝，集功名、富贵、才情于一身，历史上是少见的，哪来的"政治的漩涡"？哪里需要"慰藉伤痛的心灵"？

我以为，这首小词，既不是鼓励人负心、薄幸，也与政治无干。这不过是宴会上的即兴之作，是应歌儿舞女之需的歌词。它表达的是时光短暂而生命有限的无奈，抒发的是伤春惜别之情，强调的是注重眼前、抓住"现在"的人生态度。这是诗人的无奈与伤情，其实也是很多人——特别是知识阶层常常感到的无奈与伤情，所以不能只从"及时行乐"的角度说其"消极"，可以从珍惜生命、注重"今天"的角度得到启发。

那么，是什么使论者步入"歧途"的呢？是省略。我们说诗词中有介词的省略，主语、谓语的省略，这里遇到的是关联词语的省略。从"不如怜取眼前人"的"不如"二字，我们可以体会到诗人是在做"选择"。与之相搭配的词语就是"与其"。把"与其"二字补出来，就是："与其满目山河空念远，落花风雨更伤春，不如怜取眼前人。"下片是紧承上片的话题，在劝人"莫辞频"之后，进一步强调这"莫辞频"的道理：一旦离别，天各一方，那是就只有"满目山河空念远，落花风雨更伤春"了，与其如此，不如怜取眼前人啊！这下片的末句与上片的末句是紧紧呼应的。

诗词的语言，要尽量简约，以少胜多，所以"省略"就成了普遍使用的手段。关于关联词语的省略，在讲到句间关系的时候还会说到。

意译：

春光多么短暂，
似乎只有瞬间；
生命更是有限，
一晃就是晚年。
别小看这只是平常的离别，
任何离别都是情感的摧残。
请举起酒杯，干！
请再歌再舞，旋！
别说你的脸已红，
别说你的腿已酸！
让我们忘记所有，
让我们醉倒席前！

要知道，一旦离别，
山河阻隔千里远，
徒然思念眼望穿。
更逢风雨吹花落，
泪雨交加也枉然！
与其他日相思苦，
何不珍惜佳人在眼前！
——让我们纵情！
——让我们缠绵！

凉州词

王翰

葡萄美酒夜光杯,欲饮琵琶马上催。
醉卧沙场君莫笑,古来征战几人回?

凉州词,唐代乐府《凉州曲》的歌词,多写边塞风光、军旅征战之事。《新唐书·音乐志》:"天宝间乐调,皆以边地为名,若凉州、伊州、甘州之类。"凉州(意为"地处西方,常寒凉也"),唐代州名,属陇右道,治所姑臧县(今甘肃武威)。

全诗写边塞将士的一次盛宴,描摹了守边将士开怀痛饮、尽情酣醉的场面。首联极写酒品之醇美,酒具之豪华,音乐歌舞之繁盛,真是五光十色、琳琅满目、酒香四溢,乐声盈耳。既为全诗的抒情创造了气氛,定下了基调,又见得规格之高,排场之大。由此可以想见,这不是一次普通的饮宴,倒很像一次热烈的庆功会。在极力渲染了排场氛围后,诗人却把酒宴开始后的热闹情景留给读者想象,只拈出一句劝酒词:"醉卧沙场君莫笑,古来征战几人回?"乐而忘忧,豪放旷达,一切的活动,所有的情感,都在这一句话中了。以少少许胜多多许,使这首短章流传不朽。

对此诗的情调、主旨,历来有不同的解读。这种不同与对第二句的解析大有关系:是催征,还是催饮?而催征、催饮的分歧又起于句子成分的倒装。

清沈德潜:"故作豪放之词,然悲感已极。"

清施补华:"作悲伤语读便浅,作谐谑语读便妙。"

俞陛云:"诗言强胡压境,仗策从军,判决生死之锋,悬于顶上,何不及时行乐……唐人出塞诗,如归马营空,春闺梦断,已满纸哀音。此于百

死中,姑纵片时之乐,语尤沉痛。"(唐浅说)

中国社科院文学研究所:"本篇以豪迈的情调写军中生活。大意说见酒想喝,军中已奏乐安排宴饮;醉卧沙场也并不可笑,因为打了仗能够回来,即属难得,还不值得饮酒庆祝吗?这是战罢回营,设酒作乐的情景。"

林庚、冯沅君:("欲饮"句)"是说正要举杯痛饮,却听到马上弹起琵琶的声音,在催人出发了。"

沈文凡、李博昊:"开头一句极写酒杯的精美和酒的香醇,正想开怀痛饮,马上的琵琶声已经响起,催促将士们即将行军。那就尽快豪饮几杯。"

分歧从何而来?这是不能以一句"诗无达诂,见仁见智"就可以敷衍过去的。

读诗,首先要通解字句,而通解字句又要统观全诗并参照有关背景。

一般的解读是:开头一句极写酒的香醇和酒杯的精美。正想要开怀痛饮,而琵琶声却催促将士们马上出征。那就尽快饮几口吧!如果醉倒在沙场,诸君也不要见笑,自古出征男儿,有几个能够回还?

这样的解读有不少可商榷之处。"欲饮",可以解释为"好饮"(《论衡·案书》:"人情欲厚恶薄","欲"就是"爱好"),在于表示将士的豪放性格。"琵琶马上催",也未必就是"催征"。在那个时候那个地点,弹琵琶是寻常乐事;军中弹奏,也可以是助兴歌舞的。"琵琶",古时游牧者在马背上弹奏,因此有"马上所鼓也"的说法(所谓"马上琵琶",也来源于此)。又因为是经过龟兹传来,所以又称龟兹琵琶、胡琵琶。唐代,可说是琵琶发展的高峰。无论宫廷乐队,还是民间小唱,都有琵琶演奏。至于凉州地区,更是"胡人半解弹琵琶"(岑参《凉州馆中与诸判官夜集》)。军中以琵琶伴奏歌舞也是常事。王昌龄《从军行》"琵琶起舞换新声",岑参《白雪歌送武判官归京》"胡琴琵琶与羌笛",都是证明。

再看句子结构。"欲饮"与"琵琶马上催"之间实际是递进关系:原本"欲饮",而且又有琵琶助兴——那就开怀畅饮吧!"琵琶马上"只是"马上琵琶"

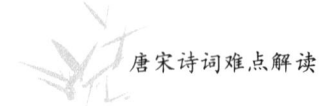

的倒置。还有一点应注意：这次宴饮是在晚上而非大白天。如果是光天化日，那"夜光杯"岂不就被埋没了光彩？既在夜间（很可能是刚从前线返回），突然传令"出征"的可能性恐怕很小了。即使有令出征，也要有正式号令（况且筵宴之人本身就该有高级将领），岂能直接弹琵琶"催"之？再退一步说，如果真有军令，将士们哪敢怠慢，还要再饮几杯去醉卧？

再看下联。施补华说应"作谐谑语读"。这应该是一个让步复句：即使醉卧在沙场上，诸君也不要见笑啊！这不仅是假设之辞，而且是极言之辞，并非真的设想要这么去做。"古来征战几人回"一句，更是明显的夸张口吻。这样解读才有"谐谑"的意味。

还要看两联之间的关系。实际上，"催"是"催饮"，而且应该是有充分的时间开怀畅饮。只不过诗人把这畅饮的场面、过程都略去了，而只写饮宴间的一句话。饮宴的热闹，将士的心情，都体现在这一句劝酒辞里了。这与王维《送元二使安西》的"劝君更尽一杯酒，西出阳关无故人"有异曲同工之妙。

有人把这首诗与陈陶《陇西行》之"可怜无定河边骨，犹是深闺梦里人"相提并论（韩书第58页），也不妥当：王翰本人"性豪放"，又感染着盛唐的氛围，有着"宁为百夫长，胜做一书生"（杨炯《从军行》）的理想，是不大可能奏出陈陶那样的晚唐哀音的。

意译：

大宛葡萄酒，白玉夜光杯，
军中豪饮一生能几回？
开怀畅饮直须醉，
更有琵琶歌舞助我逸兴飞。
劝君莫停杯，莫停杯，
即使醉卧沙场枕戈睡，

也胜似轻吟风月倚罗帏。
自古将士出征无生死,
何惧马革裹尸骨成灰!

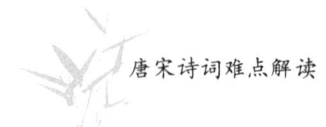

锦瑟

李商隐

锦瑟无端五十弦,①一弦一柱思华年。
庄生晓梦迷蝴蝶,②望帝春心托杜鹃。③
沧海月明珠有泪,④蓝田日暖玉生烟。⑤
此情可待⑥成追忆?只是当时已惘然。

注释:

①锦瑟:《周礼·乐器图》:"雅瑟二十三弦,颂瑟二十五弦,饰以宝玉者曰宝瑟,绘文如锦者曰锦瑟。"《汉书·郊祀志上》:"秦帝使素女鼓五十弦瑟,悲,帝禁不止,故破其瑟为二十五弦。"无端:没来由,无缘无故。

②庄生晓梦迷蝴蝶:《庄子·齐物论》:"庄周梦为蝴蝶,栩栩然蝴蝶也;自喻适志与!不知周也。俄然觉,则蘧蘧然周也。不知周之梦为蝴蝶与?蝴蝶之梦为周与?"

③望帝春心托杜鹃:《华阳国志·蜀志》:"杜宇称帝,号曰望帝。"杜鹃,又名子规。传说杜宇帝因水灾让位于自己的臣子,而自己则隐归山林,死后化为杜鹃日夜悲鸣直至啼出血来。

④沧海月明珠有泪:《博物志》:"南海外有鲛人,水居如鱼,不废绩织,其眼泣则能出珠。"

⑤蓝田日暖玉生烟:蓝田:山名,在今陕西,产美玉。《困学纪闻》卷十八:司空表圣云:"戴容州谓诗家之景,如蓝田日暖,良玉生烟,可望而不可置于眉睫之前也。李义山玉生烟之句盖本于此。"

⑥可待:岂待。

黄世中先生说："自宋至清笺释者'不下百家'大别有十四种解读：以锦瑟为令狐楚家青衣，义山爱恋之未遂，是为'令狐青衣'说；以中二联分咏瑟曲之适、怨、清、和，是为'咏瑟'说；以为锦瑟乃亡妻王氏生前喜弹之物，诗以锦瑟起兴，睹瑟思人，是为'悼亡'说；以为诗'忆华年'，回叙一生沉沦苦痛，是为'自伤身世'说；又有'诗序'说，'伤唐祚'说，'令狐恩怨'说，'情场忏悔'说，'寄托君臣朋友'说，'无解'说，以及数种调和、折中，合二、三说为一说，等等。余意《锦瑟》当为'悼亡'之作，然身世之感在焉。"

我以为，这就是一首"感旧怀人"诗。

读诗，我一直强调语言"通解"，就是要认认真真地研读诗的语句，不可离开语句本身做无谓的联想与猜度。此诗首尾两联，将其要抒写的"事"与"情"已然交代明白："追忆""华年"往事，抒发"惘然"之情。其"事"限于"华年"，限于"当时"；其"情"限于"惘然"。所以，凡说"一生（身世）"等，都显然不合诗意。至于"咏瑟"说，"诗序"说等，不仅与"华年""当时"之时间限制不合，与"惘然"之情也难以对应。是否"悼亡"呢？似乎也不是。因为诗人与亡妻生时（当时）的关系并无龃龉，更难说令人"惘然"。

另外，琴与瑟，单一个"琴"字时，多为男士所用。"独坐幽篁里，弹琴复长啸。"（王维《竹里馆》）"琴剑长为客，诗书欠策勋。"（戴复古《为客》）"琴剑西还已有期，白云飞处望多时。"（连文凤《送罗寿可归临江》）而说到夫妻两面时就"琴瑟"连用。琴瑟和鸣，比喻夫妇情笃和好；"琴瑟不调"则言夫妻不和。"琴瑟"与"男女"对应，"琴"对"男"，"瑟"对"女"。由此，"瑟"可以作为女性的象征。所以李商隐闻"瑟"而起感叹。

从诗的整体情调看，这所怀之人，当是一位与他心心相通、情深意笃而又无缘聚首的人。这样看来，"令狐青衣"说也许靠谱。（又：台湾作家苏雪林考证认为，李商隐青年时期在玉阳山学道，与宫女之入道者宋华阳姐妹相恋。在那个时代，爱女道士本来就不应该了，而且这个宋华阳是皇

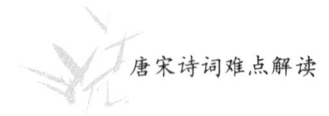

帝的女道士,只有皇帝才可以亲近的人。所以这种道俗相恋一开始就注定要以悲剧告终。)

综看全诗,首联由"锦瑟"起兴,引发对"华年"的思忆。中间两联具体写"华年"情事,写刻骨的相思与血泪的悲苦。颔联重在写"心",写夜思梦想之炽烈;颈联重在写"身",写花前月下之不得见:心相通而身相隔也。且对句分写,两两对称,一句写自己,一句写情人;上下又可以互解——我之迷亦彼之迷,彼之心亦我之心;我之泪亦彼之泪,彼之姿亦我之姿也。如此,四句写足"华年"情事之"惘然"。尾联跳出"追忆",回到现实,以深长的感叹作结。点明"情"字、点明"追忆",以与"思华年"照应,清晰而严谨。由于用典,诗意丰富而含蓄。

造成此诗歧解的原因很多,我觉得有两点值得一说:一是成分倒装,一是句间关系。我以为中间两联并非都在说"我",而是两两对称,一句写自己,一句写情人,这种章法以后还要专门说到。这里着重说说成分倒装。

"庄生晓梦迷蝴蝶,望帝春心托杜鹃。"如果说"晓梦"是"庄生"之梦还可通;而说"春心"是"望帝"之"心"就不通——杜鹃之啼是悲鸣,是凄苦之声,与"春心"风马牛。所以我把这两句看作倒装比喻句:我之"晓梦"就像"庄生迷蝴蝶",她之"春心"就像"望帝托杜鹃"。直说望帝有"春心",不可以;而以比喻视之,仅取其"执着痛切"做喻点则没有问题。

意译:

锦瑟无情不相怜,
无端多到五十弦。
瑟曲悲切一声声,
引我魂飞忆华年。
我,长夜难眠,
梦中寻她到五更天,

犹如庄周梦蝶心迷乱。
是她飞入我的梦境,
还是我飞进她的心田?
她,锦心微澜,
难销春情一片,
就像望帝化杜鹃,
一声声啼,一声声唤,
直啼得鲜血淋漓口舌残。
我,泪眼望欲穿,就像沧海鲛人,
在月明之夜,泪作珍珠捧到她面前。
她,身影恍惚间,就像蓝田美玉,
在阳光中,缥缥缈缈化作一缕烟。
此情此爱随流水,
岁月无穷恨绵绵。
岂是今日空追忆,
当初何曾不惘然!

喜见外弟①又言别

李益

十年离乱后,长大一相逢,
问姓惊初见,称名忆旧容。
别来沧海事②,语罢暮天钟。
明日巴陵道③,秋山又几重。

注释:

①外弟:表弟,姑母之子。姑母外嫁而生子,所以称"外兄弟"。
②沧海事:比喻世事的巨大变化。
③巴陵道:现湖南省岳阳市,即外弟将去的地方。

唐代自唐玄宗天宝十四年(755)爆发安史之乱,至唐代宗广德元年(763)结束,旋即又发生了吐蕃、回纥的连年侵扰,以及各地藩镇的不断叛乱,大大小小的战争时断时续,一直延续到唐顺宗永贞元年(805)才大体告一段落,历时五十年之久。此诗应是在这种动乱的社会背景下创作的。

这首诗描述了诗人与表弟久别重逢又将匆匆离别的情景。人生聚散,本是常事,而本诗能历久不衰,不以题材胜,而以内容厚重、情感真挚胜。

首联写久别重逢。这一别就是"十年"。人生一世能有几个"十年",就这样在山水相隔中过去了。而这离别并非为了什么宏图伟业,各有所为,乃是因"离乱",是社会的动乱把亲人拆散了。更令人心痛的是,两人离别时尚未成年,十年之后,容颜改变,相见竟不敢贸然相认。但,一个"后"字结住了十年之苦痛,把人生的画面拉到眼前。似乎皇天悯人,终于让弟兄两个"相逢"了。仅十个字,就交代了历尽离乱之苦而终于迎来"相逢"

之"喜"的情事。文字上又稳稳扣住题面。

  颔联接着写初见相认。虽相隔十年，少年已然"长大"，容颜自然发生很大改变。但至亲之人，总恍惚间有某种印象，一见之下，就不免惊疑——如果是真正的路人相逢，一般就不会有问其姓氏的欲望。但又不好贸然相认，所以就试问其姓氏。通姓之后，更勾起对其旧时容貌的回忆，觉得所疑不错，于是进一步询问其名。在报姓通名之后，弟兄二人终于相认了。似乎平淡的问答，却表现出细致微妙的心理过程，蕴含着悲喜交集的复杂情感。

  颈联再写长话沧桑。十年离乱，世事沧桑，弟兄俩真有说不完的话。直到寺院的晚钟响起，才不得不打住话头。为什么不再谈下去了呢？并非把话说尽了，而是还有更重要的事要做：明天，表弟还要赶路，山重水复，旅途遥遥，还有不少事情要准备，要交代呢。在短暂的相聚之后，马上又要离别，又要天各一方，音信阻隔了。诗人的心，自是由喜而悲，那重重的秋山，横在巴陵道上，也是压在诗人心头的吧。

  从"喜见"到"言别"，只是人生聚散的一个小小片段，除了真挚的至亲情谊和浓郁的人情况味，本诗还写出了一种沉重的世事沧桑之感，平淡中见厚重，朴素中见丰富，确不愧为唐代送别诗中的代表作。

  对这首诗的误读产生于第二联。我们且看几个名家的解读：

  清黄生："初见而惊，惊其面善也。问其姓，姓果是；闻其称名，名益是。于是转忆其旧容，始知十年不见，今长大至此。事极纤细，情极逼真，难得十字道尽。"

  范之麟："……'称名'与'忆旧容'的主语，都是作者。经过初步接谈，诗人恍然大悟，面前的'陌生人'原来就是十年前还在一起嬉戏的表弟。诗人一边激动地称呼表弟的名字，一边端详对方的容貌，努力搜索记忆中关于表弟的印象。"（上海唐诗典）

  诸葛山人："乍一相见时，询问尊姓不由暗自惊讶，说出彼此的名字，才回忆起当年的面容……"

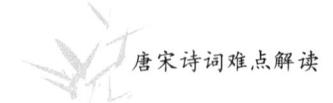

我们要讨论的问题是：首先，是先"惊"而后"问姓"还是先"问姓"而后"惊"？是先"忆旧容"而后"称名"还是先"称名"而后"忆旧容"？其次，是具体的问答过程，或谓"问其姓，姓果是；闻其称名，名益是"。这就是说，诗人问其姓，对方回答；而不待再问，对方就自称其名了。在陌生人（即使似曾相识）面前，如此一问两答，不免鲁莽吧。或谓"询问尊姓"后又"说出彼此的名字"，那么问询者是否"说出自己的姓氏"呢？或谓是诗人"询名问姓"，对方只是回答。对方竟如此被动，难道就没有一点惊疑之心吗？再有，是先闻其名才"忆其旧容"，还是先对其"旧容"有所回忆才来进一步"问"其名？这都值得再研讨一番。

人有常情，事有常理。本诗既是写人之常情、世之常事，我们不妨从常情、常理的角度做做设想。

（一）兄：请问贵姓？

弟：免贵姓X。

兄：您怎么称呼？

弟：我叫XXX。

（于是二人相认）

（二）兄：请问贵姓？

弟：免贵姓X。我叫XXX。

（于是二人相认）

（三）兄：请问贵姓？

弟：免贵姓X。

兄：啊，我姓Y。您怎么称呼？

弟：我叫XXX。

兄：我就是YYY呀！

（于是二人相认）

显然，只有第三种情景最合乎生活的常情、常理。而且，这样解读才符合诗句本身的规律。如此,可以确认这两句诗用了倒装句法,顺过来应是:"初见惊问姓,忆旧容(而)称名"。另外,此联两句"互解",就是说,两句之间的内容是互相制约、互相补充的。上句说"问",下句说"称",实际是上下句都有"问"又有"称"。既问对方,又主动介绍自己,不仅出于礼貌,还体现了急于和对方亲近的心情。种种不合常情的解读,是否与昧于互解之道有关呢?

再一个问题:末联是说"我要独自登上巴陵古道",还是说"外弟即将踏上巴陵古道"?查李益履历,大历四年(769)登进士科,曾任郑县主簿,后北游河朔,多年参佐戎幕。宪宗元和后入朝,官终礼部尚书。可见,李益从未到过巴陵;那么赴巴陵者当是其"外弟"无疑。

意译:

十年战乱人飘散,
少小分离长大逢。
初见忽觉人相似,
问到姓氏心益惊。
追问名字好确认,
记起当年好音容。
原是亲亲表兄弟,
相逢却似路人情。
别后沧海桑田事,
说到天黑响晚钟。
千言万语情难尽,
明天你要走巴陵。
从此心心空牵挂,
人隔秋山又几重。

汉江临眺①

王维

楚塞三湘接，②荆门九派通。③
江流天地外，山色有无中。
郡邑浮前浦，④波澜动远空。
襄阳好风日，留醉与山翁。⑤

注释：

①汉江：即汉水，发源于陕西省宁强县北，经襄阳，向东南，至汉口汇入长江。临眺：登高望远。一作"临泛"，则是临流泛舟之意。

②楚塞：楚国的边塞。三湘：湘水合漓水称漓湘，合蒸水称蒸湘，合潇水称潇湘，故又称三湘。湘水自南而北流入洞庭湖。

③荆门：古楚国西部边塞。今湖北省荆门县城即在江南岸边，县南有荆门山，与北岸之虎牙山隔岸相对。九派：指长江的众支流。

④郡邑：指汉江两岸的城池。浦：岸边。

⑤山翁：晋代将军山简，曾守襄阳，好饮酒，每饮必醉。与：如同，像。

此诗是开元二十八年（740），王维以殿中侍御史的身份赴岭南主持选举，途经襄阳时作。此行是一种为期几个月的临时出差，王维此时的心情是比较舒畅的。

这首诗写登襄阳城望汉江水的所见所感，咏叹汉水之浩渺，抒发心情之舒阔，可谓王维融画法入诗的力作。首联写汉水南接湘源，西通荆门，地接之广，交通之便，可达古楚国的四野边塞。这一联是虚写。

颔联转为实写，先着眼汉江的源远流长：水流之远达于天外，而在水流望断的地方，高耸的山岭也变得微茫隐约。青山隐约处，江水不尽流，是用山衬水之法。颈联继续实写，但角度变化，着眼于江水的浩瀚汹涌：远远望去，波涛在水天相接处涌动，连两岸的城池都仿佛在江面上漂浮着一样。

汉江如此雄浑辽阔，襄阳这个地方风光如此让人心旷神怡，诗人不禁发出感慨：真不想离开这个地方啊，要能留下来，像当年的山简一样，天天畅饮，日日酣醉，那该有多好啊！

当然，这只是诗人的一种愿望，他当时公务在身，是不可能久留襄阳的。但这首诗，以其气象的雄浑，视野的开阔，境界的广远而脍炙人口，流传不朽了。

此诗的难点既涉及音组与义组的问题，又涉及倒装与省略，所以容易误导读者。

"楚塞三湘/接"，按义组划分，"接"字处应划断；且为倒装，顺言为"（汉江）接三湘之楚塞"。"楚塞"：楚国的边界。"三湘"：总指湘江，在今湖南境内，其源头在古楚国的南部边塞。这句说：汉水南可与湘江相通，直达古楚国的南疆。

"荆门九派/通"，"通"字单为一个义组，句也是倒装，顺言为"（汉江）通九派之荆门"。"荆门"：山名，今湖北省荆门县城即在江南岸边，县南有荆门山。"九派"：派，江河的支流。长江至浔阳分为九条支流，这里代指长江。这句说：（汉水汇入长江）可通到古楚国西部边塞的荆门山。这两句是写汉江流域之广，交通之利。

论者不明其倒装结构，只好曲为之解，以致把相关的地理都搞得一塌糊涂。说什么"汉水流经楚国的边界，又与三湘紧紧相连，流入荆门，同长江九派会通"。（沈文凡、李博昊）"奔涌而来的三湘之水接连荆楚要塞，又在荆门一带与长江九派支流汇合"。（傅德岷、卢晋）等等。这是哪儿跟哪儿呀！其实这一联诗，就是说从汉江可达至古楚国的四塞，说"接三湘"，是指南疆，说"通荆门"，是指西塞；而"三湘""九派"都是借代手法，代

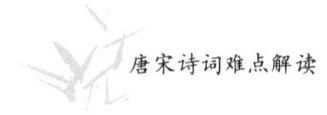

指湘江、长江而已。

　　与句法有关的还有颈联。这是偶句，出句对句的结构一般是一致的。"郡邑浮前浦"，主语是"郡邑"，"浮前浦"是述补结构，即"浮于前浦"；"波澜动远空"，其主语是"波澜"，"动远空"也应是述补结构，即"动于远空"：只是都省去了介词"于"。而众多论者把"动远空"解读为动宾结构，说什么"波涛汹涌，浪拍云天"，"天空也为之摇荡起来"，还要说什么"动词下得极妙"。（上海唐诗典 徐应佩、周溶泉文）妙则妙矣，只是不通。

　　最后说说本诗的标题。元·方回《瀛奎律髓》题作《汉江临眺》，清高步瀛《唐宋诗举要》题作《汉江临泛》。今人也是各取所是。我以为题为"临眺"更妥帖。从全诗看，中间两联所写景象，只有居高临下才能见到。倘是泛舟江面，能见极为有限，不可能有此视野。再说，水势如此汹涌，岂是"泛舟"之时？而尾联收到"襄阳风日"，更足以说明诗人是以襄阳城为立足点的。

意译：

滔滔汉水汇入滚滚长江，
南连湘水，可直达古楚的南疆。
若溯流而上，水路可到荆门，
交通真是便利，水域何等宽广。
遥望江水，浩浩汤汤，
仿佛一直涌流到地角天旁。
眺望远山，那山色
若有若无，淡远苍茫。
再看两岸的大城小镇，
都仿佛漂浮在水面之上。
波澜在远处的天空涌动

我的心仿佛也一起激荡。
真想流连于此,终生不归,
襄阳四季,都有美好的风光。
还要在高阳池畔,置酒嬉游,
日夕酩酊,山翁就是榜样。

夏日三首（其一）

张耒

长夏村墟①风日清，檐牙②燕雀已生成。
蝶衣③晒粉花枝午，蛛网添丝屋角晴。
落落④疏帘邀月影，嘈嘈⑤虚枕纳溪声。
久斑两鬓如霜雪，直欲渔樵⑥过此生。

注释：

①村墟：村落，村庄。

②檐牙：屋檐如牙齿一般。

③蝶衣：蝴蝶的翅膀。晒粉：蝴蝶的翅膀上多粉。

④落落：清楚分明的样子。

⑤嘈嘈：杂乱的声音。

⑥渔樵：打鱼砍柴，这里指隐居的生活。

张耒，与黄庭坚、秦观、晁补之共称苏门四学士，北宋中晚期重要的文学家。他为官清廉而仕途坎坷。这首诗是他闲居乡里时所作。此诗以一个"清"字立骨，颔联写夏日昼长，江村风清日丽，屋檐下栖息着许多小燕雀，羽翼都已长成；蝴蝶展翅停在午间的花枝上；在晴朗的天气里，蜘蛛在屋角悠然织着网。这是诗人以燕雀、蝴蝶、蜘蛛等动景反衬乡村的清净。颈联写诗人斜倚枕上，一方面"邀"那清朗的月光透帘入室，清心爽目；另一方面吸纳潺潺的溪流声，悦耳清听。"邀""纳"二字，应是诗人的主动行为，他把"月影""溪声"看作朋友，故而"邀"之"纳"之。而月影、溪水动静结合从侧面烘托了夏夜的清静。尾联直抒胸臆：悠长的岁月已使自己白发如霜，现在只想做个樵夫或渔翁了此一生了。赞美乡间生活之"清"之"静"，希望"渔樵"一生，固然表现了诗人清高傲世的一面，但其中也有对官场污秽、仕途坎坷的感慨。

此诗难点在中间两联。

颔联，按义组应这样划分："蝶衣晒粉花枝∥午，蛛网添丝屋角∥晴。""午""晴"各自为一个义组，相当于补语"在午间"，"在晴空"。而且"花枝""屋角"也是补语，相当于"在花枝"，"在屋角"。翻译过来就是：午间，蝶衣在花枝晒粉；晴时，蛛网在屋角添丝。

有这样一种误读：

蝴蝶在正午静寂的花枝，

展示、晾晒她那彩色粉衣，

蜘蛛在晴爽屋角的网上

悄悄地编织新的丝缕。

（沙玲娜、陈震寰）

把"晴"字放在"屋角"上作定语，显然错了。即使从事理方面想，"屋角"有什么"晴爽"不晴爽的？

颈联的主要问题是倒装。"落落疏帘邀月影，嘈嘈虚枕纳溪声。""落落"不是修饰"疏帘"，而是修饰"月影"的；这从对句"嘈嘈"只能修饰"溪声"而不能修饰"虚枕"可以得到确认。两句顺过来说是：疏帘邀落落月影，虚枕纳嘈嘈溪声。"疏帘""虚枕"都做状语，相当于"透过疏帘""倚在枕上"。

看看对这一联的误读：

夜晚，疏落的窗帘还邀来月影，

中空的枕头把潺潺溪流容纳进去。

（同上）

这种译文知道把"嘈嘈"连在"溪声"上，就不能把"落落"连在"月影"上。其实，根据"对句互解"的规律，这本不应当成为问题的。另外，说"窗帘邀月影","把溪流容纳到枕头里去",也太牵强了。

意译：

漫长的夏季,偏远的村庄,

风清日丽,正是我休闲的天堂。

屋檐下,新一代燕雀叽叽喳喳,

它们无忧无虑,自在地成长。

中午时分,蝴蝶不再纷飞,

它们栖息枝头,晾晒五彩的翅膀。

还有那蜘蛛,趁着天空放晴

在屋角织补精巧的丝网。

到了夜间,一轮朗月映着窗帘,

我趁势邀约它照临我的竹床。

还要请那潺潺不息的小溪,

让它在我的耳边轻轻流淌。

日复一日,年复一年,

沧桑岁月已使我两鬓如霜。

逃离了庸碌的世俗,污浊的官场,

了此一生,就像那渔夫樵子一样。

念奴娇·赤壁①怀古

苏轼

大江东去,浪淘②尽,千古风流人物③。
故垒④西边,人道是,三国周郎⑤赤壁。
乱石穿空,惊涛拍岸,卷起千堆雪。
江山如画,一时多少豪杰。

遥想公瑾当年,小乔初嫁了,⑥雄姿英发。
羽扇纶巾,⑦谈笑间,樯橹⑧灰飞烟灭。
故国神游,多情应笑我,早生华发。
人生如梦,一尊还酹江月。⑨

注释:

①赤壁:此指黄州赤壁,一名"赤鼻矶",在今湖北黄冈西。而三国古战场的赤壁,文化界认为在今湖北赤壁市蒲圻县西北。

②淘:冲洗,冲刷。

③风流人物:指杰出的历史名人。

④故垒:过去遗留下来的营垒。

⑤周郎:指三国时吴国名将周瑜,字公瑾,少年得志,二十四为中郎将,掌管东吴重兵,吴中皆呼为"周郎"。

⑥小乔初嫁了(liǎo):《三国志·吴志·周瑜传》载,周瑜从孙策攻皖,"得桥公两女,皆国色也。策自纳大桥,瑜纳小桥。"乔,本作"桥"。其时距赤壁之战已经十年,此处言"初嫁",是言其少年得意,倜傥风流。

⑦羽扇纶(guān)巾:古代儒将的便装打扮。羽扇,羽毛制成的扇子。

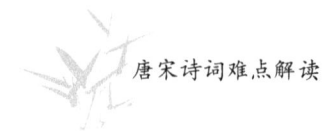

纶巾,青丝制成的头巾。

⑧樯橹(qiáng lǔ):这里代指曹操的水军战船。樯,挂帆的桅杆。橹,划船器。

⑨一尊还(huán)酹(lèi)江月:古人以酒浇在地上表示祭奠。尊:通"樽",酒杯。

这首《念奴娇》是苏轼贬官黄州后的作品。时因讽刺新法,被捕下狱,出狱后贬官为黄州团练副使。怀才不遇而胸怀豁达的诗人,在祖国雄伟的江山和历史风云人物的激发下,写下一系列优秀作品。

此词上阕咏赤壁,意境开阔博大,感慨隐约深沉;下阕咏周瑜,极言其儒雅淡定,钦羡追悼之情溢于言表。最后祭奠以酒,浩荡之江流,千古之人事,一己之悲慨,汇聚交融,余韵无穷。

这首词久负盛名,也是中学语文教材的传统篇目。但在解读中仍有值得探讨的地方。这主要涉及倒装和比喻,还有补语还是宾语的问题。此词争议之处都在下片。

①"雄姿英发":这是个比喻结构,但论者多误。

人教版教材注:"姿容雄伟,英气勃发。"其他诗词选本注大体相同。《汉语大词典》收为词条,其注曰:"谓姿态雄伟,才华横溢。"这样的解释不能说不对,但总有囫囵泛化之感。

"雄姿"等于"姿雄"吗?"雄姿"与"英发"是什么关系?看上引注解,显然是把"雄姿"变成了"姿雄",且把"雄姿"与"英发"看作并列关系。

"雄姿"是偏正结构,"雄"修饰"姿",这应该没有争议。雄,本为"雌雄"之雄,指男性,引申有雄伟、勇武、刚健、豪放、杰出等的义项。姿,在这里,显然不仅指容貌,还兼指其神情举止。以"雄"饰"姿",要表现的是周瑜那种男性的超凡脱俗的雄武姿容。而"雄姿英发"四字,是主谓结构,"雄姿"是主语,"英发"是谓语。

那么"英发"一语该怎么解读呢？我们知道，此语出自《三国志·吕蒙传》，孙权在评价吕蒙时，说道："……筹略奇至，可以次于公瑾，但言议英发不及之耳。"苏轼不止一次地沿用其义：《送欧阳推官赴华州监酒》："知音如周郎，议论亦英发。"《荐宗室令畤状》："吏事通敏，文采俊丽，志节端亮，议论英发。"这"英发"一语《汉语大词典》也收为词条，所引第一书例是《世说新语·容止》"武帝将见匈奴使"刘孝标注引《魏氏春秋》："武王（曹操）姿貌短小而神明英发。"第二例即本词。由"言议英发"到"神明英发"，再到"雄姿英发"，这"英发"一词，到底怎么讲才更合情合理？

在诸家之说中，笔者以为叶嘉莹先生的见解最为精到：

"英发"两个字用得很好，而且这两个字不是泛指。《三国志》里边讲，东吴的人称赞周瑜，就是用"英发"两个字来形容他的。"英"本来是草木的花，是最有光彩的那一部分。凡是有光彩的、杰出的，在众人之中你一眼就能看见的就是"英"。"英发"就是一种生命的勃发。"姿"不光是指容貌，他是指一种风姿仪态。（叶赏词）

"英"就是花，这不必旁征博引，眼前就有"芳草鲜美，落英缤纷"（陶渊明《桃花源记》）为例。发，就是花朵绽放，诗文之例甚夥。李白《子夜四时歌·夏歌》："镜湖三百里，菡萏发荷花。"李商隐《无题四首》："春心莫共花争发，一寸相思一寸灰。"柳永《笛家弄》："花发西园，草薰南陌，韶光明媚，乍晴轻暖清明后。"朱熹《忆秦娥》："梅花发，寒梢挂著瑶台月。"这还是直言"花发"者，以"英"言"花"者，也不乏其例。南朝谢朓《王孙游》："绿草蔓如丝，杂树红英发。"唐李亨《延英殿》："玉殿肃肃，灵芝煌煌。重英发秀，连叶分房。"唐郑谷《恩门小谏雨中乞菊栽》："更待金英发，凭君插一枝。"这里的"红英发""重英发""金英发"，都是"花朵绽放"之义。"英发"的本义应是"花开"，其他义项都是由此引申而来的。因此，按照其本义，把"雄姿英发"解读为"（新婚后）周公瑾的'雄姿'就像鲜花绽放（那么鲜亮耀眼，生机勃勃）"，比"英气勃发"或"英俊勃发"之类的说辞，

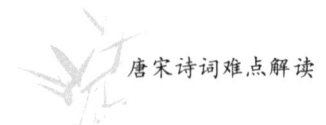

是否更具体、更鲜明、更有情味？

②"故国神游，多情应笑我，早生华发。"这里涉及名词作状语问题、倒装问题。

此句或断为"多情应笑，我早生华发"。

人教版教材注："'故国神游'即神游故国。'多情应笑我，早生华发'，应笑我多愁善感，过早地长出花白的头发。"这里的第一个问题是，这几句的主语是谁？多数解读者认为主语是苏轼，是他"神游"，是他自"笑"。而叶嘉莹先生、袁行霈先生等则认为主语应是周瑜，是周瑜"神游"，周瑜"多情而笑"，且强调"故国"只能是周瑜之故国。鄙意以为，这里的主语并非一以贯之，而是有变化的。

以苏轼为主语论者，都把原句视为"倒装"。而从原则上讲，在解读文本时，首先应按原语序求解，不得已时才考虑"倒装"。其实，"故国神游"就是"赤壁怀古"，"故国"就是"赤壁"，作状语，意谓"我（苏轼）""在故国赤壁""神游怀古"。"倒装"之说也好，"故国"只能属于周瑜之辩也好，盖昧于主语、状语之别。既是"神游"，就可想象"神交"，所以接下来主语变换，写周瑜之笑：那多情的周瑜如果见了我，一定会笑我早生华发啊！

再者，如何理解"多情"二字？无论说周瑜还是说苏轼，解为"多愁善感"都太嫌泛泛。多情，这里代指钟情之人，即周瑜。联系上文，可知周瑜之"多情"实有两端：一是爱情，"小乔初嫁了"嘛，正在爱河之中呢；一是忠君爱国之情，"谈笑间，樯橹灰飞烟灭"，以实际行动、赫赫战功报答君恩嘛！我岂无情？只是爱妻早逝，报国无门，徒生华发而已！这岂能不被那周郎耻笑？

③"人生如梦，一尊还酹江月。"这里涉及是宾语还是补语的问题。

"酹江月"三字是什么结构？和众多选本一样，人教版教材也仅注"酹"字，不分析句法。不分析，似乎是不说自明，其实常常是以囫囵掩糊涂。其所编《教师教学用书》引沈祖棻赏析文说："酹本是将酒倒在地上，表示祭奠的意思，但末句却是指对月敬酒，即李白《月下独酌》中'举杯邀明月'之意。所邀乃江中月影，在地不在天，所以称为'酹'。"这显然是把"酹江月"看作动宾结构了。"酹"既然是"祭奠"之义，而祭奠的对象只能是神鬼或既逝者，那大江就在脚下，明月就在眼前，为什么要"祭奠"它呢？逻辑不通，沈先生只好天上地下地来一番辩说。

其实，"江月"是"酹"的补语，是"酹于江月"之意：把酒洒在明月照耀下的大江之上，以祭奠周瑜以及那"千古风流人物"。《教师教学用书》所引袁行霈的鉴赏文说得不错，他只是没有明确指出"江月"的补语性质而已："'一尊还酹江月'，是向江月洒酒表示祭奠，其中既有哀悼千古风流人物的意思，也有引江月为知己，向江月寻求安慰的意思。"

意译：
大江东去，千古滔滔向汪洋，
多少英雄，魂丧无情浪！
赤壁那边，犹存旧时残垒，
人说是，三国周郎
就在那里摆下杀敌场。
只见那山石霸道刺长空，
仿佛刀剑的锋芒；
波涛涌动，撞击堤岸，
雪浪应和着厮杀的激昂。
面对如画江山，眼前浮现
那时节无数的豪杰榜样。

单是那少帅周郎公瑾，
就让人有无尽的遐想。

刚刚拥得美人归,
又来军前把帅印执掌。
那雄俊的姿容,就像
百草丛中花独放。
手持羽扇,头戴纶巾,
全不见叱咤风云的模样。
而谈笑间,已使曹瞒
船化灰烟,卒尽水葬。
啊,在这英雄故地,
我禁不住心驰神往。
唉,那多情的周郎,一定
笑我身未老已是鬓发如霜。
人生几何?虚幻如梦!
请明月为证吧,洒一杯酒
在这滚滚的江波之上,
向逝去的英灵
奉上我的一瓣心香!

六丑·蔷薇谢后作

周邦彦

正单衣试酒①,怅客里②、光阴虚掷。愿春暂留,春归如过翼,一去无迹。为问花何在?夜来风雨,葬楚宫倾国。③钗钿④堕处遗香泽,乱点桃蹊⑤,轻翻柳陌。多情为谁追惜?但蜂媒蝶使,时叩窗槅⑥。

东园岑寂,渐蒙笼暗碧。静绕珍丛底,成叹息。长条故惹行客,似牵衣待话,别情无极。残英小、强簪巾帻⑦,终不似、一朵钗头颤袅,向人欹侧。漂流处、莫趁潮汐,恐断红、尚有相思字,⑧何由见得?

注释:

①试酒:宋代风俗,农历三月末或四月初尝新酒。

②客里:离家在外的日子里。

③葬楚宫倾国:《后汉书·马廖传》:"传曰:楚王好细腰,宫中多饿死。"李商隐《梦泽》诗:"梦泽悲风动白茅,楚王葬尽满城娇。"这里喻指落花。

④钗钿(diàn):都是女子的头饰。白居易《长恨歌》:"花钿委地无人收,翠翘金雀玉搔头。"

⑤桃蹊(xī):桃树下的路。

⑥窗槅:窗棂,窗格子。

⑦巾帻:头巾,布帽。

⑧恐断红、尚有相思字:意指红花飘零时,对人间充满了依恋之情。用唐人卢渥和宫女在红叶上题诗的典故。见范摅《云溪友议》:唐卢渥到长安应试,拾得御沟漂出的红叶,上有宫女题诗。后娶遣放宫女为妻,恰好

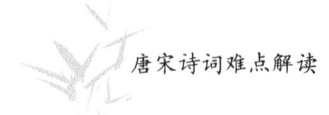

是题诗者。

周邦彦，北宋词人，字美成，号清真居士。精通音律，曾创作不少新词调。旧时词论称他为"词家之冠"或"词中老杜"。

此词又题为"落花"，是一首惜花伤春之词，其特点是比喻与拟人手法的运用。这虽是常见的修辞，但具体的解读也还是不免谬误。

上片写春去花残。而开首却从"人事"说起。正是换穿单衣、品饮新酒的时节，本应该呼朋唤友，觥筹交错，可诗人却满心惆怅。为什么呢？一是在"客里"，离家为宦，乡愁不免；再是"光阴虚掷"，虽居官职，而俗务缠身，难以施展才华，大有作为，等于是浪费生命。这样的人这样的处境，最容易起伤春之感。所以自然就由人事而进入"伤春"的话题，而在"伤春"中又总会有"人事"的影子。留春不住，而且是"一去无迹"，这不就像"虚掷"的生命一样吗？最能代表春消息的当然是"花"，于是由抽象的"春"进而写春"花"。应该注意的是，这里的"花"不是仅指"蔷薇"。蔷薇花之凋谢是在春末夏初，它的凋谢意味着春花已尽。词题为"蔷薇谢后作"，正是强调春花皆尽的季候。刘逸生先生谓此"花"字特指"蔷薇"，未妥。（燕山典）"为问"，刘先生说是"作者的发问"（同上），也不正确。"为"，假设连词；"为问"就是"如果要问"，是作者顺着"春去无迹"的话头来做解说的。巧妙的是，诗人既把春花比喻成"楚宫"美人，接着就把飘落的花瓣比喻为美人的"钗钿"。这是比喻的展开形态，诗文中常见的。刘逸生先生说："上面把落花比作楚宫的美人，如今又把落花比作唐宫的杨妃。"（同上）这样解读虽见得广博，但不免东拉西扯，失去了一个比喻的完整性，亦不足取。风雨无情，春花似乎一夜间就飘零殆尽。"多情为谁追惜？"这里有一个倒装，顺着说是："谁多情为追惜"——有谁会多情地为之惋惜呢？人之无情，还不如蜂蝶！那曾经作为春花的媒人与使者的蜂蝶，似乎不忍花死后寂寞而"时叩窗槅"——叩诗人的窗格，这是在呼唤诗人，让他来为落花做一番追悼吧。由此自然过渡到下片：诗人来到了东园。

下片写怜恤残花。先总写一笔："东园岑寂，渐蒙笼暗碧。"花既凋残，游人罕至，所以"岑寂"。花残而叶茂，林木苍翠，这时只有蔷薇，还残存着几朵晚开小花。这小花在诗人看来弥足珍贵，所以说"静绕珍丛底"：诗人叹息着，静悄悄地围着那蔷薇花丛徘徊不忍离去。而那蔷薇似乎也深情脉脉：它要拉住诗人，跟他叙说一片难舍的离情。诗人也许是被感动了，他摘一朵小花插在鬓边。但那花太瘦弱太寒酸了，终究无法赢得那些高贵美人的青睐啊！这是惋惜，也是无奈。至此，诗人由"钗头颤袅"的盛花，不禁又想起那些落花：希望那些花瓣不要随流水而去，因为如果那上面有情人留下的一言半语，它漂流入海，我还怎么能够见得到呢？这一笔，不仅拓展了情域，还和上片形成了呼应。

全词笔触细腻，构思精巧，惜花也是惜人，伤春也是自伤，不愧为诗人的代表作。

意译：

春末夏初，刚好换上清爽的单衣；
又是新酒初尝，本该添几分欣喜。
无奈居官在外，离家千里万里，
每日俗务繁冗，惆怅身不由己。
眼看着生命如水，白白地流去，
更觉得春光可贵，渴望它暂且留居。
可它毫不领情，匆匆而归就像鸟儿飞离。
匆匆离去，竟然不留一点点痕迹！
倘若要问"春"去了哪里，
只要看看那春花，答案就很清晰。
一夜的疾风骤雨，鲜花就落尽成泥，

犹如埋葬了楚王宫殿里的千百佳丽，
那花瓣就是美人的钗钿，抛洒一地，
抛洒一地，还残留着一缕香气。
有的点缀着桃花小路，
有的飘飞到柳树的根底，
纷纷乱乱，纷纷乱乱，脚步
只管踏过，哪有多情人稍加珍惜！
只有那蜂和蝶，心念旧情，
要为春花举行一场丧祭。
它们来敲打我的窗格，
呼唤我出面来主持这场丧礼。

我来到东园，一片岑寂。
正是绿肥红瘦，林木葱茏茂密。
只有一丛蔷薇，还残留春的气息，
我静静地，静静地绕它徘徊，
有几分欣慰，几分感激。
那蔷薇的枝条仿佛情人的手臂，
拉住我的衣衫要倾诉离别的心绪。
一朵晚开的小花，尽管瘦弱，
我还是小心地摘下，插在发际。
那是我的一片爱心，但它无法
像那盛开的花，在美人的鬓边依倚。
又回首那狼藉满地的花瓣，
那上面可有多情人的字迹？
你们千万不要随波东入海，若不然，
我还怎能领受那一份相思的情义。

雁门太守行①

李贺

黑云压城城欲摧,甲光②向日金鳞开。
角声满天秋色里,塞上燕脂凝夜紫。③
半卷红旗临易水④,霜重鼓寒声不起。
报君黄金台上意,⑤提携玉龙⑥为君死!

注释:

①雁门太守行:古乐府曲调名。雁门,郡名。古雁门郡大约在今山西省西北部,是唐王朝与北方突厥部族的边境地带。

②甲光:铠甲迎着太阳,像金色的鱼鳞一样闪闪发光。

③塞上燕脂凝夜紫:燕脂,即胭脂,这里指暮色中塞上泥土有如胭脂凝成。凝夜紫,在暮色中呈现出暗紫色。凝,凝聚。"燕脂""夜紫"暗指战场血迹。

④易水:河名,大清河上源支流,源出今河北省易县,向东南流入大清河。

⑤报:报答。黄金台:故址在今河北省易县东南,相传战国燕昭王所筑。《战国策·燕策》载,燕昭王求士,筑高台,置黄金于其上,广招天下人才。

⑥玉龙:宝剑的代称。

李贺,唐代诗人。字长吉,福昌(今河南宜阳西)人。其诗长于乐府,多表现政治上不得意的悲愤。善于熔铸词采,驰骋想象,运用神话传说,创造出新奇瑰丽的诗境,在诗史上独树一帜,严羽《沧浪诗话》称为"李长吉体",有《昌谷集》。

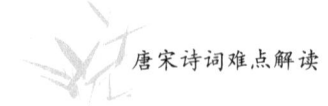

此诗咏唱的是一个古老的生命主题——报效君王,为国赴难,士为知己者死。

首联写战争形势:敌军来犯,气势汹汹,而且心态骄横,仿佛顷刻之间就能摧毁守城一样;而守城将士亮甲挥戈,严阵以待,并不示弱。这里并没有力量特别悬殊、情势特别危急的意思。正因为如此,两军形成相持的局面。

颔联就写两军对峙:来犯者未敢贸然攻城,守城者也没有仓促出击,双方都高度警觉,从昼至夜,示警的号角不停地吹响。在深秋暮色中,血迹斑斑的边塞土地呈现出暗紫的颜色,显示着战争的惨烈,也渲染出气氛的紧张。

颈联写将士出击:这里有所跳跃,没有写城下之争,就直接写易水之战。但既然是守城之兵出击,则围城之兵的溃败不言自明。敌退我追,直到易水之滨,终于与敌军决一死战。正是在此决战之际,我军将士发出了誓死效忠朝廷的誓言(尾联):"报君黄金台上意,提携玉龙为君死!"诗,到此为止;而战斗的结局自在不言中。

意象新奇,设色鲜明,想象丰富,行文跳跃,李贺诗歌的这些特点在《雁门太守行》里得到了全面而充分的体现。"黑云压城""甲光向日",是色彩的对比,更是力量与精神的对比。"角声""秋色",其声扰动云空,更扰动人心;"燕脂""夜紫",其色标示着深秋夜寒,也宣示着军情沉重。"红旗半卷",见得挺进急速;"霜重鼓寒",见得战斗惨烈。"临易水"之隐喻,"黄金台"之故实,更丰富了诗歌的内涵。在我国古代反映边塞战争的诗篇中,这确是一首难得的佳作。

对此诗的解读也存在诸多分歧,而分歧多来自比喻与省略。

首先是首联,特别是首句的"黑云",有论者解读为天空之云。"阴云蔽天,忽露赤日,实有此景("黑云压城"二句下)。"(清沈德潜)《晋书》:"凡坚城之上有黑云如屋,名曰军精。"(清王琦)。"甲光如果向月,决不会见到点点金鳞。诗人既用金鳞来比喻甲光,可知必是在黑云中透出来的日光中……"(施蛰存)其实,这只是一个比喻。全句为紧缩句,要分两截看。"黑云压城":比喻来犯的敌军人马众多,来势凶猛,如浓重的"黑云"笼罩了城池一般。这是写敌军声势的强大。"欲":要,将要。"摧":摧毁,崩塌。"城欲摧",不是说客观形势,是写敌军当时心态的骄纵——他们以为,顷刻之间敌城就要被摧毁了。接下来继续用比喻:"甲光向日金鳞开"。"甲":铠甲,战衣。"金鳞":古代战甲以金属片编成,状如鱼鳞,经日光照射,闪亮如金。"开":张开,舒展。这句一转,写城内的守军。尽管敌军如"云",但毕竟遮不住太阳。此刻守城将士正披坚执锐,严阵以待,日光映照在他们的甲衣上,只见金光闪闪,耀人眼目,有一种"我自岿然不动"的气概。这就与城外的敌军形成鲜明对比。因为"黑云"只是比喻,并非写实,所以"向日"也好,"向月"也好,并不矛盾。

其次,"半卷红旗"的是谁?由于主语省略,也使人误读。

"三、四句,分别从听觉形象和视觉形象,白天和夜晚两个时段,写出战斗激烈的氛围……五、六句,描绘援军冒着严寒,星夜进军的情景……"(吴明企)

"'声满天地'似昌黎'天狗堕地'之作篇中活句,贺其不愧作者。'霜重'句即李陵'兵气不扬'意。写败军如见('半卷红旗'二句下)。以死作结势,结得决绝险劲(末二句下)"。(黄淳耀、黎简)

"败军"之说不可信。是守城的败了还是攻城的败了?既是"败军",还怎么会有"提携玉龙为君死"的誓言?

"援军"也不足信。如果是驰援部队,为何不奔向被困之城,而径直"临易水"?除非被困之城就在易水之滨。但这只能是一种假设,没人能提供可靠的证据。再者,如果此战参加者是守城的与驰援的两支队伍,且守城之军已然伤亡惨重,那么尾联的"誓言"是出自谁人之口?(或以为是诗人的慨叹,那么这慨叹是对谁而发?因为两支部队处境不同任务有异,说

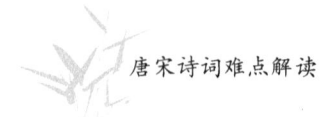

是一言而兼顾之,未免牵强。)

我以为"驰援"之说源于以下两点误解:

一是误解了第一句,把"城欲摧"解读为客观的形势。其实,第一联是分写敌我双方,第一句完全是从敌方着笔,"黑云压城"写其人多势众,来势凶猛,而"城欲摧"则是写他们的心理,他们以为"城就要摧毁"了。第二句再转过来写守城将士,以形成鲜明对比。

既然认为"城欲摧"是写客观形势,于是就有了"形势危急""力量悬殊""守军将士处境艰难"等的说法。

再是误解了"角"的作用,以为吹角就意味着交战。其实不然。角,原出西北游牧民族,鸣角以示晨昏。用作军号后,"用以报时、警众或发出号令。"(见《汉语大词典》)"报时"之用就不必说了,就"发出号令"而言,也不一定是"进攻号"。《北史·齐安德王延宗传》:"周武帝乃驻马,鸣角收兵。"在这里,吹的就是"收兵号"。与本诗有直接关系的是吹角以"警众"。清王韬《瓮牖余谈·张秉中事》:"张又以为贼匪复集,亦鸣角应之,彼此交爨,天明乃止。""鸣角应之",不就是"警众"吗?"彼此交爨",不就是"角声满天"吗?陈毅《雪中野营闻警》诗:"遥闻故垒吹寒角,持枪倚枕到天明。"听到敌人的"寒角",而不见敌人的攻击,就因为那"角"并不是进攻的号令,而只在于"警众",陈帅也就只是"持枪倚枕"保持警觉而已。

既然"力量悬殊"而又必须出战,那结果只能是伤亡惨重。守城之众已然如此,"半卷红旗临易水"是绝无可能了,于是只好搬救兵,请人"驰援"了。

意译:

叛军来袭迫城池,
人马攒动似云堆。
不可一世冲天气,

此城拿下似吹灰。
守城将士岿然立,
持枪亮甲壮心悲。
铁甲如鳞映红日,
豪气令敌肝胆摧。
敌人不攻我自守,
秋风吹得角声飞。
至夜寒气逼人紧,
边塞凝紫血累累。
开城冲敌敌溃败,
半卷红旗纵马追。
霜重鼓寒敲不响,
紧追不舍到易水。
易水自古多奇士,
壮士一去不复归。
君恩誓死终当报,
仗剑直须取敌魁。

永遇乐

苏轼

彭城①夜宿燕子楼②,梦盼盼,因作此词。

明月如霜,好风如水,清景无限。曲港跳鱼,圆荷泻露,寂寞无人见。紞如③三鼓,铿然④一叶,黯黯梦云惊断。⑤夜茫茫,重寻无处,觉来小园行遍。

天涯倦客,山中归路,望断故园心眼。⑥燕子楼空,佳人何在,空锁楼中燕。古今如梦,何曾梦觉,但有旧欢新怨。异时对,黄楼⑦夜景,为余浩叹。

注释:

①彭城:今江苏徐州。

②燕子楼:唐徐州尚书张建封为其爱妓盼盼在宅邸所筑小楼。

③紞如:击鼓声。

④铿然:清越的音响。

⑤梦云惊断:夜梦神女朝云。云,喻盼盼。典出宋玉《高唐赋》楚王梦见神女:"朝为行云,暮为行雨"。惊断:惊醒。

⑥望断故园心眼:心念故乡,眼望故乡,但故乡遥不可及。

⑦黄楼:徐州东门上的大楼,苏轼任徐州知州时建造。

这是一首记梦词,写于宋神宗元丰元年(1078)苏轼任徐州知州时。"彭城夜宿燕子楼,梦盼盼",这一句小序,为我们提供了解读的线索。至徐州前已转职杭州、密州等地的苏轼,政治失意,迁调频繁,令他身心俱疲,深感孤寂。此时夜宿燕子楼,而盼盼入梦,自是"日有所思"的结果。

此词上片写惊梦游园，徒见无限"清景"，而梦中之人却茫然不现。下片借梦抒情，悲叹倦客天涯而故乡难归，并进而感慨"古今如梦，何曾梦觉"。全词由"古"而"今"，又由"古今"而推之"未来"，将景、情、理熔于一炉，景物清晰，情感沉挚，道理深邃，确是佳作。

上片有这样几个问题值得讨论：

一、"纨如三鼓，铿然一叶，黯黯梦云惊断。"——是什么惊断了诗人的好梦？

二、上片所描写之景物，是梦中所见，还是梦后游园所见？

三、"寂寞无人见"一句怎么讲？上片景物描写的作用是什么？

对于第一个问题，到目前为止，所有论者都把"纨如三鼓，铿然一叶"看作并列关系，说惊断了诗人好梦的既有鼓声又有落叶声。如叶嘉莹："更鼓的声音、落叶的声音，把他的梦惊醒了。"（叶赏词）朱靖华："已是三更时分，远处传来了鼓声，近处树叶落地，也发出了金石般的声响，将我从梦中惊醒。"（叶主编新释）吴惠娟："梦被鼓声叶声惊醒更觉黯然心伤。"（上海唐宋辞典）"鼓声"何等响亮，"叶声"何等轻微，二者怎么能相提并论？从事理上说不通。我以为，二者不是并列，而是喻体与本体的关系：那一叶落地之"铿然"，就像三鼓"纨如"之响。这当然是"夸张性比喻"，诗人不过是说自己在极静的夜里梦醒了，与其说是在讲自己梦醒之由，不如说是在强调夜之寂静。

对第二个问题，有不同的说法，所以来辨析一番。有说是"梦中所见"的："上片写入梦前周围的美丽景色和梦惊后茫然若失的心情。""诗人正是在柔情似水的风的触摸中轻轻入睡的。"（燕山典 张厚余文）有说醒后游园所见的："醒来以后，他就在这小小的园子里徘徊行走，看到了'曲港跳鱼'……"（叶赏词）"开头'明月如霜'六句乃是写抒情主人公梦醒后'行遍''小园'时的所见所感。"（朱靖华）我以为叶、朱说为是。这是"倒装"或曰"逆挽"。从章法说，先写一通"美景"再写入梦，未免迂阔；从事理

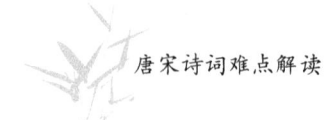

上考虑，说"诗人正是在柔情似水的风的触摸中轻轻入睡的"，则诗人似乎睡在露天，至少是"露床"。须知这是在秋季，如此入睡大概是要"着凉"的。何况还有"跳鱼""泻露"之声呢！所以张说不可取。

对第三个问题，叶嘉莹教授的说法很有代表性：这段景物描写表达了诗人"欣喜的感觉"。"原来天地间并不是没有美好的东西，只是大家都在睡梦里，没有人能感受到而已。""'寂寞无人见'，这里有很多的感叹。你要知道，他写的并不是大自然的景物，里面有一种幽微的体会，整个人生也有多少人是在昏天暗地的睡梦之中！"（同上）我不能对教授的"感发"做什么评论。我的体会是：这段景物描写，清雅而幽静，但在诗人心中引起的恐怕不是"欣喜的感觉"。"寂寞无人见"，也不是泛泛地说"大家""无人见"，而是紧紧扣住"梦盼盼"的话题，感叹多情的盼盼再也不能欣赏这样的美景，更不能再与自己的情人徘徊月下，春风柔情了。这是以乐景写哀情，是从"杨柳依依"那里传承下来的表现手法。

下片，也有两个地方值得研讨：

一、"天涯倦客，山中归路，望断故园心眼。"其中的"山中归路"是什么意思？

二、"燕子楼空"三句与上下文是怎样的关系？

对第一个问题，朱靖华先生说："……三句，转到抒写思乡之情：我是因为作官在天涯到处奔波而感到厌倦的旅人，记挂着山中回乡的路；故乡啊，你在哪里？我用眼望不到，用心盼不来。"（同上）叶嘉莹教授的说法是："苏东坡是四川眉山人，那里有很美丽的山。他说，我的心是常常向着故乡的，我的眼也是常常望着故乡的，我什么时候能够回到我的故乡呢？"（同上）张厚余先生的见解是："'归去来兮，田园将芜胡不归？'却找不到一条通往山中的归路，因而只能空望故园而肝肠寸断。"（同上）看似没什么疑难，而论者解读之纷纭，恰恰说明这是需要认真对待的地方。作为"天涯倦客"而"望断故园心眼"，这样表达，无论从文理还是从事理上说都很顺畅，为什么在中间加上"山中归路"几个字？我以为，这几个字一方面是要说自己的家乡在"山中"，而"山中"又有隐者所居的含义；另一方面，诗人是要说"归路"遥远，因而思而不得、望而不见。这四个字，既承"天涯倦客"之思，又启心眼"望断"之苦，言简而意丰。

对第二个问题，论者都没有令人信服的解析。叶嘉莹教授在讲完"天涯"几句之后，说"但是你再看下边，苏东坡就慢慢地在转了。"(同上)这个"转"是怎样的逻辑？没有解释。朱靖华先生说："其实在思乡情绪的背后，隐藏着仕途不得志的苦闷和牢骚。我们从'天涯倦客'的措辞中也不难体会出这一点。随后词人又转到怀古……"(同上)"又转到怀古"——同样只说"转"而不说这"转"的因由。其实，这里还是"倒装"——这三句，按文脉当在下片的开头，具有承上启下的作用，上承"梦盼盼"之意，下启"天涯倦客"之悲，这样"顺过来看"，问题就迎刃而解了。

意译：

数年辗转，为官到徐州，
日里思盼盼，夜宿燕子楼。
千古情人，几个能独守？
十年一梦，一晌自绸缪。
好梦易惊，一叶铿然落地，
犹如更鼓，唤起炯炯两清眸。
夜色茫茫，愁绪幽悠，
芳魂何在，寻遍小楼出小楼。
好一片月光好一脉风，
月光如霜，明如昼，
清风如水，凉初透，
清景无限，闲人堪消受。

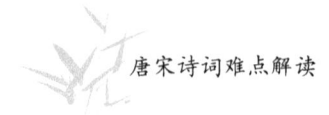

沿着池塘曲岸徘徊复徘徊,
有灵鱼跳水,激起水波皱,
有圆荷滴露,清响夜更幽。
独不见佳人携手荡莲舟。

佳人已逝,燕子楼空,
唯有社燕多情,
年年来此重聚首,
令我想人生,思宇宙。
为宦天涯,故乡千里,
所为何来,直熬得心疲身消瘦?
山路如关,世情如寇,
何时一羽蓑衣一壶酒,
菊有精神人增寿?
古往今来,不过一梦,
几人看破几人志得酬?
旧欢新怨,沉沉梦里
如魔似鬼纠缠不罢休。
我今兴感思盼盼,
后人浩叹对黄楼。
人生代代无穷已,
代代人生梦中游!

枫桥夜泊

张继

月落乌啼霜满天,江枫渔火^①对愁眠。
姑苏城外寒山寺,^②夜半钟声到客船。

注释:

①渔火:渔船上的灯火。
②姑苏:今江苏省苏州市。寒山寺:苏州枫桥附近的寺院。

题目又作《夜泊枫江》。《清一统志》:"江苏苏州府,枫桥在阊门外西十里。"寒山寺就在枫桥附近。夜泊,夜晚将船靠在岸边。此诗影响之大,致使寻常的枫桥和寒山寺成了名闻中外的游览胜地。

这首诗表达的是诗人凄寒肃杀的境遇与对世事难料、人生无常的感慨。

诗人夜泊枫桥,彻夜难眠,凌晨时分走出船舱,此时月已落没,曙光微微,夜宿的乌鸟受晨光刺激而发出啼叫,而漫天的霜气更令诗人寒栗而心惊。第二句带有追述的性质:原来,陪伴我度过这不眠之夜的还有这江岸之枫与渔船灯火啊。这是走出船舱后看到江枫与渔火后的感慨。上联说"愁眠",下联交代"愁眠"的直接因由:半夜时分寒山寺传来了无常丧钟。要把握这首诗的思想内涵,关键是理解"夜半钟声"的意蕴,从而体会这钟声会在诗人心中引起怎样的回响。

若是"暮鼓晨钟",无非是警示人们要精进修持,不可懈怠。但这是"无常钟",也就是"丧钟",它的鸣响是与生命、与死亡联系在一起的。而这"丧钟"又与那个特定的时代密切相关。

唐天宝末年,"安史之乱"暴发,张继从西北流寓至越吴(今绍兴、苏

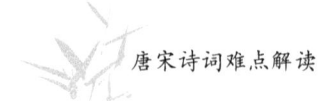

州）一带。诗人虽然飘零江南，但仍心系北方战事。他在《酬李书记校书越城秋夜见赠》诗中就如此写道"……寒城警刁斗，孤愤抱龙泉。凤辇栖岐下，鲸波斗洛川。量空海陵粟，赐乏水衡钱……"诗人在姑苏滞留期间，还曾写下了这样一首七绝《阊门即事》："耕夫招募逐楼船，春草青青万顷田；试上吴门窥郡郭，清明几处有新烟。"青年农民应募从军，农村劳动力缺乏，耕田大量荒芜；而且"清明新烟"，报告着生命的消逝。安史之乱给国家造成的破坏如此严重，给人民带来的苦难如此深重，诗人时时被一种深切的悲愤之情激动着。正是在这样一种时代氛围中与心理背景下，寺院的夜半钟声传到诗人的客船，自然是声声入耳，声声动心的。这钟声固然会引发羁旅乡情，但更多的恐怕还是对生命无常的慨叹和对社会丧乱的忧思。

由此再反观上联，那"乌啼"似乎传递着不祥的信息，而漫天的"霜"气，也在渲染着丧亡的悲哀，那江岸枫林的深处似乎回荡着"魂兮归来"的召唤，那渔船上彻夜不熄的灯火也许是为亡魂引导着归路。一首短诗而历久不衰，良有以也。

张继流传下来的诗不多，但仅这一首《枫桥夜泊》就足以使他"不朽"。不过，这首诗所写景物是"共时"（同一时间）的还是"历时"（时间有变化）的，诗句是顺叙的还是倒叙的，论者有所争议。

俞陛云说："首句言泊舟之时。次句言旅客之怀。后二句言夜半而始泊舟……作者不过夜行纪事之诗……"（俞浅说）这就是说，诗中所写，都是"夜半泊舟"时所见所闻。喻守真则直接判断："此诗时间完全是在半夜"。（同上）刘学锴先生也说：题为"夜泊"，实际上只写"夜半"时分的景象与感受。（见上海唐诗典）这种"夜半说"，实际就是"共时说"。以"共时"看，全诗自然就是"顺叙"。把时间确定在"半夜"，当然是根据"夜半钟声"一句。但是，这与常识有相悖之处。

"月落"为什么是在"半夜"？"乌"为什么半夜而"啼"？"霜满天"的情景是半夜时分出现吗？说"月"是"上弦月"，虽无确切根据，也不能说没有可能。但是，且不说"上弦月""月落前后光线明暗的变化"不会那么明显，就算是"明显"，乌鸟也不会因为光线由明转暗而惊动，栖乌惊醒而鸣应该是光由暗变强时才有的现象。至于说"月落夜深，繁霜暗凝"，也不符合生活实际。吴小如先生指出："霜满天"应是"凌晨景象，在子夜零点以前是很难见到的"。他还举"天气预报"为证：当有霜冻出现时，气象台预报总是说"凌晨有霜冻"。

可见"夜半"共时说说不通。好在另有"历时"说，认为诗中所写景物不是集于一时，而是从夜泊到夜半再到凌晨。只不过把后见的景象写在前头，把先闻的钟声写在后头，是一种时间的倒错。俞平伯先生说是"倒叙手法"，是很有道理的。不过，我以为，这"倒叙"的因由倒不是刻意要把"时间最近、印象最新、感受最切的当前景物摆在第一句最先描述"，而是一种因果逻辑的倒置：先描述彻夜之难眠、凌晨之凄惶，再追述引起难眠与凄惶的因由，而这因由又只是点到为止，从而给读者留下无限的解读空间。倘先写钟声，就不会有这样的效果。

古诗词写景叙事，常常打破自然的时空顺序：先发生的事情，先有的见闻，写在后面；而后发生的事情，后有的见闻，反倒写在前面。而且，不交代，不过渡，不用关联词。比如大家熟悉的李清照《醉花阴》："薄雾浓云愁永昼，瑞脑销金兽。佳节又重阳，玉枕纱厨，半夜凉初透。东篱把酒黄昏后，有暗香盈袖。莫道不销魂，帘卷西风，人比黄花瘦。"上片先写"永昼"，接写"半夜"，下片又回写"黄昏后"。不过，这容易引起误解。把张继《枫桥夜泊》中的景物看作"共时"，看作"顺叙"，只是误解的一例。

附：佛教寺庙都有暮鼓晨钟，用以报时，同时有劝人精进修持的意义。而"夜半"撞钟则属异常，名为"无常钟"。《汉语大词典》有"无常钟"词条，义谓"为死者送终而撞击的钟"。其书例有宋彭乘《续墨客挥犀·无常钟》："《欧阳诗话》有讥唐人'夜半钟声到客船'之句云：半夜非钟鸣时。或以谓人之始死者，则必鸣钟至数百十下，不复有昼夜之拘，俗号'无常钟'。"宋庄季裕《鸡肋编》卷中:"时慧日、东灵二寺,已为亡人撞无常钟。"大概正因为事关生死,这"半夜钟"就格外惹人关注,屡见于诗人的吟咏。如于鹄诗"遥听缑山半夜钟",白居易诗"新秋松影下,半夜钟声后"。[1]

意译:

安史乱贼祸中原,
一身漂泊到江南。
青壮从军田园芜,
新坟几处起青烟。
家国至此愁难睡,
夜半丧钟到客船。
钟声苦,心忧烦,
出舱寻寺望寒山。
江畔青枫默不语,
渔船灯火夜未眠。
弥望茫茫寒气重,
月落乌啼霜满天。

---

[1] 转引自陈岩肖《庚溪诗话》。

章法部分

终南望余雪①

祖咏

终南阴岭②秀，积雪浮云端。
林表明霁色，③城中增暮寒④。

注释：

①终南：山名，在陕西省西安市南面。余雪：指未融化之雪。
②阴岭：北面的山岭，背向太阳，故曰阴。
③林表：指山林以上的地方。霁色：雨雪晴后的天色。
④暮寒：傍晚的寒气。

祖咏唐代诗人。开元十二年（724），进士及第，长期未授官。后入仕，又遭迁谪，仕途落拓，后归隐汝水一带。这首诗据说是他应进士第时的"考场作文"。

我说此诗，一个重要目的是要说正确认知"句间关系"的重要性。诗词的"句"与语法意义上的"句"不同，一行就算一句。就说诗，一联两句，弄清其间的关系是"读懂"作品的前提条件之一。一联之内，两句之间，有时是各自独立的，多数情况是构成复句：或承接，或假设，或因果，或条件，或转折，或解说，等等。把关系搞错，必然造成误读。

此诗五言四句，是格律诗中最短小的形式了。题目在措辞上可以看作倒装，顺说就是"望终南余雪"。城，就是长安城；诗人在傍晚时分，于城中遥望终南山的残雪。首句扣住"山"字，而所能见到的只是山的北坡，山的阴面。这阴面的景色如何呢？诗人用一"秀"字来概括这里的景色。秀，就是美，就是不同一般。"秀"在何处呢？一是"积雪浮云端"：云端，自是

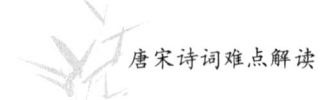

高处;浮,漂浮,移动,是动态。论者都说这个"浮"用得好。积雪怎么会"浮动"呢? 这得和"云"字联系起来看。云是飘动的,那积雪就给人一种相对飘动的错觉。这个"浮"字用得又艺术又科学,所以好。"秀"的第二点是"林表明霁色":天晴之后,低处的雪已然融化,山林一片苍翠;而山的高处,积雪尚存,所以是"余雪"。这余雪在晴空中显得格外明亮,格外耀眼,所以说"明霁色"——明于霁色也。这鲜明的白雪与苍翠的山林相辉映,自成一幅"秀丽"的图画。

前三句极言阴岭之"秀",而这并非此诗的主旨。"城中增暮寒",这才是此诗的主旨所在。诗人眼望阴岭之余雪,心里想的却是城中之寒士。这是诗人人文情怀的表现,也是对社会的一种呼吁:不要沉醉在这一美景中,要多多关心与这"秀"景相关的社会问题。为什么说"余雪"增暮寒"呢? 余雪者,雪之消融之余者也。雪的消融吸收热量,所以"增寒"。这又是既合于科学又适于艺术的措辞。

对本诗的主旨,实际存在不同解读;而分歧的产生,来源于对句间关系的认知。且看几位论者的解读:

俞陛云:"此诗从侧面着想,言遥望雪后南山,如开霁色,而长安万户,便觉生寒。则终南之高寒可想。"(俞浅说)

沈文凡、李博昊:引民国刘铁冷《作诗百法》云:"起句名点终南;次句即点'雪'字,暗含'望'字;第三句转到'望'字,故见霁色;第四句仍绾注'雪'字,因雪生寒,收虽对句,其层次固极井井。"

霍松林:"前三句,写'望'中所见;末一句,写'望'中所感……望终南余雪,寒光闪耀,就令人更增寒意。"(上海唐诗典)

这几家把尾句与上文看作顺承(或因果)关系,全诗的主旨就落在一个"寒"字上。

喻守真:"三句再用'霁色',正做'余雪'。四句发感慨,意谓终南雪景虽好,无如城中暮寒骤增,不知又有几多人受到冻馁的威胁。所谓'意在言外',可为这句做注脚。"——这是把尾句与上文的关系看作转折,这样主旨就落在人文关怀上了。

附:对此诗的解读,还有一种歧误。

"'林表明霁色'中的'霁色',指的就是雨雪初晴时的阳光给'林表'涂上的色彩。""只有终南高处的林表才明霁色,表明西山已衔半边日,落日的余光平射过来,染红了林表,不用说也照亮了云端的积雪。"(霍松林,同上)

诗的首句就明确交代他写的是"阴岭",是山的北面,怎么会有"阳光""染红"林表"照亮"积雪呢?我不得其解。

意译:
身在长安城,
遥望终南岭。
只见北坡上,
秀色一天晴。
山高存余雪,
随云似浮动。
山林献苍翠,
积雪耀眼明。
雪白山林翠,
相映如画屏。
秀色固可餐,
雪融寒气增。
应怜清贫客,
茅舍冷如冰。

寄左省杜拾遗①

岑参

联步趋丹陛,②分曹限紫微。③
晓随天仗④入,暮惹御香归。⑤
白发悲花落,青云羡鸟飞。
圣朝无阙事⑥,自觉谏书稀。

注释:

①左省:门下省,唐中央部门之一,在殿庑之左,故称"左省"。杜拾遗:即杜甫,曾任左拾遗。

②联步:同行。趋:小步快行,表示上朝时的敬意。丹陛:皇宫的红色台阶,借指朝廷。

③分曹:不在同一官署。时岑参为右补阙,属中书省,在殿庑之右,称右省。限:阻隔,引申为分隔。紫微:古人以紫微星垣比喻皇帝居处,此指朝会时皇帝所居的宣政殿。

④天仗:即仙仗,皇家的仪仗。

⑤惹:沾染。御香:朝会时殿中设炉燃香。

⑥阙事:指缺点、过错。阙:通"缺"。补阙和拾遗都是谏官,其责任就是指出、弥补皇帝的缺失。

岑参(715—770),唐代诗人。官至嘉州(今四川乐山)刺史,因世称岑嘉州。与高适齐名,并称"高岑",同为盛唐边塞诗派的代表。有《岑嘉州诗集》。

在唐肃宗至德二年至乾元元年初与杜甫同仕于朝;岑任右补阙,杜任左拾遗，都是谏官，责在讽谏以避免或弥补皇帝所犯过失。二人既是同僚，又是诗友。这是岑参在补阙任上心有所感，写给杜甫的诗。

总体看，这首诗不过是对诗友与"同志"发了一通牢骚，道了一腔苦闷。

首联说两人的身份与关系：同为谏官，每天一起入朝，只是分署办公而已。诗人讲这一层，是要说你我"同行"，我的苦衷你一定能够理解。颔联就进一步叙述作为谏官生活的状况：一大早就跟班入朝，直到傍晚才下朝。整整一天，都干了些什么？有什么收获？"惹得御香归"而已。对于一个想有大作为的人来说，这无异于生命的浪费。所以就有了岁月蹉跎的感慨，这就是颈联。见花落而生悲，望鸟飞而有羡，都是出于联想。花落，在诗人眼里就是生命的枯萎；鸟飞，在诗人眼里就是人生的腾达。

自己现在的境遇是徒羡飞鸟而枉悲落花。难道在这样的职位就不能有所作为吗？本来是可以的，国乱甫平，百废待兴，需要提意见和建议的地方多得很。无奈皇帝、群臣，自以为做得蛮好了，国事无阙了，听不得谏诤的声音；而自己觉得职责所在，还总觉得建议提得少，提得不够。这是一种尖锐的矛盾，这矛盾折磨着诗人的心，忍不住就只有向自己的诗友加同志诉说一番了。这就是尾联的牢骚。

基于对本诗尾联句间关系的不同理解，对本诗的主旨也有不同的体悟。

对于本诗的尾联，有三种解读。

一说这是"颂圣"之词，作者是阿谀奸佞之徒。宋黄彻："……谬承荀卿'有所从，无谏诤'之语（《荀子·臣道》），遂使阿谀奸佞用以借口……"周振甫先生也说：（"白发"）"这两句只好解释做感叹自己老了，却在做小官，羡慕在青云中高飞的大官。在这种羡慕里正含有向上爬的意味，那恐怕只会歌颂圣明，怎敢得罪王朝去谏争呢？所以'圣朝无阙事'，该是替唐朝掩饰的颂圣之词，而不是什么规讽了。"

另一种解读，认为此联是反语，"愤语"，是说朝廷本多事，但却文过饰非、讳疾忌医、拒绝纳谏，诗人无奈而"谏书稀"。这是"规讽"。清薛雪：

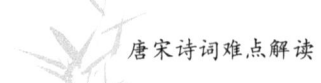

"……正谓阙事甚多,不能覶缕(覶,读 luó,"覶缕"即详述)上陈,托此微词。后人不察其心,至有以奸谀目之,亦属恨事。"(《一瓢诗话》,转引自霍松林主编《名家讲解唐诗三百首》)李庆甲集:"五六寓意深微,末二句语尤婉至。圣朝既以为无阙,则谏书不得不稀矣。非颂语乃愤语也。"(《瀛奎律髓汇评》引纪昀语)

第三种意见是承认朝廷多事,因而"规谏"杜甫杜拾遗不可尸位素餐。清陈婉俊:("白发悲花落"句)"自悲"。("青云羡鸟飞"句)"羡杜"。("圣朝无阙事,自觉谏书稀"句)"寓规讽意"。喻守真:"此是投赠的诗,在颂扬中隐喻规谏的意思。"作法:"末联以谏书隐点拾遗所职,言下有规谏之意,是反说圣朝有阙,自应讽谏,不可尸位素餐,如寒蝉仗马一般。因此我们可以见得古人交谊,不在一味恭维,处处总是互勉为善。"

三种意见有一个共同点,那就是都把尾联的两句看成因果关系,只是对其中的因果内涵理解有别,评价不同。

说是规谏杜甫,谓杜甫"谏书稀",恐怕不符合事实,因为杜甫在任期间总是尽忠职守,用不着别人再来规谏的。"致君尧舜上,再使风俗淳。"(《奉赠韦左丞丈二十二韵》)这是他一生的信念。"明朝有封事,数问夜如何。"(《春宿左省》)这是他做"拾遗"时的表现。

说"颂圣",说"讽谏",还是都肯定了"谏书稀"为事实。其实,诗人当时是"频上封章,指述权佞"(杜确《岑嘉州诗集序》)的,并非真的"谏书稀"。也正因如此,他才不被朝廷所容,放到嘉州去了。

所以,我以为尾联的两句不能解读为因果关系,而应是转折关系。"圣朝无阙事"那是朝廷的心理状态;"自觉谏书稀",是诗人的自我感觉。一方觉得谏书太多,不爱看,一方又觉得谏书太少,没尽职,诗人就面临着这样的矛盾。这就是其"悲"所在。

他上书谏诤,皇帝不高兴,被指述者更不高兴,这个官不好当,他不久便被贬谪出京就是明证。

意译：

你做拾遗我补阙，
日日携手上朝堂。
你在左省我在右，
拾遗补阙整朝纲。
朝随仪仗入朝去，
暮归朝服带御香。
日复一日年复年，
你我曾上几奏章？
我欲时时补缺漏，
人说朝堂尽芬芳。
我恨渎职谏书少，
人恨多嘴涉诽谤。
见花凋落悲白发，
年华虚度九转肠。
青天白云多空阔，
徒羡自由鸟高翔。

旅夜书怀

杜甫

细草微风岸,危樯独夜舟。①
星垂平野阔,②月涌大江流。③
名岂文章著,官应老病休。
飘飘何所似,天地一沙鸥。

注释:

①危樯:高耸的桅杆。危,高。樯,船上挂风帆的桅杆。独夜舟:是说自己孤零零的一个人夜泊江边。

②星垂句:紧缩句。展开来看,应是"因见星垂,而觉得平野阔"。"垂",悬挂,下垂。

③月涌句:紧缩句。"涌",形容月光在水浪上闪动的样子。这是说从"月涌"而知"大江流"。月光之下,本不易觉察江水之流动,但从那闪动的月光就觉察到了大江的奔流。

唐代宗广德二年(764)春,时严武任成都尹兼剑南东西川节度使,荐杜甫为节度使参谋、检校工部员外郎。唐代宗永泰元年(765)正月,杜甫辞职,返居成都草堂。本来有严武这位好友的帮助,他还可以在成都住下去,却不料严武忽然死去,杜甫失去依靠,于是携家由成都乘舟东下,经嘉州(今四川乐山)、榆州(今重庆市)至忠州(今四川忠县),准备出三峡,到湖南湖北。此诗就是在这次旅行中写的。

这一年杜甫已满五十三岁,他一直患有肺病和风痹,不时发作。两年前,当安史之乱初平时,他曾有返回长安或洛阳的打算,但因地方军阀乘机作乱及其他原因未能如愿。这回因严武之死，他决心离开四川，转作潇湘之游，其实也是不得已而为之，因此，他一路上心情十分沉重，不知一生漂泊何时是了。这首诗集中地表现了他这种心情。

王夫之《姜斋诗话》说："情景虽有在心在物之分，而景生情，情生景，……互藏其宅。"杜甫的这首《旅夜书怀》诗，就是古典诗歌中情景相生、互藏其宅的一个范例。

首联交代所处之时，所在之地。大江岸边，月明之夜，"细草""叶舟"，再加上"微"字"独"字，落寞之情自然见于孤寂之境。颔联承"岸"字写平野之阔，承"舟"字写大江之流，以阔大、奔腾的景象进一步反衬出诗人内心的孤独与无奈。

眼前之景自然引发人生感慨。所以颈联转入对生平之事的叹惋。自己一生仕途坎坷，功业无成，如今老病，不得不休官浪游，真是心比天高，命如纸薄。往事不堪回首，未来又将如何？眼前的沙鸥就成了诗人的影子，取之为喻，自然而恰切。

解读本诗，最值得讨论的是第三联。

对这一联诗，各家作了许多解读，而都离不开诗人对自己创作成就的评价。"岂有文章惊海内"（《客至》）——从自谦中透出诗人对自己"文章"的自负；况且，"诗是吾家事"——杜甫并不轻视自己的"诗名"。关键是对"名"和"著"的理解，进而涉及对这一联诗上下句之间关系的认知，因为这两点直接关乎对作品主旨的体悟。

"名"，当释为"功名"。《康熙字典》："名：功也。《国语·周语》：'勤百姓以为己名。'注：名，功也。"《中华大字典》也列"功也"的义项，举例也同。《汉语大词典》："名，功业，功名。"例句有《孙膑兵法·将义》："将者不可以不信，不信则令不行，令不行则军不槫(fú)，军不槫则无名。"唐韩愈《赠族侄》诗："一名虽云就，片禄不足充。""名"释为"功名"，则"著"当释为"成就"。《汉语大词典》"著"字下立有义项："建立……引申为成就。

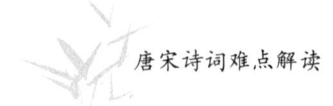

《礼记·郊特牲》：'其谓之明水也，由主人之絜著此水也。'（这种水质所以叫作明水，是由于主人清洁，这才成就了它。）郑玄注：'著，犹成也。言主人齐（斋）絜，此水乃成可得。'"

至于上下句之间的关系，有看作并列关系的：

清仇兆鳌："上四旅夜，下四书怀。微风岸边，夜舟独系，两句串说。岸上星垂，舟前月涌，两句分承。五属自谦，六乃自解，末则对鸥而自伤漂泊也。"

傅思均："第五、六句说：'有点名声，哪里是因为我的文章好呢？做官，倒应该因为年老多病而退休。'这是反话，立意至为含蓄。"（上海唐诗典）

有看作递进关系的：

沈文凡、李博昊："后四句抒怀，写自己虽擅长文章，却并没有多大的名声，且官也罢了，自己又年迈多病，功名利禄无一所得。"

我以为应是转折关系：

"名/岂文章著"：句中省一"因"字，实为"名岂因文章而著"。这句说：报国为民的功业哪里是靠文章成就的？"致君尧舜上，再使风俗淳"，是杜甫一生的追求。但仅仅靠写诗做文章是实现不了的。"官/应老病休"：也省一"因"字，实为"官应因老病而休"。"休"：辞职，辞官退职，不是被罢官。

这两句一否定一肯定，正反互补："名"，不是靠文章而"著"。那么靠什么呢？靠为官掌权。在那个时代，要得"功名"必得为官，学而优则仕，舍此别无他途，也就是"名需官宦著"。但是，自己偏偏仕途坎坷，少壮无为，此时更是既老且病，只好连一个小小的官职都辞掉了——以后绝无再仕的机会与可能了。真是沉痛的绝望，绝望的沉痛。

意译：

蜀地飘零久，

乘舟返故乡。

日暮暂靠岸,
登陆一舒张。
草细铺足底,
风微送浅凉。
疏星垂天际,
平野四无疆。
回首江流涌,
浪上明月光。
孤舟如一叶,
独系傍大江。
放眼观天地,
心潮逐海浪。
平生存远志,
致君尧舜上。
诗篇虽可贵,
功名作黄梁。
老病辞官去,
从此离官场。
天地一沙鸥,
飘飘独自伤。
沧海遗一粟,
谁怜我衷肠。

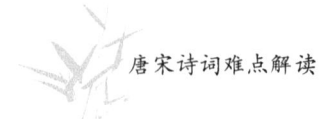

唐多令

吴文英

何处合成愁？离人心上秋。①纵芭蕉、不雨也飕飕②。都道晚凉天气好，有明月，怕登楼。

年事③梦中休，花空烟水流。燕④辞归，客尚淹留。⑤垂柳不萦裙带住，⑥漫⑦长是、系行舟。

注释：

①离人：分离的人，如两地分居的夫妻、情人。心上秋："心"上加"秋"字，即合成"愁"字。

②飕（sōu）：形容风雨的声音。这里指风吹蕉叶之声。

③年事：年华人事。

④燕：梦窗有姬人名燕，此字可能双关，但亦不必拘泥，仍可释为泛词。

⑤客：即上文的"离人"。淹留：停留。曹丕《燕歌行》："群燕辞归鹄南翔，念君客游思断肠。慊慊思归恋故乡，君何淹留寄他方。"

⑥萦：旋绕，系住。裙带：指别去的女子。

⑦漫：随意，胡乱。

吴文英是南宋重要词人。字君特，号梦窗，晚年又号觉翁。一生未第，游幕终身，在事业上无所作为，在恋情上也多不如意。其词用字秾艳，结构曲折，境界奇丽，自成一宗。有《梦窗词》，收三百四十余首。

这首《唐多令》在《梦窗词》中属于平白疏快的一类。词以悲秋怀人为主旨，"离人心上秋"就是全词的核心句。"离人"之心已自悲苦，又适逢肃杀之秋，乃构成双重的"愁"绪。值得一说的是，作者使用了拆字的修辞法，"愁"字拆开为"秋"与"心"，合则为"愁"。有人斥之为"油腔滑调"（清陈廷焯），也有人赞之为"诙谐机智"（蔡义江）。我以为，这样一来，既交代"心"又扣住"秋"，把悲秋怀人的心情恰当地表露出来，虽似文字游戏，倒也不失精彩。

"纵芭蕉，不雨也飕飕。"对这一句有三种解读：一是说"纵使不下雨，芭蕉也被秋风吹得嗖嗖作响。这一句写出了萧瑟的秋景"。（燕山典 周寅宾文）二是说"承上进一层写悲秋愁绪"，"'嗖嗖'二字，正面写秋，暗写愁心。这愁人之心，就像芭蕉一样萧瑟凄冷，这离人之愁，因芭蕉而愈浓"。（叶主编新释）三是说："天气虽好，没有雨打芭蕉的凄凉，仍然怕在月下登楼。秋意在心头，而不在天气。"（葛晓音）

三种解读体现出论者对句间关系的不同理解：前两说把"芭蕉"句与前面的句子看作一体，都是写秋景的萧瑟凄凉；第三说把此句与后文联系在一起，是写天气之好。当然，前两说也有区别：周只把"芭蕉"句看作写景，赵、徐则看作赋兼比。

要判断哪一种说法更符合原意，必须与下文联系着看。

与"芭蕉"句相接的是"都道晚凉天气好"，这"晚凉天气好"从何而来？应是紧承"芭蕉"句，如此，则那"嗖嗖"之声不是萧瑟凄凉，而是"晚凉"，是傍晚凉爽舒适的感受。这是连义互解。

在接下来的是："有明月，怕登楼。"这两句什么关系？

蔡义江说："人人都说现在夜晚凉快，天气正好，我却因为明月当空，害怕登楼望见它而引起伤感。"——这是看作因果关系。

周寅宾说："后三句采用衬跌手法，先将秋季的天气往好处说。秋季不仅白日是天高气爽，夜晚也是天清月朗。大家都说明月之夜最宜登楼，可是词人却最怕登楼……"——这是看作转折关系，"明月"是"人说"而存在。

李之亮说："都说是雨后秋晚凉气好，纵然有皎洁明月当空挂，我也怕此时登上最高楼。"——这是看作假设关系。

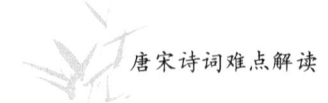

我觉得李说最合理。这里的"有明月",其实是上承"纵芭蕉"句,都是对"愁"的跌转:先标出一个"愁"字,接着不正面写"愁"而是转写"天气好";这"天气好"又不是现实性的,而是假设性的,然后一跌,"纵然(即使)"天气再好,我也不敢登楼——或者说,天气越是好,就越怕登楼。因为在清风明月下登楼望景只会进一步引发甚至增加离人一直积聚于心的愁绪。

上片以景写"愁",下片以"事"写愁。

"年事"二字概括了这一段的内容。往昔的种种情事好像梦境一样,虚无缥缈,转瞬即逝;又像落花流水,奔腾而去,束手无策。又是一年秋风起,情人先自归去了,而诗人却不得不仍羁留异乡。劳燕分飞,其奈愁何!诗人情之所至,就拿"柳"当作抒发对象,感叹道:那垂柳,它不系住她的裙带,却毫无道理地拴住我的行舟,使我不能追随她去!看似"无理"而见得情深。

意译:

你可知道,

人生怎样就成"愁"?

离别之人心惆怅,

偏又遇着秋。

遇着秋,孤身不敢再登楼。

纵是芭蕉叶上清风爽,

明月一轮照当头,

人人都说天气好,

我也只是垂帘忆绸缪。

相依相恋柔情事,

一场春梦漫悠悠。

又如落花随流水,
滔滔东去不可收。
亲爱的人儿挥泪去,
可怜我,作客他乡犹独守。
劳燕分飞谁之罪?
都怪那河边无情柳!
她去时,柳丝依依似挥手,
我要走,它却牢牢系行舟!

登楼

杜甫

花近高楼伤客心①,万方多难此登临。
锦江春色来天地,②玉垒浮云变古今。③
北极朝廷终不改,④西山寇盗莫相侵。⑤
可怜后主还祠庙,⑥日暮聊为梁父吟。⑦

注释:

①客心:客居者之心。

②锦江:即濯锦江,流经成都的岷江支流。成都出锦,锦在江中漂洗,色泽更加鲜明,因此命名濯锦江。来天地:与天地俱来。

③玉垒:山名,在四川灌县西、成都西北。变古今:与古今俱变。玉垒浮云变古今:是说多变的政局和多难的人生,捉摸不定,有如山上浮云,古往今来一向如此。

④北极:星名,北极星,古人常用以指代朝廷。终不改:终究不能改,终于没有改。

⑤西山:指今四川省西部当时和吐蕃交界地区的雪山。寇盗:指入侵的吐蕃。

⑥后主:刘备的儿子刘禅,三国时蜀国之后主。曹魏灭蜀,他辞庙北上,成亡国之君。还祠庙:意思是,诗人感叹连刘禅这样的人竟然还有祠庙。还:仍然。

⑦聊为:不甘心这样做而姑且这样做。梁父吟:古乐府中一首葬歌。《三国志》说诸葛亮躬耕垄亩,好为梁父吟。借以抒发空怀济世之心,聊以吟诗以自遣。"父"通"甫",读三声 fǔ。传说诸葛亮曾经写过一首《梁父吟》

的歌词。

这首诗写于代宗广德二年（764）春的成都，这时诗人客蜀已是第五个年头。时安史之乱刚刚平定，又有吐蕃东侵，泾州刺史高晖投降，并引导吐蕃人攻陷了唐朝的首都长安，立李承宏为傀儡皇帝，代宗逃奔陕州（今河南陕县）。待郭子仪收复京师、代宗返回长安不久，吐蕃又进犯，攻陷松、维、保等州（在今四川北部），继而再陷剑南、西山诸州。正是"万方多难"、王朝危机重重的时候。

"伤客心"三字实是一篇主旨，一贯到底。开首即说见花而伤心，起势突兀，令读者一惊。第二句点明伤心之由，实是由于"万方多难"。这"万方"，既是指空间的四面八方，也是指时间的上下古今。

颔联就从空间和时间两个角度对"万方多难"抒写自己的心境。不过不是直接描写，而是把内心的思绪融入眼前景物；而透过"天地""古今"这样的字眼，我们完全可以体会到，浩浩的宇宙，悠悠的历史，似乎都在诗人的胸中涌动。"来天地"："来于天地"的省略，是说似乎天地间所有的春色，都随锦江之水而来。仅楼前之花已令客"伤心"；当"锦江春色"呈现眼前时，诗人想到"天地"间又是漫然春色，也就想到"天地"间仍然多灾多难，这时候，其心之惨伤则更难以言表。"变古今"："变似古今"的省略，是说古往今来，时局变幻莫测，有如浮云，白衣苍狗，人力实在难以把握。寓情思于景物，这是虚写。而导致诗人见景伤心的更有现实的直接的原因，那就是自己亲历亲见的安史之乱、吐蕃入侵、王朝动摇、百姓流离，等等。

颈联就由虚而实，写唐王朝的中央政权，虽然侥幸未亡，但危机重重，既有内忧，又有外患，一旦"西方寇盗"再次入侵，结局很难预料。想到这些，始终关心国运民瘼的诗人能不伤心吗？伤心出于担心——担心唐王朝的倾覆。要知道，作为都城的长安，先沦于安史叛军，后陷于吐蕃异族，这对于一个封建王朝来说，当然是"倾覆"性的危机。但这种"不祥"不

便明言，于是就地取材，就望中所见的后主祠曲曲道出：那个亡国之君居然还在歆享祭祀，实在是一件怪事——历史恐怕不会重演吧，今后的亡国之君未必会有此幸运吧？面对国家危局，自己又能做什么呢？虽有豪情壮志，奈何仕途坎坷，命途多舛，也只有登楼作赋，抒发一下伤心悲吊之情而已。

由于对颈联词语及句间关系理解不同，对诗的主旨也就产生歧解。

萧涤非先生说："由于作者对祖国充满信心，所以并没有因此而流于悲观。北极，北辰也，比喻朝廷的安固。"

赵庆培先生的解读是："上句'终不改'，反承第四句的'变古今'，是从去岁吐蕃陷京、代宗旋即复辟一事而来，明言大唐帝国气运久远；下句'寇盗''相侵'，申说第二句的'万方多难'，针对吐蕃的觊觎寄语相告：莫再徒劳无益地前来侵扰！词严义正，浩气凛然，于如焚的焦虑之中透着坚定的信念。"（上海唐诗典）——这是看成因果关系。

沈文凡、李博昊的解读是："朝廷就像北极星一样不可动摇，警告吐蕃不要再来侵扰，其想推翻唐王室是不可能的。"——这是看成并列关系。

傅德岷、卢晋的解读是："'终不改'言唐王朝气运久远；同时警告侵扰西川的吐蕃，莫再徒劳'相侵'了。"（见湖北辞书出版社《唐宋诗鉴赏辞典》）——这也是看成并列关系。

如果杜甫真的相信大唐王朝"气运久远"，"坚定而自信"，那又何必如此伤心？他面对楼前之鲜花，锦江之春色，山头之浮云，应该感到赏心悦目甚至心花怒放才对。况且，既然毫无悲观之心，又何必据后主而讽当今呢，这不是无事生非、自找无趣吗？至于"寄语吐蕃"之说，诗人未必如此天真，吐蕃人又哪里会理会一个儒生的"告诫"！

所以，我的解读是，"伤心"到底，绝无乐观；忧心忡忡，并无自信。"终不改"，最终没有改变。指吐蕃兵退，代宗终于又重回长安，唐王朝政权最终没有被推翻。这是庆幸的话，有王朝侥幸未亡的感慨。"莫"：不。上句说王朝侥幸未亡，此句一转，说：但是还需"西山寇盗"不再"相侵"，否则，说不定哪一天就要改朝换代了呢。前后是转折关系。诗人真的在忧心唐王朝的命运,而又无能为力,所以伤心无际,为诗叹息。

明王嗣奭:"曰'终不改',亦幸而不改也。曰'莫相侵',亦难得其不侵也。'终''莫'二字有微意在。"此论深得诗人之心。

意译:
正是万方多难的时节,
登上高楼,我要散散烦心。
楼下春花生机烂漫,
倒使我徒增悲苦自沉吟。
更有春色漫天地,
沿着锦江无声无息已降临;
玉垒山头浮云起,白衣苍狗,
它随风变幻无古今。
春色来了,那是苍天的馈赠,
浮云变了,那是历史的回音。
这次京都终于得收复,
实在有赖老天赏哀矜。
我的大唐能否安然度余日,
还要看那吐蕃是否再相侵。
看那亡国丧邦的刘后主,
至今还能四时享贡品;
倘若毁于西山寇盗手,
恐怕连尸身都要化为灰烬。
再没有诸葛孔明贤臣在,
我一介书生也徒怀报效心。

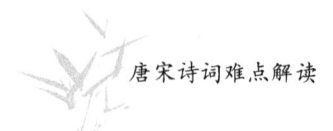

沉吟复徘徊,徘徊复沉吟,
不觉日暮已降临。
望着那落日沉沉去,
我只能吟唱《梁父吟》。

蝶恋花

欧阳修

谁道闲情①抛弃久?每到春来,惆怅还依旧。日日花前常病酒②,不辞镜里朱颜瘦。

河畔青芜③堤上柳,为问新愁,何事年年有?独立小桥风满袖,平林新月人归后。④

注释:
①闲情:闲散的心情;指男女之情。
②病酒:饮酒过量引起身体不适。
③青芜:青草。
④平林:平原上的树林。李白《菩萨蛮》:"平林漠漠烟如织。"新月:阴历每月初出的弯形月亮。

此词又名《鹊踏枝》,或谓五代冯延巳所作,这且不论;单说对此词主旨的定位就颇有分歧。

唐圭璋:"此首写闺情。"(唐简释)

郭伯勋:"此写闺中思妇的春愁。"

陶俊新:"这是写一个男性青年情场失意后的痛苦体验。"(贺编典)

李之亮:"这是一首感慨青春易逝的伤春词。"

叶嘉莹:"韦庄所写的是情感的事件,冯正中所写的是感情的境界。""什么是'闲情',就是最难摆脱的,是说你一清闲下来就会涌现在心头的那一种情思。""'闲情'二字值得注意,他没有具体的情事,是莫之为而为、莫之致而致的一种闲来就会涌上心头的情绪……"(叶赏词)

蔡义江:"此词不写具体情事,只抒一种寂寞惆怅的情绪。这种情绪颇似离愁、怀人或伤春,但词又不明指其产生的原因,倒像是由复杂因素造成的愁思综合症。"

这分歧的产生,大概跟对"闲情"的解读有关。叶、蔡两家说此词没有写"具体的情事",而只是写一种"情绪",叶教授还有一种论点,说冯延巳的词(叶先生把此词归在冯氏名下),特点就在于不写具体情事而只写"感情的境界"。

就此词而论,"闲情"并非"没有具体的情事"。下文的"惆怅""新愁"就是对此"闲情"的解释,这三个词是互解的,是同一含义。而花前病酒朱颜瘦之类,在那个时代,在冯氏的词作中,无非是写痴男怨女的伤别恨离,不能算是"莫之为而为、莫之致而致"的情绪。就拿冯氏的《鹊踏枝》词而言,"一晌凭栏人不见,鲛绡掩泪思量遍""开眼新愁无处问,珠帘锦帐相思否""低语前欢频转面,双眉敛恨春山远",等等,都没离开男女之情。就连"作法"都有重复的情况,在他的《鹊踏枝》词中开首设问的就还有:"烦恼韶光能几许?""几日行云何处去?"况且,"闲情"一词,除了"闲散的心情",还有一个义项:指男女之情。——这是《汉语大词典》的注释。

所以,我以为这首小词并不神秘,不过是抒写"男女之情"罢了。至于是"闺情"还是"男性青年情场失意后的痛苦体验",从"日日病酒""独立小桥"的作为看,我更认同后者。

此词值得讨论的还有下片句间关系的问题。解读诗词,有时你一词一句都明白了,但句间关系不清楚,实际还是读不懂。而前贤大家,往往就只解词析句,而不论句间关系。比如唐圭璋先生对此词的"简释":

"此首写闺情,如行云流水,不染纤尘。起两句,自设问答,已见凄婉。'日日'两句,从'惆怅'来,日日病酒,不辞消瘦,意更深厚。换头,因见芳草、杨柳,又起新愁。问何以年年有愁,亦是恨极之语。末两句,只写一美境,而愁自寓焉。"

对于今日的读者，这样的"简释"恐怕解决不了"读懂"的问题了。而一些鉴赏的长文，在涉及句间关系时又往往含糊其词，甚至风马牛。

"河畔青芜堤上柳，为问新愁，何事年年有？"这两句到底是怎样的关系？

叶教授说："'为问新愁，何事年年有'，是说我的新愁随着那河畔的青草与堤上的杨柳一样年年长起来。然而冯正中没有简单地把忧愁的增加和青芜杨柳的生长等同起来，他没有用肯定的话来说，而是用了一个反问句……'为问''何事'四个字与前面的'谁道闲情抛弃久'一句的口气连贯下来……"（同上）——"为问"一句不是和相接的"河畔"句连贯相接，倒是和开头的"谁道"句相连贯，这有点匪夷所思。不知是英雄所见略同，还是有所借鉴，蔡、陶两家之说与叶说大体相同。

只有李之亮先生这样解读："河边的青草堤上的柳，我且问你：为什么剪不断的新愁年复一年涌上心头？"——这样把两句衔接起来，很合理，又很简洁。

再说最后两句之间的关系。

叶嘉莹：他"久久的伫立于桥头之上，任凭寒风吹满双袖，一直到月亮升起，行人归尽。"（同上）——这是连贯关系，"人归后"之"人"指"行人"。郭说同此。

陶俊新：伤心人"一直伫立到'月出于东山之上'，除了东风盈袖，什么也没等到。他只得怅然而返。"（同上）——也是连贯关系，但"人归后"之人是指自己。蔡说同此。

我觉得还可以有另一种解读："平林新月人归后"不是写实，而是诗人的回忆。本词上片写"闲愁"之苦，病酒消瘦，是在室内；但诗人总要寻求解脱，于是来到河畔小桥，那里应是他和情人相约相会而又相别的所在。"月上柳梢头，人约黄昏后"，多少美好的夜晚！而也是在此桥下，兰舟催发，佳人远去，又是多么痛苦的记忆！诗人此刻站在小桥上，任清风吹拂着衣

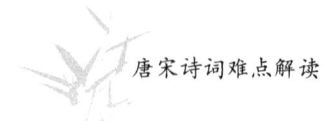

袖,只是回想着那相会的温馨,那离别的痛楚——痛楚的回忆就像花前病酒一样,痛苦着,同时享受着。这里"人归后"的"人",不是路人,不是诗人自己,而是那离去的佳人。这样,才好说一气呵成,首尾一贯;这样,情事才丰厚,人物更鲜明。

意译:
人常说,岁月流逝
会抚平受伤的心灵。
与她别后的相思苦,
却年复一年影随形。
每当春花烂漫映眼开,
更唤起温柔乡里旧时情。
旧情缠绵心头苦,
日日花前醉酒不愿醒。
人生一世能有几知己,
纵然形容枯槁也心宁。

来到河畔小桥上,
岸柳依依草青青。
我要痴痴发一问:
不关花柳不惹风,
我心中的那段愁,
为何年年死复生?
杨柳沉默草不语,
任我小桥独立自反省。
清风拂面舞长袖,

仿佛又见我卿卿。
几次相约黄昏后
平林梢头月半明。
就在柳荫小桥下,
兰舟一去信无凭。
人无影,信无凭,
日日酩酊何惜这条命!

岁暮归南山①

孟浩然

北阙休上书,②南山归敝庐。
不才明主弃,多病故人疏。
白发催年老,青阳逼岁除。③
永怀愁不寐,松月夜窗虚。

注释:

①南山:指作者家乡襄阳城附近的岘山,作者在那里有田园祖产。

②北阙:皇宫北面的门楼,汉代尚书奏事和群臣谒见都在北阙,后因用作朝廷的别称。《汉书·高帝纪》注:"尚书奏事,谒见之徒,皆诣北阙。"上书:献书朝廷以求进用。

③青阳:指春天。岁除:年终。意谓新春将到,催迫得旧年除去。

这是诗人归隐之作。唐玄宗开元十六年(728)诗人到长安应试。他自恃文章好,又得到王维、张九龄的延誉,颇有声名,以为可以仕途畅达。不料落第,使他大为苦恼,只好归隐。

我们要借这首诗说说诗词的结构问题。就诗而言,涉及的是联与联之间的关系,就词而言,涉及的是片与片之间的关系。我们读古诗词,有时一词一句似乎都明白了,但从整体上看还是有些朦胧,似懂非懂。很多讲解古诗词的论者,也只是一句一句地做线性解读,遇到"转折"处,则喜欢用"突转"之类的说辞加以赞叹,而不说联与联、片与片之间的内在逻辑、内在脉络,这常常使读者陷入隔雾看花的境地。

不妨看看一些论者对这首诗的讲解:

喻守真"作法"："第一联是记事，第二联是说理，第三联是写景，但又同属于抒情。末联则以'松月'隐逗南山作结。"

沈文凡、李博昊："首联写自己已经不再候在宫门之外请求召见，也不再去呈递奏章，而是要归隐终南山，继续生活在自己的草庐之中。颔联写自己没有才华，得不到君王的赏识，而又多染疾病，老朋友纷纷离去，孤独寂寞之情何以堪？……颈联写头上的白发一年年增多，自己一天天老去，岁月更替，新春总是代替了旧年。尾联写自己怀才不遇，夜不成眠，窗前松下的月光照进了屋子，更增添了些许清寂。"

"古诗文网""赏析"："此诗系诗人归隐之作，诗中发泄了一种怨悱之情。起首二句记事，叙述停止追求仕进，归隐南山；三、四句说理，抒发怀才不遇的感慨；五、六句写景，自叹虚度年华，壮志难酬；最后两句阐发愁寂空虚之情。全诗语言丰富，层层辗转反复，风格悠远深厚，读来韵味无穷。"

这都是典型的"线性解读"：喻守真解、霍解根本不提整体结构，网站的分析则以"层层辗转反复"一语了之。作为读者，我们需要弄清楚，这一联一联是怎么接续而出的，它们有着怎样的内在联系。

我的想法是，真要帮助现在的读者，就要把此诗句与句、联与联之间的逻辑关系说清楚。

首联叙事：科举落第，仕途无望，决心远离京城，去过山林隐居的生活。但这不是简单的叙事，其中隐含着复杂的情感。"北阙休上书"，前提是曾经"上书"，可惜心机枉费，不被认可，所以才"南山归敝庐"，两句之间有因果关系——这归隐之举当然是无奈之举。颔联承接首联，解说为什么自己会落第而不得不归隐的原因。这原因有既有区别又有联系的两条：一是"不才明主弃"——皇上总是"圣明"的，他之所以"弃"我而不用，是因为我"不（无）才"；二是"多病故人疏"——因为自己"多病"难以承担朝廷重任，所以朋友们也不好极力举荐，而这又是致使皇帝不能真正了解自己的原因之一。颈联，在前面叙事说理的基础上，扣住题目中"岁暮"

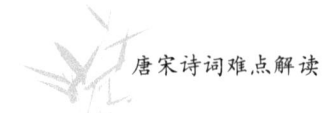

二字,抒发年光流逝、岁月蹉跎的感叹,是无奈,也是不甘。尾联是对归山隐居后生活与心情的设想:"松月夜窗虚",对于一个甘于寂寞彻底放手的人来说,这应该是理想境界;但孟浩然并不甘于寂寞,他归隐是不得已之举,他忘不掉朝廷,忘不掉官场,他仍想有所为,所以他是"永怀愁不寐"——长夜难眠,愁怨在心。前面叙事、明理、抒情,实际都是为这一联造势的。这一联才是此诗最想说的话:他要告诉那个圣君,告诉那些故人,他不甘心白衣终老,他在隐居之所并无满足感、幸福感,而是痛苦不堪!其实还是"求仕"——圣君啊,朋友啊,你们听到我的呻吟与呼告了吗?

意译:

几句闲诗换虚名,
一生抱负在朝廷。
岂料青云多坎坷,
黯然未遇文曲星。
今日拜别宫阙去,
南山草舍度余生。
不怪明主遗珠玉,
只怪我辈才略轻。
不怪故人离我去,
病身岂能佩簪缨。
堪悲镜里多白发,
老之将至意难平。
又是新年除旧岁,
时月匆匆太无情。
岂能终老南山下,
不建功名枉一生。

忧愁幽思夜不寐,
松月窗前影空灵。

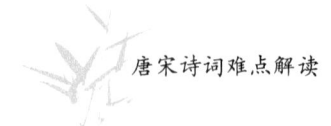

清平乐(春晚)

王安国

留春不住,费尽莺儿语。满地残红宫锦①污,昨夜南园风雨。

小怜初上琵琶,②晓来思绕天涯。不肯画堂朱户③,春风自在杨花。

注释:
①宫锦:宫廷监制并特有的锦缎。这里喻指落花。
②小怜:北齐后主淑妃冯小怜,善弹琵琶。这里借指弹琵琶的歌女。初:开始;第一次。
③画堂朱户:贵族宅第。

此词作者是王安石的胞弟。自幼聪颖上进,但因仕籍纠葛,又不愿倚仗其兄之势谋取功名,终未能参加进士考试。四十一岁才从布衣入仕,后又被削职放归乡里,四十七岁就抑郁而终。

这首小词文字不多,但要把其句间、片间关系(内在逻辑)理清爽并不容易。看看一些名家的解读:

刘逸生先生:"乍看起来,词的上片同下片似乎说的是两码事。上下贯串得却很巧妙。""仔细寻味,我以为它是一首送人之作,送给要走出画堂朱户的琵琶新手。很可能,主人是想挽留她的,可她的态度是那样坚决,终于挽留不住。王安国对此颇有所感,因此在词的开头,先从春天无法挽留写起。春天之终于挽留不住,也如同小怜的挽留不住。这样,上下片的内容就连接成一体了。"(燕山典)贺新辉主编、中州古籍出版社的《全宋词鉴赏辞典》

也收录了此文。——写"春"之挽留不住,就是为了写"小怜"之挽留不住,那为什么还写"满地残红"呢?作者说"小怜初上琵琶"是写她第一次登台演出就"获得满堂彩声",这与上片的"满地残红"如何统一起来?

郭伯勋先生:"此首约遭陷夺官归里以后之作。时令春晚,雨打风吹,使读者联想起当时的政治气候。上片惜残红坠地,下片愿杨花任飞……上片起二句写春去莺飞。'留'字写对'春'的好感;'费'字写对'莺'的同情。结二句因果倒置。残红污染,写眼观之痛惜;风雨吹打,写心头的怨恨。下片换头二句写琵琶新声。'初上琵琶',写小怜的惜春和同感;'思绕天涯',写词人的志向和共鸣。结二句鉴于南园残花的命运,希望作杨花随意飞翔。"——谁痛惜?谁怨恨?到底是写小怜还是写自己?上下片什么关系?

高原先生:"这首词整篇的结构是交叉地写听觉与视觉的感受,从音响和色彩两个方面勾勒一幅暮春图画。开头从听莺声写起,转而便诉诸视觉……下面又从视觉转到听觉上来……最后,词人又从伤春的琵琶声写到眼前触目皆是的杨花……"(上海唐宋辞典)——"听觉与视觉交叉"?这两觉的转换有什么依据?转来转去有什么逻辑?总不会是随心所欲吧?

还有一些"赏析",而能把这首小词的内在逻辑说得令人信服的还没有见到。

我以为,困顿不明的原因之一是对"初"字的误读。论者或解读为"第一次(初次)",或解读为"刚刚";而这样解读,就与"昨夜""晓来"两个时间指示语失去了内在联系,进而就难以把小怜的琵琶声与"莺儿语"联系起来。

我的解读是:首二句倒装,表达留春不住的怅恨。不说人殷勤留春,而借"费尽莺儿语"言之,别致有趣。再二句(还是倒装)承接而下,具体描写"留春不住"的情景,把繁花在风雨中凋落比喻为宫锦被污,既赞美了花的美丽,又饱含了惜花叹春的情感。下片一转,来写"小怜初上琵

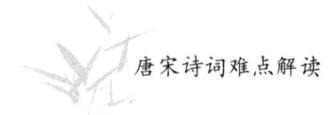

琶",似乎突兀。其实有其内在的联系。需要看出来的是,上片的"莺儿语"原来就是小怜琵琶声的借喻(五代词人韦庄的《菩萨蛮》就有"琵琶金翠羽,弦上黄莺语"之喻),企图留春的,正是那个小怜。"初",应不是"初次",而是"开始"——那个小怜,从"昨夜""始"至今"晓",一直弹奏着琵琶,真算是"费尽莺儿语"了。她在"留春",其实是在等待那个远在"天涯"的心上人。作为歌女,原不必为一个情人自守,但她为了自由之身以待情人之归,她拒绝到画堂朱户去。最后两句是词人的感慨,感叹那个小怜"不肯画堂朱户",宁愿在春风中做一朵"自在杨花"。如此,由上片写景"转"到下片写人,就丝毫没有什么突兀之感了。

意译:
昨夜忽起雨夹风,
小怜琵琶作莺声。
欲祈春光暂停步,
莫对花神苦欺凌。
莺儿啼得舌沾血,
南园落花满径庭。
残花如锦陷泥淖,
风雨心肠冷如冰。

琵琶从夜弹到晓,
天不回音地不应。
春光不在情人走,
走到天涯信无凭。
无情汉子如风雨,
可怜女儿陷孤零。

章法部分

孤零宁作杨柳花,
不入朱门献媚生。
画堂富贵成走肉,
杨花自在舞春风。

感遇十二首（其一）

张九龄

兰叶春葳蕤，①桂华②秋皎洁。
欣欣此生意③，自尔为佳节。④
谁知林栖者⑤，闻风坐相悦。⑥
草木有本心⑦，何求美人⑧折！

注释：

①兰：此指兰草。葳蕤：枝叶茂盛而纷披。

②桂华：桂花，"华"同"花"。

③生意：生机，生命力。

④全言之是"自尔为春秋之佳节"。"自尔"：自然，毫不勉强，也不是为了某种利益而有意为之。"为"：动词，成就，成全，相当于"君子成人之美"之"成"。佳节：美好的季节。

⑤林栖者：山中隐士。

⑥闻：听说，知道。风：道德，情操。《孟子·尽心篇》："圣人百世之师也，伯夷柳下惠是也，故闻伯夷之风者，顽夫廉，懦夫有立志，闻柳下惠之风者，薄夫敦，鄙夫宽。奋乎百世之上，百世之下闻者莫不兴起也。坐：顿时，马上就。"相悦"：喜欢、佩服兰桂。相，表示一方对另一方的动作，同于"好言相劝"的"相"。

⑦本心：本性，天性。这句说：兰、桂的繁茂、芳香，是它们的自然天性，是它们与生俱来的优良品质。

⑧美人：指上林栖者。

古诗,特别是律诗,最典型的结构方式是"起承转合",亦作"起承转结""起承围收""开承转合"。起,就是开头,始入本诗要说的话题、内容;承,就是承接,是对上联的话题、内容正面加以展开或深入;转,是离开前面的话题、内容而有所转移;合,就是综合,是把前面的"起""承""转"绾结起来。这"承"也好,"转"也好,都是有脉络可寻,有逻辑可解的;而"合",则往往透露着全诗的主旨。厘清诗词的起、承、转、合,就是厘清诗词的结构——层次脉络,内在逻辑。只有真正领悟了作品的内在逻辑,把握了作品的脉络层次,才算得上真正读懂了。

这首《感遇》是古体,从结构上看,也是典型的"起承转合"之作。

唐开元二十五年(737),张九龄遭李林甫排挤而罢相,贬为荆州长史。作为政治家,他追求经国之大业和不朽之盛举;而作为诗人,他又力图保持超越态度和自由人生。这也就是孟子所提倡的"达则兼济天下,穷则独善其身"的处事原则。他的《感遇》十二首,作于罢相之后,均以芳草美人的意象,托物言志,抒写自己所信守的高尚品格。

首联对兰、桂做直接描写。其叶"葳蕤",其花"皎洁",一开花于春,一散香于秋,生机勃勃,风貌高雅,各应其时,乐天安命。10个字尽写兰、桂的德操品格。颔联承上而加以深化、赞美:用"欣欣此生意"概括上联兰、桂的特点,用"自尔为佳节"赞美兰、桂的价值,说正由于有了它们的存在,春秋两季才成为美好的季节。这是从客观印象反映兰、桂品操的高尚。诗人特用"自尔"一语,强调它们的影响是自然而然的事,并非处心积虑,有意为之。"清"而不欲人知,比"清"而欲人知,自然更高一层次。颈联离开兰、桂自身,转而说"林栖者"。本不欲人知,而偏偏为人所知。那些山林隐者闻知了兰、桂之"风",顿起爱慕之心,引为同道,攀折欣赏。"谁知"二字,已暗含意外与遗憾。在诗人看来,那些隐者,是否真的要"隐",是很可怀疑的,其中恐怕大多是走"终南捷径",以"隐"求官的。所以,被此类人"相悦",实在不是幸事。于是,诗人终于忍不住了:"草木有本心,

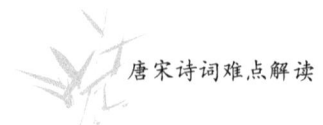

何求美人折！"这一联，是在为兰、桂叫冤，也是对"林栖者"抗议，因为他们的行为违背了兰、桂的"本心"，对兰、桂是一种侵害和亵渎。这就"合"，是综合全诗的一联，是显示主旨的一联。

意译：
兰花之叶繁盛纷披，
桂树之花高雅清纯。
它们各以自己的生机，
成就了秋，成就了春。
不料那高士山林隐，
竟然闻此动机心。
你们要走的是终南径，
它们展现的是性纯真。
你们折兰又攀桂，
仿佛彼此一家亲。
兰桂无辜遭玷辱，
天下真人泪沾襟。

杂诗三首（其三）

沈佺期

闻道黄龙戍,①频年不解兵②。
可怜闺里月,长在汉家营③。
少妇今春意,良人④昨夜情。
谁能将⑤旗鼓,一为取龙城⑥。

注释:

①闻道:听说。黄龙:在今辽宁开原县西北,此指边地。戍:防守,守卫。
②解兵:放下兵器,指战争停止。
③汉家营:借汉指唐,即唐军的营寨。
④良人:古代妻子对丈夫的称呼。
⑤将:拿,举。
⑥龙城:匈奴祭天的地方,这里借指敌方的要塞。

沈佺期是唐高宗和武后时期的宫廷诗人,与宋之问齐名,并称"沈宋"。他的近体诗格律谨严精密,对律诗的成熟与定型,贡献颇大,是唐代五七言律诗的奠基人之一。

杂诗,类似"无题"诗,自汉魏以来,诗人常以"杂诗"为题。称之为"杂",意谓不拘成例,随感而写,实际内容多写离别相思或抒发人生感慨。沈佺期写有《杂诗三首》,这里选的是第三首。这是初唐五言律诗的名篇。

本诗通过写闺中少妇的相思之苦,揭露战争之祸,表达了消除外患、停止战争的良好愿望。从结构上看,这是典型的起承转合。

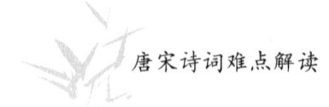

首联从听到增兵黄龙的消息写起，引发少妇的思念之情：自己丈夫就在那个地方服役，这么多年了，战争没有平息，还要派兵增援，她觉出了某种危险，增加了几分担心。她不禁回忆起丈夫戍边之后的孤独凄苦的岁月。年复一年，月复一月，能够寄托相思的只有那一轮明月。而望月引发相思，寄托相思，却无法消除相思，连望梅止渴的作用都没有。所以诗人特加"可怜"二字。可怜者，可悲可叹，无可奈何也。这是承接首联而写战争造成的悲剧。

颈联一转，从对"客观现实"的叙写转到情感的告白——对夫妻之情的忠贞。自良人戍边远去之后，少妇牢牢记忆、日日回味的，就是当初那一段夫妻恩爱之情。"昨夜情"三字，丰富而又含蓄，在夫妻之间，是用不着更多语言的。在离别的日子里，少妇聊以自慰的，就是这样的回味，把少妇折磨得难以入眠的，大概也就是这样的回味吧。清顾安《唐律消夏录》说："五六就本句看极是平常，就通首看则无限不可说之意尽缩在此两句中，初唐人微妙至此。"此论深得诗人之心。

离别既久，相思苦深，而其根源在于边衅。所以自然就会产生消弭战争、安边靖国的愿望，于是有尾联之"合"。"谁能"，是一种渴望，一种呼吁，但也隐含着若干犹疑：到底有没有这样的人呢？或者即使有这样的人，能不能英雄用武呢？这样的结尾，问而无答，留给读者许多思考。

除了结构，还有一些问题值得讨论。

对首联的解读：有论者把"黄龙戍"看作一个名词。"'黄龙戍'，即黄龙冈，在今辽宁省开源县北。唐时戍兵于此。"（林庚、冯沅君）背景："黄龙戍一带，常年战事不断，至今没有止息。"（上海唐诗典 陈志明文）如此，则首联就是一个陈述句："听说黄龙戍那个地方多年来争战不休。"而这是不合逻辑的，因为自己的丈夫就在那里戍边，已经多年未归，所谓"争战不休"，她是心知肚明，用不着"听说"的。她"听说"的应该是一个与"黄龙"战事有关系的新消息。所以我解读为"增兵黄龙"，戍，是动词。正因为有这增兵的消息,才触动了少妇的情思。

对颔联的解读:清章燮说:"闺里月,团圆之月,营中月,离别之月也。以团圆之月,常作离别之月,而在汉家营者,可不怜乎。"喻守真:"可以解作汉家营中良人所见的月,就是闺里少妇所见的月。换言之,又可说当时闺里团圆之月,现在却是营中离别之月,此种情景,宁不可怜。"这一联的基本结构是"可怜//闺里月长在汉家营"。这个"月",既在"闺中",又在"营中",是说地隔千里,同望一月;似乎不便分为"昨日闺中之月"与"今日营中之月",从而分出"团圆之月"与"离别之月"的。

对颈联的解读:陈志明:"'今春意'与'昨夜情'互文对举,共同形容'少妇'与'良人'。"(同上)这一联连读,是一个判断句:少妇年年日日所思所想的就是良人当初对自己的那份恩爱深情——作为妻子的忠贞之情。讲成"互文",着眼双方,看似内容丰富了,但"昨夜情"之强调"昨夜"的诗的本意却丧失了,所传达的隐微之情不见了。

逐联讨论,想说明一点:解读诗词,既要遵循文理,注重从语言实际出发,不做凌虚发挥;又要顾及事理,人有常情,事有常理,解读诗词也不能违情悖理。

意译:
丈夫戍边已多年,
黄龙战事竟连绵。
听说又要征兵上前线,
不知多少夫妻将离散。
两离散,千里相思不相见,
只有一轮明月照两边。
明月圆了又缺缺又圆,
夫妻离散容易团聚难。

如今又是春明媚，
少妇楼头抚雕栏。
夫君恩爱情如海，
每日回思每日甜。
谁能高举战旗击鸣鼓，
歼灭顽敌返故园。
不求军功不求赏，
但愿夫妻相守到百年。

送梓州李使君①

王维

万壑树参天,千山响杜鹃。
山中一夜雨,树杪百重泉。②
汉女输橦布,③巴人讼芋田。④
文翁翻教授,⑤不敢倚先贤。⑥

注释:

①梓州:《唐诗正音》作"东川"。梓州是隋唐州名,治所在今四川三台。李使君:李叔明,先任东川节度使、遂州刺史,后移镇梓州。

②树杪(miǎo):树梢。百重泉:上百道山泉流下。俞陛云《诗境浅说》:"惟盛雨竟夕,故山泉百道争飞。凡泉流多傍山麓,此言树杪,见雨之盛,山之高也。"

③汉女:三国刘备在蜀称帝,国号汉,史称蜀汉。汉女就是蜀女,这里具体指梓州地方的妇女。输:(把税收)缴纳给官府。橦(tóng)布:橦木花(木本棉花)织成的布,为梓州特产。这句说:蜀地妇女以橦布向官府缴税。

④巴人:指梓州地方的百姓。巴,古国名,故都在今四川重庆。"讼":诉讼,打官司。芋:蜀中产芋,当时为主粮之一。这句说:巴人常为芋田的争夺发生纠纷,打官司。与上句互解:芋田也要纳税,橦树也有纠纷。合起来说:梓州那个地方的人,靠织橦布、种芋田为生,并以此缴纳赋税,他们常常为橦树、芋田发生纠纷,闹到官府。

⑤文翁:汉景时为蜀郡太守,政尚宽宏,见蜀地僻陋,于是选派官吏进京学习,并建造学宫,培育人才,使巴蜀日渐文明开化。翻:改变,翻新。

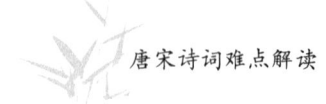

对待僻陋民风，一般采用严刑酷法，文翁却改变政策。教授：教化，通过教育的方法使人变得文明，使社会风气变得纯朴和谐。此句与下句实为一句，要连读。

⑥倚：依赖，遵循。先贤：已经去世的有才德的人，这里指文翁之前在梓州的当政者。这句说：文翁不敢按照前任的办法治理梓州。与上句连读：文翁不敢盲目地因循前任，而是改变方针，用教化的办法治理梓州——自然是取得了很好的效果，梓州"由是大化，比于齐鲁"。

这是王维送友人去巴蜀做官的赠别诗。与一般的送别诗不同的是，本诗的立意不在于惜别，而在于勉励。从结构看，这也是一首典型的起承转合之作。因而一上来就从悬想着笔，想象友人为官的梓州山林的壮丽景象，选取最能表现蜀地特色的景物，进行形象逼真的描绘。

首联写梓州之地万壑千山，到处是参天的大树，到处是杜鹃的啼声。其气象之阔大，令人神往。颔联紧承首联，再从蜀中多雨的特点出发，设想一夜透雨过后，山间飞泉百道，远远望去，好似悬挂在树梢上一般。这既扣住了"千山万壑"，又应续了"树木参天"。在夸饰景物雄奇秀美的同时，又隐隐与农事相关。

能到山川如此壮美之地为官，是一"喜"，值得庆贺，令人羡慕。颈联一转，从景物之壮美转到政事之烦难，是一"忧"，送别之际，不得不尽朋友之谊，加以警醒。那里的生产并不发达，百姓生活并不富裕。他们以橦树花的纤维织布，田里也只种些芋头。他们以此为生，并向官府完税。为了争夺橦树、芋田，那里的百姓常常会闹纠纷，到官府打官司。尾联合正反两个方面，落到为官施政的主题上来：作为地方官，该如何施政呢？诗人的意思是希望李使君能够体恤民情，教化百姓，创造良好的政绩。但他不直说，而是用委婉的劝喻：前朝有个文翁，曾在那里做过官，他不肯因循前任的办法，而是大兴教育，使得梓州"大化"，能够和孔孟之乡的齐鲁相提并论。只摆出一个榜样在那里，李使君自然能体会到诗人的用心。所谓寓劝勉于用典之中，寄厚望于送别之时，委婉而得体，信然也。

除了整体结构，这首诗还涉及"句间关系"。

一、对"汉女"一联，众家都作"线性"解读。沈文凡、李博昊："颔联写蜀地的民情，妇女用织成的橦花布向官府纳税，芋是蜀地主粮，因此常为争芋田而发生诉讼案件。"刘德重："那里的妇女，按时向官府缴纳用橦木花织成的布匹；蜀地产芋，那里的人们又常常会为芋田发生诉讼。"（上海唐诗典）

这有两个问题。一是，缴税仅仅是妇女的事吗？而且那里的妇女织布就只是为了缴税，而自己并不穿用吗？二是，农民种田——尽管只种芋头——就不用缴税了吗？男人种田跟女人织布没有关系吗？如果说那里的"妇女"，真的能"按时向官府缴纳布匹"，那就说明那里的民风还不错。而这样解读与下句的"争芋田"显然是矛盾的，与全诗的"劝勉教化"之旨也是不相吻合的。所以，必须把握两句之间的"互解"关系：两句之间，既互相阐发，又互相制约，必须合而解之。这样，我们就能理解，"汉女"与"巴人"，共指那里的男女百姓；织布与种田，是他们生活物资的两个来源，也是他们须向官府缴税的两项任务；村民发生纠纷，到官府打官司，不仅有因争芋田的，也有因争橦树的。

二、对"文翁"一联，诸家的具体解读尽管不同，但有一点是相同的，那就是把这一联诗看作各有主语的"两句"。出句主语为"文翁"，对句主语为"李使君"。清沈德潜说："结意言时之所急在征成，而文翁治蜀翻在教授，准之当今，恐不敢倚先贤也。"沈文凡、李博昊也说："而今使君要加倍努力，不要依仗先贤的功绩而不思进取。"这是说劝李使君不要做什么——临别之际，告诫他不要向先贤学习，这恐怕有点耳提面命之嫌，有失风人之旨，也太难为了自己的朋友。

至于把"梓州之民"作主语，说"梓州之民，当亦不敢倚先贤之贤，

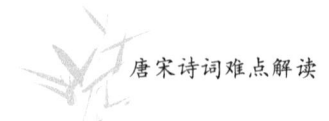

而不遵使君之谕也。"（清章燮）似乎文翁之贤反倒成了李使君施政的障碍，这样的逻辑很难理解。

所以我把这一联看作"一句"：上下句是同一主语，都说的是文翁之事——给朋友说一个榜样而已。这样解读，符合人际关系的情理，也符合诗歌的委婉风格。

意译：
君今移官将入川，
川中万壑树参天。
万壑千山多壮美，
犹有神鸟名杜鹃。
杜鹃啼血呼布谷。
农人闻之早耕田。
川中气候多雨水，
一夜雨降百重泉。
雨水丰沛利五谷，
洪水为害莫等闲。
梓州地偏生计苦，
靠织橦布种芋田。
橦树不多田土少，
还要纳税养百官。
为保衣食起争讼，
民心日益变滑奸。
先贤文翁堪效法，
广施教化创新篇。

章法部分

送李中丞之襄州①

刘长卿

流落征南将,②曾驱十万师。
罢归无旧业③,老去恋明时④。
独立三边静⑤,轻生⑥一剑知。
茫茫江汉⑦上,日暮复何之。

注释:

①李中丞:生平不详。中丞:官职名,御史中丞的简称,唐时为宰相以下的要职。
②流落:漂泊失所。征南将:指李中丞。
③旧业:在家乡的产业。
④明时:圣明治平之时,是对当时朝代的美称。
⑤三边:指幽、并、凉三州,其地皆在边疆。此处泛指边疆。
⑥轻生:献身报国,不畏死亡。
⑦江汉:指汉阳,汉水注入长江之处。

诗题又作《送李中丞归汉阳别业》,大致为安史之乱平息不久后,刘长卿为李中丞被斥退罢归的不幸遭遇所感而作。此诗以深挚的感情颂扬了李将军的英雄气概、忠勇精神和卓著功绩,对老将晚年罢归流落的遭遇表示了无限的同情。从结构上看,它是"总起分承"而后"合"的形式。

我们说"起承转合"是律诗最常见的结构方式,但不是唯一的更不是固化的方式。在"起承转合"的基础上,可以有种种的变化。而不管怎样的结构方式,作为读者,都应有整体观,要从整体上把握作品的内在逻辑。

与我们所倡导的"整体观"相对的是"线性解读"——从第一句（联）开始，逐句（联）解说，至于为什么写完这一句接着写那一句，写完这一联接着写那一联，基本不予理会。这样，好像每一句（联）都懂了，而对作品的整体还是一片茫然。

下面我们引述两家对此诗的"线性解读"。

"首联回想李中丞曾经统率十万精兵，是叱咤风云的将才，而今却四处流落。'流落'二字表明了诗人对其不幸遭遇的同情。颔联写李中丞目前的状况……颈联回想他为将时……尾联感慨江水茫茫中丞又年事已高，又将去何方呢！"（沈文凡、李博昊）——颔联与首联是什么关系？颈联与首联、颔联是什么关系？怎么就到了尾联了？这些，"名家讲解"都不予理会。

"此诗主意即在'流落'二字。开首即将'流落'和'征南将'联串，以为下文地步……首句从眼前读起，二句想到从前。三句是写'归别业'，四句又承'征南将'，五六两句是说忠勇，又回应'曾驱'。'茫茫''日暮'又归到'流落'，'江汉'切'汉阳'。"（喻守真）——上面是以"联"为单位作讲解，这是以句为单位作解析，同样是"线性"流水，没有句间关系的说明，看上去显得琐碎而缺乏逻辑。

我认为它是"总起分承"而后"合"的形式。

首联总起，涵盖今昔。"征南将"是其身份，"曾驱十万师"是其过去之经历；而"流落"是其此日之遭遇。

颔联先承"今日"。上句写其物质之困乏，下句写其精神之牵挂。——罢职归乡，家里却没有可以维持生计的房宅田产；尽管如此，他不为自己的困顿烦恼，只是为"明时"不再而忧，对朝廷确是有一份不变的忠诚。这种境遇，一方面固然隐示着他的清廉，另一方面也是在批评朝廷的颓败与寡恩。

颈联再承"昔时"。上句重在写其功业之显赫，下句重在写其品质之高尚。独自率十万大军镇守边塞，令敌人不敢觊觎，而保持边疆之和平与安宁。

这对国家对百姓来说，都是不该忘记的勋业。当然，要建立如此功业并非侥幸，并非轻而易举，而是要有一种英雄气概，一种为国而战不怕流血牺牲的精神。他身边的那柄宝剑就是证明！"一剑知"，是否还有朝廷"不知"的意味呢？

最后绾合今昔，以送别慨叹结尾：面对苍茫日暮，家既不可归，你将到哪里去呢？这样的功臣良将而落到如此境地，苍天不公，朝廷不明，其人堪怜而无助，唯有赋诗咏叹而已。

意译：
今日老将军，漂泊落风尘；
当年十万众，驱驰如一人。
罢职欲归乡，家产荡无存。
岁月催人老，世势更伤神。
回首少壮事，一剑天下闻。
独守三边地，洒血岂顾身。
不为勋与业，但思国与民。
而今老无用，四顾更无亲。
滔滔江汉上，茫茫白日沉。
四海为家去，叶落不归根。
怜君莫相助，浩叹泪涔涔！

溪居

柳宗元

久为簪组累,^①幸此南夷谪。^②
闲依农圃^③邻,偶似山林客。^④
晓耕翻露草,夜榜响溪石。^⑤
来往不逢人,长歌楚天碧。^⑥

注释:

①簪组:古代官吏的服饰,此代指官职。累:约束,束缚。

②南夷:古代对南方少数民族的称呼。这里指永州。谪:贬官流放。当时作者被贬为永州司马。

③农圃:田园。

④偶似:有时好像。山林客:山林间的隐士。

⑤夜榜:夜里行船。榜(bàng):划船。响溪石:水激溪石的声响。

⑥长歌:放歌。楚天:永州原属楚地。

柳宗元,字子厚,唐代杰出的文学家和诗人。他和韩愈共同倡导"古文运动",并称"韩柳";其诗也卓然自成一家。

公元805年,唐德宗李适死,太子李诵(顺宗)即位,改元"永贞",重用王叔文、柳宗元等革新派人物。这派人物企图抑制藩镇势力,重建中央集权;抑制宦官势力,夺回国家军权;并且惩贪鄙,用贤能,免苛征,恤百姓,等等。如此变革新政,自然使既得利益者大为不满。仅五个月,顺宗死,"永贞革新"就遭到残酷镇压。王叔文、王伾被贬斥而死,革新派的主要成员柳宗元、刘禹锡等八人分别谪降为远州司马——柳宗元初被贬为邵州(今湖南省邵阳市)刺史，上任途中，再贬为永州司马。这就是历史上所说的"二王八司马"事件。

此诗写作者被贬永州的谪居生活。从庙堂之高被贬谪到南夷之远，当然是一件痛苦事；而诗人交代此事，偏下一"幸"字，这很耐人寻味。这不完全是"反话正说"，而只能说是"含着痛苦的笑"。改革失败，自己的得失还在其次，国事日非，朝廷危殆，这才是最令人痛心的事。但诗人到底还是有一丝笑意的，因为与其在朝廷与那般小人为伍，甚至受那般小人的挤压而难有所作为，真不如到这蛮荒之地，可以任性自由，呼吸一口新鲜的空气，岂不是一"幸"吗？下面三联就是围绕着这个矛盾的"幸"字展开。

要注意的是，颔联与颈联的特殊结构关系。这是一种交错回环的结构，或叫"错综"结构：话题内容涉及甲乙两个对象，不是说完一个再说另一个，而是甲说半截或某一个方面，接着说乙，也只说半截或某一个方面；回过头来再分别说甲、乙的后半截或另一个方面。这有点像花开两朵，各表一枝，不过是把每一枝都折断了来"表"。

就此诗而言，五句紧承三句，六句紧承四句。说是"紧承"，就是说必须三五连读，四六连读。其意思是："闲"则依（随也）农邻早耕而压草肥，干一点农活，体会一下陶渊明似的田园生活；"偶"尔学学隐者的样子，乘船出游，或至夜而归，唯听水激溪石，清晰悦耳，暂时忘却人间烦恼。说"闲"，说"偶"，都很有意味。一个怀有"利安元元""兴尧舜孔子之道"（《寄许京兆孟容书》）理想的志士，只能"闲"而不能有所作为；要学隐士的飘逸脱俗，又只能"偶尔"为之，因为自己到底还是"忧庙堂之高"：是幸呢，还是不幸？

尾联继续写一个"幸"字。"往来"，既包括依邻早耕，也包括乘船晚归。所谓"不逢人"，当然不是说荒无人烟，独往独来，而是说再也看不到朝廷上的那般小人。在遥远的蛮荒之地，在蓝天白云下，得以自由地放声一歌，畅快地吐一吐胸中郁闷，是幸呢，还是不幸？

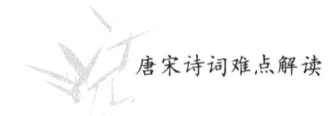

诗人在《对贺者》中说:"嘻笑之怒,甚乎裂眦;长歌之哀,过乎痛哭。庸讵知吾之浩浩,非戚戚之尤者乎?"生活是错位的,心情是错杂的,表达倒是反的。我们看到的正是一位被"矛盾"缠绕的诗人。

对本诗的语句,有几处有不同的解读。最要紧的是中间两联的错综结构。论者或未明此理,只是做线性解读,结果既乖于事又悖于理。

"闲居无事,便与农田菜圃为邻,有时就仿佛是个山中隐居之士。清晨,踏着露水去耕地除草;有时荡起小舟,去游山玩水,直到天黑才回来。独来独往,碰不到别人,仰望碧空蓝天,放声歌唱。"(上海唐诗典 吴文治文)

把"农圃"讲成"农田菜圃",是不明修辞(借代)。一般只说与什么人为邻,况且还有一个"依"字,是亲近、依随之义,说"依农田菜圃"是不通的。把"不逢人"讲成"独往独来"也难以成立:即使把"农圃"讲成"农田菜圃",那也是农民的"农田菜圃",怎么可能"碰不到别人"呢?这是不明训诂。

"晓耕翻露草"是"闲依农圃邻"的解说,他只是有闲之时随着邻居的农民去帮个忙,体验一下农耕生活,亲近一下百姓,而不是自己"踏着露水去耕地除草"。柳宗元毕竟不是陶渊明,他虽遭贬谪,还是在职的"官",他自有他的俸禄,而不需要也不可能躬耕自食。把"夜榜响溪石"与"偶似山林客"割裂开,"偶似山林客"也就失去了具体的表现。

不明结构之"错综",就弄不明白作品的内在联系。只作线性解读,无异于痴人说梦。而在古诗词中,结构的交错回环并不罕见,读者不得不留意了。

意译:

进退浮沉都由命,

一贬再贬到永州。

报国图新翻为罪,

官场无端尽寇仇。
永州山水怡心眼，
边民朴拙堪与游。
闲来便随农夫去，
助耕除草乐田头。
晨光绚烂晨露爽，
一锄一犁祈丰收。
有时也学山林客，
夜月幽明荡小舟。
小舟激水发清响，
清响远播夜更幽。
人畏此为荒蛮地，
所幸不见王与侯。
长天一碧无云翳，
我自放歌我自酬。

独不见①

沈佺期

卢家少妇郁金堂,②海燕双栖玳瑁梁。③
九月寒砧催木叶,④十年征戍忆辽阳。⑤
白狼河⑥北音书断,丹凤城⑦南秋夜长。
谁为⑧含愁独不见,更教明月照流黄!⑨

注释:

①独不见:乐府《杂曲歌辞》旧题。《乐府解题》:"独不见,伤思而不见也。"

②卢家少妇:泛指少妇。郁金堂:以郁金香和泥土壁的房子。堂:一作香。

③海燕:燕的一种,因产于南方滨海地区(古百越之地),故名。玳瑁:海生龟类,其甲呈黄褐色相间花纹,古人用为装饰品。

④寒砧(zhēn):指捣衣声。砧,捣衣用的垫石。古代妇女缝制衣服前,先要将衣料捣过。为赶制寒衣妇女每于秋夜捣衣,故古诗常以捣衣声寄思妇念远之情。木叶:树叶。

⑤戍:驻守。忆:怨,恨。辽阳:在今辽宁省境内大辽河以东之地,唐时置辽州,派重兵驻守,古时为东北边防要地。

⑥白狼河:即今辽宁境内的大凌河。

⑦丹凤城:此指长安。相传秦穆公女儿弄玉吹箫,引来凤凰,故称咸阳为丹凤城。后以凤城称京城。唐时长安宫廷在城北,住宅在城南。

⑧谁为:谁使,谁造成的。

⑨更教:又让,复使。更:再,又,复,表示动作的叠加。"流黄":黄紫间色的绢。这里指少妇所缝制的衣服。

《独不见》是乐府《杂曲歌辞》旧题。郭茂倩《乐府诗集》解题云:"独不见,伤思而不得见也。"独,独处。本诗的形式则属于七律。七律在初唐还处于萌芽状态,作者寥寥,本诗可算是唐代七律的奠基之作。诗题一作《古意呈乔补阙知之》。因是模拟乐府旧题,所以称"古意"。补阙,官名,职司规谏。乔知之,武后时任右补阙。

本诗描写女主人公"思而不得见"的愁肠与幽怨。

这是一位物质生活条件相当优裕的少妇,诗人只写了郁金之堂、玳瑁之梁的居所,其他方面自可想象得知。然而,物质的享受并不能代替精神的需求。这位少妇是孤独的,她的丈夫征戍辽阳已经十年之久。相形之下,屋梁上那一对呢喃相依的燕子,倒是让她羡慕不已。

诗就从华屋空寂、燕子呢喃写起。日日的相思,日日的酸苦。但到了深秋九月,这相思与酸苦又显得格外浓烈。因为这时候家家户户都忙着给征夫游子赶制寒衣,那此起彼伏的寒砧之声,真是声声入耳。那寒砧之声,催落了秋叶,更击碎了思妇的心。她的心绪为什么如此苦痛?

颈联由眼前之事转说"历史"之久。实际也是进一步告诉我们其中的根由。原来,那些赶制寒衣的女人们,虽然辛苦,但总是满怀希望的,他们知道自己的亲人在哪里,生活得怎么样。而诗中的主人公却连这样的希望都没有。她的夫婿戍边十年,现在是音信断绝,生死不明。她也缝制了冬衣,但这衣服寄往哪里呢?她只能守着这衣服自思自想,她想象着自己的夫婿远在辽阳,艰苦的生活,频繁的战斗,思家的愁怨……守着做好了却无法寄出的冬衣,听着盈耳的寒砧,感知着纷纷的落叶,她无法入眠。夜,显得格外的漫长。

到底是谁,是一种什么样的力量,让自己与夫婿分隔两地,经受十年之久的离别之苦和音信断绝的茫然牵挂?而且,还不止此,这个人,这种力量,偏偏还要在我辗转无眠的时候,让那月光映照在我无法寄出的寒衣上,这真是太无情、太残酷了。终于,少妇忍不住发出了责问。至于答案,

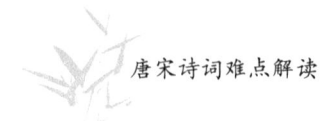

就留给读者自己去想了。

全诗层转层进，清丽流畅，情感浓烈深沉，难怪有人说它是初唐"七律第一"。

对此诗的解读也存在分歧。

首先是句间关系。"十年征戍忆辽阳"一句，与"九月寒砧催木叶"是对句，而作为对句，其结构至少应大体一致。"九月"句，"九月寒砧"作主语，"催"作谓语，"木叶"作宾语，论者对此似乎没有什么异议。而对"十年"一句，要么含糊过去，要么把"忆"的主语看作"少妇"，说是"少妇""苦苦相忆"。（上海唐诗典 赵庆培文）这样解读，单看"忆辽阳"三字还可通，但"十年征戍"在句子中作什么成分？且连基本的结构都不相同，又如何能作为"九月"的对句？这里的关键是对"忆"字的解读。倘释为"思念"，则主语只能是"少妇"。其实，"忆"还可以训为"怨"。徐仁甫编著《广释词》："忆犹'怨'，内动词。肖绎《歌曲名诗》：'啼乌怨别偶，曙鸟忆离家。''怨''忆'互文。""忆"，或通"悒"。《慧琳音义》卷九十七"悒怏"注引《考声》云："恨。"这样，"忆辽阳"就是"怨辽阳"，"恨辽阳"，其主语就是身在辽阳的征戍者了。这里还有一个修辞问题。出句"九月寒砧"用了借代手法，对句"十年征戍"同样用借代手法。不仅保持了主语的一致，连修辞也一致，正体现了对偶的严谨。

再看颈联："白狼河北音书断，丹凤城南秋夜长。"这两句的主体，明显分别为戍者和思妇。按照"文理"，此联既为分指，上联也应是分指，这在结构上才平衡对称。

这两联实际是我们所说的错综结构：颔联，"九月寒砧催木叶"一句主体是少妇（借代手法），写她为远戍的丈夫赶制寒衣，砧杵之声急促响亮，竟震落了秋叶；"十年征戍忆辽阳"一句的主体是（少妇想象中的）征戍者，此句不是说少妇"日夜怀想着辽阳"，而是说戍者久征辽阳，心中一定充满怨尤——这是对丈夫的理解啊。颈联，"白狼河北音书断"一句说征戍者，他的"音书断"会让人有不祥的预感;"丹凤城南秋夜长"一句再写少妇,因思念也因担忧而长夜难眠。这样,两联诗分写男女双方,境界更为阔远,内容也更为丰厚。

还有对尾联的解读,不仅涉及词法,还涉及句法的分析。

《汉语大词典》:"为(wèi):帮助。"《中华大字典》:"助:成也。""助"有促成、促使义,如"助长"——促使增长。《广释词》则直接释"为"为"使"。其例句有:《礼记·檀弓》:"子皋为之衰",王引之曰,为犹"使"也。《晋语八》:"为后世之见之也。"韦注:"为,使也。"阮籍《咏怀》:"忠为百世荣,义使令名彰。""为""使"互文。杜甫《和裴迪登蜀州东亭送客逢早梅相忆见寄》:"幸不折来伤岁暮,若为看去乱乡愁。"仇注:"若使一看,益动乡愁矣。"正以"使"释"为"字。所以,"谁为"可直接训为"谁使"。"谁"作主语,"使"作谓语;下一句"更教"的主语还是"谁"。这个"谁",不仅"使我含愁独不见","更使明月照流黄"。这样,"更"字也才有着落。"更",在这里表示叠加的动作。

意译:

玳瑁为梁郁金堂,
卢家少妇闺房香。
海燕双双梁上栖,
少妇孤凄守空床。
又是九月寒风起,
少妇为夫赶衣装。
砧杵声声惊心魄,
落叶纷纷响回廊。
征夫戍守辽阳去,
十年料得恨满腔。

音信十年无一字，
少妇难眠秋夜长。
是谁令夫失音信，
是谁令我愁断肠。
更有惊心无情事，
偏叫明月照衣装。
徒整夫君衣装好，
夫君而今在何方？

北青萝①

李商隐

残阳西入崦②,茅屋访孤僧。
落叶人何在,寒云路几层。
独敲初夜磬,③闲倚一枝藤。
世界微尘里,④吾宁爱与憎。

注释:

①青萝:一种攀生在石崖上的植物,此处代指山。南朝江淹《江上之山赋》:"挂青萝兮万仞,竖丹石兮百重。"

②崦(yān):即"崦嵫(zī)",山名,在甘肃。古时常用来指太阳落山的地方。

③初夜:黄昏。磬(qìng):古代打击乐器,形状像曲尺,用玉、石制成,可悬挂。

④"世界"句:佛教经典认为:世上万物都由微尘相聚而成,刹那生灭,所以人生在世不必为爱憎所苦。

要读这首诗,先得对那时的"牛李党争"有所了解。牛李党争源于唐宪宗元和三年(808)一次科举考试。时任宰相的李吉甫对应试举子牛僧孺、李宗闵进行打击,因为他们在试卷中严厉地批评了他。由此,李吉甫与牛僧孺、李宗闵等人结怨,这笔恩怨后来被李吉甫的儿子李德裕继承了下来。以牛僧孺、李宗闵为领袖的"牛党"和以李德裕为领袖的"李党"在数十年中互相攻讦,争斗不休,成为晚唐政治的一大矛盾。

李商隐就是这党争的牺牲品。

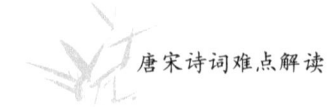

李商隐自幼颖慧而命途坎坷。李商隐最初的府主令狐楚属于"牛党",在他的帮助下,李商隐步入政坛。唐文宗开成二年(837),令狐楚之子令狐绹协助李商隐中了进士。在令狐楚去世后,李商隐成为泾原节度使王茂元的幕僚并受到其赏识,娶了他的女儿为妻。王茂元与李德裕交好,被视为"李党"成员。这桩婚姻使他被牛党视为李党中人。他因此遭到牛党的排斥。此后,他便在牛李两党争斗的夹缝中求生存,辗转于各藩镇之间当幕僚,郁郁不得志而潦倒终生,四十六岁便忧郁而死。

这首诗便是李商隐在极度苦闷中拜访僧人以求精神解脱之作。

首联写诗人寻访僧人之事。在红日西沉之时,诗人入山去拜访一位住在茅屋中的僧人。"茅屋",见得僧人居处之简朴,"孤僧",见得僧人修养之孤高。诗人对这种生活环境与精神境界,显然有着一种向往。

颔联与颈联分写自己与僧人,形成错综结构:三句五句写僧人,四句六句写自己。因为不明结构之"错综",论者多有误读。

喻守真:"一二两句是造访孤僧,三句是闻声不见,四句是寻路再访,五句是先闻声,六句是后见杖,始写访着。七八句是悟禅。"——主语始终一致。

沈文凡、李博昊:"夜幕降临时,诗人见到了欲寻访的僧人,他正在独自敲着磬,还斜倚着青藤。"——僧人如何一边敲磬同时还"倚着青藤"?

陈增杰:"此诗有一个问题,即五六句'敲磬''倚藤'是指孤僧抑或自己?有不同解释。虽两说都可通,然从语境言,后解为宜。"——根本没有看到三四句的问题;且五六句一定是同一主语吗?

王文儒:"落叶人何在,寒云路几层"句下评注:"闻落叶之声,而不闻人行;见寒云之路,而不见僧归:是方入其境也。""独敲初夜磬"句下评注:"未见其寺先闻其声。初夜,黄昏也。独敲,应'孤僧'二字。僧既不在,何以言敲磬?盖设想之词。""闲倚一枝藤"句下评注:"藤,杖也。既见其寺,吾且依杖以闻观。"——此言"僧不归","僧不在",诗人到底只是"依杖"观其寺。这更有点匪夷所思。

上述诸家的共同特点就是"线性解读"。首先,颔联两句到底是写谁的?诸家似乎一致认定是写诗人自己的。然按诸诗句文字,"落叶人何在",说的是"人"——当然是指僧人;"寒云路几层",说的是"路"——当然是指自己还要走的路。这两句分指双方而又互解,翻译过来就是:在这落叶满山、寒云笼罩的时候,你在哪里啊?我还得走多少路啊?这一联写的是寻访的过程和急于见到僧人的心情。接下来,颈联,一个跳脱,写见到孤僧后的情景:"独敲初夜磬"写孤僧,"闲倚一枝藤"写自己——倚藤而静听,不忍急急打断僧人之功课也。这样,以错综结构写了两个人,既表现了孤僧之修养,又表达了自己闻禅而悟的心理。尾联由叙事转为议论,抒发自己闻磬观僧后得到的启发:"世界微尘里,吾宁爱与憎。"佛教认为大千世界全在微尘之中,人也不过就是微尘而已。既然如此,还有什么爱憎亲疏值得纠结,还有什么仕途荣辱值得计较?这是一时的感悟,短暂的解脱,诗人到底还是"红尘"中人,终不免抑郁而终。

意译:

亲仇爱憎堵心上,
动辄得咎好心伤。
入山探访高僧去,
白日欲沉莽苍苍。
落叶纷纷铺前路,
寒云重重笼四方。
山深路陡僧何在,
奋力攀登终得偿。
黄昏寺里僧独坐,
悠悠击磬自安详。

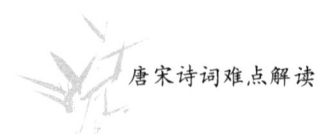

静倚藤杖观僧事,
心自开豁亮堂堂。
万物不过微尘粒,
何须爱憎争胜强。

无题[1]

李商隐

相见时难别亦难,东风无力百花残。[2]
春蚕到死丝方尽[3],蜡炬成灰泪始干。[4]
晓镜但愁云鬓改,[5]夜吟应觉月光寒。[6]
蓬山[7]此去无多路,青鸟殷勤为探看。[8]

注释:

①无题:唐代以来,有的诗人不愿意标出能够表示主题的题目时,常用"无题"作诗的标题。

②东风无力百花残:这里指百花凋谢的暮春时节。东风,春风。残,凋零。

③丝方尽:丝,与"思"谐音,以"丝"喻"思",含相思之意。

④蜡炬:蜡烛。泪始干:泪,指燃烧时的蜡烛油,这里取双关义,指相思的眼泪。

⑤晓镜:早晨梳妆照镜子。镜,用作动词,照镜子的意思。云鬓:女子多而美的头发,这里比喻青春年华。

⑥应觉:设想之词。月光寒:指夜渐深。

⑦蓬山:蓬莱山,传说中海上仙山,这里指对方住处。

⑧青鸟:神话中的鸟,是女神西王母的信使。这里指传递信息的人。为:替。探看(kān):探望。

对此诗的解读有诸多分歧,现在可见的有如下三点:

一是:此为爱情诗还是友情诗,甚至政治诗、仕进干谒诗?大多认同

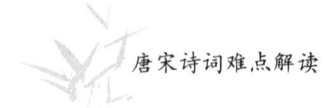

为爱情诗。而清何焯说："'东风无力'，上无明主也。'百花残'，已且老至也。落句具屈子《远游》之思乎？"清姚培谦也说："此等诗，似寄情男女，而世间君臣朋友之间，若无此意，便泛泛与陌路相似，此非粗心人所知。"

二是：诗之抒情主人公是男还是女？陈增杰解"晓镜"句："想必你也会因离别的痛苦，对镜晨妆时感叹青春容颜变得衰老。"——这显然是男性口吻。顾青："有人说是怀念朋友的，有人说是写给心爱的女人的。今天看来，其曲折缠绵的情感，更像首爱情诗。"——这也肯定了是男人写给女人的。而周汝昌先生一口咬定是女性："青鸟，是西王母跟前的'信使'，专为她传递音讯。只此即可证明：有青鸟可以驱使的，当然是一位女性。"（上海唐诗典）沈文凡、李博昊二位也说："颈联写清晨对镜梳妆，看到双鬓已经斑白，未免自伤。"——梳妆而自伤鬓白，当然是女性。

三是：此诗是对临别现场的叙写还是别后追思的话语？一般都不予明确回答，只是逐联解说。而清赵臣瑷则明确地说："泛读首句，疑是未别时语；及玩通首，皆是别后追思语。"

我的解读是：通观全体，说这是一首表示两情至死不渝的爱情诗应没有问题。颔联之语，"一息尚存，志不少懈。可以言情，可以喻道。"（蘅塘退士）这乃是诗外之联想，并非诗之本意。

写的不是"别后追思语"，而是对临别现场情境的描述。"相见时难别亦难"，"时"，此时也；"蓬山此去无多路"，"此去"，这次的分别也。这都是"现场"语。"青鸟"句更是面对面的嘱托，而非别后之追思。

最要紧的是第三点。认定或男或女某一方，都是线性解读，而这种方式面临一些难以说通的问题。比如第二联，既喻之以春蚕，又重之以蜡炬，作为律诗，似不应如此铺排。论者辩之曰："这一联两句，看似重叠，实则各有侧重之点：上句情在缠绵，下句语归沉痛，合则两美，不觉其复，恳恻精诚，生死以之。"（周汝昌文，见上海唐诗典）此虽为一家之说，但"缠绵""沉痛"之分终嫌牵强。再如第三联，解读甚为纷纭。周先生说："晓镜句是自计，夜吟句乃以计人"。（同上）这是说两句分写男女，而女主人公说自己是写实，说对方是揣想。沈文凡、李博昊二位说："颈联写清晨对镜梳妆……夜间月亮洒下一片清辉，对月自吟……"（同上）这是说两句都是写女主人公自己，而且都是写实。陈增杰先生的解读是："二句为设想之词，从对面着笔，写对方此时（分别后）的心情感受以衬自己思念的深切。"（同上）这是说两句都写女方，而又都是男方设想之词。

我以为，发声者不是单纯的男女某一方，而是双方的"合唱"。现在我们以错综结构来审视之，突出现场感，可以这样解读：

合唱：相见时难别亦难，
　　　东风无力百花残。
女唱：春蚕到死丝方尽，
男唱：蜡炬成灰泪始干。
女唱：晓镜但愁云鬓改，
男唱：夜吟应觉月光寒。
合唱：蓬山此去无多路，
　　　青鸟殷勤为探看。

首联是男女共同的心声：由于受到某种力量的阻隔，一对情人难以相会；正因为相会"难"，所以特别珍惜，分离就更痛苦。两位情人既已困苦如此，恰又面对着暮春景物，东风无力，百花纷谢。物我交融，这种凋残的景象，显然更催发着抒情主人公的怅惘与哀凄。

接下来是双方临别时的对话：一个说"我对你的眷恋之情与生命相终始，就像吐丝做茧的春蚕一样。"一个说："我对你的爱慕之心也是生死以之，就像那燃烧成灰的蜡烛一样。"一个说："此一别之后，我对镜晓妆，恐怕青丝变白发。"一个说："此一别后，我月下独吟，内心都会感到凄寒。"

千言万语，还是不得不别，于是两人发誓：我（你）此去好在相隔不远，但愿我们心心相通，音信不断！

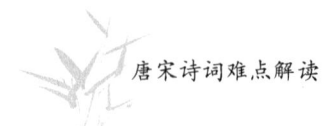

这样,是男是女的问题,写实还是设想的问题,就都迎刃而解了。李商隐的多首七律,都可以这样"玩味",有兴趣者不妨一试。

意译:

(合)千难万难得一见,
　　相亲转瞬又劳燕。
　　未相见时若饥渴,
　　撕心裂肺别更难。
　　相见难,别更难,
　　东风无力百花残。

(女)对你的眷恋有终始,
　　就像春蚕自作茧,
　　生命不止丝不断。

(男)对你的爱慕生死以,
　　就像红烛照君颜,
　　生命不止泪不干。

(女)从今后,对镜晓妆,
　　青丝恐怕霜雪染。

(男)从今后,月下独吟
　　月光不寒心亦寒。

(合)好在相隔无多远,
　　勤通音讯报平安。
　　愿祈王母飞青鸟,
　　身不相依心相连。

桂枝香

王安石

登临送目①,正故国②晚秋,天气初肃。千里澄江似练,③翠峰如簇。④征帆去棹残阳里,⑤背西风,酒旗斜矗。彩舟云淡,星河鹭起,⑥画图难足。⑦

念往昔,豪华竞逐,⑧叹门外楼头,⑨悲恨相续。千古凭高对此,谩嗟⑩荣辱。六朝旧事随流水,但寒烟衰草凝绿。至今商女,时时犹唱,《后庭》遗曲。⑪

注释:

①登临送目:登山临水,举目望远。

②故国:旧时的都城,指金陵。

③千里澄江似练:形容长江像一匹长长的白绢。语出谢朓《晚登三山还望京邑》:"余霞散成绮,澄江静如练。"澄江,清澈的长江。练,白色的绢。

④如簇:这里指群峰好像丛聚在一起。簇,丛聚。

⑤征帆去棹:代指往来的船只。棹,划船的一种工具,形似桨。

⑥星河:酒家灯光辉映的江面,既因灯光,故以银河喻之。鹭起:白鹭从水中沙洲上飞起。长江中有白鹭洲(在今南京水西门外)。

⑦画图难足:用图画也难以完美地表现它。

⑧豪华竞逐:(六朝的达官贵人)争着过豪华的生活。竞逐:竞相仿效追逐。

⑨门外楼头:指南朝陈亡国惨剧。语出杜牧《台城曲》:"门外韩擒虎,楼头张丽华。"韩擒虎是隋朝开国大将,统兵伐陈,他已带兵来到金陵朱雀门(南门)外,陈后主尚与他的宠妃张丽华于结绮阁上寻欢作乐。陈后主、

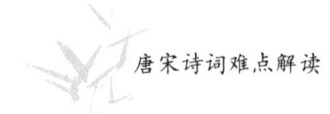

张丽华被韩俘获,陈亡于隋。门,指朱雀门。楼,指结绮阁。

⑩谩嗟:空叹。

⑪《后庭》遗曲:指歌曲《玉树后庭花》,传为陈后主所作。杜牧《泊秦淮》:"商女不知亡国恨,隔江犹唱《后庭花》",后人认为是亡国之音。商女:酒楼茶坊的歌女。

王安石并不以词名世,但这一阕《桂枝香》却流传不朽。金陵是六朝古都,到赵宋时,这里依然是市廛栉比,灯火万家,一派繁荣气象。在地理上,金陵素称虎踞龙蟠,雄伟多姿;更有大江西来,傍城入海。王安石正是面对这样一片大好河山,想到江山依旧、人事变迁,怀古而思今,乃有此作。

上阕写登临所见之景。

开首以"登临送目"四字领起,立足高远。接着,以"故国"点明地点,以"秋晚"交代季节,再以"初肃"描绘天气,呈现一派秋爽的氛围,为下面具体写景状物做好铺垫。"千里澄江似练,翠峰如簇。"这是远景:纵目千里,澄澈的江流就像一幅飘动的丝绢;而江外的山峰苍翠耸立,傲然天际。江流而山立,动静相形,开阔而高远。"征帆去棹残阳里,背西风,酒旗斜矗。"这是在大背景之下对景物的具体描写。上句写江面:大大小小、各式各样的船只,船上的各色人等,在"残阳"映照下行旅匆匆。下句写江岸:酒家鳞次栉比,酒幌迎风飘动,又有多少酒客在推杯换盏?接着由实转虚,展开想象,最后以"画图难足"四字收住。确实,这样的景象绝不是一幅画所能描绘得出的。

下阕怀古抒情。

用"念往昔"三字过渡,由登临所见之景转到此时所思所想。"繁华竞逐"——是"竞逐繁华"之倒,四个字涵盖了以金陵为都的六朝统治者纸醉金迷的历史,而这正是"悲恨相续"——王朝一个接一个覆灭的根源。最典型的要数"门外楼头"的那个陈后主了,敌军都打到宫门了,他还跟妃子在楼头寻欢作乐，怎不叫人扼腕叹息！但"千古凭高对此，谩嗟荣辱"。"谩嗟荣辱"——一代又一代的人，徒然为其荣辱而叹，却不肯从中吸取教训啊。这也正是杜牧所谓"哀之而不鉴之"之意。"千古"如此，而今如何？"六朝旧事随流水，但寒烟衰草凝绿。至今商女，时时犹唱，《后庭》遗曲。"眼前是一片"寒烟衰草"，而"六朝旧事"——历史的教训并没有深入人的记忆，这从商女犹唱《后庭》遗曲就可见一斑。

王安石在世，正是宋王朝"百年承平"之时。他能居安思危，以六朝旧事警人，表现了一个政治家深远的眼光与博大的胸怀。

对这首词的歧解主要在上片"征帆"以下的几句。

李之亮："澄江：清碧的长江。""星河：银河。此处喻指美如银河的秦淮河……鹭起：形容秦淮河里彩舟往来，如鹭鸟之飞起。"

郭伯勋："星河鹭起：指金陵（今南京市）西南长江中白鹭洲的动景。""再二句由远景写到近景，此'征帆去棹''酒旗斜矗'，写物而藏人。江山有'人'，虽初肃，亦不觉萧条。结三句继近观而补写。锦帆片片，轻雾缭绕，白鹭洲白鹭翩翩，扬子江宛如天降，此'故国'秋景，虽画图亦难尽描。"

周汝昌："纵目一望，只见斜阳映照之下，数不清的帆风樯影，交错于闪闪江波之上。更一凝神细审，却又见西风紧处，那酒肆青旗高高挑起，因风飘拂。帆樯为广景，为'宏观'；酒旗为细景，为'微象'；而皆江上水边之人事也……写景至此，全是白描高手。为文采计，似宜稍稍刷色。于是乃有'彩舟''星河'两句一联。"（上海唐宋辞典）

蔡义江："有人以为'澄江似练'写长江，'彩舟''星河'又另写秦淮河上，恐不是的。就算望中所见，能从这里转到那里，词也不宜如此混写，何况李白有'三山半落青天外，二水中分白鹭洲'之句，这里写'鹭起'，很明显也正是说长江。"

其问题有二：

一是"星河"与"澄江"是同指长江，还是分指长江与秦淮河？

二是假如同指长江，为什么在"征帆去棹残阳里"后插入"背西风，酒旗斜矗"一句，然后再来写"彩舟云淡，星河鹭起"？

第一个问题，蔡义江先生之辩足矣，无须赘言。

难点在第二个问题。为什么离开江面写一句"酒旗斜矗"再回到写江面彩舟呢？郭伯勋的"补写"说有点道理；而周汝昌的"刷色"说就近乎玩笑了。

我以为，这需要从诗词章法的特点来解释。一是"跳脱"：句与句之间没有过渡衔接的语句，从一句直接"跳到"另一句。前面写江面之舟与岸上酒幌，是"残阳"犹在时的时候。下面是诗人的想象："彩舟"是游人所乘之画舫，而"云淡"是指江面浮起的雾气，这乃是日落时分的景象。再往后，长江变成了"星河"。论者释之为"银河"，是没有读懂。这"星河"应是酒家灯光映的江面，既有灯光，自是夜间。由残阳到日落再到夜间，时间推移而在字面上没有交代，这就是"跳脱"。这里还用了"错综"之法：写江面，写到残阳就打住了；写江岸，写到酒幌也打住了。后面随着时间的推移，再继续来描写江面与江岸，且把二者联系起来，形成"星河"的美景。

意译：

登上高楼纵目望，
金陵古都秋气爽。
千里长江多澄澈，
犹如白练微风漾。
江外青峰耸天际，
正是江城好屏障。
江上航船各匆匆，
长帆短棹弄残阳。
岸上酒家相邻比，

酒旗高挂随风荡。
眼下景观自怡人,
待到夜来添花样:
江面渐有薄雾起,
灯光映水水泛光。
白鹭洲上白鹭舞,
笙歌相和走画舫。
古都依然万千好,
丹青费尽难周详。

胜景览罢心飞扬,
忆往思今动愁肠。
纸醉金迷千古事,
酒池肉林竞相仿。
荒唐莫过陈后主,
敌兵到时口吻香。
根基朽烂大厦倾,
可怜王朝相败亡。
凭高叹恨代代有,
哀而不鉴空感伤。
六朝荣辱随流水,
此地唯见秋草僵。
茶楼酒肆盈门客,
《后庭》遗曲时时唱。
商女哪知亡国恨,
谁能千秋万岁长?

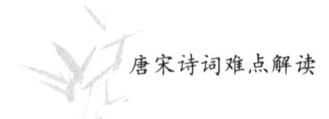

南浦

鲁逸仲

风悲画角,①听《单于》、三弄落谯门。②投宿骎骎征骑,③飞雪满孤村。酒市渐阑灯火,④正敲窗、乱叶舞纷纷。送数声惊雁,乍离烟水,嘹唳⑤度寒云。

好在⑥半胧淡月,到如今、无处不销魂。故国⑦梅花归梦,愁损绿罗裙⑧。为问暗香闲艳,也相思、万点付啼痕⑨。算翠屏应是,⑩两眉余恨倚黄昏。

注释:

①风悲画角:寒风中传来号角悲凉的声音。画角:是涂有彩绘的军中乐器,其音凄厉。

②单(chán)于:曲调名。唐《大角曲》中有《大单于》《小单于》。弄,演奏。谯(qiáo)门:建有瞭望楼的城门。这句是说城楼上反复吹奏着《单于》曲。

③骎骎(qīn):马飞跑的样子。征骑(jì):游子所骑之马。

④渐阑灯火:形容灯火将尽,夜晚人稀。阑:残,尽。

⑤嘹唳(lì):凄厉而响亮的声音,此处指鸿雁的叫声。

⑥好在:依旧。

⑦故国:故乡,家园。

⑧绿罗裙:代指穿绿罗裙的女子,此处指故乡的妻子。

⑨啼痕:泪痕。

⑩算:估计,揣想。翠屏:画有青山绿水的屏风,或翠玉镶嵌的屏风,这里代指屏风内的人,此处也是指自己的妻子。

鲁逸仲，北宋词人，《全宋词》录其词三首。南浦：词牌名，用《楚辞·九歌》"送美人兮南浦"的句意。这首词内容如题，是一首旅途怀思之作。

上片写从出发到投宿旅途悲凉的境况。首句写出发的时间、地点。寒风从望楼上带来报时的角声，见得已是黄昏；而那悲凉的《单于》曲，更让人沉抑颓丧。怀着这样的心情催马前行，偏又路遇大雪；急于投宿，却只有孤村野户；好容易赶到一家酒店，已是夜深人稀，灯火阑珊。孤身投宿，独对寒灯，一时难以入眠。只听得纷纷落叶不断敲打着门窗，惹人心烦；更有大雁凄厉的叫声从远处传来，入耳揪心——它们一定是被什么惊破了好梦，黑夜里惊惶地飞上高空。

下片写住宿后思乡思亲的情感。这时候风雪已停，天空露出了淡淡的月影。月色依稀当年，望月生情，不禁黯然魂销。"故国"两句，写梦中景象：梅花初绽，妻子倚梅愁望，已是一副憔悴模样。"为问"句是梦醒遐思：那暗香浮动的花枝，是否也是为了相思而泪痕点点？那贤惠的妻子，一定是伫望黄昏，余恨绵绵吧？

此词深受论者好评："此词遣词琢句，工绝警绝，最令人爱。"（陈廷焯）《南浦》一词为最婉约蕴藉，与少游《满庭芳》诸作尤神似，即置在《淮海集》中，亦为最上乘之作，余子更不足与并论了。"（薛砺若）

从结构的角度看，此词突出的特点就是"跳脱"。也正因为"跳脱"，使今之论者陷入迷茫。请看两家的译文和解析（只取上片）：

李之亮译文：

"凄风中传送着画角的呜咽，又听到谯楼上有人在反复弹奏着《单于》古曲。我骑马飞驰急于投宿，溅起的雪片飞满了孤村之路。酒店里已经点燃灯火，被风吹落的树叶纷纷乱乱地击打着窗户。远处又传来几声鸿雁的哀鸣，想必它们刚刚离开烟水之乡，凄厉地鸣叫着穿过云层寻觅归路。"

解析："词的上阕开篇便营造了一个凄苦悲凉的氛围：作者急于投宿的小城上画角悲鸣，凄切的《单于》古曲在反复地弹奏。天色将晚，马踏飞雪，

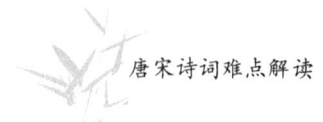

乱叶敲窗,又说明此时是一个寒冷的深秋季节。刚刚坐在酒店中的作者席不暇暖,天空又传来大雁哀鸣……"

蔡义江译文:

悲风中响起画角的声音,听它所吹的《小单于》曲,一遍遍地来自城门的望楼上。为了投宿,我远行所骑的马急急匆匆地赶路,来到一个孤独的小村,已满天飞雪。卖酒的市上,灯火已渐渐稀少,我住房的外面,纷纷乱舞的落叶正不断地敲打着窗户。我倾听着几声大雁的惊飞,它刚刚离开烟蒙蒙的水面,带着嘹亮而悠长的叫声,飞向那寒冷的云层。

李译和解析,时空完全混乱;蔡译稍好,但也有不明不白之处。首句点出"谯门",谯门既是城门上的望楼,表明这是在城市,也就是说诗人是离开这城市而出发远行。李却把"小城"当作投宿之地。下面"马踏飞雪,乱叶敲窗",简直就不知所云了。既是"孤村",哪里会有"酒市"?从"卖酒的市上"怎么就跳到"住房的外面"了?等等。

看来,有"跳脱"的意识,能识破时空"跳脱"的环节,也是读懂古诗词的条件之一。

意译:

黄昏时分离小城,
望楼《单于》一声声。
《单于》曲调声声苦,
声声入耳逐寒风。
驱马赶路匆匆去,
大雪纷飞路泥泞。
想要投宿沿途望,
孤村野户无蹊径。
待到酒家歇脚处,

灯火阑珊锅灶冷。
虽可安身避风雪，
忧思难眠对孤灯。
风吹枯叶纷纷落，
乱打窗门心不宁。
更有鸿雁云空叫，
叫声凄厉魂魄惊。
是谁夜半偷射猎，
人间处处有血腥。
风停雪霁朦胧月，
逗起乡愁入梦中。
梅朵凌寒暗香浮，
佳人树下影吊形。
醒来痴痴发一问：
故园花枝通人意，
也为相思泪盈盈？
料得佳人多愁怨，
伫立黄昏蛾眉凝。
何时双栖西窗下，
却说此时怜尔情。

宣州谢朓楼饯别校书叔云①

李白

弃我去者，昨日之日不可留；
乱我心者，今日之日多烦忧。
长风万里送秋雁，对此可以酣高楼。
蓬莱文章建安骨，②中间小谢又清发。③
俱怀逸兴壮思飞，④欲上青天揽明月。
抽刀断水水更流，举杯销愁愁更愁。
人生在世不称意，明朝散发弄扁舟。⑤

注释：

①宣州：今安徽宣城一带。谢朓（tiǎo）楼：又名北楼、谢公楼，在陵阳山上，是南齐诗人谢朓任宣城太守时所建。李白曾多次登临，并且写过一首《秋登宣城谢朓北楼》。饯别：以酒食送行。校（jiào）书：官名，即秘书省校书郎，掌管朝廷的图书整理工作。叔云：李白的叔叔李云。

②蓬莱：此指东汉时藏书之东观。《后汉书》卷二三《窦融列传》附窦章传："是时学者称东观为老氏藏室，道家蓬莱山"。李贤注："言东观经籍多也。蓬莱，海中神山，为仙府，幽经秘籍并皆在也。"建安骨：指刚健遒劲的诗文风格。汉末建安（汉献帝年号）年间，"三曹"和"七子"等作家所作之诗文刚劲雄健、慷慨悲凉，在文学史上被称为"建安风骨"。

③小谢：指诗人谢朓。清发：诗歌风格清新秀美。发：诗文俊逸。

④逸兴：飘逸豪放的兴致。壮思：雄心壮志。

⑤散发（fà）：去冠披发，指隐居不仕。这里是形容狂放不羁。古人束发戴冠，散发表示闲适自在。弄扁（piān）舟：乘小舟归隐江湖。扁舟：

章法部分

小舟，小船。

此诗《文苑英华》题作《陪侍御叔华登楼歌》，一般认为这是天宝末年李白在宣城期间饯别秘书省校书郎李云之作。

这是一首送别诗，实际上是记录了在送别酒宴上的一番谈话。所以开首就说"昨日之日""今日之日"，看似突兀，实际上是在对送别对象诉说。诗人被放还山，抱负无法施展，加之唐王朝政治日趋腐败，已是满心苦闷，一腔愤懑。所以一见到可以倾诉衷肠的族叔，就禁不住把满腹牢骚宣泄出来。长长的句式，重复的词语，正好传达出急于倾诉的躁动烦扰的情绪。

"何以解忧，惟有杜康。"正好借此饯别之机，面对长风秋雁，畅饮消愁。一"送"，一"酣"，又自然扣住了"饯别"的主题。"蓬莱文章"以下四句，是在酒宴中谈及的话题。自己是诗人，对方是散文家兼诗人，话题自然离不开文学，离不开诗。在诗人心目中，真正值得称道的作家作品，上有汉魏，中有小谢，今则有"你我"——叔云和诗人自己——了。这些人的共同特点是，一方面有超凡脱俗的兴趣爱好，游山玩水，吟诗作赋；另一方面又都怀有远大的抱负，有为国建功立业的雄心壮志。诗人在谈到这些的时候，大概是神采飞扬的，是暂时忘却了忧愁的。也许说到这里，对方插了几句什么话。话题一旦涉及政治，涉及社会理想，暂时忘却的忧愁立即回到心头。

原以为借酒可以消愁的，但理想与现实的矛盾是如此尖锐，单靠"酒"是解决不了问题的，于是面对自己的族叔表示：既然社会不能理解我，官场不能容纳我，我将散发乘舟，归隐江湖了。当然，这是诗人的激愤之语。到底是要坚持"天生我材必有用"的信念，坚持"为君谈笑静胡沙"的理想，还是"但愿长醉不复醒"，"明朝散发弄扁舟"，这样的矛盾贯穿了李白的一生。

对本诗的解读也有歧义，比如：

明唐汝询："子（李云）校书蓬莱宫，文有建安风骨；我（李白）若小谢，亦清发多奇。"

朱东润:"上句谓李云文章得建安风骨,下句自比为小谢之清发,故下文云'俱怀逸兴'。"

刘学锴:"下两句承高楼饯别分写主客双方……上句赞美李云的文章风格刚健,下句则以'小谢'(即谢朓)自指,说自己的诗像谢朓那样,具有清新秀发的风格。李白非常推崇谢朓,这里自比小谢,正流露出对自己才能的自信。这两句自然地关合了题目中的谢朓楼和校书。"(上海唐诗典)

喻守真:"这诗主旨是以谢朓比拟叔云,惜其在世不称意,故语近消极。"

张碧波、邹尊兴:"蓬莱文章建安风骨令人敬佩,中间小谢的诗歌是多么清秀。我们怀有逸兴才气横溢飘飞,想要飞上高高青天摘取明月。"

林庚、冯沅君:"'蓬莱文章',即指汉代文化……这二句是因谢朓楼而论及谢朓,说自从两汉文章和建安诗歌呈现异彩以来,谢朓又以清秀独树一帜。"

对本诗"蓬莱文章"两句解读的歧义,实出于对语句跳脱的无视。自唐汝询提出上句以比李云、下句自比以来,从之者甚众。如果说因为李云任职于"蓬莱"(秘书省),所以可以以"蓬莱文章"比李云著作,那么说"中间小谢"是李白自比,就毫无根据了。喻守真先生只说"以谢朓比拟叔云",又把"蓬莱文章"置于不顾。张、邹的译文有了"中间"二字,却没有与之相应的说辞。其他解读则都对"中间"二字视而不见。看来难点就在于此。

其实,既说"中间",就该有上下。"上"指汉魏诗文,明白地说出来了;中间说"小谢",那么"下"是指谁呢?自然是李白自指并兼指李云。但这一句却没有说,接下去就是"俱怀逸兴"云云。这就是所谓"跳脱"。这种现象在古文中就有,古诗中就更为常见。比如:荀子《劝学》:"骐骥一跃,不能十步;驽马十驾,(亦可致远,)功在不舍。""亦可致远"这样意思的话就省略了。王安石《游褒禅山记》:"然力足以至焉,(而不至者,)于人为可讥,而在己为有悔。""而不至者"这样意思的话也省略了。按之于诗,比如李白《南陵别儿童入京》:"会稽愚妇轻买臣(买臣终于上青云;小人愚昧轻视我)余亦辞家西入秦。"中间跳过了两层意思,两个分句,倘不把它意会出来,就很难说是读懂了。再比如李白《古风》:"大雅久不作,吾衰竟谁陈。"大雅不作——唯我能作——但今吾衰矣——即使不衰,作而向谁"陈"说(呈献)?从语义逻辑上看,需补出必要的语句才能贯通。但诗人字面上并没有说出,这就是"跳脱"。

说"跳脱",本诗中还有一处,就是从"欲上青天揽明月"到"抽刀断水水更流"之间。论者喜欢用"大起大落""瞬息万变"之类的话解释这种情感的变化。说"起落",说"变化",是有的,但绝不是"瞬息万变"。而且这种变化也不是"莫名其妙"的,它是有条件有"阶梯"的,只不过在行文时有"跳脱",把相关的"条件""阶梯"略去了。送行的宴席上是有对话的,当诗人沉醉于自己的"逸兴"中高谈阔论时,他的族叔是不可能一言不发的。让诗人从暂时的陶醉回到现实中来的"阶梯",应该是那位族叔的什么话语。跳脱,给读者以想象余地,也给读者布下了迷雾。

意译:

昨天的日子很无情,
弃我而去冷如冰;
今天的日子多烦忧,
心乱如麻不安宁。
鸿雁南飞得自在,
秋风万里助长翎。
目送飞鸿豪兴起,
高楼畅饮杯莫停。
杯莫停,论文名,
汉代文章作典经;

更有三曹七子在,
建安风骨健且清。
此后要数谢玄晖,
圆美俊逸获嘉评。
(如今唯有君与我,)
超凡脱俗志气雄。
欲上青天取明月,
只恨身无双翅叹技穷。
千杯难消愁万古,
犹如抽刀断水水奔腾。
人生在世不称意,
明朝隐逸江湖中。
小舟凌波波万顷,
飘飘独立任西东。

滁州西涧①

韦应物

独怜幽草涧边生,②上有黄鹂深树鸣。
春潮带雨晚来急,野渡无人舟自横。③

注释:

①滁州:在今安徽滁州以西。西涧:在滁州城西,俗称上马河。
②独怜:唯独喜欢。幽草:长在幽静处没人注意的草。
③野渡:郊野的渡口。横:指随意漂浮。

韦应物,唐代诗人,曾先后任江州刺史、左司郎中、苏州刺史,世称韦江州、韦左司或韦苏州。其诗多写山水田园,清丽闲淡,和平之中时露幽愤之情;其反映民间疾苦的诗,颇富于同情心。一般认为,这首诗是唐德宗建中二年(781)韦应物任滁州刺史时所作。

对这首小诗的解读,分歧首先在于此仅为写景抒情还是有政治寓意。
宋谢枋得说:"'幽草''黄鹂',此君子在野,小人在位。'春潮带雨晚来急',乃季世危难多,如日之已晚,不复光明也。末句谓宽闲寂寞之滨,必有贤人如孤舟之横渡者,特君不能用耳。"
而明桂天祥批评道:"沉密中寓意闲雅,如独坐看山,澹然忘归,诗之绝佳者。谢公曲意取譬,何必乃尔!"
清沈德潜也说:"起二句与下半无关。上半即景好句,元人(谢枋得生活于宋元之间)谓刺君子在下,小人在上,此辈难与言诗。"
除了是否有寄托的歧解外,还涉及句间、两联间景物自身的时空关系。

单看上联的两句，说"幽草"喻君子，"黄鹂"喻小人，构成对立的关系，恐怕不妥。从句法看，"独怜"二字应该管到"黄鹂"句，幽草、黄鹂都是诗人的"独怜"之物。为什么加一"独"字？这是相对下联所写之景物情事而言的。

再把两联合起来看。

有"一幅画图说"。清黄叔灿："闲淡心胸，方得领略此野趣。所难尤在此种笔墨，分明是一幅画图"。——但上联写幽草、黄鹂，是优美之物、悦耳之音，而下联春潮、野渡，是荒寂之景、浑浊之声，这怎么画到一幅图画中去呢？况且，既然是"春潮急"，还好欣赏涧边"幽草"吗？

有"近看、平望说"。喻守真："此诗可分作两层看法，首层二句是近看，三四两句是平望。"——两种景观两种意境，怎么同时存在？

有"踏着雨珠又径至说"。沈文凡、李博昊："雨霁天晴，诗人缘涧边踏着沾满晶莹雨珠的幽草漫行……又径至野渡……"——问题同上。

清沈德潜大概看到了这种矛盾，就说"起二句与下半无关"。——果真上下两联"无关"，那还是一首完整的诗吗？

问题出在对诗中时空因素的把握：上下两联写的是不同时间、不同空间的景物。诗题为"滁州西涧"，只是明确了大的空间范围。此诗作于诗人任滁州刺史期间，西涧大概是他常常游览散心的去处，或晴或雨，或寒或暖，或欣赏幽草，或静听黄鹂，或欣闻野渡人喧，或目睹孤舟自横，种种印象叠聚于心。偶有某种灵感的触动，根据当时的意念，诗人从杂陈的景物情景中选择若干，组织成章，呈现在读者面前。上联是一幅图景，幽草青青，黄鹂声声，春光明媚，一片生机，令人愉悦。下联换了时间，特定于"晚来"；也改了空间，由涧边改为渡口，这就构成了另一幅图景：雨密潮急，野渡无人，连渡船都无人管理，任其在急流中漂荡，一片荒寂，令人凄凄然。两联两幅图景，一喜一恶，一爱一憎，情感鲜明。喜生机明媚而恶荒寒空寂，是人之常情，我们就这样解读此诗也未必不可以。但如果考虑到诗人的身份与品格，就不妨往"深"里追究一下。

正如论者所说，韦应物是个洁身自好的诗人，也是个关心民生疾苦的好官。他所处的时代，朝政腐败，社会不安，他有志改革而无能为力，想要退隐却又身不由己，在仕宦生涯中，他"身多疾病思田里，邑有流亡愧俸钱"（《寄李儋元锡》），常处于进仕退隐的矛盾中。在滁州西涧这个地方，一方面可以观赏到幽草、黄鹂，会引发诗人归田退隐的思绪；另一方面又不能不看到自己治内的野渡孤舟，令自己愧疚，也激起自己的责任感。从这个角度看，说此诗有寄托也未尝不可，但我们的解读与前人完全不是一个路数。

意译：
滁州为官已有年，
西涧景物最流连。
岸边小草无人赏，
也自清心自眷怜。
还有黄鹂婉转唱，
只在幽幽林叶间。
身多疾病思故里，
故里难归暂得闲。

或有春雨连绵下，
潮水急流漫西涧。
到晚不见行人影，
渡口唯有随波船。
此情此景伤心事，
邑有流亡愧俸钱。

次北固山下①

王湾

客路青山外,行舟绿水前。
潮平两岸阔,风正一帆悬。
海日生残夜,②江春入旧年③。
乡书何处④达,归雁洛阳边。⑤

注释:

①次:停留,这里指停船留宿。北固山:在今江苏镇江市北,三面临水,倚长江而立。

②海日:太阳从海上升起,"海"指宽阔的江面。残夜:夜色已残,指天将破晓。

③旧年:过去的一年。旧年未尽,春之气息已到,是说日月匆匆。

④何处:何时。

⑤归雁句:古有鸿雁传书之说,这句的意思是希望北归的大雁能将家信带到故乡洛阳。边:中,范围内。

王湾,唐朝洛阳人,唐玄宗先天年间进士。虽早有文名,但流传下来的诗不多,《全唐诗》仅存诗十首。《次北固山下》是诗人去往江南途经镇江时所作,其中"海日生残夜,江春入旧年"之句,驰誉当时,宰相张说手题于政事堂,让朝中文士奉为楷模。

这首诗写年终岁末的羁旅乡愁。首联写泊船后登北固山所见,最触目的有两种景物。一是客路迢递,从北固山下一直延伸到望不到头的天际;一是江面上的行船,东来西往,各奔前程。同样背井离乡的,诗人与之同病相怜;归家团聚的,诗人羡慕不已:种种情绪,交织在一起。颔联承"行舟"作进一步描写。展现在诗人面前的大江,潮涌波平,直逼两岸,显得是那么开阔。而此时风正帆悬,船行顺畅,百舸争流。在气势雄浑的大江面前,诗人也许感到了个人的渺小;面对争流的行舟,诗人也许感到了孤独。是啊,孤身行旅,想前程,多有未知的难以确定的情况;念家乡,那温馨的乡情乡味、天伦之乐,离自己越来越远,能不有凄惶之感吗?

以上是日间事。夜间,诗人难以入眠,便写家书以纾解愁情。第二天一早,诗人再次登山而望。此时周边还是黎明前的黑暗,而辽阔的江面上已现曙光,一轮旭日仿佛在那里诞生了。虽是凌晨,但并没有料峭的春寒,倒是能感觉到丝丝的春意,诗人意识到,季节已交立春,旧的一年还没有过完,新春就迫不及待地来报到了。

日复一日,年复一年,时光荏苒,旅途遥遥,现在最想做的一件事,就是在重新踏上旅途之前给家人捎一封书信。但这封信什么时候才能送到亲人的手上呢?于是就做非分之想,寄望于北飞的大雁。这当然是一种幻想。但这幻想正反映了诗人心情的急迫与无奈。

流年似水,乡情如歌。全诗清新流畅,感情浓郁,不愧是唐人行旅怀乡诗中的佳作。

解读此诗,难点在确认诗人的立足点,也就是诗文所涉及的时空问题。

诗人写景状物,总要有一定的立足点,即使是"移步换形",那"步"的所在也是明确的。本诗之景,诗人是立足于何处所见?

看各家所论,有三种意见。一是认为诗人是在行进的船上,所写景物是在江面上行进中所见。霍松林:"作者乘舟,正朝着展现在眼前的'绿水'前进,驶向'青山',驶向'青山'之外遥远的'客路'。""春潮涌涨,江水浩渺,放眼望去,江面似乎与岸平了,船上人的视野也因之开阔。""读到第三联,就知道作者是于岁暮腊残,连夜行舟的。"(上海唐诗典)

这种见解有一个基本的矛盾无法克服:诗的题目是"次北固山下",这个诗题的意义就是停船在北固山下过夜，待第二天一早再继续行程。倘若所写都是江上行船所见，就诗不对题了。

第二种意见是船停下了，但诗人没离开船，所写景物都是在船上所见。诸葛山人："行路远远地／一直延伸向隐隐青山，行舟停泊在／北固山下一江绿水前。从舟中望去……"这种意见与诗题无碍，但有碍于视野。人在江面上，视野非常有限，客路之延伸，江面之浩阔，旭日之将生，都不容易见到。

所以我取第三种见解：诗人不仅停船，而且上岸登山，所写景物皆登山所见。北固山并不很高，但视野之广远胜于江面。

说立足点，不能不说首联的解读，论者几无例外地把"外""前"视为方位词。如果说把"青山外"解读为"在青山之外"还可通，那么"绿水前"讲成"在绿水之前"就不成话了。若说是"绿水之上"，又找不到语义学的根据。把"前"训释为"眼前"，更难以理解。所以我把这两个字释为动词。外：越出，超出。《荀子·礼论》："步骤驰骋厉骛不外是矣。"何景明《与李司空论诗书》："其高者不能外前人也。"从"超越、超出"引申为"延伸"，应该没什么问题。"客路青山外"，"客路"即旅途，指作者要去的路。"青山"即题中的"北固山"，做状语，相当于"从青山"。"外"：超越，延伸。这句说：自己客居于外，去往异乡的路还很远很远，从北固山一直延伸到看不到的远方。前：向前行进；前去。《庄子·盗跖》："孔子下车而前。"《史记·魏其武安侯列传》："募军中壮士所善愿从者数十人，及出壁门，莫敢前。"韩愈《左迁至蓝关示侄孙湘》诗："雪拥蓝关马不前。""前"都是动词。"行舟绿水前"，"绿水"指长江，做状语，相当于"在绿水上"。"前"：动词，行进，前进。这句说"过往的船只在江面上前行"。这些行船，有的可能与自己一样，是背井离乡而去的；有的可能与自己相反，是回乡与亲人团聚的。看船来船往，诗人的心情是复杂的。以动词训释"外"和"前"，不仅解决了词义的问题，还使诗句富有动感，也更符合立于山头观景所见的特点。

意译：

客中暂停船，
登上北固山。
遥望前途路，
蜿蜒到天边。
江上风有力，
行船挂满帆。
满帆归乡去，
团聚一家欢。
或有宦游客，
同病正相怜。
夜来修家信，
客中最难眠。
再上北山顶，
风吹夜已残。
江上生红日，
霞光渐满天。
新年还未到，
春色已当先。
离乡既已久，
家书报平安。
鸿雁正归去，
请为把信传。
家在洛阳城，
拜托勿忘言。

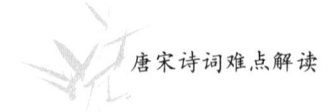

点绛唇·访牟存叟南漪钓隐①

周晋

午梦初回,卷帘尽放春愁去。昼长无侣,自对黄鹂语。
絮影蘋香,②春在无人处。移舟去。未成新句,一砚梨花雨③。

注释:

①牟存叟:牟子才,字存叟。南漪钓隐:牟存叟家园林的名字。
②絮影:柳絮飘飞的景象。蘋香:白蘋花散放着香气。
③梨花雨:梨花凋落如雨。

周晋,宋末词人,是著名词人周密之父。《绝妙好词》卷三载其词三首。此词以"春愁"——惜春爱春的思绪——为核心。上片写午梦醒来,一腔愁绪,卷帘而望,想要散散愁心;然而愁思难忘,春末日长,寂寞无侣,只好静听黄鹂的鸣叫。下片紧承上片之意:黄鹂婉转对鸣,更显得自己孤独寂寞,于是乘船访友。只见柳絮飘飞,蘋花开放,处处是春末夏初景象。"春"到哪里去了?黄庭坚《清平乐》词有曰:"若有人知春去处,唤取归来同住。"词人就想:"春在无人处"吧?于是移舟朝着"无人"的偏僻处驶去。到了梨花开处,以为可以赋诗抒情,驱除愁绪了,谁知"未成新句",梨花瓣纷纷如雨落满砚中——梨花凋落也是"春去"的象征,一腔"春愁"到底无法驱散。这里的所谓"春",可以理解为自然之春,也可以联想为各种生机勃勃的美好事物:人的青春以至王朝的昌盛期。

有论者把"一砚梨花雨"解读为"正当他和园主人酝酿构思,可是诗句未成,突然下起雨来",还说这是"以雨催诗","雨洒在梨花上,又从梨花上滴到砚池内,不言而喻,那墨汁亦带有花香了","写成的诗句自然很香很美了。"(徐培均文,见上海唐宋辞典)。这很浪漫,奈何有违事理:雨水都滴到砚池了,稿纸放在哪里?且说诗句"很香很美",就意味着"春愁"消散,全词的主旨就扭曲了。

2014年高考辽宁语文卷选用了这首词,设有两个题目,共11分。题目是:

8."卷帘尽放春愁去"一句,在表达技巧上有何妙处?请结合词句赏析。(5)

9.此词写春,有人读出了愁,有人读出了喜,请结合全词谈谈你的理解。(6)

给出的答案是:

8.此句采用了比拟(拟物)的手法,化无形为有形,使抽象的春愁变得形象、生动。

9.答案一:此词主要表达了春色恼人的孤独惆怅之感。上片抒发了卷帘放愁愁仍在的无奈、缺少诗朋酒侣而自对鸟语的寂寞之情,下片抒发了大好春光无人欣赏的惋惜、吟诗而未成的遗憾、梨花飘落如雨的怅惘之情。

答案二:此词主要表达了春景无限的欣悦自得之情。上片抒发了卷帘放去春愁的畅快、虽无友人却独对鸟语的悠然之情,下片抒发了飘飘絮影脉脉蘋香春在无人处的惊喜、梨花飘落如雨诗意盎然的沉醉之情。

答案三:此词既有孤独惆怅的春愁,又有春景无限的欢欣自得。例如上片有午梦初回浓浓的春愁,也有自对鸟语趣味横生的悠然;例如下片有春在无人处的惊喜,也有梨花飘落如雨的怅惘。

问题出在题目二的答案:不管肯定"愁"还是肯定"喜",答案都肯定词中所写的是"春在无人处",而且有"大好春光",是"春色恼人""春景无限"。这是把文本的时空搞错了,进而把文本的基本情调也搞错了。而这错误的产生就在于不懂得物候信息所给定的时空。诗词中的时空常常是通过物候来显示的。

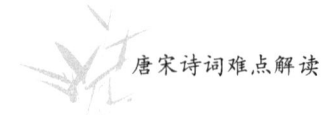

"自对黄鹂语"。"两个黄鹂鸣翠柳"（杜甫《绝句》），"隔叶黄鹂空好音"（杜甫《蜀相》），"上有黄鹂深树鸣"（韦应物《滁州西涧》），"阴阴夏木啭黄鹂"（王维《积雨辋川庄作》），"叶底黄鹂一两声"（晏殊《破阵子·燕子来时新社》），"黄鹂新啭柳扶疏"（司马光《寒饮御筵口号二首》）……众多诗词在写到黄鹂时都与"翠柳""深树"等相联系，有的干脆说，"黄鹂休叹青春暮"（王之道《青玉案·半年不踏轩车路》），"黄鹂衔得春愁句"（舒岳祥《无题》），等等。这就意味着，黄鹂的出现不是在初春，也不是在春光大好的时节，而是在暮春，在春末夏初。（可惜"上海唐诗典"都说："'翠柳'是初春物候，柳枝刚抽嫩芽。"P554，周啸天文）

"絮影蘋香"。这句的物候更明确地显示出时在暮春。"杨花雪落覆白蘋，青鸟飞去衔红巾。"杜甫《丽人行》这里写的是同样的物候景象，而且明确说这是暮春之时："绣罗衣裳照暮春，蹙金孔雀银麒麟。""絮影"，指杨柳的飞絮，杨柳飞絮，自是暮春景象；"蘋香"，指白蘋花的香气。蘋有两种，有的春末夏初开花，有的夏末秋初开花。"秋老蘋花贴岸开，雪鸥一点夜飞来。"这是写秋初开花的那种。但这里它与"絮影"同时出现，显然是暮春开花的。刘长卿的《饯别王十一南游》："长江一帆远，落日五湖春。谁见汀洲上，相思愁白蘋。"这里写的就是春天的白蘋。宋迪《龙池春草》诗："翻叶迎红日，飘香借白蘋。幽姿偏占暮，芳意欲留春。"这里说到"蘋香"了，既说"欲留春"，自是春将去之时。

因为是在暮春，春光既衰，所以诗人要去追寻春的足迹，他天真地想：那春该是在无人处吧？于是"移舟去"寻。结果呢？"未成新句，一砚梨花雨。"李贺《三月》诗有"曲水漂香去不归，梨花落尽成秋苑"（春尽无花，无花就是秋）之句；姜夔《淡黄柳》词也说"怕梨花落尽成秋色"。"梨花雨"，梨花纷纷飘落，也正是暮春景象，这就意味着寻春的失败。所以，说有人从中读出了喜，真不知"喜"从何来。

一省考生何止百万，面对如此命题，如此答案，真不知如何应对。

意译：

午梦醒来愁未醒，
春花经雨尽飘零。
卷帘欲放愁飞去
愁如乱丝理不清。
天长自守无伴侣，
唯有深树黄鹂鸣。
黄鹂双双鸣翠柳，
孤身之人难为听。
出门乘舟去访友，
友人园林可尽情。
漫天柳絮留空影，
花香散处有白蘋。
料得春在无人处，
移舟寻访莫稍停。
幸有梨花拽春尾，
可赋新诗散愁情。
新诗尚未得一句，
落花如雨砚池平。
春归到底留不住，
人间万事由天命。

行路难①

李白

金樽清酒斗十千,②玉盘珍羞直万钱。③
停杯投箸不能食,拔剑四顾心茫然。④
欲渡黄河冰塞川,将登太行雪满山。
闲来垂钓碧溪上,⑤忽复乘舟梦日边。⑥
行路难!行路难!多歧路⑦,今安在?
长风破浪会有时,⑧直挂云帆济沧海。⑨

注释:

①行路难:乐府旧题。南朝文学家鲍照有《行路难十八首》,抒写世路艰难及人生悲慨。

②金樽:古代盛酒的器具,以金为饰。清酒:清醇的美酒。斗十千:一斗值十千钱(即万钱),形容酒美价高。

③玉盘:精美的食具。珍羞:珍贵的菜肴。羞:同"馐",美味的食物。直:通"值",价值。

④投箸:丢下筷子。箸(zhù):筷子。不能食:咽不下。茫然:无所适从。

⑤闲来垂钓碧溪上:姜太公吕尚曾在渭水的磻溪上钓鱼,得遇周文王,助周灭商。

⑥忽复乘舟梦日边:伊尹曾梦见自己乘船从日月旁边经过,后被商汤聘请,助商灭夏。

⑦歧路:当时仕途正路为科举,其他踏入仕途的途径就是歧路。伊尹、吕尚君臣遇合属于偶然,也是歧路。

⑧长风破浪:比喻实现政治理想。据《宋书·宗悫传》载:宗悫少年时,

叔父宗炳问他的志向，他说："愿乘长风破万里浪。"会：恰。

⑨云帆：高高的船帆。船在海里航行，因天水相连，船帆好像出没在云雾之中。济：渡。

天宝元年（742），由于友人的推荐，隐居的李白被征召入京。他洋洋得意："仰天大笑出门去，我辈岂是蓬蒿人。"认为自己将被重用，能像管仲、张良、诸葛亮等杰出人物一样干一番大事业。可是入京后，却只做了个御用文人，还受到权臣的谗毁排挤；两年后（744）被"赐金放还"，变相撵出了长安。朋友们来为他饯行，求仕无望的他深感仕路的艰难，满怀愤慨写下了组诗《行路难》。组诗共三首，这里选的是第一首。

《行路难》是古乐府旧题，多写世路的艰难和离别的悲哀。南朝宋文学家鲍照有《拟行路难》18首。前人认为李白的《行路难》"似全学鲍照"。鲍照《拟行路难》诗有"对案不能食，拔剑击柱长叹息"之句，李白此诗即取意于此。

诗意如同诗题，深叹"行路难"——仕途之难。

开首四句描绘一幅宴会的场面——大概是朋友们为诗人饯行的宴会吧：美酒珍馐，金樽玉盘，看出朋友们的真诚与热情。本该开怀畅饮，但诗人却完全没有饮食的心情。他推杯撂箸，拔剑欲搏，四顾茫然。显然，诗人的心被一股强烈的情感冲击着，他有怨，有恨，他感到压抑，愤懑，所以他很想找人搏斗一场以纾解自己的情绪——这是许多人都有过的心理过程。然而，在座的都是自己的朋友，谁是搏斗的对象呢？想打架都找不着对象，真是无所措手足，只剩得一片茫然了。

诗人这样的痛苦，这样的表现，到底为什么呢？下面的诗句就做出了回答。当然，这是"诗"的回答。先是两个比喻：要实现自己的理想，要在仕途上驰骋，其艰难就像渡黄河而"冰塞川"，登太行而"雪满山"；再用两个典故：姜太公闲来垂钓，却遭遇周文王，从而官运亨通，伊尹夜梦日边，居然真的受到商汤赏识，从而大展宏图——这真是官场"歧途"。这似乎在说"行路易"了。然而诗人在讲完这两个典故之后，接着连呼"行路难"，这是为什么呢？因为这样的"歧途"似乎只肯光顾古人，如今哪里还有呢？"今安在"，是从另一个角度表达出自己对仕途的绝望。有论者解读为"到处是歧途，哪里有大路朝天"，错了。

于是就有了诗的最后两句。这不是什么"心存魏阙"，不是对政治前途的乐观与信心，而是要远走高飞，去寻求自己的自由生活。当然，这也是一种理想，是诗人一生追求的另一种理想。

这首诗粗粗一读，在文字上似乎没有多少困难，但细细品味，却感到有不少地方需要讨论。我们先罗列几家的见解：

明朱谏："赋也。世路难行如此，惟当乘长风挂云帆以济沧海，将悠然而远去，永与世相违，不蹈难行之路，庶无行路之忧耳。"

刘咸炘："渡河、登泰山，济世也。冰雪譬小人，犹《四愁诗》之水深雪满也。溪上梦日边，身在江湖心存魏阙也。"

复旦大学古典文学教研组：（"欲渡"）"两句写将离开长安，东渡黄河、太行山时的情景，以山川的险阻暗喻世路艰难。"（"闲来"二句）"写对政治生活仍有所期待"。

马茂元："诗中指斥统治阶级不重人才，在充满政治上幻灭的悲哀和抑郁不平的感慨中，仍然表现出一种乐观自信的积极精神和乘风破浪的前途展望。"

沈文凡、李博昊："这首诗……给读者的感觉却像纵横驰骋的长篇歌行。短篇之所以有长篇的格局、气势，重要原因之一就在于它'百步九折'，深入地揭示了感情的激荡起伏、瞬息万变。""最后的结局不是在矛盾中走向绝望、幻灭，而是走向希望和光明，走向'长风破浪会有时，直挂云帆济沧海'这种无限空阔壮美的理想境界。"

詹锳等译文（节选）：

我欲东渡黄河却有严冰阻塞，我要攀登太行偏遇大雪封山。

我在碧溪上悠闲地垂钓，却又梦见自己乘船来到太阳边。

人生的路何其艰难，何其艰难！

到处是歧途，哪里有大路朝天？

终有一日我会乘风破浪，在沧海中扬起一片风帆。

一是虚实的问题。"欲渡""将登"两句是写实的吗？看论者之言，多是肯定的。其实，李白何尝真的曾经或将要"渡黄河""登太行"而又偏巧"冰塞川""雪满山"呢？这只不过是一种比喻，是一种"虚写"。两句典故，更明显是虚写，他不过举古人之事抒自己之情。有的论者不仅把这也看作"写实"，而且把两件事合为一句，说是诗人在闲钓时"梦见自己乘船来到太阳边"。又因为把古人之事看作诗人之实，就有了"恋阙"之类的解读。对于诗人为什么痛呼"多歧路，今安在"，一般论者倒不太理会。

二是结尾两句的内涵问题。诗人说"直挂云帆""乘风破浪""济沧海"，他要到哪里去？众多论者认为诗人是希望回到官场，回到政治的大海，要在那里大有作为，而且充满乐观自信。这有点匪夷所思。这首诗的前面一再咏叹的是"行路难"，这里忽然转为充满信心，"大有希望"，岂不是有点莫名其妙？再看与此诗同组的另两首，一首的结句是"行路难，归去来"，一首的结句是"且乐生前一杯酒，何须身后千载名"。这都明明白白说是要远离官场，要"归去来"，所以这一首也不当例外。之所以从这句诗中看出"对政治生活有所期待"，可能与"乘风破浪"一语的出处有关。宗悫之志，当然是指为国建功立业。但对李白来说，出世与入世，始终是未能摆脱的矛盾。在他的心目中，入世固然是一种理想，一种"志"，是积极的；出世也同样是一种理想，一种"志"，是积极的。所以朱谏说诗人"将悠然而远去"，应该更符合诗的真意。

由于对诗的"虚实"缺乏必要的辨析，又由于对结尾两句的误解，就

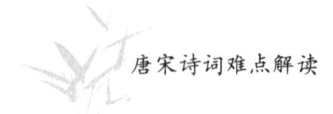

有了第三个问题：章法问题。说此诗"九步百折"，"感情瞬息万变"，看上去是赞语，其实是贬语。请看一家的"具体分析"："开始四句是写他的苦闷和无所适从的'茫然'心情；其次两句就变为悲愤，调子也转为激昂；再下一句一变而为悠闲、恬静；接着的一句'忽复乘舟梦日边'，又显出他对事业的渴望；下面的四个短句，是为自己的前途茫茫而叹息；但结尾的两句却充满了信心：'长风破浪会有时，直挂云帆济沧海。'在这里，他的感情真是瞬息万变，几乎令人无从把握其发展的脉络。"（复旦《李白诗选》）这样的分析是把一首诗活生生地切成碎片，然后再一片片地"欣赏"，然后还要说诗人的感情就是这样"瞬息万变"，还要说这正是诗人的伟大之处。一个正常人，包括诗人，如果没有突如其来的刺激，他的感情在片刻间就不可能"瞬息万变"，这是常识。如果有谁真的这样"变"了，并且写成"诗"了，那一定是"无从把握其发展的脉络"的，而不是"几乎"。

其实，这首诗就是抒写"行路难"的抑郁与愤懑，就如我们前面所分析的，从头到尾，一气贯通，哪里有什么"瞬息万变"！既不能明辨虚实，又不能作整体的把握，实在是"诗"的灾难。

意译：

金杯里斟满美酒，
玉盘里佳肴满满。
朋友们一片盛情，
哪一样不值万钱？
无奈我心中郁闷，
美酒难饮食难咽。
投箸拔剑欲杀敌，
敌人不见心茫然。
天生我材应有用，

是谁挡在仕途前?
犹如我要渡黄河,
偏偏冰雪塞满川;
犹如我要登太行,
偏偏风雪已封山。
古有吕尚多幸运,
溪边垂钓遇圣贤;
伊尹偶然生一梦,
竟然真得到日边。
行路难,行路难!
大路行不通,
歧路亦不见。
人生何必事权贵,
使我不得开心颜;
乘风破浪正当时,
张帆济海去寻仙。

登柳州城楼寄漳汀封连四州刺史①

柳宗元

城上高楼接大荒，②海天愁思③正茫茫。
惊风乱飐芙蓉水，④密雨斜侵薜荔墙。⑤
岭树重遮千里目，江流曲似九回肠。⑥
共来百越文身地，⑦犹自音书滞一乡。⑧

注释：

①柳州：今属广西。漳：漳州；汀：汀州，今属福建。封：封州；连：连州，今属广东。刺史：唐时州的军政长官。

②接：目接，看到。大荒：泛指荒僻的边远地区。

③海天愁思：如海如天的愁思。

④惊风：急风；狂风。飐（zhǎn）：吹动。芙蓉：指荷花。

⑤薜荔：一种蔓生植物，也称木莲。

⑥江：指柳江。九回肠：愁肠九转，形容愁绪缠结难解。

⑦共来：指和韩泰、韩晔、陈谏、刘禹锡四人同时被贬远方。百越：即百粤，泛指五岭以南的少数民族。文身：身上文刺花绣，古代有些民族有此习俗。

⑧犹自：仍然是。音书：音信。滞：阻隔。

柳宗元等自永贞元年（805）被贬出京后，直到宪宗元和十年（815）春，才奉诏回京。本来，朝廷执政大臣中有人赏识他们的才能，想起用他们，谁知宪宗怨恨未消，不出一月，又把他们贬逐出京。柳宗元被贬为柳州刺史，韩泰被贬为漳州刺史，韩晔被贬为汀州刺史，陈谏被贬为封州刺史，刘禹锡被贬为连州刺史。由"司马"变"刺史",官职提高了,可是地区却更为僻远,这实际上是政治迫害的继续。正所谓"十年憔悴到秦京,谁料翻为岭外行。"(柳宗元《衡阳与梦得分路赠别》)柳宗元与刘禹锡一同离京赴任,他们一路上相互赠答了不少诗篇。本诗是柳宗元到了柳州任所之后,寄给刘禹锡等四位同道的。

这是一首怀远抒情诗。题目含两层意思:一是登楼兴怀,一是倾诉寄远。

开首即紧扣题意,写"登楼兴怀"。站在城头高楼上放眼望去,入目的是大荒之野。远离京城,远离乡井,也无法见到共患难的朋友,政治上的挫折感,道德上的冤屈感,生活中的孤独感,等等,汇聚成凄凉的哀怨,注满了诗人的心灵。"海天愁思正茫茫",就是对此时此地情绪的真实描述。何以如此呢?颔联紧承首联,用比喻的手法做了生动的回答。诗人本着"灵均遗则",香花异草以喻君子,风雨雷霆以喻小人,借"芙蓉""薜荔"遭疾风暴雨的欺凌迫害来描述自己的遭遇与处境。

颈联回到"登楼"的话题。登高是为了望远。但岭树重重,遮断望眼;唯有那曲折而行的江水,去而不返。而这曲折的江流,偏又令诗人联想到"肠一日而九回"的古语,这不正是自己心情的写照吗?"江流曲似九回肠",在诗人的脑海里,也许闪过了太史公甚至屈原、贾谊等先贤的身影吧?但那都是呼而不应、望而难即的远影了。

这海天一样的愁思,向谁去诉说呢?这颗满是创伤的心有谁来抚慰呢?只好吟诗寄友,算是一点补偿了。这最后的一层意思,诗人也并不平铺直叙,而是"更折一笔,深痛之情,曲曲绘出"。(吴闿生,《唐宋诗举要》卷五引)

感愤遭遇,怀念挚友,郁郁不平,凄凉激楚,"百端交集之感",化为法度森严、音调铿锵之文。元遗山编《唐诗鼓吹》,以此诗为篇首,虽未必"足以压卷",但可见受人欣赏之甚。

解读本诗的难点也在于"虚实"之辨。

对于本诗的颔联,论者有不同的解读。一是认为此联是"赋"是"实",

即是对自然景观的描述；一是认为此联是"比"是"虚"，就像屈原笔下的香花异草一样；一是认为此联为赋兼比，既是自然景象的写实，同时有比喻意。

明廖文炳："三四句，惟'惊风'，故云'乱飐'；惟'细雨'，故云'斜侵'。有风雨萧条、触物兴怀之意。"——这是写实论。

王文儒："(首联)二句写远景。(颔联)二句写近景。(颈联)二句又顶首联，写远景……滞，阻也。言同在百越，犹且音书各滞一乡，又安得京华之音信、故里之乡书哉！"——也是写实论。

清吴乔："中四句皆寓比意。'惊风''密雨'喻小人，'芙蓉''薜荔'喻君子，'乱飐''斜侵'则倾倒中伤之状。"——这是虚写论。

韩兆琦：("惊风")"这句比喻仕途风波险恶……("密雨")这句也是比喻仕途风波险恶。"——也是虚写论。

清纪昀："一起境界阔远，倒摄四州，有神无迹。通篇情景俱包得起。三四赋中之比，不露痕迹。旧说谓借喻震撼危疑之意，好不着相。"——这是虚实合一论。

我以为这一联诗是纯粹的比喻，而不是对眼前真实的自然景色的描述。诗的首句就说"城上高楼接大荒"，既然是"大荒"，又哪里来的荷花之塘、薜荔之墙？论者喜欢从"远景""近景"的角度加以解说，但刚说一句"接大荒"，却又接以"近景"，颈联再接"远景"（"岭树重遮千里目"），似乎毫无逻辑。再者，倘真的眼前一片疾风暴雨，那"遮千里目"的就不是"岭树"，而是风雨了。

径直取香草异花作喻体，而本体不出现，造成"借喻"的格式，这在屈原的辞赋中屡见不鲜。"投迹山水地，放情咏《离骚》。"（《游南亭夜还叙志七十韵》）屈原的诗是柳宗元孤寂生活中不可缺少的精神慰藉；而屈原在他心目中的地位显然是突出的，因而在诗句的熔铸上学习屈原，也是自然的事。论者指出柳宗元诗有"灵均遗则"，是很有眼光的。

至于颈联的解读，仍是音节与义节不一致的问题。"江流曲似九回肠"按义节只能读作"江流曲 / 似 // 九回肠"。"江流曲"，主谓结构作主语，"似九回肠"作谓语。从对句反观出句，"岭树重遮千里目"，也应读作"岭树重 / 遮 // 千里目"。时人多理解为"岭树 / 重遮 // 千里目"（比如张燕瑾《唐诗选析》注释："重遮，层层遮蔽"），是用音节代替了义节，不符合诗的本意。

意译：
登上高楼纵目望，
文明未开尽蛮荒。
愁思如海流不尽，
更如弥天雾茫茫。
恰似芙蓉在池水，
又似薜荔攀在墙。
风吹雨打摧残苦，
我辈命蹇远庙堂。
远庙堂，望家乡，
更望有朋尽一觞。
山岭高高树重重，
家乡难见酒难尝。
看那柳江长流水，
正是迁客九回肠。
共来百越蛮荒地，
原以相聚应无妨。
孰料咫尺同千里，
音信难通各一乡。

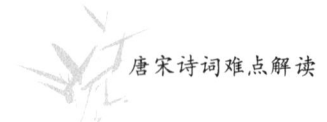

淡黄柳

姜夔

客居合肥①南城赤阑桥之西，巷陌凄凉，与江左②异，惟柳色夹道，依依可怜。因度此阕，以纾③客怀。

空城④晓角，吹入垂杨陌⑤。马上单衣寒恻恻⑥。看尽鹅黄嫩绿⑦，都是江南旧相识。

正岑寂。⑧明朝又寒食⑨，强携酒，小桥宅⑩。怕梨花落尽成秋色。燕燕飞来，问春何在，唯有池塘自碧。

注释：

①客居合肥：宋光宗绍熙初年姜夔客居合肥，住宅临近城南赤阑桥。

②江左：江南。姜夔是饶州鄱阳（今江西鄱阳县）人，其少年在汉阳（今武汉）度过，后多辗转于江南。

③纾（shū）：解除、排除，宽解。

④空城：合肥曾被金兵掠夺一空。

⑤垂杨陌：杨柳飘拂的小路。

⑥寒恻恻：凄寒的感觉。

⑦鹅黄嫩绿：初春时柳树刚吐嫩芽时的颜色。

⑧正岑寂：正，真、极；岑寂，寂寞冷清。

⑨寒食：清明节的前一天，和清明节相连，既是祭奠先人的节气，也是结伴踏春的时光。

⑩小桥宅：姜夔在合肥情侣的住宅。

如词序所言，这是作者客居合肥时所作。初春时节的早晨，作者骑马行走在巷中小路上，一片凄清景象，与自己所熟悉的江南春景很是不同；而只有夹道杨柳，依依喜人，由此触动乡情，乃借杨柳以抒发独居异乡的情怀。

此时的合肥，在金兵劫掠之后，显得空旷荒凉；又有悲凉的角声在空中吹送，诗人从内到外都不免感到凄寒。唯一能使自己有一点亲切感的就是那夹道的杨柳了：返青的枝条，新生的柳芽，淡淡的鹅毛黄衬着淡淡的新生绿。那是家乡的春的色彩，那是新的生命的色彩。"鹅黄嫩绿"是初春时柳树刚吐嫩芽时的颜色，论者或谓"柳色从鹅黄变嫩绿，时序已从早春度入暮春"（夏承焘、吴无闻《姜白石词校注》）。"空城晓角""马上单衣"，明明写的是"此时此地"之景，怎么会有时序的变化呢？论者的根据是"明朝又寒食"，既到"寒食"，自是暮春。这个误读恐怕是起源于"明朝"二字。"明朝"有两个常见义项：今天的下一天；未来，不远的将来。此处应取后一义项。五代齐己《感时》诗"无穷今日明朝事，有限生来死去人"，其"明朝"就是后一义项。

杨柳依依固然给诗人带来些许安慰，但更多的还是引发故乡之思恋与客居之凄苦。下片就以"正岑寂"承上启下，设想排除此"岑寂"的活动：过些日子就是寒食节了，到时候无论如何也得带上酒去和自己的情人聚一聚。因为要是连这样的时节都错过，到梨花落尽（暮春景象）的时候，天下就是像秋天一样的无花世界了。那时候，如果燕子归来，问我春在何处，我也只能回答它：只有池塘的水是绿色的，那就算是春的一点影子吧！这段设想，既现实又浪漫。特别是"燕燕飞来"的几句，想象新奇，心思细密，充满诗人特有的情趣。当然，种种设想，不过是治疗"岑寂"的速效药而已。

下片中的"强"字，泛解为"勉强"。细论之，这"勉强"又有主客观之分：本不愿意而强为之，是主观之勉强；能力不足而强为之，是客观之勉强。论者多取主观之义："如此凄凉，何心携酒？何心访艳？故下一'强'字为转语。"（陈匪石《宋词举》）其实，按之常理，正因为此心"凄凉"才需要"携酒访艳"。"强"字句不是"转"，而是"解"——与上是因果关系。

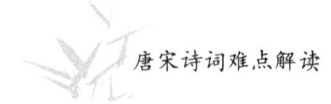

从整体看,对此词解读的最大分歧还是虚写与实写的问题。上引夏承焘先生、陈匪石先生之论已涉及此事,请再看几家的说法:

郭伯勋:"上片描写边城悲凄的春色,下片推想寒食出访的怅怀。"——此谓下片为"推想",是虚写。

李之亮:"……我骑着马儿走在道中……正当这孤寂难熬的日子,恰巧明天又逢寒食。我强打精神带着酒,来到她的院落,怕的是梨花落尽之后便到秋季。成双的燕子飞过来,我问它春光何在?望尽全城,只有池塘泛着碧绿之色。"——此谓携酒访艳为实写。

刘乃昌:"上片紧扣观柳,主要写眼中景,下片转入访情人,引发时移景迁的忧思,全解虚拟之景来体现。""换头……于是词人'强携酒,小桥宅',诣访所恋……'怕'字以下由强欢转入担心……"(叶主编新释)——此也谓实写。

我的解读:上片写眼前之景,是实写;只有"看尽鹅黄嫩绿,都是江南旧相识"一句是"虚实无间",既写着现实,又包含着在江南时所熟悉的景色。下片全是写心理活动:担心什么,打算怎么做,等等,属于虚写。

这里辨别虚实的重要根据首先是其序言,明言是见杨柳而"纾客怀",并不涉事实上的活动。且上片写的是"马上单衣寒恻恻",柳树"鹅黄嫩绿"——明确时间是初春,还是春寒料峭时。下片说"明朝又寒食",不是说下一天就到寒食节了——从初春怎么可能一下子就蹦到清明寒食呢!"明朝"不是"今天的下一天",而是指"未来,不远的将来"。这是写心理活动:不久就到寒食节了,不管手头怎么样——要知道姜夔终生布衣,寄人篱下,过的是靠亲友周济度日的生活——到那时我也得携酒访客——这也算是留下一点"春"的印记吧。不然的话,到梨花落尽春尽归时,燕子来了,它要是问我"春在何处",我也只能告诉它"唯有池塘自碧"了。

意译：

一生漂泊走四方，
而今合肥度韶光。
赤阑桥西街巷空，
少有行人甚凄凉。
唯有夹道依依柳，
鹅黄嫩绿似故乡。
清晨骑马街上走，
春风料峭透衣裳。
城头吹送角声悲，
不伤心人也心伤。
客居何以纾寂寞，
寒食节下做情郎。
做情郎，备好酒，
小桥宅里尽疏狂。
此时若不图一醉，
梨花落尽无花香。
届时燕问春何在，
唯有春影在池塘。

解读方略部分

浣溪沙

吴文英

门隔花深梦旧游,夕阳无语燕归愁。玉纤①香动小帘钩。
落絮无声春堕泪,行云有影月含羞。东风临夜②冷于秋。

注释:

①玉纤:指女子的柔细之手。
②临夜:夜间来临时。

吴文英,宋代词人。字君特,号梦窗,晚年又号觉翁。一生未第,游幕终身。清《四库全书总目提要》称"词家之有文英,如诗家之有李商隐",谓其词朦胧幽曲,费人猜详。其长调之作大概如此,而其中调与小令其实还是明快清疏的。

这一首《浣溪沙》,原本并不难懂。这是一首思妇词(或曰"闺怨词"),做梦的是一思妇。"门隔花深",写其幽居;"梦旧游",写其相思成梦,梦见了昔日的情人。词人略过"梦境"不写,"夕阳"句以下,都是写女主人公梦醒之后的幽独愁苦,而这幽独愁苦正反衬着梦境的温馨欢愉。一梦既去,欢愉成空,其人走到窗前,卷起珠帘——其帘不卷,燕不得归而愁——只见夕阳默默,晚照中又有柳絮飘落,那是"春"的眼泪,也是自己的眼泪呀!主人公在愁苦中煎熬,从夕阳西下,直到明月高升——"夕阳""月"字都具有时间指示语的作用——那云破月来的倩影,是月的羞怯之美,也是我的羞怯之美呀——可惜情人不至,令人心寒,那东风似乎真的比秋风还要冷些呢!幽微恰切的心理描写,应说是这首小词最成功的地方。

但论者之解读却甚为纷纭。

梦者是男是女？所梦是地是人？所写是梦是醒？问题繁杂又交错纠缠。

我们的办法是从关键语句入手。所谓关键语句，首先是"指示语"。文本写的是什么人、什么事物？回答这个问题的语句是"对象指示语"。文本写的是什么时间、什么地点？回答这个问题的语句是"时空指示语"。文本是怎样显示其层次脉络的？回答这个问题的语句是"语篇指示语"，等等。其次是"概括语"。用简要的话语把繁复的内容表达出来，是"简括语"；从具体的内容上升到本质，是"质括语"。再次是情态语。其人是怎样的情感态度？其人其物处于什么状态？回答这个问题的词语就是"情态语"。

首句"梦旧游"三字是关键语之一，关系到对象指示。"旧游"，《汉语大词典》列有三个义项：①昔日的游览。例句有白居易的《忆旧游》词："忆旧游，旧游安在哉？旧游之人半白首，旧游之地多苍苍。"②昔日游览的地方。例句有元张弘范《临江仙·忆旧》词："回首旧游浑不见，苍烟一片荒山。"③昔日交游的友人。例句有苏辙《送柳子玉》诗："旧游日零落，新辈谁与伍？"

论者几无例外把此中"旧游"理解为"昔日游览的地方"，进而把梦者确认为男性。但是，这样的定位给下面的解读带来难以自圆的困难。

或谓"这首小词写梦中怀人"，上阕写"旧游之地已被花丛掩蔽"，燕子默默归来，也说明"人去楼空"。"玉纤"一句是"梦中回忆与她相交时的情景"。下阕前二句仍然在梦中……"末句回到现实中"。（李之亮）主人公既是男性，说他梦见女子"玉纤香动小帘钩"尚可；而下片之"落絮""行云"句分明是写女子的自我心理，做梦的男子怎么能体会得到呢？说"末句回到现实中"，而这种"东风临夜冷于秋"的心理恰恰是描写女子的。"春语莺迷翠柳。烟隔断、晴波远岫。寒压重帘幔拕绣。"（吴文英《夜游宫·春语莺迷翠柳》）"翠破红残。半簟湘波生晓寒。"（吴文英《采桑子·水亭花上三更月》）"东风寒似夜来些。"（贺方回《浣溪沙》）

或谓："上片记梦中所见，下片写梦后所感。"（郭伯勋）既是"梦后所感"，那"落絮"是男人之"堕泪"、"行云"是男人之"含羞"吗？于理不合。或者，说那是写女子的，又遇到我们上面指出的矛盾。且"上片梦境写的是傍晚，下片写的是月夜（叶主编新释）"。为什么"梦中所见"是"傍晚"，而"梦后所感"却到了"月夜"呢

还有其他一些解读。蔡义江先生说：首句作"门隔花深梦旧游"，意谓此乃旧游之地，曾多次梦回，"如今真的回来了……却不得其门而入"，"下片写失落之后的内心感受"。这样解读，同样面临上面我们指出的种种矛盾。

我们把"梦旧游"理解为女子做梦，她梦见的是昔日的情人。纤手动帘，堕泪含羞，东风而寒，这些都是描写女子醒后的"情态语"；而从"夕阳"到"月夜"这样的时空指示语，表现的是这女子连贯的生活情景。如此，则一切矛盾迎刃而解。

意译：
庭院深深花重重，
梦与情郎嬉戏中。
醒来但有愁归燕，
窗外斜照夕阳红。
走到窗前挂帘钩，
迎面扑来香气浓。
柳絮无声飘落地，
应是春心化泪涌。
流云有意半遮月，
女儿思夫有羞容。
昼永夜长思不断，
东风寒来胜秋中。

蝶恋花

晏殊

槛①菊愁烟兰泣露,罗幕②轻寒,燕子双飞去。明月不谙离恨苦,斜光到晓穿朱户③。

昨夜西风凋碧树,独上高楼,望尽天涯路。欲寄彩笺兼尺素④,山长水阔知何处。

注释:

①槛(jiàn):栏杆。
②罗幕:丝罗的帷幕,富贵人家所用。
③朱户:朱,红色。户,本义为门,这里应指窗户。
④彩笺:供题诗、写信用的彩色纸张,这里代指所题之诗。尺素:书信的代称。古人写信用素绢,通常长约一尺,故称尺素,语出古乐府《饮马长城窟行》"客从远方来,遗我双鲤鱼。呼儿烹鲤鱼,中有尺素书"。

这是一首伤离怀远之词,词中"离恨苦"三字就概括了它的内容与主旨。

此类作品在宋词中并不罕见,而此词则独负盛名。其名之来,固与其情致委婉有关,恐怕与国学大师王国维也有关。王国维在《人间词话》中曾引"昨夜西风凋碧树,独上高楼,望尽天涯路"为成大事业、大学问者必经三境界之一。

全词围绕"离恨苦"展开,菊愁兰泣,天寒燕去,是"离恨苦"的大环境;"双"字是对"独"的反衬。"明月到晓穿朱户"使自己长夜难眠,是"离恨苦"的具体写照;"不谙"突出了明月的无情。高楼远望而天涯不见其人,诗信欲寄而不知其人所在,空虚惆怅,渺茫无依,更使"离恨苦"达到极致的境界。

　　此词有明确的概括语，又有时空指示语（单说时间，"到晓""昨夜"是直接指示，"轻寒""明月""西风"是间接指示）。如果粗枝大叶地读读，似乎都明白了。一旦字斟句酌，会发现问题还不少。

　　"槛菊愁烟兰泣露"，一般的解读就是："菊花笼罩着一层轻烟薄雾，看上去似乎脉脉含愁；兰花上沾有露珠，看起来又像默默饮泣。"（上海唐宋辞典 刘学锴文）这只是"线性"解读。其实，这是个回环互解的句子:菊花、兰花都在栏杆之内，菊花也像兰花一样带露似泣，兰花也像菊花一样笼烟似愁。

　　"罗幕轻寒，燕子双飞去。"既是"轻寒"，表明时在初秋，燕子双飞而南，恰当此时。所以既不是说燕子"早已归去"（闵泽平），也不是说燕子之"来去"（中国社科院文研所）。

　　"斜光到晓穿朱户。"刘扬忠先生对"朱户"注释是："朱红色的门户。指富贵人家。"而在"讲解""明月"二句时则说："明明是人因相思而彻夜无眠，偏偏埋怨月亮'不谙'离恨之苦，将其光辉通宵照着窗户。"（叶主编新释）叶嘉莹教授也说："明月斜斜地从窗户映射进来，从深夜一直到晓"。（叶说词）"朱户"既是"朱红色的门户"，怎么就解为"窗户"了呢？原来，"户"本义就是门，由"门"又引申出通光通气的"洞口"之义，而"窗"正是"通光通气的洞口"，因此早在南北朝时就有了"窗户"一词："房栊灭夜火，窗户映朝光。"（南朝·梁·何逊《嘲刘谘议孝绰》诗）唐韩愈《此日足可惜赠张籍》诗也有："闭门读书史，窗户忽已凉。"至此，"户"与"窗"同义，把"朱户"讲成"朱窗"就顺理成章了。

　　"欲寄彩笺兼尺素。"——"彩笺兼尺素"，又作"彩笺无尺素"，该怎样理解？刘怀荣先生说："'无尺素'一本作'兼尺素'，总的看来，作'无'更好。"（燕山典）但他没做出具体解释。叶嘉莹教授力主用"兼"字："我个人以为这个'兼'字是对的，它是双重的。我要寄给他彩笺，我也要寄给

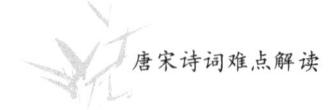

他尺素……彩笺,那么色彩缤纷的,代表那样浪漫多彩的情意,我的感情也有像尺素书那样质朴的情意。所以我要寄给你的是有彩笺也有尺素,有像彩笺一样浪漫缤纷的感情,也有像尺素那样纯洁的情意。"(叶说词)

同样主张用"兼"字,又有不同解读。刘学锴先生的解释是:"彩笺,这里指题诗的诗笺;尺素,指书信。"(同上)中国社科院文研所的"彩笺"解释也是:"古人用来题诗的一种精美的纸,这里代指题咏之作。"

我以为,"浪漫"与"纯洁"之说未免牵强,刘学锴的见解更妥帖:既题诗以赠,又写信达情,这充分表现了抒情主人公情感的执着与炽烈。

此词还有一个难点:时空问题。

沈祖棻先生说:主人公"经过一夜相思之苦以后,清晨走出卧房,登楼望远。"刘学锴先生说:"过片承上'到晓',折回写今晨登高望远。'独上'应上'离恨',反照'双飞',而'望尽天涯'正从一夜无眠生出,脉理细密。"(同上)

本词涉及的仅是"从夜至晓"这样的一段时间吗?不应忽视的是,上阕说的是"罗幕轻寒",在"轻寒"的情况下,即使有风,碧树也不会一夜"凋"尽的。既然"西风凋碧树"了,那"槛"中的菊、兰何以还能在那里"愁"且"泣"?况且,"明月穿户"与"西风凋树"能够形成统一的意境吗?在这显然是一种矛盾。可惜论者不明,执教者又以"一个诗人的某段时间"的话题,把这种矛盾给掩盖了,而文本本可以利用的"读书质疑"的价值也就被埋没了。诗词,特别是词,时空的跳脱是常用手法。诗人说"昨夜",不一定与"今晨"相衔接。仅就晏殊自己的词作来看,他的《清平乐》("金风细细")说,醉酒浓睡,直到"斜阳却照阑干"。而接下来的就是"双燕欲归时节,银屏昨夜微寒"。在《采桑子》("时光只解催人老")一词里,上阕最后一句是"泪滴春衫酒易醒",下阕接头就是"梧桐昨夜西风急",从"春"一下子跳到"秋",而且就用"昨夜"来接头。这就是"跳脱"。"罗幕轻寒"是一个时间段的情景,"西风凋碧树"是另一个时间段的情景。在时间的延续中，更看出主人公思念之执着、愁苦之深重。其实，"昨"本身就有"昔"的意思，指"过去的时间"。而"昨夜"，不但可以指"夜"，也可以指"日"，即"昨夜"可以等于"昨日"。而"昨日"，可以指"今日的前一天"，可以指"过去"，也可以指"最近"一段时间。前列晏词中的"昨夜"，都可以理解为"最近"。

意译：
窗外秋菊与幽兰，
黯然待客倚栏杆。
头笼薄雾身带露，
如愁似泣不忍看。
丝罗帷幕遮不住，
天风清冷地气寒。
燕子双双偕伴去，
朝南朝北自往还。
燕子犹自成双对，
离恨悠悠难入眠。
难入眠，明月圆，
圆月偏照离人影，
离人到晓看月圆。

独守空床琴瑟冷，
孤身度日日如年。
已至深秋西风烈，
绿树老矣黄叶残，
日夜思夫夫不至，

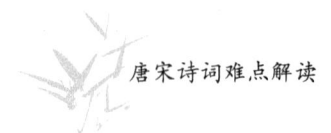

独上高楼望夫还。
望尽天涯无穷路,
茫茫路断人不见。
白日题诗夜作赋,
情话写满尺素间。
欲寄郎君君何在?
山长水阔仰天叹。

渭川田家①

王维

斜光照墟落,②穷巷③牛羊归。
野老④念牧童,倚杖候荆扉。⑤
雉雊⑥麦苗秀,蚕眠⑦桑叶稀。
田夫荷锄⑧至,相见语依依。
即此⑨羡闲逸,怅然吟式微。⑩

注释:

①渭川:一作"渭水"。田家:农家。

②斜光:斜阳。墟落:村庄。

③穷巷:深巷。

④野老:村野老人。

⑤倚杖:靠着拐杖。荆扉:柴门。

⑥雉雊(zhì gòu):野鸡鸣叫。

⑦蚕眠:蚕蜕皮时,不食不动,像睡眠一样。

⑧荷(hè)锄:以肩扛锄。

⑨即此:看到这样的情景。

⑩式微:《诗经·邶风·式微》有"式微,式微,胡不归"之句,此"归"原指归乡、归家,诗人借此表归隐之意。式:发语词。微:通"昧",幽暗,指天黑。"式微"原指天色将晚,现指事物由兴盛而衰落,有"日渐式微"一词。

王维早年在政治上接近张九龄,怀有慷慨报国的志向。但后来在政治

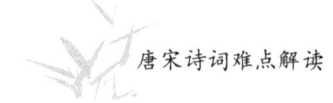

上遭受打击，思想发生变化。特别是开元二十四年（736）宰相张九龄被排挤出朝廷、奸相李林甫上台（在台上达十九年之久）后，深感政治上无依无傍，进退两难。苦闷彷徨的他，信步来到田野，看到农村薄暮的美丽景象，看到农家生活的安详闲适，羡慕不已。再想到自己仕途的波折，生活的忙碌，退隐之念油然而生。

题目"渭川田家"四字是对象指示语，明确了全诗抒写的对象；"闲逸"二字就是质括语，概括出诗人眼中"渭川田家"的特点。以"闲逸"二字为纲，统观全诗，一目了然。王维诗向来被赞为"诗中有画"，此诗就是"有画"的代表作。前四句是一幅画，以斜阳村落、牛羊穷巷为背景，以野老候牧童为画的中心。中四句是另一幅画，以麦田、桑树为背景，以田夫絮语为中心。这是相互关联的两幅画。在两幅画后，诗人揭示其主旨，那就是"闲逸"二字。这"闲逸"，是建立在丰盈的物质基础上的，从"牛羊归"，从"麦苗秀"，从"桑叶稀"，都可以看出一点盛唐的气象。当然，这"闲逸"，更主要的是指精神方面，社风的纯朴，人际的和谐，天伦的爱乐，都给人一种心灵的冲击，使人淡定，使人忘俗。正是由此，诗人反觉了官场的纷扰，厌倦了生活的奔忙，从而生出归隐田园的意愿。

有人说，"诗的核心是一个'归'字"。"夕阳西下、夜幕将临之际，诗人面对一幅恬然自乐的田家晚归图，油然而生羡慕之情。""读完这最后一句，才恍然大悟：前面写了那么多的'归'，实际上都是反衬，以人皆有所归，反衬自己独无所归；以人皆归得及时、亲切、惬意，反衬自己归隐太迟以及自己混迹官场的孤单、苦闷。这最后一句是全诗的重心和灵魂。如果以为诗人的本意就在于完成那幅田家晚归图，这就失之于肤浅了。"（见上海唐诗典 傅如一）这实际是没有看到"闲逸"二字的作用。其实，所谓"核心"，是一个多义的概念，它可指作品的"核心思想"，也可指作品的"核心内容"。就"思想"而言，这里还有一个因与果的关系问题："羡闲逸"是因，羡而"思归"是果，很难割裂开说哪个是核心，哪个不是。从内容上看，十句诗有八句半是写"田家闲逸",说它是"核心"是顺理成章的。抓住"闲逸"二字,才能清晰地理清画面,理清全诗章法。而以"归"为核心,就打乱了画面的完整性。再者,说全诗就是"一幅恬然自乐的田家晚归图",也不能成立——一幅图画很难包容前八句的内容。实际是前八句描绘了互相关联的两幅画面,一写牧,一写农;一写村头,一写田间。所以写人与写景交错出现。而两幅画面都在表现着"闲逸"二字,尾联绾合起来,直接揭示意旨,章法清晰而谨严。

意译:
渭川农家好田园,
一片祥和一片闲。
夕阳暖暖照村落,
牛羊归来深巷喧。
老农惦念牧羊孙,
拄杖等候柴门前。
田间麦苗正吐穗,
野鸡求偶声声唤;
桑叶已稀蚕茁壮,
只待结茧整丝绵。
肩扛锄柄到地头,
农夫相见笑语甜。
此情此景生羡慕,
轻吟《式微》欲归田。

赋得①古原草送别

白居易

离离②原上草,一岁一枯荣。
野火烧不尽,春风吹又生。
远芳侵古道,③晴翠接荒城。④
又送王孙⑤去,萋萋⑥满别情。

注释:

①赋得:就是"得题作诗",诗题前一般冠以"赋得"二字。古代文人学习作诗,或聚会时分题作诗,科举考试时命题作诗,都是这种形式。题目或取自古人诗句、成语,或取眼前之物,这种诗称为"赋得体"。

②离离:青草茂盛的样子。

③远芳:远播的花草香气。侵,有"到、入"之义,如"侵晨""侵天"。这里指花草的香气弥散到古老的驿道上。

④晴翠:阳光下闪亮的绿色。"接":连接。"荒城":即远方的城邑。

⑤王孙:本指贵族后代,此指送别的友人。

⑥萋萋:形容草木长得茂盛的样子。

相传本诗是白居易十六岁时的一首习作,题又作《草》。据宋人尤袤《全唐诗话》记载:白居易十六岁时从江南到长安,带了诗文谒见当时的大名士顾况。顾况看了名字,开玩笑说:"长安米贵,居大不易。"但当翻开诗卷,读到这首诗中"野火烧不尽,春风吹又生"两句时,不禁连声赞赏说:"有才如此,居亦何难!"《唐语林》《北梦琐言》《能改斋漫录》《全唐诗话》等书都有类似的记载,从而扩大了这首诗的影响。

题目就是全诗的概括语。"古原草"概括了字面要写的内容,"送别"则概括了全诗的主旨。或者说,写"古原草"是为了表达"送别"时的情思。写"草",是赋兼比。说是"赋",是承认它是对眼前草景的描写;说是"比",是肯定它有隐喻的意思。把这"赋"与"比"的意思贯穿起来的是两个语篇指示语"又"字:"春风吹又生","又送王孙去"。

因为是"又送王孙去",见得这样的送别已不止一次,甚至也不止两次三次,相逢了又离别,离别了又相逢。人的身离开了,但友情永存心中,即使遭遇什么坎坷,这一份情谊也绝不会中断,而且相信,总有一天会再相逢。这就像眼前的春草一样,它们荣了又枯,枯了又荣,甚至野火焚烧,也只是把可见的茎叶烧掉了,而地下的根依然存在,它的生命绝不会死,一旦春风化雨,它就会发芽成长,重新绿满原野。这"春风吹又生"的情景,跟"又送王孙去"的人事,不是很有点相似吗?

前四句由"离离"之草引出一番关于离别与友情的议论,后四句再回到草景,把对草的描写与此次"送别"融会起来:朋友就要沿着一条"古道"到那僻远的城邑去;而春草也仿佛留恋不舍,它们把自己的芳香弥漫在大道上,把自己的绿色绵延在道路的两旁,一直陪伴着要远行的人。春草尚且如此,作为朋友的诗人,其情何如,自不待言。

本诗按"赋得体"的标准,写足了"原上草",但又处处不离"送别"的情事,把人生的感受与眼前的情景浑然融会,突出了离别时的劝慰,淡化了离别时的哀伤,既有深厚的情感,又不乏哲理的趣味,确是"赋得体"诗的佳作。

诗的内容与主旨本来是很鲜明的,但由于对题中概括语的无视,竟也有种种看似高超实则离题的解读。

或说:"诗以喻小人也。(三句)销除不尽。(四句)得时即生。(五句)干犯正路。(六句)文饰鄙陋。"(蘅塘退士)——在送别朋友之际,痛骂一番小人,是何用意?

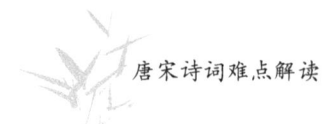

或说:"首句即破题面'古原草'三字……(三四)句不但写出'原上草'的性格,而且写出一种从烈火中再生的理想的典型……"(上海唐诗典周啸天文)"这首诗通过对古原草的描绘,既表达了与友人分别时的留恋心情,又反映了诗人蓬勃向上、积极进取的精神。"(韩兆琦)——那么诗人自己的这种"精神",与"这次的送别"有什么关系?诗人为什么要在此时此地讲这种"典型"、这种"精神"?

所谓"典型""精神"之论,都是从"野火"一联而来。单从局部而论诗的主旨,是违背整体观的,在阅读实践中不足为训。读者从作品的某一局部获得一种联想,只是你自己的"联想",这是一种感发、一种收获,但这与原作的主旨是两回事,不可混淆。王国维取宋词言学问、事业之境界,但他明确地说:"此等语非大词人不能道。然遽以此意解释诸词,恐为晏欧诸公所不许也。"他是在"用词",而不是"解词"。

我以为,把对"草"的议论与描写解读为对"友情"的歌颂,最能与"送别"之事联系起来。青春年少,易于海誓山盟。在送别之际,诉说自己对友情的忠贞,表达自己对友人的深情,是对即将远行者最好的安慰与鼓励。这一首诗,是"情""理"兼美,所以成为"赋得"送别诗的上品。

意译:

春风浩荡春草生,
又送友朋去远城。
原草枯萎又繁茂,
哪怕野火趁西风。
你我情如古原草,
耐得野火与寒冰。
春草为我呈心意,
芳香弥漫古道晴。

君今此去无寂寞,
我遣春草伴君行。
伴君行,满离情,
何时与君再相逢?

书边事①

张乔

调角断清秋,②征人倚戍楼。
春风对青冢,③白日落梁州。④
大漠无兵阻,穷边⑤有客游。
蕃⑥情似此水,长愿向南流。

注释:

①边事:边塞的景象。

②调(tiáo)角:本义为"吹角"。这里与"征人"对举,应是名词。角是古代军中乐器,相当于军号。断:或解为"占尽",或解为"停止"。

③青冢:即昭君墓,在今内蒙古呼和浩特市南。此时已是"清秋"而昭君墓依然"春风"吹拂,青草依然。这可以看作民族和睦的象征。此墓距梁州甚远,当是虚写。

④"梁州":当指"凉州"。地处今甘肃省内,曾一度被吐蕃所占。此时则有云低日落的旷远雄浑的景象。

⑤穷边:绝远的边地。

⑥蕃:指吐蕃。

张乔是晚唐诗人,曾登科入仕,黄巢造反,他归华山隐居。

对此诗有两种不同的解读。一种是:此诗是作者在边塞所目见,广大沙漠,无兵卒防守,蕃人自易南侵,意在指摘当局疏于防御,很有整顿边疆的感慨。(喻守真)另一种是:此诗前六句极写边塞的安定,渲染了一片祥和的景象;尾联表明希望民族团结、边防安定的愿望。(沈文凡、李博昊)

辨析两种解读的是非，从情态语入手是可靠的途径。说"秋"加"清"字，说"风"用"春"字，说"日"有"白"字，是一派良辰美景；诗中的人物，"征人（戍卒）""倚戍楼"，一个"倚"字写出其人的轻松而安闲，而"客（诗人）"游其地，竟畅通无阻（"无兵阻"）：这样的大漠边陲，确是安定的、祥和的。再看尾联："蕃情似此水，长愿向南流。"——"此水"南流自是常态，而"蕃情"已然"似此水"，就是说此时的吐蕃人已然归服唐王朝，诗人的愿望只在一个"长"字：愿这样的团结和谐的局面维持永久，而不再开战。

至此，我们再来辨析一下首句中的那个"断"字。解读为"占尽"者，句意为"号角悠扬，打破了清秋的宁静"。边塞号角（不同于宫廷乐队中的乐器）是做什么用的？那角声是"悠扬"的吗？我们看一些描写与边塞有关之角声的诗句，结论是很清楚的：

王维《从军行》："吹角动行人，喧喧行人起。"

李益《听晓角》："边霜昨夜堕关榆，吹角当城汉月孤。"

范仲淹《渔家傲》："四面边声连角起，千嶂里。长烟落日孤城闭。"

苏轼《吾谪海南诗》："孤城吹角烟树里，落月未落江苍茫。"

辛弃疾《破阵子·为陈同甫赋壮语以寄》："醉里挑灯看剑，梦回吹角连营。"

姜夔《扬州慢》"渐黄昏，清角吹寒，都在空城。"

这"角"就是"军号"，总是与军情相关。如果是号角频吹，就意味着军情紧急。而与"征人倚戍楼"之悠闲从容之姿态相对应，这个"断"字应解为"停止"。如此，才是一片宁静祥和的氛围。

唐朝自肃宗以后，河西、陇右一带长期为吐蕃所占。此后，因民众起义及吐蕃将领降唐，其地又全归唐朝所有。

如果考虑此诗的写作背景，"疏于防御"之说就更站不住脚了。安史之乱后不久，河西、陇右一带便被吐蕃占领。至唐宣宗大中五年（851），沙州义军首领张议潮出兵收复失地，并遣其兄张议潭奉图入朝。大中十一年

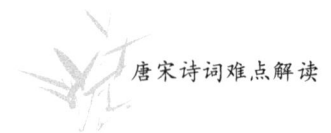

（857），吐蕃将领尚延心以河湟（今青海一带）降唐。自此，唐朝西部边境一度回复和平安宁的局面。此诗所表现的正是这一难得的局面。这里有诗人的欣慰，更有诗人的祝福。

意译：
天气正清秋，
梁州边塞游。
军号息声响，
战士倚戍楼。
大漠云低处，
落日正悠悠。
遥想昭君墓，
青草春风柔。
处处无兵阻，
行途得自由。
吐蕃归圣朝，
民无战乱愁。
但愿蕃心似河水，
年年岁岁向南流！

菩萨蛮·书江西造口①壁

辛弃疾

郁孤台②下清江水,中间多少行人泪?西北望长安③,可怜④无数山。

青山遮不住,毕竟东流去。江晚正愁余,山深闻鹧鸪⑤。

注释:

①造口:即皂口,镇名。在今江西省万安县西南六十里处。

②郁孤台:古台名,在今江西赣州市西北的贺兰山上,因"隆阜郁然,孤起平地数丈"而得名。

③长安:今陕西省西安市,为汉唐故都。这里指沦于敌手的宋国都城汴梁。

④可怜:可惜。

⑤鹧鸪:鸟名,传说它的叫声是"行不得也哥哥",啼声异常凄苦。

此是辛弃疾任江西提点刑狱驻节赣江途经造口时所作的词。此词写登郁孤台远望,抒发国家兴亡的感慨。上片,写心向朝廷,但山遮峰阻,难于把自己的报国之心与救国之策让最高统治集团明了与接受,其愁苦之泪潸然而下,洒于江中,滔滔而去。下片,因流水而设喻,正是"逝者如斯夫"的感慨。最后借鹧鸪之鸣点出一个"愁"字。清陈廷焯评曰:"血泪淋漓,古今让其独步。结二语号呼痛哭,音节之悲,至今犹隐隐在耳。"(《云韶集》)

从整体看,此词并不难解。但实际上却众说纷纭。

综合诸家之说,"江水东去"有四解:

1.与诗人之志对比。胡云翼先生说:"先从怀古开端,写四十多年前

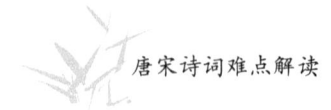

金兵侵扰赣西地区、人们所遭受的苦难；接下去笔锋转移到当前中原还没有恢复的现实，表示沉痛的心情。后段即景抒情：一方面写江水冲破重叠山峰的阻碍，胜利地向前奔流，使人向往；另一方面又写鹧鸪'行不得也'的鸣声，使人精神沮丧：这些都是借来反映自己羁留后方、壮志不酬的抑塞不舒的苦闷。"朱德才先生也说"青山"两句："羡江流勇决，叹人不如水，难以北去。"（叶主编新释）

2.喻诗人的壮志与决心。夏承焘先生的解读：下片说江水毕竟要东流去，重叠的山是不能遮断它的去路的。这也许是作者比喻自己百折不回的报国壮志和决心。但是江上暮色苍茫的时候，又听见鹧鸪的啼声，好像说："行不得也哥哥！"使他想到恢复之业，还是困难重重，引起他无限的忧愁。

3.喻国势衰颓难回。蔡义江先生的见解："借山水为说，国势日见衰微，虽志士英雄亦难挽其颓败，犹'青山遮不住'江水东流，昔日之全盛，一去难回。"

4.喻"正义所向（历史潮流）"。邓小军先生的解读："无数青山，词人既叹其遮住长安，更道出其遮不住东流，则其所喻当指敌人。在词人潜意识中，当并指投降派。东流去三字尤可体味……换头托意，当以江水东流喻正义所向也。"（上海唐宋辞典）

而"行不得"三字也有三解：

1.指自己不能赴前线作战。中国社科院文研所："他恨自己被迫滞留在后方作官，不能去前线参加战斗，心情十分痛苦。"

2.喻恢复无望。唐圭璋先生："俗谓鹧鸪鸣声为'行不得也哥哥'，此喻恢复无望。"（唐笺注）

3.谓偏安之事不可行。蔡义江先生："作者的感慨……应是偏安之事行不得也……"

如此缭乱纷纭，固有文学作品可以"见仁见智"的因素，而根本的原因还在于无视文本自在的情态语。"江晚正愁余"是全篇的核心句，情态语

"愁"字，决定了全篇的情感基调，显示着作者的主旨。山遮望眼，而遮不住江水东去！遮望眼而不见都城，一方面是说国土沦丧，同胞陷于水深火热；另一方面也是说自己与朝廷相隔遥远，自己的报国之志难以实现。而山不能遮断江水，也不能不与"愁"字联系起来解读。说江水东去喻"正义所向（历史潮流）"，固然不妥；仅从对比的角度说江水尚能东流而己志却不得逞，虽可通，但失之于浅。子在川上曰："逝者如斯夫！"我猜想，面对清江之水，或许正是夫子的这一感慨涌上诗人的心头：收复失地，拯救同胞，时不我待，但自己身居下僚，地处后方，于国家大局无能为力，而时光与生命正像那奔流东去的江水，毕竟是挡不住的！所以"愁"啊！此时鹧鸪之声，又似乎在警示自己：你虽壮志在心，却是"行不得"的！这就使诗人愁上加愁了。

再有，论者都把"行人"解读为金人入侵造成的难民。但，"行人"是一常用词，而辞书中并没有"难民"这样的义项。所谓"泪"，也难说是四十多年前的难民之泪——写作此词时，清江不在沦陷区，更无今日难民泪可言。我以为，"行人"实指诗人自己，"行人泪"就是自己的眼泪。辛弃疾时任江西提点刑狱，在他心目中，此职位不过是"行人——小吏差役"而已，因"愁"而"泪"，更是自然的事。

意译：
身为小吏谨当差，
今日登上郁孤台。
古今兴亡多少事，
一时涌到心头来。
眼望长安重山阻，
朝廷更在千里外。
胸怀赤心中兴策，

何时圣明尽我才?
清江之水流日月,
子在川上曾徘徊。
生如朝露去日多,
欲酬壮志情澎湃。
深山鹧鸪鸣声苦,
却道难行运命乖。
台上彷徨复彷徨,
遥望落日空自哀。

剑门①道中遇微雨

陆游

衣上征尘②杂酒痕，远游无处不销魂③。
此身合是诗人未？④细雨骑驴入剑门。

注释：

①剑门：在今四川省剑阁县北。据《大清一统志》："四川保宁府：大剑山在剑州北二十五里。其山峭壁中断，两崖相嵌，如门之辟，如剑之植，故又名剑门山。"

②征尘：旅途中衣服所蒙的灰尘。

③销魂：好像丢了魂似的，神情恍惚。形容非常悲伤、愁苦或极度的欢乐。

④合：应该。未：表示发问。

陆游，字务观，号放翁，南宋著名爱国诗人。生逢北宋灭亡之际，陆游一生最大的愿望就是收复中原，恢复大宋江山。其绝笔诗《示儿》犹不忘此志："死去元知万事空，但悲不见九州同。王师北定中原日，家祭无忘告乃翁。"

也正因为坚持抗金，他屡遭主和派排斥。乾道七年（1171），王炎宣抚川、陕，驻军南郑，召陆游为干办公事，陆游只身前往任职。南郑是当时抗金前方的军事重镇。到南郑幕府后，陆游常到前方据点和战略要塞巡逻考察，所谓"寝饭鞍马间"（《忆昔》），并受王炎之托作《平戎策》，提出驱逐金人、收复中原的战略计划。但此计划遭到朝廷否决，王炎奉调回京，幕府解散，出师北伐的计划也毁于一旦。陆游被调入蜀，任成都府路安抚司参议官。成都是南宋时首都临安（杭州）之外最繁华的城市，他此行是由前线到后方，由战地到大都市，是去危就安、去劳就逸，但对"亘古男儿一放翁"（梁启超《读陆放翁集》）来说，他不能不感到伤心。《剑门道中遇微雨》一诗就作于由南郑往成都途经四川剑阁剑门关之时。

诗的标题（关键语之一）就明确了相关时空背景：离郑入蜀，途经剑门，而又遇"微雨"。首句"征尘""酒痕"两个词语既形象又富有概括力。"征尘"，显示着他坎坷仕途与救国奔走的艰辛；"酒痕"，则是心情郁闷不舒的象征：无论怎样呼号奋斗，总敌不过主和投降派的阻挠，报国无门，壮志难酬，"何以解忧，唯有杜康"了。征尘未扫，显示着席不暇暖的紧张；酒洒衣襟，表明了心情的沮丧。

第二句就用了"销魂"一词，这是一个统领全诗的情态语。"销魂"，有正相反的义项：或指极度悲苦，或指极度欢乐。李梦生先生对这个"销魂"的解读却是："这里有陶醉、伤神等多层意思。"既"陶醉"又"伤神"，有点匪夷所思。我以为这里的"销魂"承首句而来，就是悲伤，只有愁苦，而且是"处处"——不管走到哪里，不管看到什么，都无法消除心中的悲伤与愁苦。

第三四两句是倒置，按文路应是先有"细雨骑驴入剑门"，然后才有"此身合是诗人未"一问。首联两句是从整体上写自己的境遇与心情，"细雨"句是进一步具体到"入剑门"的这一刻。

剑门关，是当时由陕入川的主要通道，是所谓"一夫当关，万夫莫开"的所在；"细雨"似乎也更容易引发诗情。至于"骑驴"，"本是诗人的雅兴。李贺骑驴带小童出外寻诗，就是一个佳话。李白、杜甫、贾岛、郑棨都有'骑驴'的诗句或故事，而李白是蜀人，杜甫、高适、岑参、韦庄都曾入蜀，晚唐诗僧贯休从杭州骑驴入蜀，写下了'千水千山得得来'的名句，更为人们所熟知。所以骑驴与入蜀，自然容易想到'诗人'。于是，作者自问：'我难道只该（合）是一个诗人吗？'"（上海宋诗典 吴孟复）

这一问，是对自身命运的慨叹，也是对当局的诘问。在封建社会，读书人的职责与追求是为国建功立业，写诗不过是业余爱好。如果成了"纯粹的诗人"，那绝不是荣耀，而是人生的悲哀。杜甫曾感叹"名岂文章著，官应老病休"（《旅夜书怀》）——"功名"岂是靠写几句诗能够成就的？而因为"老病"，官又当不成了，为国家建功立业的机会彻底丧失了，所以杜甫才如此痛心。陆游此时此刻的心情当与老杜相通。

对陆游之问有一种相当普遍的异读。

钱钟书先生说："……陆游就得自问一下，究竟是不是诗人的材料。"

沙玲娜、陈震寰的译文："我如今这副模样该像是一个诗人了吧？"

金性尧先生的注释："细雨句，等于是对上句的肯定回答。是的，能够写出这样的好诗，还能不算诗人吗？"

说陆游希望自己像一个诗人，或说他肯定自己是一个合格的诗人，都是认定陆游是把当诗人作为自己追求的目标，这恐怕与陆游一生的理想与作为不合。特别是诗中的"销魂"一词，它是对全诗情感基调的表达，如果上引诸位的解读要成立，"销魂"就只能取"极度欢乐"之义了，而这显然不通。

意译：
万里奔波，一心为了抗金，
收复中原，哪怕身染征尘。
国运艰难，主和派掌握权柄；
命运多舛，千杯酒难消愁闷。
背井离乡，处处是伤心之地，
仕途坎坷，无物不令人销魂。
而今离开抗金前线，
北伐大计化为灰烬。

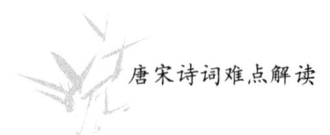

多少前辈写诗作赋,
他们都曾脚踏剑门。
细雨中我骑驴入蜀,
难道命中注定我只配做个诗人?

营州歌①

高适

营州少年厌②原野，狐裘蒙茸猎城下。③
虏酒④千钟不醉人，胡儿⑤十岁能骑马。

注释：

①营州：唐代东北边塞，治所在今辽宁朝阳。
②厌（yàn）：同"餍"，饱。这里作饱经、习惯于之意。
③狐裘（qiú）：用狐狸皮做的珍贵的大衣，毛向外。蒙茸（róng）：裘毛纷乱的样子。城下：城外，郊野。
④虏（lǔ）酒：指胡人酿的酒。
⑤胡儿：指居住在营州一带的少数民族的少年。

唐代东北边塞营州，原野丛林，水草丰盛，各族杂居，牧猎为生，习尚崇武，风俗犷放。高适于天宝中出塞燕赵从军，通过边塞所见所感写成此诗。

诗中有三个关乎人称的词语：营州少年（一句），人（三句），胡儿（四句）。这三个称呼之间是什么关系？这涉及"对象指示"的问题，从解读思路上说，需要"同义互解"。

同义互解，在诗词中常见的是换言互解。同样一个意思，已用一种语句表达，然后又换一种说法，这就是换言互解。郭震《古剑篇》诗，先说"龙泉颜色如霜雪，良工咨嗟叹奇绝"，后又说"精光黯黯青蛇色，文章片片绿龟鳞"。"霜雪"之色"白"而亮；"青蛇色"之"青"怎么讲？一柄宝剑没有两种颜色，而大家熟悉的"青"之绿、蓝、黑诸义项，在这里都与"霜雪"

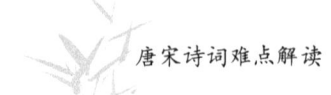

色矛盾。实际上"颜色如霜雪"与"青蛇色"是互解的:青,这里也是"白",只是换了一种说法——《汉语大辞典》已列有此一义项。再比如,张若虚《春江花月夜》诗的最后一联是:"不知乘月几人归,落月摇情满江树。"不是说"花月夜"吗,怎么又说到"树"上去了?其实这里说"树"就是在说"花"。前面有句是"江流宛转绕芳甸,月照花林皆似霰",原来这里的"树"就是"花林",是开花之树,是花树之林。

回到本诗,且看一些名家的解读。

程千帆:"一幅兄弟民族少年生活的速写……跃然纸上。"

沈祖棻:这首诗"将各族人民和平共处生活的一个侧面饶有兴致地反映出来……"

韩兆琦:"诗人在诗中以一种极其欣赏、赞美的口气描述了东北地区兄弟民族英武善战的民族性格。"

倪其心:"生活在这里的汉、胡各族少年自幼熏陶于牧猎骑射之风,养就了好酒豪饮的习惯,练就了驭马驰骋的本领。即使是边塞城镇的少年,也沉浸于这样的习尚……"(上海唐诗典)

"兄弟民族""各族人民""汉胡各族少年",几家都用这样的词语概指诗中所描写的对象。如果这种说法成立,那就意味着当时那里的汉族已经彻底"胡化"了:穿胡服——狐裘蒙茸,喝"胡酒",与胡人一样谋生——骑马打猎。历史的发展似乎并不如此,尽管汉、胡杂居,互有影响,除了个别豪侠之士特赶"时尚"者,而各民族会依然保持自己的生产、生活习俗。这且不论,单从文本自身看,明明白白说的是"虏酒",是"胡儿","狐裘蒙茸"也明明是胡人的衣装,四句诗有三句都明白指向胡人,有什么必要非得把首句"营州少年"扩展到"各族少年"呢?倒过来说,如果诗人心目中写的是"各族少年",那为什么接连三句又都只说胡服、胡酒、胡儿呢?完全不合逻辑。其实,这里几个称呼不过是换言一物而已:"厌原野"的是胡儿,"狐裘蒙茸"的是胡儿,"虏酒千钟"而不醉的也是胡儿,"十岁能骑马"

的当然更是胡儿。不明换言互解之道,难免陷入窘境。

崔颢有一首《雁门胡人歌①》可做参考:

高山代郡东接燕②,雁门胡人家近边。
解放③胡鹰逐塞鸟,能将代马猎秋田④。
山头野火寒多烧,雨里孤峰湿作烟。
闻道辽西无斗战⑤,时时醉向酒家眠。

注释:

①雁门:雁门郡。汉朝时期代州为雁门郡。胡人:古代对北方与西域少数民族的泛称。

②代郡:雁门郡。燕:古代燕国,在今河北东北部和辽宁西部,地处东方,故称"东接燕"。

③解:能够,放:驾驭放飞。

④将:驾驭。代马:指古代漠北产的骏马。猎秋田:狩猎于秋天的田野。

⑤辽西:州郡名。大致在今河北东北、辽宁西部一带。辽:一作"关"。斗战:战斗、战争。

意译:

营州胡儿少年郎,
惯于郊野作猎场。
身披狐裘毛绒暖,
鞭驰骏马百兽降。
畅饮房酒尽千钟,
千钟不醉气轩昂。

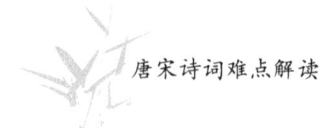

青溪①

王维

言②入黄花川,每逐青溪水。
随山将万转,趣途③无百里。
声喧乱石中,色静深松里。
漾漾泛菱荇,④澄澄映葭苇。
我心素已闲,⑤清川澹⑥如此。
请留磐石上,垂钓将已矣。⑦

注释:

①青溪:在今陕西勉县之东。《水经注》:"大散水,西流入黄花川。"
②言:发语词,无义。
③趣途:充满趣味的路途。或谓"趣"同"趋";"趣途"指走过的路途。
④漾漾:水波动荡。菱荇(líng xìng):泛指水草。
⑤素:一向。闲:悠闲淡泊。
⑥澹(dàn):溪水澄澈平静。
⑦将已矣:将以此度过终生。已:结束。

此诗大约是王维初隐蓝田南山时所作。这一段路程虽长不及百里,但溪水随着山势盘曲蛇行,千回万转,颇为蜿蜒多姿。"每逐青溪水","每"者,不止一次也,一个字从整体上表明了自己对青溪的喜爱之情。"趣途无百里",又用一个"趣"字概括出自己所体验到的青溪景色的特点。接下来四句,具体描绘青溪之"趣":溪水流经乱石滩时发出哗啦啦的声响,而在松林间穿行时则静幽幽的。水波荡漾时,水草随之摇动;水流平静时,夹岸的芦苇清晰地倒映于水中。诗人笔下的青溪,时而喧闹,时而沉静,时而活泼,时而安详,真是趣味十足,赏心悦目。最后,诗人用一个"澹"字对青溪景物的特点加以总括,并由此而引发出自己在此隐居终生的愿望。这个"澹"字,是恬淡,是闲逸,而在诗人的心目中,这正是人生的"趣"境。人称王维的诗是"诗中有画",此作可为一例。

此诗最为人称道的是"声喧乱石中,色静深松里"这两句,但看名家解读,却未免歧义。

喻守真:首四句叙自黄花川到青溪,百里之间,途径的曲折回环。第五句写听到的溪声,第六句写看到的溪边的松色,第七句写溪中的菱荇,第八句写溪边的葭苇,远近左右,写得有声有色,这就是所谓"诗中有画"。末了以青溪的澹泊,证实我心的安素能闲,用"将已矣"——就此算了罢,咏叹作结。

沈文凡、李博昊:首二句点题……接下来的四句渲染溪景,青溪水撞击沿岸的乱石,发出喧嚣之声,青松苍翠,山色在青松的掩映之下显得十分宁静和恬淡。这两句动静相间,将溪水写得十分生动传神……

名家的解读于读者自有裨益。但把"色静"之"色"解读为"溪边的松色"甚至"山色",却大可疑。且不说标题"青溪"作为对象指示的"指示作用",单从偶句的对应关系看,这个"色"也不好理解为"松色"或者"山色"。上句之"声"当然是溪水之"声",这个"声"是从"乱石"中发出的;作为对句,"色"与"声"相对,"深松"与"乱石"相对,也就是说,这个"色"不是"深松"自身之色,而是从深松中显示出的"色"——当然是溪水之色了。色,在这里不是"颜色",而是"样子""景象"。再参照第四联,"漾漾""澄澄",显然也都是以溪水作为言说的主体,更见得"色"是说溪水之色而非其他。至于把"色"讲成"山色",就更离谱了:上下各句都在言说"青溪",怎会突然来一句描写"山色"啊?

这里,我们的解读思路就是"对义互解"。

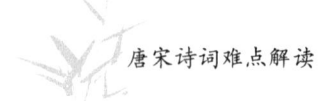

诗词中多有对偶句,偶句之间一般存在互解的关系。这种互解可分为三种类型:互补型,互释型,共生型。

互补型:修辞书有"互文"之说,指在意思相对或相关的文句里,上文里省略了下文要出现的词语,下文里省略了上文要出现的词语,形式上前后交错呼应,意义上互相渗透、互相补充,言简而意丰,这就是互补型。如"秦时明月汉时关"(王昌龄《出塞》)——即明月仍是秦汉时的明月,山关仍是秦汉时的山关,并非明月属秦关属汉。"主人下马客在船"(白居易《琵琶行》)——意思是主人下了马来到船上,客人也下了马来到船上。以上是句内互补,还有偶句之间互补:"迢迢牵牛星,皎皎河汉女"。(《古诗十九首》)——迢迢皎皎牵牛星,迢迢皎皎河汉女。"当窗理云鬓,对镜贴花黄"。(汉乐府《木兰诗》)——当着窗子、对着镜子整理漂亮的头发,在面部贴上花黄。

互释型:在相对应的语义结构中,处于对应位置的词语、句子,其意义或相同相近,或相反相对,由正可以知反,由是可以知非,由甲可以知乙,由东可以知西,这就构成"互释"。岑参《白雪歌送武判官归京》诗中有句:"瀚海阑干百丈冰,愁云惨淡万里凝。"句中一个"冰"字,难住了不少人。在这里,"冰"字与下句的"凝"字相对,有互解的关系。凝,动词,意为凝结、凝固,保持不变的状态;由此可判定,"冰"是动词,而不是名词。其实,冰,本有"凝冻"义。说"瀚海""冰",就是说"沙漠""地冻"。

共生型:将相反相对的事物、景况兼提并议,不是互补,也不是互释,也不是两方面内容的简单相加,而是产生更深广的意义,这就是共生型。杜甫《自京赴奉先县咏怀五百字》:"朱门酒肉臭,路有冻死骨。"如果单读"朱门酒肉臭",我们只能看到"朱门"的奢华无度;而如果单读"路有冻死骨",我们也只能看到贫苦之极或者想到饥荒之甚。只有把两方面的内容联系起来看,才能真正领会作者的真意:他是在揭露社会的贫富不均。再看梅尧臣的《陶者》诗:"陶尽门前土,屋上无片瓦。十指不沾泥,鳞鳞居大厦。"上下联的内容也是互补互解的:如果单看上联,有点莫名其妙,甚至你说那陶者"无能"也未可知；而有了下联，我们就知道，陶者所制之砖瓦多多，质量好好，所盖大厦鳞鳞然，只不过那不是自己的居室，那里居住的都是"十指不沾泥"的人。至此我们才把握了这首诗的主旨：同情劳动者的疾苦，控诉社会中不平等的现象。

意译：
不止一次地进入黄花川，
每次都沿着青溪漫步辗转。
溪水随着山势百折千回，
不足百里，那景象却趣味万千。
乱石滩上水石相击，泠泠悦耳；
松林深处溪流平缓，一脉幽然。
水波荡漾，菱荇悠悠舞蹈，
波平水净，蒹葭顾影自怜。
青溪的趣味多姿而淡雅，
我的心向来淡定而悠闲。
真想长留此地度余生，
一蓑一笠稳持钓鱼竿。

下终南山过斛斯山人宿置酒①

李白

暮从碧山下,山月随人归。
却顾所来径,②苍苍横翠微③。
相携④至田家,童稚开荆扉。
绿竹入幽径,青萝拂行衣。⑤
欢言得所憩⑥,美酒聊共挥⑦。
长歌吟松风⑧,曲尽河星稀。
我醉君复乐,陶然共忘机⑨。

注释:

①过:拜访。斛(hú)斯:复姓。山人:隐士。宿:住处。

②却顾:回头望。所来径:下山的小路。

③翠微:青翠的山坡。

④相携:彼此携手,表示亲密无间。

⑤青萝:即女萝,攀缠在树枝上下垂的藤蔓。行衣:行人的衣服。

⑥得所憩:得到休息之所,指被人留宿。

⑦挥:举杯。

⑧松风:古乐府琴曲名,《松风慢》(又名《风入松》),此处也指歌声随风而入松林。

⑨机:世俗的心机,投机、算计之类。

终南山,秦岭主峰之一,在长安以南。这里山峦起伏,林壑幽美,唐时长安的士人多来这里游玩或隐居。李白作此诗时,正在长安供奉翰林。但李白原是嗜酒如命的，因而在"业余"时间常与长安名士贺知章等人饮酒欢谑，有时竟醉倒在长安街头，被人称为"饮中八仙"之一；他又是任情适性喜好大自然的，少不了常常流连于山水之间。此诗就是诗人待诏翰林初期生活和思想的一个侧面的反映。

这首诗可分为三部分。前四句写"下终南山"。天晚下山，有明月相随，自是惬意；而仍不免回首瞻顾，见得留恋之情。显然，山上自有可留恋之处，可留恋之人。

中间八句写"过斛斯山人宿置酒"。诗人并不是一个人独自下山的，和他同行的还有斛斯山人。也许是事先约好的，在山上玩了一天，累了，要一起到山人的"田家"去坐一坐，休息一下，所以是"相携至田家"，"欢言得所憩"。"田家"的环境是清幽静雅的，人是热情好客的。酒菜很快就摆好了。诗人是好酒的，迫不及待地举杯畅饮，而且"会须一饮三百杯"。饮之不足，还要歌之咏之。月光之下，松风送爽，轻歌曼曲，不觉已是夜深。酒酣人醉，心中只有快乐，什么功名富贵，巧诈机心，全都抛到九霄云外去了。于是从内心发出感慨："我醉君复乐，陶然共忘机。"这两句是第三部分。

李白用道家"忘机"一语，意味深长。他待诏翰林之初，出入宫廷，周旋官场，大体是满意的。但宫中、朝中争名逐利的事，他不会视而不见；因受"荣宠"而引来的一些小人的或明或暗的中伤，他不会毫无察觉。这些，会给诗人心中造成一种隐隐的阴影。现在在大自然和美酒的陶醉下，是彻底地摆脱了，真正的"陶然"了。境界至此，其乐何如！

诗从"暮从碧山下，山月随人归"写起，这"人"指谁？照一般理解就是诗人自己。可是到第三联忽说"相携及田家"，这"相携"者是谁？他从何而来？先看看一些名家的解读：

喻守真说"这首诗是写作者下山后到山人家留宿"，复旦选本说"这首诗写诗人在月夜访问一个姓斛斯的隐士"。按照这样的说法，诗人是到了斛斯山人的家才与之相见的，"相携"二字没有着落。

沈熙乾先生持"路遇"说。（上海唐诗典）月夜而"路遇"，"路遇"而"相携至田家"，属于偶然，不大可信。

沈文凡、李博昊两位既说"李白乘着月色从终南山下来去造访一位姓斛斯的隐士"，又说"一路上李白与斛斯隐士去往田家"，连"路遇"的环节都没有，如果不算是自相矛盾，也有点莫名其妙。

造成这种歧解和困惑的有两个因素，一是诗词表达"信息后出"的特点，一是对标题的误解。这两点又相互联系。论者对本诗标题的解读是：下终南山∥过斛斯山人∥宿∥置酒，"过"是拜访，"宿"是住宿过夜。既是"过人"，总是一人前往，一人待访，于是"相携"二字就成了问题。其实这个标题应该这样解读：下终南山∥过斛斯山人宿∥置酒。"过斛斯山人宿"连读，"过"是经过，也可以讲成访问。"宿"是名词，住处，住所。全题的意思是说：从终南山下来，顺路拜访斛斯山人的住处，（主人）置酒饮宴。这次拜访，是两个人一起下山、应山人之约而决定的。

至于"相携"二字直到第五句才出现，我管它叫"信息后出"现象。我力倡"整体观"与"互解法"，就是鉴于诸如此类现象的。本来是下山时就"携手"的，而没有"机会"交代，留待后面顺势带出。作为读者，应该意会到这"后出"的信息是"管着"前面的，这就是"以后文解前文"。在诗词中，这是很普遍的现象。例如杜甫《月夜》："今夜鄜州月，闺中只独看……何时倚虚幌，双照泪痕干。"前面写看月，并没有说到"流泪"。直到最后一句才说到"泪痕干"，我们就意会到，前面"看月"时实际上流了眼泪的，并且是"泪流不止"的。再比如李白《子夜吴歌》："长安一片月，万户捣衣声。秋风吹不尽，总是玉关情。何日平胡虏，良人罢远征？"第一联只说"月下捣衣"，到第二联才说出是因为"秋风"送寒了，而且这"捣衣"是因为牵挂着"玉关"。到第三联才进一步知道那"玉关"是"良人"所在之处，他们是为了"平胡虏"而去远征的。后面的信息一步步补足、说明着前面的信息，直到最后一句，才把全部信息传递出来。从"信息传递"的角度，我们甚至可以把这首诗的句序颠倒成这样："保国平胡虏，良人去远征。秋风吹不尽，总是玉关情。长安一片月，万户捣衣声。"当然，这样一颠倒就失去了许多原有的诗意。不过，对这样的诗，如果仅做"线性"解读，是很难说清楚的。

"以后文解前文"是"连义互解"的思路。文章积字成句，积句成章，语句上下连贯，相承相连，意义也必然上下连贯，相承相连，环环相扣，因而也就构成一种互解关系，这就是"连义互解"。

意译：
终日漫游在终南，游兴未尽另寻欢。
我与山人相携手，暮色苍茫下碧山。
明月依依犹不舍，相随相伴到山前。
回头再看从来路，苍苍峰峦横在天。
应邀来到山人家，柴门开处见童颜。
小路幽幽竹夹道，藤蔓拂衣去尘凡。
清幽雅素如世外，轻松自在不慕仙。
美酒千杯拼一醉，高歌一曲随风传。
歌罢夜深河星稀，乐天知命共陶然。

声声慢

李清照

寻寻觅觅,冷冷清清,凄凄惨惨戚戚。①乍暖还寒②时候,最难将息③。三杯两盏淡酒,怎敌他、晓来风急④?雁过也,正伤心,却是旧时相识。

满地黄花堆积。憔悴损⑤,如今有谁堪⑥摘?守着窗儿,独自怎生得黑?⑦梧桐更兼细雨,到黄昏、点点滴滴。这次第,⑧怎一个愁字了得!⑨

注释:

①凄凄惨惨戚戚:忧愁苦闷的样子。

②乍暖还寒:指秋天的天气,忽然变暖,又转寒冷。

③将息:休养调理。

④怎敌他:对付,抵挡。晓:一作"晚"。

⑤损:表示程度极高。

⑥堪:可。

⑦怎生:怎样的。生:语助词。

⑧这次第:这光景、这情形。

⑨怎一个愁字了得:一个"愁"字怎么能概括得尽呢?

对此词赞誉颇多,且都集中在叠字的使用上,所谓"起头连叠七字,以妇人乃能创意出奇如此"(罗大经)。唯叶嘉莹先生对此有所贬义:"李清照的《声声慢》一词开头'寻寻觅觅,冷冷清清'八个字不错……后面六个字'凄凄惨惨戚戚'就不免给人以叠床架屋的感觉了。""李清照《声声慢》

词的最后一句'这次第,怎一个愁字了得',虽是白话,但却犯了一个毛病,那就是说明的成分太多了,因为文学是要'表现'而不是'说明'的。忧愁是不需明说的,表现出来就好了。"(叶选讲)

放开叶教授的鉴赏性评价不说,词中有两处存在解读的分歧。

一是词中"晓来风急"或作"晚来风急",到底哪种文本更合理?为什么?

二是词中"憔悴损"一句,有人谓指人(词人),有人谓指黄花,究竟哪种理解更合理?为什么?

先来讨论第一个问题。

"晚来风急"的版本,据说始于明代的杨慎,此后多所承袭。但主"晓来风急"者亦不乏其人,近人就有俞平伯、唐圭璋、吴小如、刘乃昌、叶嘉莹等。特别值得注意的是梁启超的见解:"这首词写从早到晚一天的实感。那种茕独凄惶的景况,非本人不能领略,所以一字一泪,都是咬着牙根咽下。"(见叶主编新释)话不多,却精到。"从早到晚",也就是词中的由"晓来"到"黄昏",我们且从文本中提取"根据"(以文解文)。

根据一:"寻寻觅觅",当是晨起之后的行为。盖良人已去,长夜难寐,或许以酒求睡,而残酒未消,觉来第一事就是呼唤良人,呼而不应,乃"寻寻觅觅"。倘是时至晚间,则不合有此心理与举动。

根据二:"三杯两盏淡酒":喝"淡酒",而且不多喝,"三杯两盏"而已,这正是喝"扶头卯酒"的情形。古人所饮是米酒,《礼记·射义》曰:"酒者所以养老也,所以养病也。"而晨起(卯时——五点到七点)饮酒,有时是为了"解酲"(夜间饮酒致醉,次日起床后困乏如病谓之"酲",酒病用酒来解除,谓之"解酲"),有时则可能只是为了保健。白居易《卯时酒》诗曰:"佛法赞醍醐,仙方夸沆瀣。未如卯时酒,神速功力倍。一杯置掌上,三咽入腹内。煦若春贯肠,暄如日炙背。岂独肢体畅,仍加志气大。"清晨保养身体、解除酒病而饮用的扶头酒自然是"淡酒",而且不能暴饮。但秋风急

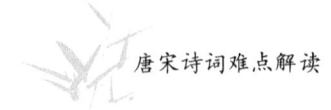

疾,这几杯淡酒难以抵挡,这就是"怎敌他晓来风急"。

根据三:"守着窗儿,独自怎生得黑……到黄昏……"这是明明白白的时间指示语:"怎生得黑",正是天还没黑;"到黄昏",是说时间的"终点",而那起点正是"晓来"。倘若一开头就是"晚来",这"怎生得黑"与"到黄昏"就莫名其妙了。

再来讨论第二个问题。我的意见是:应是词人。黄花堆积指菊花繁盛,千朵万朵压枝低,大好景象,本该夫妇携手共赏,而今孤寂一人,已然憔悴不堪,面对盛开的菊花,完全没有心情去摘取簪戴。文本内的根据就有(还是以文解文):

一、"乍暖还寒时候":"乍暖还寒",就是"乍暖乍寒",如同"乍雨还晴"就是"乍雨乍晴","乍开还合"就是"乍开乍合",这正是寒暖不定,变化无常的初秋时节,而绝非深秋景象。既是初秋,菊花怎么会"憔悴"枯萎呢?

二、"梧桐更兼细雨":这说明桐叶未落,而桐叶之落乃是"天下秋"的象征。晏殊《清平乐》词曰:"金风细细,叶叶梧桐坠。绿酒初尝人易醉。一枕小窗浓睡。紫薇朱槿花残。斜阳却照阑干。双燕欲归时节,银屏昨夜微寒。"在秋风乍起、天气"微寒"之时,就开始"叶叶梧桐坠"了,而今桐叶尚存,更说明天气远没到可以使黄花"憔悴"的程度。

误认人之憔悴为花之枯萎,可能还与"堆积"一语有关。今人一见"堆积"二字,往往起负面印象。其实,"堆"或"堆积",是中性词,可用于贬,也可用于褒。杜牧《过华清宫》诗:"长安回望绣成堆,山顶千门次第开。"——唐明皇时,骊山遍植花木如锦绣而称绣岭,"绣成堆"正写遥望中骊山葱茏的总貌。范仲淹《苏幕遮》词:"杨柳堆烟,帘幕无重数。"——"杨柳堆烟",说的就是杨柳葱茏繁茂的景象。着一"堆"字,显杨柳之密,宛如一幅水墨画。再有苏轼《念奴娇》:"乱石穿空,惊涛拍岸,卷起千堆雪。"仲殊《定风波》:"南徐好,溪上百花堆。"贯休《听僧弹琴》:"家近吴王古战城,海风终日打墙声。今朝乡思浑堆积,琴上闻师大蟹行。"刘弇《宝鼎现》："浓阴堆积，迥野空旷，将回微煦。"张镃《兰陵王》："无言处、相与逆洄，应有柔情正堆积。"陈师道《南乡子》："乱蕊压枝繁，堆积金钱闹作团。"这些"堆""堆积"，写花木，写浪花，写情思，都没有什么贬义，都与"枯萎"之状不相干。

时空连解，以文解文，可以解决许多阅读中的难点、疑点。而不谙于此律，则往往误读文本，造成遗憾。

意译：
清晨即起，寻寻觅觅，
我的人儿在哪里？在哪里？
冷冷清清，无声无息，
怎不让人愁苦又悲戚？
这天气忽暖忽寒脾气坏，
此时最难防病养身体。
难眠借酒昨夜饮，
醒来神犹恍惚身乏力。
三杯两盏解酲酒，
怎敌他晓风嗖嗖寒又急。
随风而至南飞雁，
结伴而行彼此相顾惜。
年年此时识君去，
年年不见捎来好信息！

园中菊花开满地，
怎奈人儿憔悴心枯寂。
往日采菊插满头，

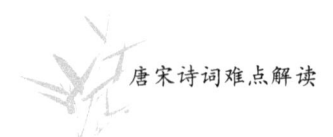

如今谁与装点谁与戏?
独坐窗前懒出门,
熬晨熬午熬到夕。
黄昏更有连绵雨,
梧桐叶上水珠一滴接一滴。
滴到石阶滴到心,
心湖一波一波起涟漪。
此情此景杂五味,
一个"愁"字怎能了其意!

醉花阴

李清照

薄雾浓云愁永昼①,瑞脑消金兽。②佳节又重阳③,玉枕纱厨④,半夜凉初透。

东篱⑤把酒黄昏后,有暗香⑥盈袖。莫道不消魂⑦,帘卷西风,人比黄花瘦。⑧

注释:

①永昼:漫长的白天。

②瑞脑:一种薰香名。又称龙脑,即冰片。消:一作"销"。金兽:兽形的铜香炉。

③重阳:农历九月九日为重阳节。《周易》以"九"为阳数,日月皆值阳数,并且相重,故名。这是个古老的节日。

④纱厨:即防蚊蝇的纱帐。

⑤东篱:泛指采菊之地。陶渊明《饮酒诗》:"采菊东篱下,悠然见南山。"

⑥暗香:这里指菊花的幽香。《古诗十九首·庭中有奇树》:"攀条折其荣,将以遗所思。馨香盈怀袖,路远莫致之。"这里用其意。

⑦消魂:形容极度忧愁、悲伤。 消:一作"销"。

⑧比:《花草粹编》等作"似"。黄花:菊花。

这首词是李清照前期的怀人之作。公元1101年(宋徽宗建中靖国元年),十八岁的李清照嫁给太学生赵明诚,婚后不久,丈夫便"负笈远游",深闺寂寞,她深深思念着远行的丈夫。公元1103年(崇宁二年),时届重九,人逢佳节倍思亲,便写了这首词寄给赵明诚。

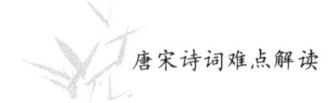

又到了重阳佳节，又是家人团聚的时候，可自己的夫君却远在千里之外。独守空床，辗转难眠，直至半夜，只觉得寒气逼人，帷帐难挡。

寒夜难熬，白昼亦是。"永昼"，是指漫长的白天。实际上，时至重阳，白昼渐短，而在词人心里仍觉其漫长，正是愁苦人的心理反应。偏偏又有"薄雾浓云"，这云雾既笼罩天地，也笼罩了词人的心，给她增加了一层愁闷。外面云雾迷茫，室内呢？"瑞脑消金兽"——铜香炉里燃烧着瑞脑香，淡淡的青烟袅袅升腾着，升腾着，终于消散不见了。那是香片的消蚀，不也是自己青春的消逝吗？无奈，无聊，伤逝，种种情绪郁结于心。

于是她走出室外到东篱赏菊。重阳日亲朋聚会，饮酒赏菊，是一大乐事；但此时此日，词人孤凄独赏，完全是另一种滋味。酒，一杯杯独饮；花，只好自己摘下自己插戴，一直到日落黄昏。写到此处，词人向自己的夫君叹道：我如此饮酒赏菊，你以为我是快乐的吗？不，我是愁肠百结，是借酒消愁愁更愁、借花思君思更深啊！如此下去，等到秋去冬来，西风凛冽时，菊花固然枯萎凋零，恐怕我也憔悴得像那凋零的花一样啊！这是倾诉，更是呼唤。

全词明白如话，没有冷涩难懂之处，表达的感情却十分深沉细腻。畅达与深沉相结合，这正是李清照词风的一个重要特点。

但这里仍有一处难点，致使论者误读。

词最后说："莫道不消魂，帘卷西风，人比黄花瘦。"这该怎么解读呢？我们看看专家的说法：

蔡义江先生说："别说我心中不黯然感伤，卷帘西风吹来，你看我不比菊花更消瘦吗？""'帘卷西风'九字，自是神来之笔，其好处尤在恰好能为此时此地此女子作最艺术的自我写照。"

郭伯勋先生说："'帘卷西风，人比黄花瘦'写词人顺窗外望，见花怜己，无限伤怀。"

京版初中教材第16册对此的解读是："因思念亲人而憔悴的女主人公

比花瓣纤细的菊花还清瘦。"

没有例外,都把"人比黄花瘦"看作是女诗人此时此刻的自我写照。但这里有一个基本的逻辑问题:当说"人比黄花瘦"的时候,其前提应该是"黄花瘦"。而此时正是"重阳佳节",正是黄花盛开的时节,黄花怎么会"瘦(憔悴凋零状)"呢?京版教材的编者似乎意识到这个问题,所以强调是"比花瓣纤细的菊花还清瘦"。可是,即使是"花瓣纤细的菊花",在重阳佳节之时,也还是生机勃勃的,绝不会有憔悴凋零之态。再说,此时既为"半夜凉初透"之日,怎么会有"帘卷西风"的凄寒景象出现?时空因素就是这样制约着也启发着我们的思考。其实,问题并不复杂,所谓"帘卷西风"云云,并非是对现实的描写,而是对未来的设想:等到"帘卷西风"的时节,黄花会凋残的,我也会和那黄花一样憔悴不堪!言外之意就是希望自己的丈夫珍惜青春,及早回到自己的身边。

解决此类问题并不很难,只需有"以文解文"的意识与思路。此处需要的是时空连解:事物总存在于一定的时空,因而也不可避免地与特定时空相联系,相制约,相启发。有时候,特定时空制约着事物的状态;有时候,特定的时空赋予事物特别的意义。

还有一处被人忽略而实际没有读懂的地方,这就是"有暗香盈袖"一句。

夏承焘先生说:"'有暗香盈袖',也是指菊花。"(燕山典)——解释了"暗香",没有理会"盈袖"。

蔡义江先生的译文是:"暗暗闻到有一股香气飘来,沾满了我的衫袖。"——"暗香"之"暗"怎么成了诗人的"暗暗闻到"?"飘来"的花香怎么会偏偏"沾满了"衫袖?

李之亮先生的译文是:"菊花的幽香袭进了衣袖。"——这在文理、事理上没有问题。但读者要问:那菊花的幽香为什么会"袭进"衣袖呢?

这里需要以事解文:古人的习俗,重阳节不但要饮菊花酒,还要戴菊花——把菊花插在头上。杜牧《九日齐山登高》诗曰:"尘世难逢开口笑,

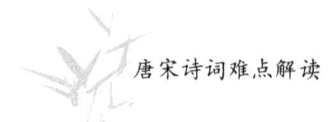

菊花须插满头归。"戴菊花就得摘菊花,摘菊花,那菊花香自然就"袭进"衣袖。词人是说:在这个重阳佳节,她独自一人在东篱花下,独自饮酒,独自插花,一直到日落黄昏。然后一转:你不要以为我"不消魂"——我是满心凄凉,一腔愁苦啊!这样,才引出最后的"人比黄花瘦"之句。

不是讲辩证思维吗?这就是。学生的科学思维能力应该是在这样的读写的实践中逐步形成。

意译(之一):
这白昼实在漫长!
薄雾浓云压在心上。
整日对着铜香炉,
看那点点燃烧瑞脑香。
香烟袅袅盘旋复盘旋,
多么像我愁满九回肠。
时光真是无情物,
一晃今又到重阳。
依然是孤枕难眠辗复转,
纱帐里只觉寒气透心凉。
也曾东篱把酒苦自饮,
直到送走孤独一残阳。
也曾摘得黄花三五朵,
顾影自怜自己插头上。
莫道我是多潇洒,
我心充满忧与伤!
青春易逝花难久,
夫君可要想周详:

待到西风肃杀寒霜降，
我与残花一般样！

意译（之二）：
等待中又是重阳，
没有暖意没阳光。
雾气弥漫迷视野，
云层密布暗闺房。
离人寂寞枯坐久，
一日胜似三秋长。
铜炉香片烧欲尽，
青烟袅袅散华堂。
不甘默默青春逝，
孤身也赏菊花香。
自斟自饮东篱下，
摘取芳华插鬓旁。
直到日落黄昏后，
袖惹幽香回绣房。
回绣房，更心伤，
辗转寻觅守空床。
夜半无眠寒气重，
帷帐之下锦被凉。
莫道年轻不知愁，
女儿一夜九回肠。
待到风疾黄花败，
我亦憔悴无模样。

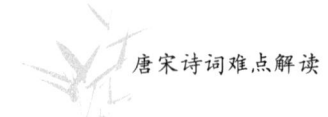

早发白帝城（又题为《下江陵》）

李白

朝辞白帝彩云间，千里江陵一日还。
两岸猿声啼不住，轻舟已过万重山。

这是广为人知的一首诗，但要真正领悟它的内涵与神韵，还需"以事解文"。

所谓"以事解文"，就是根据相关的事实、背景来解读文章。文章话语，总是产生于特定的时代、特定的环境，言说者总是有所为而言、有所指而说。所以，要准确把握文章本意，常常要把文章与特定的事实、特定的背景联系起来；而文章本身常常又没有提供这样的事实，所以，要在文章之外寻找参考的材料，或者参看既有注释，或者从自己的知识积累中去提取，或者去查书、去问人。这是一种方法，也是一种态度。有的作品，需要以事解之，而不明其事，轻则失之浮泛肤浅，重则误读歪批，此不可不慎。

这"以事解文"之"事"，可以分为两类：一类是"切身之事"，一类是"身外之事"。

切身之事，包括作者的生平遭际，思想性格，写作风格，等等。这一首《早发白帝城》涉及的就是"切身之事"。

且看论者对此诗的解说：

清黄生："一、二即'朝发白帝，暮宿江陵'语，运用得妙。以后二句证前二句，趣。"

清朱之荆："插'猿声'一句，布景着色之法。第三句妙在能缓，第四句妙在能疾。"

清沈德潜："写出瞬息千里，若有神助。入'猿声'一句，文势不伤于直。

画家布景设色，每于此处用意。"

清李锳："通首只写舟行之速，而峡江之险，已历历如绘，可想见其落笔之超。"

清施补华："太白七绝，天才超逸，而神韵随之。如'朝辞白帝彩云间，千里江陵一日还'，如此迅捷，则轻舟之过万山不待言矣。中间却用'两岸猿声啼不住'一句垫之，无此句，则直而无味；有此句，走处仍留、急语仍缓。可悟用笔之妙。"

刘永济："此诗写江行迅速之状，如在目前。而'两岸猿声'句，虽小小景物，插写其中，大足为末句生色。正如太史公于叙事紧迫中，忽入一二闲笔，更令全篇生动有味。而施均父谓此诗'走处仍留，急语仍缓'，乃用笔之妙。"

杨业荣："这首诗是李白因永王璘兵败被牵累，流放夜郎，到达白帝城遇赦，乘船回江陵时所作。诗中通过描述行船顺江而下的迅速，抒发了诗人因罪遇赦的欢快心情。"

吴小如："其妙处却在那个'还'字上——'还'，归来也……然而这喜悦舒畅必须有其乘上水船时困苦艰辛的经验作基础。换言之，没有以前的乘上水船的艰苦经验——如舟行之慢、行期之拖延、安全之无保障等——是无法体会'一日'而行'千里'的痛快和喜悦的。"

把此诗看作一般的游览记兴自然也不错，上所引诸家之论，多属此类；唯《唐诗合选》新注和吴小如先生特别从李白流放的角度着眼，也就是"以事解文"，其结果就很不一样了。单从游览的角度看，看到的仅仅是用语之"妙"，涉笔之"趣"；而从一个流放者突然遇赦还乡的角度看，那"妙"与"趣"就有了更丰富更深刻的内涵。

首句"朝辞白帝彩云间"，着"彩云"二字，单从"艺术"的角度说，一方面与"朝"字呼应，另一方面显示白帝城地势之高，为"飞流直下"做铺垫；如果考虑到作者当时的遭遇，我们还会体会到，在李白的眼里，那

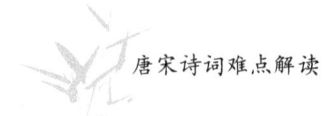

时候的"云"即使不是"彩云"也会显示出五彩的光芒——幸福的人有幸福之眼光,用幸福的眼光看一切都是幸福的。

二句"千里江陵一日还",一日而千里,舟行之速自然可见。但这样的速度为什么让李白感到痛快而欣喜?如果是游山玩水,你会为此而高兴吗?更多的人恐怕还是希望舟行慢一点,好好欣赏一下沿途的美景。吴小如先生特别欣赏那个"还"字。从哪里来再回到哪里去叫作"还"。这个"还"字的背后有一个"往"字——离开江陵而往流放之地。"往"时也是舟行,那时是怎样的情景呢?李白有诗记之:

上三峡
巫山夹青天,巴水流若兹。
巴水忽可尽,青天无到时。
三朝上黄牛,三暮行太迟。
三朝又三暮,不觉鬓成丝。

黄牛:指黄牛峡,是三峡的一段。西陵峡中有黄牛山,下有黄牛滩,南岸山壁间有石,如人负刀牵牛。江流迂回,舟行昼夜后仍见此石。故谣曰:"朝发黄牛,暮宿黄牛。三朝三暮,黄牛如故。"

此诗为李白流放夜郎、自三峡入蜀时所作。当时李白五十九岁,因永王李璘案流放夜郎,诗人五十八岁时从九江到宜昌逆流而上,走了快一年,接着便进入三峡。三峡是长江最为险峻、最难走的一段,在此行程更慢,妻子宗氏和妻弟也已经告别回南昌了,因此就更加孤独,情绪更坏。此诗就表现了当时诗人逆境难熬、情绪郁闷的状况。"巫山夹青天","夹",既写出了巫山险峻、遮天蔽日的形势,也包含着诗人青天难见的喟叹。"巴水流若兹"——巴水只管没日没夜地这样流淌而下,我却要逆流而上,含有艰难而无奈之意。"巴水忽可尽,青天无到时"——峡中从巴蜀流下的江水也许会有枯竭的时候,可那蓝天却永远也难以攀登。"三朝上黄牛,三暮行太迟"——看着那黄牛山,连续三天都是凌晨即起溯江而上,夜晚才休息,可它仍然遥在前方。"三朝又三暮，不觉鬓成丝"——这样的三天三夜出不了黄牛峡，怎能不使人愁得两鬓斑斑？诗人因船行艰难而愁白了头，这包含着时光难度，更有逆境难熬的感受。

读了《上三峡》，再读《下江陵》，感受完全不同了：那舟行之"快"正是心情之"快"，那是一种"解放了"的快感，一种重获新生的奔跑。这里需要说明的是，江陵并非诗人的故乡，也不是他流放的始发之地，他为什么特指"还"江陵呢？还得以"事"解之。诗中之"江陵"不等于今日之"江陵"。彼时之江陵，相当于今之荆州地区。江陵，秦时置县，唐时就称"荆州"，治所在今之江陵。那诗人为什么特指"荆州"呢？"渡远荆门外，来从楚国游。"（李白《渡荆门送别》）李白当年辞乡远游，第一站就是到荆州，而且在那里度过了相当长的岁月，也就是在那时候结识了他所崇拜的诗人孟浩然。而且，渡过荆门，就出了三峡，摆脱了那种高山"夹青天"的境界，眼界开阔了，心情也舒展了，离自己的家人也近了。这个"还"字，等于把"荆州"，把"荆门"之外其家人之所在，都看作故乡了。

第三句"两岸猿声啼不住"，论者多从诗的节奏、韵律的角度加以褒扬，就是所谓"妙在能缓"，使"文势不伤于直"，等等。单从技巧的角度看，固是如此，但要结合诗人的特殊遭遇看，这一句就不仅是艺术手法的运用，更是特定心理、心情的表达。三峡之"猿声"是凄厉悲凉之声，是使人"泪沾裳"之声。李白在初出三峡时也曾写到"猿声"，其感受是："月色何悠悠，清猿响啾啾。辞山不忍听，挥策还孤舟。"（李白《自巴东舟行经瞿唐峡登巫山最高峰晚还题壁》）因离乡尚且"不忍听"，那么在流放途中"上三峡"时，"猿声"给了他怎样的刺激，他是怎样的心情，我们可想而知。显然，这里写"啼不住"的"猿声"，有一种幽默感，是庆幸，也是微讽：两岸的哀猿啊：我已经解放了！我就要去和我的家人团聚了！你们自己在那里哀鸣吧，恕不奉陪啊！

第四句"轻舟已过万重山"，把哀凄的猿声甩在身后，似乎一眨眼就穿过了三峡,到达敞亮的平野,也就是"还"于"江陵"了。这一句的"轻"字,固然显示着水势如泻小舟轻,但更有获赦心情的"轻松"之意。

循着"以事解文"之路,我们确实读出了更丰富的内容,更深层次的情感。

意译:
白帝城头彩云飞,
不为李白更为谁?
免去夜郎流放苦,
皇恩浩荡口皆碑。
轻舟一苇乘流下,
千里江陵一日回。
三峡岭峻遮日月,
老猿悲啼催人泪。
老猿悲,我失陪,
诗朋待我醉千杯。

黄鹤楼①

崔颢

昔人已乘黄鹤去,此地空余黄鹤楼。
黄鹤一去不复返,白云千载空悠悠②。
晴川历历汉阳树,③芳草萋萋鹦鹉洲。④
日暮乡关⑤何处是?烟波⑥江上使人愁。

注释:

①黄鹤楼:始建于三国时吴黄武二年(223),坐落在蛇山(又名黄鹄(hú)山)之顶。楼之得名,一说是因楼建在黄鹄矶上,后人念"鹄"为"鹤",讹传为实。一说来自"仙人黄鹤"传说。其中一种说法是:此地原为辛氏开设的酒店,一道士为了感谢她千杯之恩,临行前在壁上画了一只鹤,它能下来起舞助兴。从此宾客盈门,生意兴隆。十年后,道士复来,取笛吹奏,黄鹤下来,道士跨之而去。辛氏为纪念仙翁,就地起楼,取名"黄鹤楼"。

②悠悠:飘荡的样子。

③晴川:阳光照耀下的河面,"川"应指汉水。历历:清晰可见。汉阳:东濒长江,北依汉水,有龟山与江之另侧的蛇山对峙。东汉末年建城,三国时为兵家必争之地,有与关羽相关的藏马洞、磨刀石等,东吴大将鲁肃的衣冠冢也在此。

④萋萋:形容草木茂盛。鹦鹉洲:长江江心的小洲。相传三国名士祢衡和黄祖的儿子黄射要好,某日黄射邀祢衡于江心洲打猎饮酒。一名碧姬的歌女敬酒,祢衡以为知己而尽饮之。时或献鹦鹉,祢衡作《鹦鹉赋》,叹鹦鹉乃神鸟而为人玩物,并转赠鹦鹉于碧姬。后祢衡被杀埋于洲上,碧姬殉情于祢衡墓前,鹦鹉亦随之,人并葬之于祢衡墓侧,从此,人谓江心洲

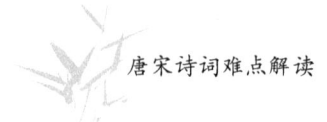

为鹦鹉洲。

⑤乡关：故乡家园。

⑥烟波：暮霭沉沉的江面。

根据以事解文的原则，我们先看看崔颢其人。

谭正璧编《中国文学家大辞典》："崔颢，字不详。生年不详，卒于唐玄宗天宝十三年。开元十三年举进士第。有诗才，性浪漫，好蒱（pú）博，嗜酒。择美女娶为妻，俄又弃之，凡三四娶。李邕闻其名，虚舍邀之。颢至，献诗，其首章云：'十五嫁王昌……'邕叱曰：'小儿无礼！'不与接待而入。官终司勋员外郎。"

臧砺龢等编《中国人名大辞典》文字与上大同，唯多"有文无行"四字评语——根据的是《旧唐书》本传称其"有俊才，无士行"。

沈文凡、李博昊："崔颢（704?—754），汴州（今河南开封）人。开元十一年（723）进士及第，累官司勋员外郎。早年生活放荡，诗多写闺情，流于浮艳，后漫游四方，诗风有了很大改变。殷璠《河岳英灵集》记载：'颢年少为诗，名陷轻薄，晚节忽变常体，风骨凛然。'"

总之，对崔颢的评价就是"有俊才，无士行"。所谓"俊才"，就是"诗才"；而对他的诗作，又只肯定其"晚期"而否定其早年之作，原因是其早年之作"多写闺情，流于浮艳"。对其"无士行"的一面，我们无所考，而对其早年诗作却可以略加考察。《全唐诗》载其诗42首，涉"闺情"者15首。就看看被李邕叱为"小儿无礼"的这一首：

王家少妇

十五嫁王昌，盈盈入画堂。自矜年最少，复倚婿为郎。
舞爱前溪绿，歌怜子夜长。闲来斗百草，度日不成妆。

这首诗写"王家少妇"虽然身居"画堂",但丈夫并不以她为念,致使她只能斗草为乐,连妆都懒得化了,表现的是妇女的幽怨与无奈。如果与后来的"花间词"相较,崔颢的诗实在算不得"浮艳"。至于像《长干曲》(君家何处住)这样清新活泼的小诗,更与"浮艳"无涉。不仅如此,崔颢的"闺情"诗还有明显针砭时弊的内容。"女弟新承宠,诸兄近拜侯"(《相逢行》);"人生今日得骄贵,谁道卢姬身细微"(《卢姬篇》);"莫言炙手手可热,须臾火尽灰亦灭"(《长安道》)。这些诗句,明眼人一看便知影射的是杨贵妃及其从兄杨国忠。李邕对崔颢所献之诗嗤之以鼻,恐怕有两方面的原因。一是囿于"诗言志"的传统观念,崔颢写闺情则不合正道;二是李邕其人是"正人君子",官居太守,如果接待了写"艳情"的青年,有失体统。反观崔颢,他明知李邕的身份与操守,而偏不迎合取媚,这也许正是他独特个性的表现。崔颢二十岁左右就进士及第,而终其一生做的最大的官也只是"司勋员外郎"。唐朝官员分九品三十级,"司勋员外郎"属"从六品上",列在第十七级,可谓终生不得志。而这不得志,恐怕不完全是因为他"无士行",更多的也许是因为他桀骜的性格与不肯媚世的作风。他晚年写的边塞诗能够风骨凛然,绝不是偶然的。

再来说《黄鹤楼》这首诗,它好在哪里呢?且看一些名家的解析:

宋刘辰翁:"但以滔滔莽莽,有疏宕之气,故胜巧思。"

明顾璘:"前四句叙楼名之由,后四句寓感慨之情。起句高迈,赋景且切实。"

清吴昌祺:"不古不律,亦古亦律,千秋绝唱,何独李唐。"

清金圣叹:"一解(前解)看他妙于只得一句写'楼',其外三句皆是写'昔人'。一(句)是写昔人,三(句)是想昔人,四(句)是望昔人。"又:"此解(后解)又妙于更不牵连上文,只一意凭高望远,别吐自家怀抱。"又:"五六只是翻跌'乡关何处是'五字,言此处历历是树,此处萋萋是洲,独有目断乡关,却是不知何处。"

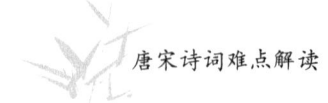

韩兆琦："作品追忆了有关黄鹤楼的神奇传说，描写了登黄鹤楼四望的壮丽江景，抒发了一种迷漫的孤寂怀乡之情……构思精巧，一气呵成……"

蔡义江："此诗前后似成两截，其实文势是从头一直贯注到底的，中间只不过是换了一口气罢了……叙昔人黄鹤，杳然已去，给人以渺不可知的感觉；忽一变而为晴川草树，历历在目，萋萋满洲的眼前景象，这一对比，不但能烘染出登楼远眺者的愁绪，也使文势因此而有起伏波澜……"（上海唐诗典）

陈增杰："其特点有三：（一）以意为主，注重气骨神理，势局开宏，一洗当时纤柔藻丽之风……（二）只求自然浑成，不固守格律，不拘泥对仗……（三）多用重字叠词……"

沈文凡、李博昊："诗的上半段气势雄浑，大气磅礴，犹如滔滔江水，一泻千里。后半段写登楼所见之景，及由此引发的浓重的乡情……鹦鹉洲清晰可见。想当年，狂生祢衡曾在此挥毫作赋，无奈怀才不遇，终遭杀害，如今只剩下芳草萋萋的鹦鹉洲……触景生情，诗人不禁想到了同样才华横溢，背负着'轻薄'之名的自己，浓重的惆怅之感便转化为不尽的乡愁。"

综观各家之说，对该诗的词法、句法、章法都有所赏析，而陈增杰先生更加以总结。我们的问题是：此诗是前后"两截"，还是一贯到底？如果是一贯到底，是什么贯穿其中的？前四句写昔人，五、六两句写景物，这与尾联的乡情有什么关系？这里需要"以事解文"。

说"前四句叙楼名之由，后四句寓感慨之情"；说（后解）"不牵连上文，只一意凭高望远，别吐自家怀抱"；说"上半段"如何，"后半段"又如何，这都是或明或暗地认定一诗"两截"，上下没有"牵连"。这种见解有违常识，等于从根本上否认此诗是"好诗"，不必予辩。说此诗"滔滔莽莽"，"文势是从头一直贯注到底"，这没有错，那么是什么使"文势"一贯到底的呢？蔡义江先生的解释是：前写昔人黄鹤，下写晴川草树，"这一对比"，"烘染出登楼远眺者的愁绪"。如果说是"对比"，那就意味着前者为"仙迹"或为"虚",后者为"人事"或为"实",这样的对比怎么就能"烘染出登楼远眺者的愁绪"呢?这"仙"与"人"、"虚"与"实"之间是怎么"贯注"的?其内在逻辑不甚明了。

我赞赏"一贯到底"的说法,且认为贯注全诗的就是那个"空"字。首联为"起",即亮出一个"空"字;颔联为"承",紧承上联之意再加一个"空"字。这不是无谓的重叠:上联之"空"是"楼空",是从空间的角度说;下联之"空"是"云空",是从时间的角度说。两个"空"字,渲染出一种无所依无所盼的苍茫迷惘的意境。颈联为"转",从写"昔人黄鹤"转到"晴川草树"。但这只是具体内容具体对象的变化,贯穿的依然是一个"空"字,要渲染的依然是"无所依无所盼的苍茫迷惘的意境"。这里的"转"是强化,而不是脱节。尾联为"合",由前面的"空"而生乡情,而生愁思,这就很自然。

问题是:"晴川草树"萋萋历历,怎么是"空"呢?沈文凡、李博昊有所讲解,惜乎只说"鹦鹉洲"而弃"汉阳树"。树有年轮,草有荣枯,而人呢?一世百年,绝无再生,所以有"人生代代无穷已,江月年年只相似"之叹,有"无可奈何花落去,似曾相识燕归来"之悲。作为文人雅士,登楼望景而生古今之念,生命之思,是极正常的事。汉阳,古来兵家必争之地,三国时尤为要冲。叱咤风云的关羽,足智多谋的鲁肃,都曾在此留下足迹;而今呢,"樯橹灰飞烟灭",关羽连头颅都没保住,徒留藏马洞、磨刀石之类的遗迹,鲁肃则在坟茔下化为灰土:一切皆空!那鹦鹉洲呢?那里埋葬着敢于骂曹的祢衡,还有不忘旧情的碧姬和鹦鹉。耿介也罢,痴情也罢,最终还不是归于地下:一切皆空!世事如此,人生如此,想到自己凭才情二十岁进士及第,而人情竟然如此凉薄,仕途竟然如此坎坷,争也是"空",不争也是"空"。这里的"愁"字,不仅仅是一种"情绪",它还是一种理性思考:乡关自是归老之地,但自己真的能名未成而甘于身退吗?事实是,诗人最终也没有归乡,而是老死京城官场之地。

意译：

黄鹤楼，使人愁！
仙人曾醉在楼头。
楼头画鹤鹤能舞，
酒客盈门福满楼。
而今仙客乘鹤去，
鹤去楼空谁与谋？
时光如水流千载，
唯有白云荡悠悠。
仰观白云俯瞰水，
波光粼粼水自流。
历历在目汉阳树，
树下衣冠存古丘。
当年争斗风烟散，
多少英雄志未酬。
更有祢衡赋鹦鹉，
美人殉情鹦鹉洲。
只见洲上萋萋草，
再无情侣携手游。
英雄志，情侣游，
古今一梦黄粱熟。
人生最幸归乡土，
乡土难归未封侯。
一轮红日沉沉落，
江边楼上我自愁。

满江红

岳飞

怒发冲冠,凭阑处、潇潇①雨歇。抬望眼、仰天长啸②,壮怀激烈。三十功名尘与土,八千里路云和月。莫等闲③、白了少年头,空悲切。

靖康耻④,犹未雪;臣子恨,何时灭。驾长车,踏破贺兰山缺。⑤壮志饥餐胡虏肉,笑谈渴饮匈奴血。待从头、收拾旧山河,朝天阙。⑥

注释:

①潇潇:形容雨势急骤。
②长啸:大声呼喊,怒吼。
③等闲:轻易,随便。
④靖康耻:宋钦宗靖康二年(1127),金兵攻陷汴京,虏走徽、钦二帝。
⑤贺兰山:距河北省邯郸市磁县城西北三十华里,今林峰村南。据载,宋代有一位名叫贺兰的道人在此修炼,故为贺兰山。另有一说,因山上长有一种花叫贺兰而得名。缺:山口。
⑥朝天阙:朝见皇帝。天阙:本指宫殿前的楼观,此指皇帝生活的地方。

岳飞的这首词,可以说是宋词中最广为人知的一首。但从作品的主旨,到句与句之间、上下片之间的逻辑,再到对具体语句的解读,都还有值得一议的地方。

要解读这首词,不能不结合当时的政治环境特别是岳飞自己的身世、遭遇,也就是说必须"以事解文";同时还要文内信息的互解,就是"以文解文"。

开口便大呼"怒发冲冠",此"怒"何来?是"怒"金人的入侵吗?论者几乎众口一词。但是,怒,只是一种情绪,而且应当是突然遭到某种不平、某种打击之时产生的情绪。金人南侵已非一日;岳飞抗金,即使算到"三十岁",也已足十年。这时,抗金的将士早已过了情绪化的阶段,更不可能还在"怒发冲冠"。他们心中有恨,有仇,他们要思谋的是如何战斗,如何取胜。那么这股怒气从何而来?应当是来自皇帝的猜疑,来自主和派的掣肘与打击,来自失地的得而复失。这就又涉及此词创作时间的问题了。

看目前诸家之说,大多根据"三十功名尘与土"一句,判断为绍兴六年(1136),岳飞三十四岁时所作。这一年发生了什么事呢?是年,岳飞第二次出师北伐,曾攻占了伊阳、洛阳、商州和虢州,继而围攻陈、蔡地区。但因故奉命撤军,退守鄂州(今湖北武昌)。论者即以岳飞壮志未酬,推定《满江红》作于此时。

但这种说法不太可信。此次撤军,似乎与岳飞的"目疾"有关(《宋史·岳飞传》)。而且,撤军后,并没有致使得地复失;此时他也并没有失去宋高宗的信任和倚重。就在第二年的二月,岳飞奉诏入朝觐见高宗,高宗曾把飞召至"寝阁",向飞授命说:"中兴之事,朕一以委卿。"后又拜岳飞太尉,升湖北京西宣抚使兼营田大使(《宋史·岳飞传》)。在这种情况下,说岳飞"怒发冲冠",难以置信。

那么,此词到底作于何时?郭伯勋、李之亮两位都明确提到绍兴十一年(1141)(按:绍兴十年?)朱仙镇大捷与十二道金牌撤军令,但没有详论。孙果达先生更进一步推定此词"诞生在岳飞于绍兴十年七月下旬奉诏被迫班师到入狱之间的一年多时间里",并做了详尽的考证:在那段时间里,岳飞究竟何事最为愤怒?在班师途中,岳飞撕心裂肺悲愤交加:"所得诸郡,一旦都休!社稷江山,难以中兴!乾坤世界,无由再复!"随后,岳飞又被剥夺了兵权,听命于可耻屈辱的和谈。但真正令岳飞"怒发冲冠"的是得知对自己的陷害之时。有位好心的部将设法通知当时正在庐山的岳飞关于王俊上告张宪背叛的消息。岳飞立刻明白这是"项庄舞剑,意在沛公"。从不许胜利到屈膝求和,再到陷害忠良,要加害自己,此时的岳飞终于忍不住"怒发冲冠"而"仰天长啸",该是顺理成章的。查张宪入狱应该是绍兴十一年九月上旬后,岳飞是十月上旬下庐山的。因此《满江红》的诞生理当就在其间的二十多天里。

我这里还有一个证据,证明此词不可能作于绍兴六年。词曰:"靖康耻,犹未雪;臣子恨,何时灭。"论者一般把"臣子恨"解读为自己身为臣子,出于君臣观念为君王蒙难而产生的仇恨。我以为,这样解读等于把一件事分成两句说,是无谓的重复。所谓"靖康耻",其中就已包含着"臣子恨"——难道可以理解为那只是君王之耻而与臣子无干吗?况且还有一个"犹"字。犹者,还也,持续也。我的解读是这样:靖康年间君王被掳的耻辱还没来得及洗雪;后来又被迫向金称臣纳贡,这样的仇恨何时才能消除?

有人可能会问,向金称臣纳贡,那不是绍兴十一年(1141)岳飞被陷入狱之后"绍兴和议"之中的条款吗?这种条款又怎么可能被岳飞写进词中呢?殊不知,南宋绍兴年间曾有过两次宋金和议。第一次是绍兴八年(1138)十二月,金使到临安,提出"以土地换臣属"的外交建议,当时秦桧力排众议代表赵构接受了金使建议,双方达成和议(《宋史·秦桧传》),和议就有南宋向金"称臣"的条款。只不过后来和议夭折,才有绍兴十一年十一月的大家所熟知的第二次和议。既然称臣纳贡的事发生在绍兴八年,若是《满江红》作于绍兴六年,又怎么能有"臣子恨"之说呢?所以孙果达先生的说法最可信。

推定了写作的具体时间与情境,其何以"怒"且到"怒发冲冠"就可以理解了。接下来,对其他语句的解读也就有了根据。

"三十功名尘与土,八千里路云和月。"诸家之论,多以为这两句是说南征北战十分艰苦,已是三十岁的人了,而"功名"却如同"尘土";只有

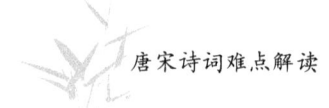

周汝昌先生体会出"驰驱何足言苦,堪随云月共赏"的浪漫情怀(见上海唐宋辞典——南宋辽·金》)。而对"尘与土"实际还有不同的解读:或曰不把功名当回事,视如尘土(郭伯勋);或曰虽经南征北战,所得到的功名却如尘土般微不足道(胡云翼)。说岳飞不重功名(大概是为英雄"讳")不符合实际,"白首为功名"(岳飞《小重山》词),这是他自己说的。岳飞三十二为清远军节度使,三十三岁受镇宁崇信军节度使,封武昌郡开国侯,三十四岁徙镇武胜、定国军节度使,三十五岁拜太尉,升宣抚使:怎么能说他30多岁时所得功名还如尘土般微不足道呢?

我有不同的体会。岳飞既处危难之中,预感前途凶险,在怒发冲冠、仰天长啸之后,不禁回顾起自己前半生的奋斗与遭遇。三十,应不是指年龄,而是指为"功名"而奋斗的时长。对此,孙果达先生已有论述:"封建社会的功名是从幼时求学开始的,并非一出生就能追求的。岳飞自幼时习武读书到入狱前,正好三十年上下,是个约数。"这种说法是不错的。文天祥《过零丁洋》诗说:"辛苦遭逢起一经,干戈寥落四周星。"他回顾生平,也是从早年"读经"开始。读经,科举,入仕,这是当年读书人的共同追求。至今人们写"履历",一般也从读书的年龄开始。当然,"八千里路"也是约数,概言其征战之艰苦,这没有问题。

需要讨论的另一个问题是:说"尘与土"是"到处奔走","云和月""指阴晴"(中国社科院文研所)——似乎还是说转战跋涉,如此,则两句不是重复了吗?其实,"云和月",代表阴与晴,进而可以理解为代表征战途中的风雨寒暑等等境遇。"云和月"既是两种事物、两种境界,与之对言的"尘和土"难道可以解读为含混为一的"尘土"吗?我以为不可。这是岳飞回顾平生的话:从二十岁投军抗金始,十几年来,几经波折,自己的"功名"时而得,时而失;时而高升,时而罢黜:得时、升时如尘之飞扬,失时、罢时如土委地,而目前又一次罢官失爵,看来是再无转圜之地,升沉由人,命运弄人啊!由此发出浩叹:"莫等闲、白了少年头,空悲切!"论者多以为此句为自励之词（唐圭璋注、刘永济《唐五代两宋词简析》等），也有说这是在告诫、教育他人——即"说与天下人体会"（周汝昌），总之是强调不要"轻易白了少年头"，免得"空悲切"。写此词时，即使按照"三十多岁"论，岳飞还能说自己是"少年"吗？在"怒发冲冠"之际，又忽然对"少年"进行教育，怎么会有这样的心理转换？实际上，这是个转折复句，是在自悲自叹：我自少年时就立下宏愿，不能"轻易白了少年头"，但是到头来，一切皆空，只有满腹的冤情，满腔的悲愤！

词的下片，正是承接这"空悲切"而来的。

下片之词，论者无一例外认为是正准备付诸行动的、还有可能变为现实的理想，表现了什么"决心与信心"，还有什么"英雄主义""乐观主义"（李之亮），等等。我深不以为然。自己已然削职罢官，儿子与部下已然被诬入狱，命运之凶险已昭然可见，唯有怒发冲冠，仰天长啸，哪里还谈得上什么决心、信心、英雄主义、乐观主义！我以为，这是在讲一种遗恨，一种已然落空了的理想，是痛切，是悲愤，是无可奈何的控诉！换一个角度，也可以把这些话看作是对君王的"表白"，甚至可以看作是向迫害者的"申诉"：我的心中只有"靖康耻""臣子恨"！我的理想就是要直捣黄龙，"朝天阙"！正是："天日昭昭！天日昭昭！"

由此我体会这首词的主旨就是：表达对投降派的愤恨，抒发忠臣遇诬的悲哀。"空悲切"就是全词的核心。

这是"以文解文""以事解文"得出的结论。

意译：
急骤的秋雨已然停歇，
心头的怒火还在燃烧。
天聋地哑，我对谁人诉说，
只有独自登楼，仰天长啸。

精忠报国，从小立下冲天志，
初心不改，三十年来未辞劳。
万里征战，何论阴晴与寒暑，
一生功名，时或升腾时潦倒。
警钟长鸣，不能虚度青春去，
到头来，一腔热血空自抛。

奇耻大辱，圣上竟成俘虏，
称臣纳贡，大宋怎为王朝？
何时迎回二圣振朝纲，
何时驱除金虏龙旗飘？
原打算，率部跨过山口去，
直捣黄龙贼老巢。
要像猛虎扑食豹狩猎，
饮敌血，食敌肉，恨才消。
重整山河光日月，
跟随百官拜天朝。
到而今，兵权削，命如草，
卖国贼欢金人笑。
谁念江山破碎如飘蓬，
谁听我长啸入云霄！

浣溪沙

贺铸

楼角初销一缕霞，淡黄杨柳暗栖鸦。玉人和月①摘梅花。
笑捻粉香归洞户，②更垂帘幕护窗纱。东风寒似夜来些。③

注释：

①和月：趁着月色。

②捻：摘取。粉香：指梅花的花香，此以代指花枝。洞户：室与室之间相通的门户，这里指幽深的内室。

③寒似：寒于。夜来：昨夜。些（sǒ）：语助词。

这首小词描写了一位佳人傍晚时分与情郎相亲相爱的生活片段，含蓄温婉，富有情趣，有"不着一字，尽得风流"之誉。但由于用了一个典故，致使众多论者解而不通，大段的所谓"鉴赏"成了无根之木。

毛冰先生的解读："此词写一位纯净高洁、貌美如玉的年轻女子从傍晚到夜间的一些活动，充满了词人倾慕和爱恋的情感。""下片写室内……佳人采罢梅花，她面含微笑，手指轻轻拈动花枝，迈动款款碎步，她要回房去了……'更垂帘幕护窗纱'，'更'即'又'，佳人入室之后，马上就把帘幕垂挂下来，用一'又'字，说明天天如此，已成生活定例。帘幕护住窗纱，严严实实，既遮挡风雨侵袭，又使人无缝窥伺，佳人很善于自我保护，在自己的小天地里，慎独高雅，孤芳不群……'东风寒似夜来些'……虽然佳人刚刚放下帘幕，入夜不久，由于是初春季节，东风一吹，仍觉得寒气浸浸，犹如深夜一般。"（贺编典）

蔡义江先生的译文："她笑着手捻蕊粉芳香的花枝进重门回到室内，又

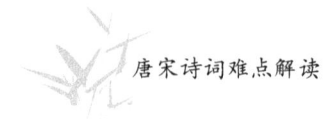

放下帘幕来护住窗纱,东风吹来冷得像到了夜间一样。"赏析:"'淡黄杨柳',是早春季节;'暗栖鸦',是黄昏时刻……月已初上,暗香浮动,引得玉人前来采摘。""下片三句承摘花而写玉人自庭院回到室中,着重表现其人……进门后又垂下了帘幕,虽说是为了遮风以保护窗纱,实则写出她珍重芳姿而知自爱的性情举止。末了说'东风'料峭,'寒似夜来',固然是交代'垂帘幕'的原因,同时也是写深居幽独的弱女子的情怯。"

李之亮先生的译文:"她含笑握着一枝梅花回到闺中,又放下帘幕护住窗纱,东风像是比深夜时更冷些。"解析:"这是一首清新的小词,描写一位少女在傍晚时采摘梅花的俏皮情景。"

黄竹三先生的解读:"'淡黄杨柳暗栖鸦'一句,似乎其中蕴有深意。古乐府中有《杨叛曲》……是一首描写男女恋情的诗歌,后来李白据此衍成《乐府诗》:'君歌杨叛儿……'显然使用了这一典故,因而蕴藏玉人心有所思、情有所感的深意。正因为她形单影只,所以才感到'寒'意,才去'更垂帘幕护窗纱'。"(燕山典)

可以说,上述诸家,只有黄竹三的解读沾了一点边,其余都没有读明白,而造成误读的"坎儿"就是"杨柳藏鸦"一个典故。

藏鸦:原谓枝叶荫蔽,出于梁简文帝《金乐歌》:"槐花欲覆井,杨柳正藏鸦。"古乐府也有《杨叛儿》歌词:"暂出白门前,杨柳可藏乌。欢作沉水香,侬作博山炉。"这里的"杨柳藏鸦",主要是时间概念:乌鸦栖于树,正是男女约会之时。李白借此题创作了一首新诗,又给"杨柳藏鸦"一语赋予了新的含义:

杨叛儿

君歌杨叛儿,妾劝新丰酒。

何许最关人,乌啼白门柳。

乌啼隐杨花,君醉留妾家。

博山炉中沉香火,双烟一气凌紫霞。

此诗以女性口吻写一对男女相爱的场面。应注意的是,与"乌啼隐杨花"相联系的是"君醉留妾家",于是"杨柳藏鸦"就有了"君留妾家"之意。"博山炉中沉香火"两句则是古乐府"欢作沉水香,侬作博山炉"的概括与发挥。再看贺铸的这首《浣溪沙》,主人公是"玉人"。玉人,本泛指容貌美丽的人,如元稹《莺莺传》:"隔墙花影动,疑是玉人来。"后多用以称美丽的女子。韦庄《秋霁晚景》诗:"玉人襟袖薄,斜凭翠栏干。"谢逸《南歌子》词:"画楼朱户玉人家,帘外一眉新月、浸梨花。"等等。这里的"玉人"无疑也是一女子。她在月下摘了梅花,高高兴兴地笑着回到"洞户"——本指房间与房间相通的门户,借指幽深的内室。内室已然是隐蔽之处,她还要垂下帘幕,为什么呢?她的"解释"是:那东风可比昨夜要冷啊!这女子的行为言语是不是有些怪?如果认定这女子是"形单影只""深居幽独的弱女子",确是有点怪。如果意识到"淡黄杨柳暗栖鸦"一句实际隐含了"君留妾家"的信息,而且意识到那"君"早在"楼角初销一缕霞"的时刻就到来了,玉人"和月摘花"的举动,密室垂帘的心思,东风夜寒的解释,就都好理解了;那"洞户"里隐藏着一个人儿。玉人摘花,笑归,是要把花献给身边的情人;而"更垂帘幕",乃是要把屋室遮得严实些,免遭外人窥见。正因为天气并非是真冷到非要垂帘保暖的季节,所以她对情人说夜间天冷,用以遮羞也。

在讲"以事解文"的时候,还有一层意思需要说明:以事解文切忌牵强附会。前面提到的北京燕山出版社《宋词鉴赏辞典》在讲解"金龟换酒"时说什么"表示了对功名利禄的厌弃",就属于牵强一类了。

诗词,特别是"词",因为发源于席间酒边,只是供歌姬演唱的歌词,也正因为如此,文人墨客在作词时心态放松,无意中倒有可能流露出心底的真情。于是就有了"比兴寄托"之说。这一学派的代表是张惠言。他在《词选序》中提出了"比兴寄托"的主张,强调词作应该重视内容,"意内而言外","意在笔先","缘情造端,兴于微言,以相感动","低回要眇,以喻其致";同于"诗之比兴变风之义,骚人之歌","不徒雕琢曼词而已"。从词的发展情况来看,张惠言的议论有一定的价值,但有时不免陷入片面,过于牵强。例如,他在讲解欧阳修《蝶恋花》词时说:"'庭院深深',闺中既以邃远也。'楼高不见',哲王又不寤也。'章台游冶',小人之径。'雨横风狂',政令暴急也。'乱红飞去',斥逐者非一人而已。殆为韩、范作乎?"王国维曾对此加以批评。

意译:
楼角刚刚散晚霞,
情郎悄悄到我家。
深知情趣郎高雅,
我趁月色摘梅花。
摘花归来入密室,
笑把花香献给他。
密室虽深怕人窥,
我放帘幕遮窗纱。
情郎笑我太多事,
我说风寒怕冻杀。

寻诗两绝句

陈与义

楚酒困人三日醉，①园花经雨百般红。
无人画出陈居士②，亭角寻诗满袖风。

爱把山瓢③莫笑侬，愁时引睡④有奇功。
醒来推户寻诗去，乔木峥嵘明月中。

注释：

①楚酒：楚地产的酒。困人：使人困倦。
②居士：古代对有德才而不出仕者的称呼。这里是作者自称。
③山瓢：山野中人所用的瓢，这里指粗陋的饮酒器。
④引睡：催眠。

陈与义，字去非，号简斋，洛阳（今属河南）人，是南北宋之交的著名诗人。宋室南渡后，避乱于湖北襄汉一带。他的诗歌创作可以金兵入侵中原为界线，分为前后两个时期。前期表现个人生活情趣的流连光景之作，词句明净，诗风明快，很少用典，清新可喜。南迁之后，因国破家亡，颠沛流离，经历了和杜甫在安史之乱时颇为相似的遭遇，对学杜有了更深刻的认识，诗风有了改变，转学杜甫，写了不少寄托遥深的诗篇。

此诗应作于避乱襄汉时，客居异乡，寄人篱下，满怀愁苦又无可奈何，只得终日饮酒自醉，寻诗寄愁。标题明示了诗的基本内容。

第一首，楚酒，楚地产的酒——这正好印证了作者时在襄汉——古楚之地。而楚酒即解忧之酒。唐皇甫冉《送从弟豫贬远州》诗："忧来沽楚酒，

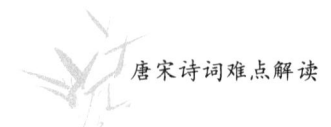

玄鬓莫凝霜。"连日大醉，终有一醒。醒来到园中"巡诗"以寄愁情；只见雨后花红，似乎是在嘲笑自己的颓唐与无为，而诗又不易得。古人兴感之来，觅得佳句，就写下来存于袖中。说"满袖风"，见得袖中有风而无诗——很失望、很无奈。

第二首，仍是先从饮酒说起。爱饮就是为了催眠——但愿长醉不用醒。但醒是不可避免的，于是"推户寻诗去"。结果呢，"乔木峥嵘明月中"——那峥嵘的乔木似乎也和红花一样，在嘲笑自己的颓唐与无为。应注意的是：第一首写的是日间事，地在"亭角"；第二首写的是夜间事，地在林中。再有，第二首有一情态语"愁"字，这个字其实也回应着第一首。

意译：
金人马踏汴梁城，
避难流落在楚中。
寄人篱下千般苦，
欲有作为万不能。
终日饮酒求一醉，
烂醉如泥终有醒。
醒来亭角寻诗去，
但见园花雨后红。
园花耐得风雨打，
我自无为似山僧。
山僧有酒得自在，
我需寻诗泄愁情。
寻诗不得仰天叹，
居士空有两袖风。

手把山瓢君莫笑，
明时谁肯做醉翁？
一腔愁绪难排解，
楚酒催眠有奇功。
天生我材有何用，
但愿长醉不复醒。
不愿醒，偏复醒，
醒来寻诗明月中。
月下徘徊诗何在，
唯有乔木尽峥嵘。
草木无知有风骨，
蹉跎无奈愧人生。

六幺令

晏几道

绿阴春尽,飞絮绕香阁①。晚来翠眉②宫样,巧把远山③学。一寸狂心④未说,已向横波⑤觉。画帘遮匝⑥,新翻曲妙,暗许闲人带偷掐⑦。

前度书多隐语,意浅愁难答。昨夜诗有回文⑧,韵险⑨还慵押。都待笙歌散了,记取来时霎⑩。不消⑪红蜡,闲云归后,月在庭花旧栏角。

注释:
①香阁:指女子闺阁。
②翠眉:形容女子眉毛青翠。
③远山:即远山眉,又称远山黛,形容女子眉毛如远山之细长。
④一寸狂心:指女子狂乱激动的春心。
⑤横波:指眼神,目光流转如水波横流。
⑥遮匝:四面遮护。
⑦偷掐:暗暗地依曲调记谱。掐:掐算,此指按着手指计拍节记谱。
⑧回文:诗体的一种,顺读倒读都可成文。
⑨韵险:字数少而难押的韵。
⑩来时霎:暂留片刻。
⑪不消:不需要。

此词的主人公是一位女演员,这是她在演出前与自己情人相约会的一封信。

上片写其演出前、化妆时的激动心情。首句交代地点、时间。地点是"香阁"——很讲究的所在；时届春末——柳絮绕阁乱飞。这飞絮之缭乱，也许正如她此时的心绪吧。接下来就具体描写其化妆之讲究与心情之喜悦。眉毛要画成远山模样，因为这种眉妆为皇宫所用，最为高雅，与其说这是为了演出，不如说这是"女为悦己者容"。一边化妆，一边想着与情人的约会，自然就"喜上眉梢"了。她还特别告诉自己的情人：自己这次演出有一首新曲，深怕被别人偷学了去，所以在练习时把屋子的四面都遮护起来。这等于是一句"悄悄话"：一方面是给情人一种期待；另一方面，也显示出两人关系的亲密。

下片明写约会。先回顾前此的书信往来：你写信用隐语，意思太隐晦，我不能回答；你写诗给我，又用"回文""险韵"，我也学不来。——这是在向情人解释她为什么一直没有给他回信，以消除误会。最后就发出明确的约会信息：演出结束后，你不要走，我们在庭院花栏的角落相会！

此词写艳情，却艳而不俗。对女主人公热恋中的心理描写得细腻而生动，对其热情而率真的性格刻画得十分鲜明。

对此词存在着普遍的误读。

蔡义江先生说："彩绘的帘幕四周，奏起新谱的曲子，音调真妙啊！我心里暗暗地允许外界闲人偷听到学了去。""上一次来信中，你用了许多隐语，意思倒浅显，我却愁难以作答；昨夜惠赠的诗中，又有回文，韵押得太险了，我还是懒得费神去步你的韵。"

郭伯勋先生说："'画帘密匝'，写其不愿待客应酬；'暗许偷掐'，写其听任闲人偷记。"

贺大龙："这三句说，自己处于'周围遮满画帘'的环境之中，没有追求个人爱情、幸福的自由，只能把感情寄托在新翻的曲子里，希望有人把自己的曲子传出去。"（贺编典）

王双启："上片的后几句写的是笙歌演出的情况。在四周有画帘遮护的宴席场所,她演奏的新翻曲子,妙处纷呈。因为有所爱者在座,她尽情施展本事,不但奏'新翻曲',而且奏得'妙'。'暗许闲人带偷掐',意谓:情人在座,定要尽心演奏的,曲谱尽管让旁人偷记了去,也在所不惜。"(上海唐宋辞典)

上引诸家之论有两处有违"文理":

1."画帘遮匝,新翻曲妙,暗许闲人带偷掐"——既言"画帘遮匝",怎么又"暗地里允许"他人学了去呢?或者反过来问:既然允许他人把自己的新曲子学了去,为什么还得"暗地里"学?为什么还要"画帘遮匝"?至于说"画帘遮匝"是什么"彩绘的帘幕四周",或是"写其不愿待客应酬",都与此四字本意不能相合。

2."前度书多隐语,意浅愁难答"——说"隐语,意思倒浅显,我却愁难以作答"。"隐喻"怎么倒"意思浅显"?既然"意思浅显",怎么又"难以作答"?

这样的解读完全不合逻辑。

第1个问题,论者不顾文理而牵强立说,误在一个"许"字。如果把"许"解读为"允许、答应",就与前面的"画帘遮匝"相矛盾。其实,许,还有一个常见的义项:处,处所,地方。常言有问"何许人也",就是"何处人也"。诗词中"许"的这种用法很普遍。"何许最关人,乌啼白门柳"(李白《杨叛儿》);"人家在何许"(梅尧臣《鲁山山行》);"远浦萦回,暮帆零乱向何许"(姜夔《长亭怨慢·渐吹尽》)等等。还有一个"带"字。带,本有"环绕""覆盖"义,直释为"布满"[1]。例句:杜诗《客居》:"短畦带碧草,怅望思王孙。"《丁香》:"细叶带浮毛,疏花披素艳。"《将赴成都草堂,途中有作,寄严郑公五首》其二:"处处清江带白蘋,故园犹得见残春。"知此,"暗许闲人带偷掐"就好讲了:自己新创作了一首美妙的曲子,而暗地里布满了想要偷偷学习的同行,所以她在练习时要"画帘遮匝"以加防范。

---

[1] 魏耕原:《唐宋诗词语词考释》,商务印书馆2006年版,第126—127页。

第二个问题。隐语，本来意思不好猜度，怎么会浅显？既浅显，又怎么会难以作答？按诸文理，"浅"与"险"对言，义从此出才对。多数解读为"我的见解浅，所以难以作答。但此"意"乃"隐语"之意，非"我意"也。《汉语大词典》：浅（jiàn），通"譐"。譐：善言。所谓"善言"，就是巧言。又，譐譐：工巧。"意浅愁难答"，是说"你的隐语意思太隐晦，我难以作答"。

意译：

亲爱的：马上就要演出了。
我正在香阁里化妆。
阁外绿树成荫，杨花乱飞，
搅得我有些意乱心慌。
我把眉毛画得像一脉远山，
相信你一定喜欢，
这可是最最高雅的宫妆模样。
我忍不住喜上眉梢，
你可别笑我浮荡轻狂。
告诉你一个小秘密：
我编排了一支新曲，
到时候你可得认真欣赏！
为了不让别人偷着学去，
练习时我把四围严密遮挡。
谁编的曲子谁首演，
我这可不是小肚鸡肠。

你曾两度写信给我，
我都没有及时报偿。

不是对你无情意，
是你的信写得太夸张。
一封信你用的是隐语，
我半懂不懂头脑直发胀。
一封信你写的是回文诗，
我水平不够难以作诗章。
这些都不必再说了，
咱们相约就在今晚上。
散场之后你可别走，
庭院栅栏的角落那儿，
又有花香又有明月光。
记住：不见不散啊！
让我们尽情地欢聚一场。

遣悲怀三首（其一）

元稹

谢公最小偏怜女①，自嫁黔娄百事乖。②
顾我无衣搜荩箧③，泥④他沽酒拔金钗。
野蔬充膳甘长藿⑤，落叶添薪仰古槐。
今日俸钱过十万，与君营奠复营斋。⑥

注释：

①谢公：东晋宰相谢安，他最偏爱侄女谢道韫。
②黔娄：战国时齐国的贫士。此自喻。言韦丛以名门闺秀屈身下嫁。百事乖：什么事都不顺遂。
③荩箧：竹或草编的箱子。
④泥：软缠，央求。
⑤藿：豆叶，嫩时可食。
⑥奠：祭奠，设酒食而祭。斋：延请僧道超度亡灵。

元稹，与白居易齐名，世称"元白"，是中唐新乐府运动的有力倡导者。元稹的原配妻子韦丛是太子少保韦夏卿（死后赠左仆射，是宰相之位）的幼女，于唐德宗贞元十八年（802）和元稹结婚，当时她二十岁，元稹二十五岁。此时的元稹仅仅是秘书省校书郎，俸钱不多，生活贫困。但韦丛很贤惠，毫无怨言，夫妻感情很好。过了七年，元稹升任监察御史，韦丛却不幸病死，年仅二十七岁。元稹悲痛万分，写了不少悼亡诗，其中最有名的是《遣悲怀三首》，这里选的是第一首。

诗人在《祭亡妻韦氏文》中说："况夫人之生也，选甘而味，借光而衣，顺耳而声，便心而使，亲戚骄其意，父兄可其求，将二十年矣，非女子之幸耶？逮归于我，始知贱贫，食亦不饱，衣亦不温。然而不悔于色，不戚于言。"这首诗的前六句，与这一段话的意思差不多。

诗的开头两句追忆韦丛的高贵身份和婚后的贫困生活，形成强烈对比；而正是在这样的巨大反差中考验出了作为妻子的韦丛的贤德。"百事乖"三字，逗出下面四句。颔联，从体贴丈夫上说，一句说穿，一句说酒，当卖自己的衣物、钗环，给丈夫买衣沽酒，牺牲自己成全丈夫，满足丈夫，其情至深。颈联从安贫持家上说，一句说粮，一句说柴，家用柴米油盐，本是丈夫职责，却由妻子承担，一个贵族家的娇女，能如此安于清贫、艰苦持家而无悔无怨，其性至醇。这两联诗抓住生活中的几件小事，用毫无修饰的本色语言，把一个妻子的至情至性表现得淋漓尽致，也把自己对妻子的无限感激与愧疚表现得淋漓尽致，所以至今犹能感人肺腑。

尾联从追忆回到现实。现在飞黄腾达了，而在自己最失意的时候给予了莫大的支持与安慰的妻子却撒手西去了，想要补偿她，回报她，也只能"营奠复营斋"了。这对生者而言自然是一种诚意的表示，但对逝者这到底有多大意义呢？诗人心中的伤痛，到底是无法平复了。

对本诗"泥他沽酒拔金钗"一句中的"他"字，论者无例外的都解读为"她"，即指诗人的妻子韦氏；而"泥"就是"软缠"，"泥他"就是"死乞活赖地缠她"，"缠住她软语索求"。（上海唐诗典 陈志明、陈增杰文）王文儒先生也许是发现了什么不妥，说"泥""犹累也"。但"他"还是"她"。而释"他"为"她"，这一句的主语就是"我"，是说"我泥他"。

从文理和事理两方面看都说不通。

先说文理。这三首悼亡诗，都是对亡者言的，所谓"为君营奠复营斋"，"闲坐悲君亦自悲"（见第三首），都承认这句中的"君"就是"你（您）"，是第二人称。而说"我泥他"，主语变成第一人称，亡妻反而成了"第三者"。况且本诗的前六句，第一句说"你是谢公最小偏怜女"，第二句说"你嫁与黔娄百事乖"，第三句说"你顾我无衣搜荩箧"，第五句说"你野蔬充膳甘长藿"，第六句说"你落叶添薪仰古槐"，主语全是"你"，唯独第三句主语变为"我"，也显然不合逻辑。

再说事理。本诗追忆亡妻对自己的温情体贴，说是"顾我无衣"就"搜荩箧"，完全是她的主动行为；而把"泥他"句讲成"我身边没钱，死乞活赖地缠她买酒，她就拔下头上金钗去换钱"，且不说把诗人自己写得不堪（无赖且近乎无耻），妻子的行为也就成被动的了，就有几分勉强了，这不与要表现妻子的贤淑体贴的主旨背道而驰吗？

我以为，这里的"他"其实就是"我"。这一句说的是妻子见自己无酒可饮，就主动当卖金钗，我不肯，她就"软语相求"。不是"我泥她"，而是"她泥我"，正是在"她泥我"的情事中表现出她对自己爱得真诚，爱得深挚，爱得让自己既感动又愧疚。

释"他"为"我"，虽然在各种辞书中找不到根据，但在语言实践中却有例可征。白居易《东南行一百韵寄通州元九侍御澧州李十一舍……窦七校书》诗："岁华何倏忽，年少不须臾……穷通应已定，圣哲不能逾。况我身谋拙，逢他厄运拘。漂流随大海，锤锻任洪炉。""逢他"对"况我"，"他"就是"我"。白居易《能无愧》诗："……婢仆遣他尝药草，儿孙与我拂衣巾。回看左右能无愧，养活枯残废退身。"这是说婢仆伺候着我服药，儿孙们替我拂拭衣巾，自己"枯残废退"，心存愧疚。"遣他"就是"遣我"。

"他"作为指代词，还有其他"活用"的情况。张九龄《杂诗五首》有句："木直几自寇，石坚亦他攻。何言为用薄，而与火膏同。"这里用《庄子·人世间》"山木自寇也，膏火自煎也"的典故，是说树木因为挺直可用而招致砍伐，岩石因为坚固可用而招致开采，"他攻"义同于"自寇"，"他"同于"自"。李山甫《松》诗："地耸苍龙势抱云，天教青共众材分。孤标百尺雪中见，长啸一声风里闻。桃李傍他真是佞，藤萝攀尔亦非群……""傍他"与"攀尔"对言，"他"义同于"尔"。

意译：
你是宰相家中千金女，
我是官卑禄薄一黔娄。
一从嫁到元门后，
居家度日事事愁。
看我衣不合身失体面，
你卖妆奁为我买行头。
拦不住你忍心卖金钗，
为的是给我换上一壶酒。
食粮不足，野菜充饥常度日，
豆叶已老，苦涩难吃也采收。
灶里无柴，煮饭只能烧落叶，
仰望古槐，盼它年年叶片稠。
如今我俸钱过十万，
你却横遭病魔一命休。
不能与君共享富与贵，
唯有厚礼祭奠与君谋。
多请僧道堂前做法事，
超度亡灵愿君阴间不再愁。

闺怨

王昌龄

闺中少妇不知愁,春日凝妆上翠楼。①
忽见陌头②杨柳色,悔教夫婿觅封侯③。

注释:

①凝妆:严妆、盛妆。翠楼,犹珠楼、玉楼,指女子居住的精美楼舍。
②陌头:路边,借指野外。陌,田间小路。
③觅封侯:为得封侯而从军。觅,寻求。

我们借这首小诗来说说"以情解文"。

解读文本,不仅要读出其中的"理",还常常要体悟其中的"情"。除了要从整体上把握文本的情感基调,还要能从局部、从细节的叙写中体悟到作者的情之所在。这当然离不开整体的把握,有时还要靠背景的支持,但有的文本并不使用情态语,也不让情感"溢于言表",这时更需要睁开情感的眼睛,这就是以情解文。以下三种情况要特别加以注意。

从言行叙事中读出情感来。文字看似只是"客观"地叙写作者自己或所刻画人物的言行举止、神情面目,其实常常意在写人物的心理,写人物的情志,这时,作为读者,需要"设身处地",需要走进人物的内心。

从写景状物中读出感情来。写景状物的诗文,多有鲜明的情态语,其情其感"溢于言表",这样的文本不必再论。还有的诗文,并不以写景状物为中心,只是在叙事中穿插一笔两笔,专注于故事进程的读者很容易忽略这样的一笔两笔。但在优秀的诗文中,这样的穿插描写"一切景语皆情语",作者的情感自然地移注于外物;而作为读者,从中体悟出作者所寄寓的情感,

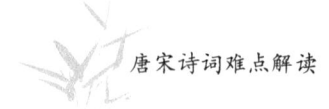

实在是解读文本的应有之义。

从悖理中看出合情来。悖理而合情，也是阅读中经常遇到的情况。所谓悖理合情，就是不符合客观事理、物理，而只符合主观之情理。简言之，合情不合理。在所有艺术家中，悖理表现最突出的当数诗人。诗家语只遵循诗人情感逻辑的轨迹滑行，因而时时逸出生活逻辑和理性逻辑，说出许多不合道理的话。古人不但不以为非，还把它视为诗趣的一个要素。苏轼说："诗以奇趣为宗，反常合道为趣。"（《书柳子厚渔翁诗》）"反常合道"即违反常规而符合情理。艺术的魅力常在于"意料之外，情理之中"，诗家语悖理正是"意料之外"的一种表现，悖理可以引人警觉，出奇制胜，发人深思，合情又可使悖理不致走向荒谬，回归"情理之中"。故有人把这种诗家语称为"真实的谎言""清醒的梦话与醉话"。遇到这种情况，不要为其悖理所困扰，而是从其人其情的角度加以理解。

这是一首闺怨诗，写的是少妇的幽怨。闺，女子卧室，借指女子。

这首诗的意思是说：春光明媚之日，一位闺阁少妇本无忧无虑，好好打扮一番之后兴高采烈登楼望景。本想愉悦身心，但一见到野外那青青杨柳、浓浓春意，顿生后悔之情：真不该让夫君为封侯而从军远征啊！

这里也有一个情态语：悔。一般的"闺怨"是既有的甚至是持久的；这里的"闺怨"却是"忽见"柳色而生的。悔，意味着情绪的变化，心理的转折。于是，我们不仅要看住这个"悔"字，还要探究其情绪变化的因由与脉络。

诗从"不知愁"入手，见得主人公天真烂漫的一面。但实际上，少妇而独守空房，总不免孤独寂寞，总会有思愁幽怨，但也许由于性格的原因，这种孤寂愁怨被埋在了心底，遮在了背后，她展现在人们面前大概是个"乐天派"：你看她，不仅有心思登楼望景，还有心思盛装打扮，是满心兴奋的。但一见陌头杨柳，顿生"悔"意，情绪一落千丈。这个情绪的转变是否有点突然？其实，这不突然而属必然。

446

杨柳，在中国的文化中，也在中国人的心理中，具有特殊的意蕴。柳，与"留"谐音，折柳送别已成民俗，在历代的诗文中歌咏不绝。而那青青的柳色，正是青春的象征，不免会撩起少妇的躁动之心。也许，想起她和她的夫君在"月上柳梢头"的时候曾"相约黄昏后"；也许，想起她和她的夫君"夜月一帘幽梦，春风十里柔情"的恩爱；也许，想起和她的夫君"楼前绿暗分携路，一丝柳，一寸柔情"的分别……瞬间的回忆与联想，把那积淀已久的孤寂愁怨激发出来，"悔教夫婿觅封侯！"什么千里侯万里侯，哪里比得夫妻一日相聚，一夜幽情！杨柳，在这不过是一媒介，少妇的情绪变化，看似突然，实则必然。

意译：
这位少妇性格开朗心如斗，
丈夫外出也从不苦脸皱眉头。
趁着明媚春光心气好，
打扮一番独自登上翠花楼。
路旁杨柳依依舞弄春情绪，
招得少妇春心如水起波皱：
当年真傻，竟然放郎从军去，
封侯万户，怎比夫妻长相守。

江南逢李龟年①

杜甫

岐王宅里寻常见，②崔九③堂前几度闻。
正是江南④好风景，落花时节又逢君。⑤

注释：

①李龟年：唐朝开元、天宝年间的著名乐师，擅长唱歌。因为受到皇帝唐玄宗的宠幸而红极一时。"安史之乱"后，李龟年流落江南，卖艺为生。

②岐王：唐玄宗李隆基的弟弟，名叫李范，以好学爱才著称，雅善音律。寻常：经常。

③崔九：崔涤，在兄弟中排行第九，中书令崔湜的弟弟。唐玄宗时，曾任殿中监，出入禁中，得玄宗宠幸。崔姓，是当时一家大姓，以此表明李龟年原来受赏识。

④江南：这里指今湖南省一带。

⑤落花时节：暮春，通常指农历三月。落花的寓意很多，人衰老飘零，社会的凋敝丧乱都在其中。君：指李龟年。

这几句诗，如果直白地翻译，不过是说：

当年在岐王宅里，常常见到你的演出；在崔九堂前，也曾多次欣赏你的艺术。没有想到，在这风景一派大好的江南，正是落花时节，能巧遇你这位老相熟。

就是这样一首看似平淡无奇的诗作，论者却说"少陵七绝，此为压卷"（蘅塘退士）；"此诗，余味深长，神韵独绝，虽王之涣之'黄河远上'，刘禹锡之'潮打空城'，群推绝唱者，不能过之。"（俞浅说）其"余味"何在？

"神韵"何存?

清黄生有一个分析:"一、二总藏一'歌'字。'江南'字见地,'落花时节'见时,四字将'好风景'三字衬润一层。'正是'字、'又'字紧醒前二句,明'岐宅''崔堂'听歌之时,无非'好风景'之时也。今风景不殊,而回思天宝之盛,已如隔世,流离异地,旧人相见,亦复何堪?无限深情,俱藏于数虚字之内。"

清何焯也说:"四句浑浑说去,而世运之盛衰,年华之迟暮,两人之流落,俱在言表。"

论者之言,都集中一个"情"字。言浅而意深,言简而意丰,这正是我们读这一类诗词特别要注意认真体会的。

此诗大概作于公元770年(大历五年,就是杜甫逝世的那年)杜甫在潭州(今长沙)的时候。安史之乱后,杜甫漂泊到江南一带,和同样流落的宫廷歌唱家李龟年重逢。李龟年是唐玄宗初年的著名歌手,常在贵族豪门歌唱。杜甫少年时才华卓著,常出入于岐王李隆范和中书监崔涤的门庭,得以欣赏李龟年的歌唱艺术。在一个"落花时节"重逢之际,诗人不禁回忆起当年出入豪门听歌赏艺的情景,那情景正是大唐盛世的一个象征,也是自己青春年华的美好记忆。

接着一转,"正是江南好风景,落花时节又逢君"。这个"又"字,包含着复杂的感情。一是"喜",与当年熟知的"歌星"有缘重逢,值得高兴;二是叹,当年相会,正值青春年华,浪漫豪情,而今重逢,垂垂老矣;三是悲,当年出入豪门,高歌兴会,大唐何其昌盛,而今流落江南,寄人篱下,国势何其衰颓!这里有年华盛衰,人情聚散,有世境离乱,时代沧桑。抚今追昔,简直是天上人间,恍如一梦。短短28字,刚开头却又煞了尾,却包含着非常丰富的社会生活内容,表达了时世凋零丧乱与人生凄凉飘零的深沉情感。

意译：

你我真是今生有奇缘，
在这花飞满天的时节，
又相逢在漂泊的江南。
回想听你美妙的歌唱，
青春年华，欢愉浪漫。
那可是在大唐的都城，
岐王宅里，崔九堂前。
雅座里多少王公贵胄，
一时间多少舞会歌筵。
如今的你我垂垂老矣，
大唐的辉煌化作灰烟。
要问我此时情何似，
请看那飘飞落花散。

滕王阁①诗

王勃

滕王高阁临江渚，②佩玉鸣鸾③罢歌舞。
画栋朝飞南浦④云，珠帘暮卷西山⑤雨。
闲云潭影日悠悠⑥，物换星移⑦几度秋。
阁中帝子⑧今何在？槛⑨外长江空自流。

注释：

①滕王阁：故址在今江西南昌赣江滨，江南三大名楼之一。

②江：指赣江。渚：江中小洲。

③佩玉鸣鸾：身上佩戴的玉饰、马车上的响铃。

④南浦：地名，在南昌市西南。浦：水边或河流入海的地方（多用于地名）。

⑤西山：南昌名胜，一名南昌山、厌原山、洪崖山。

⑥日悠悠：每日无拘无束地游荡。

⑦物换星移：形容时代的变迁、万物的更替。物：四季的景物。

⑧帝子：指滕王李元婴（630—684），唐高祖李渊第二十二子、唐太宗李世民之弟、唐高宗李治之叔。贞观年间，曾被封于滕州，故为滕王，后调任江南洪州（今江西南昌），修筑了著名的"滕王阁"，此阁因王勃一首"滕王阁序"为后人熟知。

⑨槛：栏杆。

滕王阁始建于唐永徽四年（653）。滕王李元婴出生于帝王之家，受到宫廷生活熏陶，"工书画，妙音律，喜蝴蝶，选芳渚游，乘青雀舸，极亭榭

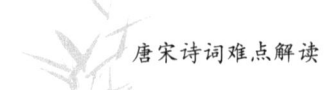

歌舞之盛(明陈文烛《重修滕王阁记》)"。据史书记载,永徽三年(652),李元婴迁苏州刺史,调任洪州都督时,从苏州带来一班歌舞乐伎,终日在都督府里盛宴歌舞。后来又临江建此楼阁为别居,实乃歌舞之地。李元婴也终由于骄纵失度、屡犯宪章又贬往隆州。后来阎伯玙任洪州牧,唐高宗上元三年(676)九月九日在阁上举行宴会,王勃省父途经洪州,适逢其会,并作了《滕王阁序》和这首诗,诗和序是连在一起的。

诗的首句从滕王阁落笔,绾住题目;二句从阁上的宴会落笔,叙写眼前。歌舞既罢,乃临槛赏景,于是有中间两联。画栋、珠帘,极写滕王阁建筑的豪华;朝云、暮雨,状写滕王阁视野的开阔。由空间的现实想到时间的变化,这就是颈联;由时间的变化想到滕王的命运,并由此发出感慨,抒发奋发立业的志趣,这就是尾联。全诗紧紧围绕滕王阁,由今天写到昨天,再由昨天回到今天;由人物(此时宴会的人物)写到景物,再由景物回到人物(已离开阁中的滕王),既表达了个人的追求,又蕴含了人生的教训。

解读诗文,有法可循。依法而行则清,无法而行则昏。我总结的解读法有:以文解文,以事解文,以理解文,以情解文。

一篇好的诗文是一个有机的整体,构成这个有机体的诸种因素之间有一种既互相制约又互相阐发的关系,我名之曰"诗文诸因互解律"。基于此种规律,要解读其中的某一词某一句,就可以在同文中找到根据,得到启示,这就是"以文解文"。《滕王阁序》与《滕王阁诗》是一个整体,序与诗之间存在着明显的互解关系(就像鲁迅《为了忘却的纪念》中"惯于长夜过春时"之诗与全文的关系一样)。比如,要把握这首诗的情感基调,是积极入世还是悲观厌世,从"序"中就可以找到明确的答案。所谓"孟尝高洁,空怀报国之心",说明当时的读书人确有失意者。但诗人并未因此而悲观绝望,"阮籍猖狂,岂效穷途之哭"!他认为,"失路之人"应该是"所赖君子安贫,达人知命。老当益壮,宁知白首之心;穷且益坚,不坠青云之志。酌贪泉而觉爽,处涸辙以犹欢。北海虽赊,扶摇可接;东隅已逝,桑榆未晚"

(《滕王阁序》)。

这正是初唐时知识分子普遍的心态,他们积极进取,渴望有所作为。

再说"以事解文"。就是根据作者当时的具体情况、作品产生的具体背景来解读诗文。比如有论者说《滕王阁诗》是"吊古"之作(聂文郁),或直言王勃作此诗时"滕王已经死去"(上海唐诗典 沈熙乾文),就不符合实际。王勃与滕王李元婴是同时代人。王勃大约逝世于唐高宗上元二年或三年(675—676),而李元婴死于唐睿宗文明元年(684)。也就是说,王勃去世的时候,滕王还活着。那么王勃写此诗时,其阁不能称为"古迹",其人也不能称为"古人","吊古"之说从何说起?还有,诸多论者说此诗写的是滕王阁的"冷落"(聂文郁、林庚),这更是匪夷所思。明明是诗人"路出名区","躬逢胜饯",其宴会"胜友如云","高朋满座"(《滕王阁序》),怎么能说阁中冷落、无人游赏呢?这又违背了"以文解文"的原则。

再说"以理解文"。读书不讲理,失之十万八千里。诸多论者都说诗人写的是滕王阁的悲凉冷落,抒发的是对命运的感伤(张碧波)。试想,当时是何等场合?是阎都督的雅会。在此高朋满座的热烈氛围下,悲凉、感伤,岂不是太煞风景,太悖人情事理?倘真是如此不通人情世故,诗人的大作恐怕也不会受到众人的首肯吧。

坚持正确的解读方法,有助于正确解读诗文,此诗只是一个例子。

意译:

大名鼎鼎滕王阁,
巍然矗立赣江旁。
佩玉铿锵銮铃响,
高阁顿作歌舞场。
轻歌曼舞情未尽,
满座高朋赋华章。

南浦俯瞰，西山遥望，
朝朝暮暮好景象。
时看白云萦画栋
又隔珠帘听雨唱。
白云悠悠水中影，
道是有常却无常。
物换星移人不觉，
青丝不在鬓上霜。
建阁滕王今何在？
我辈有志当自强。
阁外江水本无情，
日夜不息向东洋。

玉楼春

宋祁

东城渐觉风光好,縠皱波纹迎客棹。①绿杨烟外晓寒轻,红杏枝头春意闹。

浮生②长恨欢娱少,肯爱千金轻一笑。③为君持酒④劝斜阳,且向花间留晚照⑤。

注释：

①縠（hú）皱波纹：形容波纹细如皱纱。縠皱：即皱纱，有皱褶的纱。棹（zhào）：船桨，此代指船。

②浮生：指飘浮无定的短暂人生。语本《庄子·刻意》："其生若浮，其死若休。"

③肯爱：岂肯吝惜，即不吝惜。一笑：特指美人之笑。

④持酒：端起酒杯。

⑤晚照：指月亮。

因为一句"红杏枝头春意闹"，这首词颇为有名。大概也是因为太看重了这一句，人们往往忽略对全词的整体把握，忽略对其他语句的认真解读。

一般的解读是这样的：全词由"风光好"三字领起，然后"逐步展开"：首先看到了东风乍起，春波绿水，波面生纹，如细皱纱縠；然后是杨柳初醒，嫩黄浅碧，遥望一片轻烟薄舞；再望去杏花怒放，如喷火蒸霞。上阕写尽风光，下阕转出感慨。人生在世，欢娱很少，难得开口一笑，所以为此一掷千金也在所不惜。而词人不能令时间倒退，只能劝说斜阳，不要着急下山，留晚照于花间，来延长人生的欢娱。"岂恋物之作，实伤情之词也。"

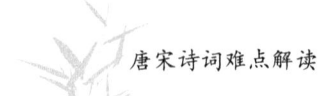

更有方家认为:这首词"上段写春天绚丽的景色确有独到之处,'闹'点染得极为生动。但是下段不能相称,用了一些陈词滥调,充满了追欢逐乐的庸俗情趣(胡云翼)"。艾志平文也说"上下片的景情是矛盾的","上下片是不相称的——即使单从艺术上说,也是这样(燕山典)"。

这样的解读,有不少含糊的地方,有许多值得探讨的地方。我们下面要从"关键词语的解读""句间关系的把握""段(片)间关系的领悟"三个层面加以讨论,并进而说说诗词解读的基本方略。

先说第一句的"渐觉"。一位老先生这样解释:"风光分明又有层次……首先就眼见那春波绿水……然后,看见了柳烟;然后,看见了杏火。""一个'渐'字,最为得神。"(上海唐宋辞典 周汝昌文)这就是说,眼前的风光像拉洋片一样一片又一片地展现在诗人眼前,或者说诗人在看景物时是"有计划有步骤分期分批"的,而不是一眼望去满眼风光;而且这就叫"富有层次感"。笔者以为这种说法不太合乎情理。要把眼前的风光写在纸面上,自然要有个先后有个层次,但这不等于诗人在生活中就是这样的去赏景——他也许第一眼就看到了如火如霞的杏花呢。假如一篇文章第一句就写道:"村外大树上吊着一个人!"你不能就认为这就是作者了解事件的"第一眼"。再说"渐觉"一语,意为"渐渐感到""逐渐觉得"。如果按上面的解释,似乎不应该用"渐觉",而应该用"渐见"。再说,"渐渐""逐渐",都表示一个过程,而且不是"一眨眼"就完成的过程。说一个人观赏眼前的(不是移步换景)风光还有个"逐渐"的过程,有点匪夷所思。笔者以为,"渐觉"一词确实不可轻轻放过:漫长的冬天好容易过去了,春天的脚步终于渐渐地走近了,眼前的风光真的是一天比一天更好了!这个"渐觉",暗含着等春盼春的急切心情,也透露出对眼前一片大好"风光"的庆幸和欣喜。其实,如果从"静态"的角度说,可以这样解读:"首先写……然后写……最后写……由水而树,由树而花,最后用一个'闹'字结住,这样有层次的把一片大好风光展现在读者面前。"

但这样解读仍是有问题的。这首先就涉及对句间关系的理解。第一句与后面三句是什么关系？是"总分"关系吗？后三句之间又是什么关系？是"并列"关系吗？如果看成"总分""并列"，则是单纯的静态的景物描写（当然蕴含着作者的情感）。在这样的景物描写之后，怎么一下子就从"晓寒"时分跳到下片的"斜阳"景象，而且生出那样的感慨和那样的愿望？还有"为君"二字，"君"指何人？"君"从何来？诸多解读对此都含糊其辞或视而不见。这又涉及上下片之间的关联。诗词的语言不仅是形象、含蓄的，而且常常是跳脱的。要突破其含蓄，连缀其跳脱，就必须把作品看成一个有机整体，必须顾及各个层面的关联、关系。

我们体会，这不是静态的描写，更不是单纯的景物描写。这里有人物和人物的活动；"迎客棹"不是动宾结构的"迎接客棹"，而是偏正结构的"迎客"之"棹"；"绿杨""红杏"，作为传统意象，在这里也不是单纯的赋，而是"赋兼比兴"。以上算是"以理解文"兼"以情解文"。

说到这里，就不能不说说当时的社会、经济、文化状况。这是"以事解文"。

宋代立国之初，宋太祖曾经号召大家"多积金、市田宅以遗子孙，歌儿舞女以终天年"（见《宋史·石守信列传》）。而这一政治导向正逢宋代商业大潮的勃兴，加之宋代大城市人口集中、不禁夜市、消费意识浓烈，极大地刺激了娱乐业的繁荣。当时的东京开封已是"人烟浩穰，添十数万众不加多，减之不觉少。所谓花阵酒池，香山药海。别有幽坊小巷，燕馆歌楼，举以万数（宋孟元老：《东京梦华录·民俗》卷五）"。而娱乐场所则蓄养着大量的歌妓（伎）舞女，她们的顾客很多都是宋代的士大夫。宋代的词人们可以说几乎都接触过她们。一方面，他们平时消遣就离不开歌伎舞女，或者家里养一批，或者饮宴叫一批。另一方面，当时的"冶游"风气也极盛。宋代的"冶游"方式多种多样，而"携伎游湖"是常见的方式之一。

据清代褚人获的笔记名著《坚瓠首集》卷二"销金锅"条说："西湖之

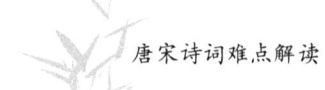

盛,起于唐,至南宋建都,游人仕女,画舫笙歌,日费万金,目为销金锅。"其娱乐消费之巨,由此可见。

证之以诗词,欧阳修《采桑子》中就有这样的描写:"画船载酒西湖好,急管繁弦,玉盏催传,稳泛平波任醉眠。"而"冶游"不止于白昼,刘子翚《汴京纪事》诗也有直接的记载:"梁园歌舞足风流,美酒如刀解断愁。忆得少年多乐事,夜深灯火上樊楼。"绮筵、佳人、词客,是当时文化娱乐的真谛所在;歌舞、美酒、夜深的灯火,是汴京当时文人墨客的夜生活的真实写照。

由此不难理解和想象,宋祁《玉楼春》实际上写的是一次"夜以继日""日费万金"的"冶游"活动:熬过了漫长的冬季,春天的风光日见美好,诗人邀集几位亲朋文友,来到湖边。只见绿水微波,游人如织。水面上花船游动,招呼着岸边的客人。诗人与他的朋友上了一花船,船上有美酒佳肴,更有歌伎舞女。一天的"冶游"开始了。船在水面滑动着,诗人们饮酒听歌,或许还即兴填词,交歌女演唱。时或从船头向岸上望去,远处绿杨如烟,而在绿杨的背景下,一株杏树,花红如火,格外耀眼。那绿杨深处,正是歌楼妓馆的所在,在这春光明媚的日子,人们纷纷出游,那楼馆该是有些冷清了吧?而在诗人们面前,美女如花,才富艺佳,或歌或舞,热烈繁华,好不"闹"也。在这样的享受中,不知不觉,一天的时光过去了,"晓寒"早已消失,"斜阳"正在西下。然而,诗人们游兴未尽,还要"夜以继日"呢——于是过渡到下片:才有了那样的感慨,才有了那样的愿望。

——根据下片的"肯爱千金轻一笑",我们知道诗人已经有了"千金买笑"的"欢愉",而那"笑"自然是歌伎舞女提供的;根据下片"为君持酒劝斜阳",我们知道诗人不是一人独游,而是有"君"(朋友)在,也知道他们是从"晓寒"时分一直"欢愉"到了"斜阳"西下。这就是以下解上的"以文解文"。

要证明这样的理解和想象不谬,还得补充一点考证。

以花柳比喻女子,特别是歌伎舞女,在古诗词中是常见的——《汉语大词典》已经列为"义项"。且看诗词的例子。

冯延巳《鹊踏枝》："百草千华寒食路,香车系在谁家树?""华"同"花"。此以闲花野草比喻妓女。这还是泛用"花草"为喻。晏几道《木兰花》："墙头丹杏雨余花,门外绿杨风后絮。"清黄蓼园中说:"言墙内之人,如雨余之花;门外行踪,如风后之絮。"这就是直接用"丹杏""绿杨"来比喻才子佳人了。

"杨柳"还经常与恋情幽会的活动、歌楼妓馆的所在相关,因而就成为佳人情侣、歌楼妓馆的象征。

欧阳修《圣无忧》："珠帘卷,暮云愁。垂杨暗锁青楼。"

晏几道《浣溪纱》："户外绿杨春系马,床前红烛夜呼卢。相逢还解有情无。"

苏轼《点绛唇》："红杏飘香,柳含烟翠拖轻缕。"

贺铸《减字浣溪沙》："楼角初销一缕霞,淡黄杨柳暗栖鸦。玉人和月摘梅花。"

正是根据当时社会文化的大背景,根据当时的"语境"特征,我们说宋祁这里的"绿杨""红杏"并非单纯的写景,而是"赋兼比兴"。宋祁由此而得"红杏枝头春意闹尚书"的雅号,并非单是由于词巧景美,更主要的是因为这是一个"冶游欢娱"的隐喻。在那个时候,士大夫进"花院"吃"花酒"坐"花船",不是可羞可耻之事,而是一种生活的"常态",甚至是"高雅""优裕"的表征。人们称宋祁"红杏枝头春意闹尚书",主要不是称赞他的文学才华,更多的是一种幽默,一种优雅的调侃。

何以见得是"夜以继日"呢?还得讲"理",还得说"情"。且看词的最后两句。"为君持酒劝斜阳"——"劝斜阳"是动宾结构吗?看成动宾结构,有了拟人色彩,确实有一种审美的效应。但以理以情揆之,似乎并不符合诗人本意。从"晓寒"到"斜阳",已是一整个白昼,即使真的"劝住斜阳",又能延时几何?诗人追求的绝非这傍晚的片刻,他要"夜以继日"(当然也不放过这傍晚的片刻)！"劝斜阳"，实际是"劝于斜阳"（述补结构）之省：在斜阳西下之际，诗人端起酒杯，要他的朋友不要散去，"且向花间留晚照"——我们要等待明月东升，继续在这歌儿舞女间尽享欢愉。——这个"花间"，还与上片的"红杏""绿杨"隐隐地呼应着呢。

看似"动宾结构"而实为"述补结构"，是古诗词语言常见的现象。而"晚照"在这里不是指"夕阳"也不是指"夕阳的余晖"，而是指"月亮"。《汉语大词典》在"晚照"下立一义项：指月亮，而以苏辙《和韩宗弼暴雨》"晚照上东轩，清风袭虚庑"为例。我们再列举几例：

苏轼《菩萨蛮》(回文诗)："闲照晚妆残，残妆晚照闲。"——既是"残妆"，当是夜间，"晚照"当指月亮。

吴文英《玉楼春》："天边金镜不须磨，长与妆楼悬晚照。"——"金镜"指月亮，"晚照"自当指月光。

李清照《木兰花令》："金樽莫诉连壶倒。卷起重帘留晚照。"——白昼饮之不足，还要卷起重帘，待月起而继之，"晚照"亦当指月亮。

如此这般，我们对宋祁的这一首《玉楼春》做了与前人有诸多不相同的解读。

总结这个解读过程，主要之点在于：我们强调阅读的整体观，不仅要关注句间关系，段间关系，还要知人论世，关注作品与作者，作者与时代（时代的经济文化状况是具体作品的大语境）的联系。在整体观的引导下，通过句与句之间的联系、段与段之间的联系、作品与时代的联系，把握作品的脉络和主旨，解读作品中的重要词语；这就有许多具体的解读方法，诸如以文解文、以事解文、以理解文、以情解文，等等。这就是我们要说的"解读方略"。

意译：

郊野的风光一天比一天明朗，
冬日的严寒终于抵不住春日的暖阳。
好啊！约上几个朋友去郊游，
只见一湖春水，粼粼波光。
湖面上早有待客的画船，
船头的歌儿舞女都是花一般的靓妆。
这里聚集了太多的狂男浪女，
该是冷落了那杨柳荫下的街巷。
请看那枝头火一般的红杏，
多么像这画船上的姑娘。
（悠然听歌，频频举觞，随船漂荡，
歌喉甜蜜，腰肢婉转，总是笑模样，
飘动的舞裙把游人带到仙乡洞府，
斟酒的素手都散发着温馨的花香。）
人生如梦，最遗憾的是欢娱无常，
一笑千金，享艳福哪怕倾尽锦囊！
唉，转眼间朝日变成了夕阳，
游兴未尽，怎能就这样各自归乡？
举酒干杯，请诸位静听我讲：
让我们美酒细斟，佳果慢尝，
等待那一轮明月高高升起，
再与那美艳娇娃放浪一场！

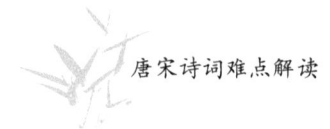

定风波

苏轼

三月七日沙湖道中遇雨。雨具先去,同行皆狼狈,余独不觉。已而遂晴,故作此词。

莫听穿林打叶声,何妨吟啸①且徐行。竹杖芒鞋②轻胜马,谁怕③,一蓑④烟雨任平生。

料峭⑤春风吹酒醒,微冷,山头斜照⑥却相迎。回首向来萧瑟处,⑦归去,也无风雨也无晴。

注释:

①吟啸:放声吟咏。

②芒鞋:草鞋。

③谁怕:怕什么,有什么可怕的。

④蓑(suō):蓑衣,用棕制成的雨披。

⑤料峭:微寒的样子。

⑥斜照:偏西的阳光。

⑦向来:方才。萧瑟:风雨吹打树叶声。

苏轼的这首《定风波》,历来为人称道。在选入中学语文教材之后,更是引人注目,研究者、讲析者无可计数,但在笔者看来,有些问题仍有进一步研讨的必要。而这研讨,仍需遵循"整体把握"的原则,仍需运用"以文解文"等文本解读的思路与方法。

作为中学语文教学的"教材",我们不能像陶渊明那样"不求甚解",也不能像诸葛孔明那样"观其大略",而必须像朱熹提倡的那样"从容咀嚼"。

莫听穿林打叶声，何妨吟啸且徐行。

这个"莫"字该怎么讲？是"不"？是"不要"？前者表示否定，后者表示"禁止或希望"。取前者，仅仅表达一种决然的态度；而取后者，则显示着一种微妙的心理。道中遇雨，而"雨具先去"，这是出乎意料的遭遇。在此情况下，任何人都必须做出选择：怎么办？"同行皆狼狈，余独不觉。"突遇"穿林打叶"之急雨而"不觉"，不是麻木，不是装傻，而是一种"选择"。选择，就是一个心理过程——尽管可能只是瞬间的过程，也终究是过程。这个过程的表现就是"莫听——何妨——"。

莫，当取其"禁止或希望"义时，是对他人而言，还是对自己而言？多是对他人而言。如"莫负花溪纵赏，何妨药市微行。"（苏轼《河满子·湖州作，寄益守冯当世》）"邻里有异趣，何妨倾盖新。殊方君莫厌，数面自成亲。"（苏轼《和王巩六首并次韵》）但有时也用于对自己——对自己提希望，给自己以警戒，等等。韦庄《菩萨蛮》之"未老莫还乡，还乡须断肠"，岳飞《满江红》之"莫等闲白了少年头，空悲切"，其中之"莫"就都是对自己而言的。苏轼此处之"莫"也是对自己说的，是对自己提希望与告诫，也是给自己以劝慰与鼓励。

"不听"，是否定一条道路。不走此路，必选他路，"何妨"一句就是正面的选择。说"何妨"，其前提一般是"有妨"；在"有妨"的情况下做出的选择，总多少有些"不得已而为之"的色彩。"莫将牛弩射羊群，卧治何妨昼掩门。"（苏轼《次韵钱越州见寄》）"河梁会作看云别，诗社何妨载酒从。"（苏轼《次前韵答马忠玉》）"使君置酒莫相违，守舍何妨独掩扉。"（苏轼《上元夜过赴儋守召独坐有感·戊寅岁》）"相与啮毡持汉节，何妨振履出商音。"（苏轼《次韵郑介夫二首》）都不是主动出击，而是被动退守，既来之，则安之，在泰然、潇洒的背后，总有几分无奈，甚至有几分痛楚。急雨"穿林打叶"，本不是"吟啸徐行"的适当时机，但与其"狼狈"不堪，不如"吟啸徐行"啊！人教版高中语文《教师教学用书》（第 4 册）说："面对风雨，

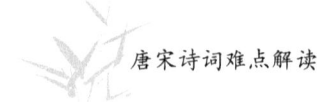

不惊恐,不逃避,不哀伤,泰然处之,潇洒从容,这才是苏轼最具魅力的人格光辉。"笔者以为,不能被这"光辉"映花了眼,而忽略了苏轼内心的另一面。否则,谬攀知己,东坡先生未必高兴。

竹杖芒鞋轻胜马,

竹杖芒鞋,平民之穿用,代表(象征)着一种平民的身份与生活,这一点无须赘言。而"轻胜马"三字还有多说几句的必要。"竹杖芒鞋"既是一种身份与生活的代表,与之对言的"马"自然也是一种身份与生活的代表,那就是"官员"的身份与生活——军旅生活,富家子弟,也常常与"马"相关,但这与苏轼的生平都不相干。

古时一旦获得官职,就要"走马上任",从此就与"马"(官马)建立了稳固的联系。

"先志承颜善养亲,束装骑马试为臣。"(苏辙《送毛滂斋郎》)——"为臣"可以骑马,也必须骑马。

"如今老大骑官马,羞向关西道姓杨。"(杨汝士《题画山水》)——"老大骑官马",因为老大才得官,不免惭愧之情。

"自从官马送还官,行路难行涩如棘。""东家蹇驴许借我,泥滑不敢骑朝天。"(杜甫《逼仄行赠毕曜》)——一旦失去"官马",连"朝天"都不敢了。

从"马"的肥瘦还可以看出官员的官品。"曾宰西畿县,三年马不肥。"(贾岛《送邹明府游灵武》)——马瘦,可以成为官员清廉的象征。

"世味年来薄似纱,谁令骑马客京华?"(陆游《临安春雨初霁》)——写世情淡薄,悔不该出来做官,"骑马"就是做官的代称。

"软草平莎过雨新,轻沙走马路无尘,何时收拾耦耕身?"(苏轼《浣溪沙》)——这里的"走马"就是官员"下乡视察",他一边赞赏田园风景,一边就神往"耦耕"的生活了。

在苏轼的心里,当官"走马"固是人生的一份责任,但"耦耕"生活却来得更为轻松爽快。这也就是"竹杖芒鞋轻胜马"的"轻"字之来由。联系上句看，这一句与上句构成递进关系：既然突遇风雨而无雨具，何不既来之则安之，来个吟啸徐行！何况现在是无官一身轻，更无须狼狈，无须怨尤！

谁怕？一蓑烟雨任平生。

这里有好几层意思需要研讨。这里所说的"谁"指的是什么？"谁怕"这两个字在结构上有怎样的作用？"烟雨"就是"风雨"吗？人教版《教师教学用书》（第4册）引沈天佑赏析之文说："'谁怕？一蓑烟雨任平生。'这是个不同凡响的惊人之笔！它画龙点睛般地表现出了作者的胸怀、抱负，体现了全词的中心思想。这句从字面上解释，无非是说，'怕什么呢，自己的一生就是披着蓑衣在风雨之中过来的，对此我早就习以为常、处之泰然了。'任平生'三字是指平生饱经风雨，早已听其自然的意思。当然，这里的'风雨'，不仅是指自然界的风雨，更重要的是指政治上的风雨。"这段话的意思是，所谓"不怕"，是不怕"风雨"；"一蓑烟雨"之"烟雨"等同于"风雨"；"一蓑烟雨任平生"指的是既往的生活际遇；这里表现的是"作者的胸怀、抱负"。笔者以为，这种解读是猴子吃麻花——满拧。

"谁怕"之问，是承接"竹杖芒鞋轻胜马"而来的，既然"轻胜马"，这"竹杖芒鞋"的生活又有什么可怕的呢？就让我披一袭蓑衣，在烟雨中度过一生吧！这是苏轼从眼前之遇而生出的感想，它隐含着"现在"，更预想着未来，而绝不是回顾着既往。

苏轼科中后，除丁忧故里，一直在京城为官。直到王安石变法，因为意见不合，自请外放，在杭州待了三年，任满后，被调往密州、徐州、湖州等地，任知州。这样持续了大概十年，这才遇到了生平第一祸事，就是所谓"乌台诗案"。——说苏轼对政治的风雨"早就习以为常"，是连苏轼基本的生平际遇都没有搞清楚的超时空"鉴赏"。苏轼坐牢一百零三天，几被砍头，幸逃一劫，降职为黄州团练副使，虽有官衔，形同监管犯人。他不仅精神遭到极大打击，物质生活也陷入困境，不得不带领家人开垦荒地，

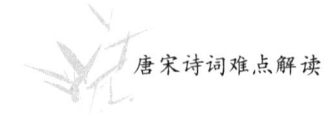

种田帮补生计。达则兼济天下，穷则独善其身。这时的苏轼，深感"致君尧舜"（《沁园春·孤馆灯青》）的理想无法实现，于是转而"独善其身"——"一蓑烟雨任平生"——就去过躬耕垂钓的归隐生活吧。

烟雨，是像烟雾一样的细雨，绝不同于"穿林打叶"的风雨。"蓑衣"，则是躬耕放牧、垂钓水滨生活的象征。《诗·小雅·无羊》："尔牧来思，何蓑何笠。"张志和《渔歌子》词："青箬笠，绿蓑衣，斜风细雨不须归。"柳宗元《江雪》诗："孤舟蓑笠翁，独钓寒江雪。"苏轼《浣溪沙》诗："自庇一身青箬笠，相随到处绿蓑衣，斜风细雨不须归。"而实际上，苏轼终其一生都没有真的去过"一蓑烟雨"的生活。这里所说，不过是一种"想法"，或者说是一种"心情"。而这种"想法"或"心情"是不得已而求其次，说其旷达，想得开，还可以，而绝不是什么积极的"胸怀、抱负"，更谈不上什么"豪放"。

料峭春风吹酒醒，微冷，山头斜照却相迎。回首向来萧瑟处，归去，也无风雨也无晴。

这里特别需要研究的是"归去，也无风雨也无晴"一句。我们先来介绍几家有代表性的解析。

"他回首望一望那风吹雨打过的萧瑟树林，乃徐徐归去，一路上再也没有一丝风、一滴雨，但他却感觉不出天是否晴了……词的小序说'已而遂晴'，而这里说'也无风雨也无晴'，表面看来不可理解，然而细细品味，则会见出词人超然而坦荡的心境……此时，晴与非晴，他都毫不顾忌，他已超越了悲与乐、愁与欢的界限，心灵在'淡然无忧乐'中摆脱了外物的束缚……"（叶主编新释）

"'回去，对我来说既没有晴天也没有雨天。'也即无所谓晴天、雨天。意思是晴天也好，雨天也好，对我来说都是无所谓的。这样就同前面的'谁怕？一蓑烟雨任平生'是前后呼应的，通过这种写法进一步强调了自己的心胸、志向以及人生的态度，从而作者的个性也就表现得更鲜明了。"（人

教版高中语文《教师教学用书》第 4 册引沈天佑文）

"无风雨，则盼晴、喜晴的心事也没有了，这便是'也无风雨也无晴'的真谛。如何得到政治上'也无风雨也无晴'的境界？是'归去'！这个词汇从陶渊明'归去来兮'取来，照应上文'一蓑烟雨任平生'。在江湖上，即使烟雨迷蒙，比他宦途的风雨好多了。"（上海唐宋辞典 陈长明文）

译文：这趟行程，对我来说实在是既没有风雨，也没有晴啊！

赏析：故末句语同佛家参禅，字字机锋，本无风雨，何来晴啊！利害得失，正可一并泯灭。（蔡义江）

苏轼所说的"归去"是什么意思？这里提供了三种理解：一指"归去"的路上，叶编持此说；沈文含糊，似乎也是指"路上"。二指行程结束，回到住处，蔡文应是此意。三指归隐江湖，陈文明确阐明此意。说"徐徐归去，一路上再也没有一丝风、一滴雨，但他却感觉不出天是否晴了"。前面明明感知着风雨、阴晴的变化，到这里突然"感觉不出"了，这变化太突然，太没有来由，无论怎样解释也嫌牵强。说归隐江湖，则上片结句已说"一蓑烟雨任平生"，岂不是无谓的重叠？看来还是蔡说最为稳妥：先经历风雨，又喜见"山头斜照"，一天的行程结束了，回到住处，这一切都烟飞云散，了无牵挂，在心里"也无风雨也无晴"了！

这"也无风雨也无晴"到底该怎样解读？我们说是一天的行程结束了，回到住处，这一切都烟飞云散，在心里"也无风雨也无晴"了！"在心里"几个字很重要，这只是一种心情，一种精神状态。说是"超越了悲与乐、愁与欢的界限，心灵在'淡然无忧乐'中摆脱了外物的束缚"，大体不错。但他是怎么"超越"、怎么"摆脱外物的束缚"的呢？蔡说"末句语同佛家参禅"，道破了其中奥妙。

"凡所有象，皆是虚妄。应无所住，而生其心。"（《金刚经》）在佛教看来，"万法惟心所现"，世界的一切物象皆是心所幻化而出的。如果心静，世界自然清静。其实世界万物并没有什么区别，只是我们有了分别心才有了世界万象。如果我们内心进入到了无差别的境界，世界万物哪有什么分别呢？因此佛教劝人"无所住""无执"，一切都不要执着，不要被外物所系缚。成功也好，失败也好，都不要太在乎，所谓"宠辱不惊"。苏轼在这里进入的正是这样一种境界，表达的正是这样一种哲理：所谓风雨，所谓阴晴，不过是人心中的幻象而已，完全不必记挂于心。——当然，你说苏轼在这里有对人生对政治的感悟，也未尝不可。

最后，还要讨论两片之间的关系。从写实的角度看，上片写风雨，下片写晴阳，是时间的衔接，天气的变化，这没有什么问题。但上下两片本身都是由实而虚的写法：由天气状况引发感想，进入精神的境界。一般论者，都把上下两片的结句看作同一的境界（即把"烟雨"等同于"风雨"），还说什么"呼应""照应"之类（见上引沈文、陈文）。什么"呼应""照应"，不就是换言重叠吗？果真如此，则此词的思想内涵、艺术水平就大打折扣了。而且，"一蓑烟雨任平生"，只是"独善其身"而已，只要有条件，还是要"兼善天下"的——并没有摆脱儒家的"执着"；"也无风雨也无晴"，则是完全的"看破"，一切的虚无，已是佛家的境界了：在字面上也可以看出不是什么"呼应""照应"，而是变化，或者叫"升华"。

我们常说，苏轼的思想出入儒道，杂染佛禅，既能关注朝政民生，保持独立的见解，又能随缘自适，达观处世，这首词就有了充分的体现。不过，这首词确实只表现了其"随缘自适，达观处世"的一面，至于什么"豪放"、什么"积极向上"之类，我辈实在看不出来。

意译：
风疾雨骤，同行纷纷狼狈样。
管它打得枝残叶败，我自徐行吟唱。
拄一根竹杖，踏一双草鞋，
心底轻松，远胜官服一身在马上。

失去官位有什么遗憾,
烟雨中披蓑垂钓正是我终生的向往。

春风料峭,吹得我酒消神爽。
刚刚有些寒意袭来,
山头那边却迎来温暖的夕阳。
思谋着一路的风雨阴晴,
终于回到栖身的草房。
最妙是,心里无风无雨无阴晴,
了无牵挂入帝乡。

参考书目

陈殊原：《王维》，五洲传播出版社2005年版。

陈衍选编，沙灵娜、陈振寰注译：《宋诗精华录全译》，贵州人民出版社2000年版。

陈增杰：《唐人律诗笺注集评》，浙江古籍出版社2003年版。

程千帆、沈祖棻选注：《古诗今选》，凤凰出版社2010年版。

丰涛：《豪放词》，吉林摄影出版社2003年版。

复旦大学古典文学教研组：《李白诗选》，人民文学出版社1961年版。

傅德岷、卢晋主编：《唐宋诗鉴赏辞典》，湖北辞书出版社2005年版。

葛晓音：《唐诗宋词十五讲》，北京大学出版社2003年版。

顾青：《唐诗三百首名家集评本》，中华书局2005年版。

郭伯勋编著：《宋词三百首详析》，中华书局2005年版。

韩兆琦：《唐诗选注集评》，商务印书馆2003年版。

贺新辉主编：《全宋词鉴赏辞典》，中州古籍出版社2006年版。（书中简称为"贺编典"）

贺新辉主编：《宋词鉴赏辞典》，北京燕山出版社1987年版。（书中简称为"燕山典"）

蘅塘退士编，陈婉俊补注：《唐诗三百首》，中华书局1959年版。

胡云翼：《宋词选》，华东师范大学出版社2004年版。

黄世中：《李商隐诗选》，中华书局 2005 年版。

霍松林主编，沈文凡、李博昊著：《名家讲解唐诗三百首》，长春出版社 2008 年版。

金圣叹：《选批唐诗六百首》，北京出版社 1989 年版。

金性尧：《宋诗三百首》，陕西师范大学出版社 2010 年版。

金用：《唐宋诗词三百首》，巴蜀书社 1991 年版。

李霁野：《唐宋词启蒙》，北京出版社 2016 年版。

李梦生：《宋诗三百首全解》，复旦大学出版社 2013 年版。

林庚、冯沅君主编：《中国历代诗歌选》（上编），人民文学出版社 1964 年版。

刘学锴主编：《唐诗选注评鉴》，中州古籍出版社 2013 年版。（书中简称为"刘评本"）

刘永济：《唐人绝句精华》，武汉大学出版社 2013 年版。

刘永济：《唐五代两宋词简析》，中华书局 2007 年版。

马茂元、赵昌平：《唐诗三百首新编》，岳麓书社 1992 年版。

马茂元：《唐诗选》，人民文学出版社 1958 年版。

闵泽平：《宋词二十讲》，新世界出版社 2005 年版。

聂文郁：《王勃诗解》，青海人民出版社 1980 年版。

彭漪涟：《古诗词中的逻辑》，北京大学出版社 2005 年版。

钱锺书：《宋诗选注》，三联书店 2002 年版。

上彊邨民编，蔡义江解：《宋词三百首全解》（第二版），复旦大学出版社 2009 年版。

上彊邨民编，李之亮译注：《白话宋词三百首》，岳麓书社 2005 年版。

沈祖棻：《宋词赏析》，北京出版社 2016 年版。

沈祖棻：《唐人七绝诗浅释》，中华书局 2008 年版。

施蛰存：《唐诗百话》，陕西师范大学出版公司 2014 年版。

唐圭璋：《词学论丛·屈原与李后主》，上海古籍出版社 1986 年版。（书中简称为"唐论丛"）

唐圭璋：《宋词三百首笺注》，中华书局 1985 年版。（书中简称为"唐笺注"）

唐圭璋:《唐宋词简释》,上海古籍出版社。(书中简称为"唐简释")

王国维:《人间词话》,上海古籍出版社 2009 年版。

魏耕原:《唐诗词语考释》,商务印书馆 2006 年版。

吴明企:《李贺集》,商务印书馆 2007 年版。

吴小如:《古典诗词札丛》,天津古籍出版社 2004 年版。

吴熊和主编:《唐宋词汇评》,浙江教育出版社 2004 年版。(书中简称为"吴汇本")

西渡编:《名家读唐宋词》,中国计划出版社 2005 年版。

夏承焘:《唐宋词欣赏》,北京出版社 2011 年版。

萧涤非:《杜甫研究》,齐鲁书社 1980 年版

萧涤非等著:《唐诗鉴赏辞典》,上海辞书出版社 1983 年版。(书中简称为"上海唐诗典")

徐玉民、赵慧文:《历代名家词赏析》,北京出版社 1982 年版。

徐玉民:《唐五代词评析》,山西人民出版社 1987 年版。

徐仁甫:《广释词》,四川人民出版社 1981 年版。

薛砺若:《宋词通论》,江苏文艺出版社 2008 年版。

刘文蔚编选,杨叶荣新注:《唐诗合选》,广西人民出版社 1986 年版。

叶嘉莹:《迦陵论词丛稿》,北京大学出版社 2008 年版。(书中简称为"叶论词")

叶嘉莹:《南宋名家词选讲》,北京大学出版社 2007 年版。(书中简称为"叶选讲")

叶嘉莹:《说陶渊明饮酒及拟古诗》,中华书局 2007 年版。(书中简称为"叶说陶")

叶嘉莹:《唐宋名家词赏析》,南开大学出版社 2006 年版。(书中简称为"叶赏词")

叶嘉莹:《叶嘉莹说诗讲稿》,北京大学出版社 2008 年版。(书中简称为"叶说诗")

叶嘉莹主编:《历代名家词新释集评丛书》,中国书店 2001 年版。(书中简称为"叶主编新释")

于丹:《重温最美的古诗词》,北京联合出版公司 2012 年版。

俞陛云:《诗境浅说》,文津出版社 2017 年版。(书中简称为"俞浅说")

俞陛云:《唐五代两宋词选释》,上海古籍出版社 2011 年版。(书中简称为"俞选释")

喻守真编著：《唐诗三百首详析》，中华书局1957年版。
袁行霈主编：《历代名篇赏析集成》，高等教育出版社2009年版。
詹锳等：《李白诗选译》，巴蜀书社1991年版。
张碧波、邹尊兴编著：《新编唐诗三百首译释》，黑龙江人民出版社1984年版。
张燕瑾：《唐诗选析》，天津人民出版社1979年版。
张忠纲：《杜甫诗选》，中华书局2009年版。
中国社会科学院文学研究所编：《唐宋词选》，人民文学出版社2007年版。
周振甫：《诗词例话》，中国青年出版社2006年版。
朱东润主编：《中国历代文学作品选》，上海古籍出版社2002年版。
诸葛山人编译：《唐诗鉴赏辞典》，延边人民出版社2006年版。
缪钺等：《宋诗鉴赏辞典》，上海辞书出版社1987年版。（书中简称为"上海宋诗典"）
周汝昌等：《唐宋词鉴赏辞典》，上海辞书出版社1988年版。（书中简称为"上海唐宋辞典"）

以下著述转引自陈增杰《唐人律诗笺注集评》

（宋）王彦辅：《麈史》
（宋）罗大经：《鹤林玉露》
（明）王嗣奭：《杜臆》
（明）李东阳：《麓堂诗话》
（明）胡震亨：《杜诗通》
（明）黄周星：《唐诗快》
（明）胡应麟：《诗薮》
（明）王穉登：《唐诗选参评》
（明）王嗣奭：《杜臆》
（明）廖文炳：《唐诗鼓吹注解》
（清）浦起龙：《读杜心解》
（清）顾安：《唐律消夏录》

（清）屈复：《唐诗成法》

（清）仇兆鳌：《杜诗详注》

（清）黄叔灿：《唐诗笺注》

（清）王夫之：《唐诗评选》

（清）胡以梅：《唐诗贯珠笺》

（清）杨伦：《杜诗镜铨》

（清）徐增：《而庵说唐诗》

（清）王尧衢：《古唐诗合解》

（清）杨逢春：《唐诗绎》

（清）黄生：《杜诗说》《唐诗摘钞》

（清）姚培谦：《李义山集笺注》

（清）赵臣瑗：《山满楼笺注唐诗七言律》

（清）吴乔：《义门读书记》

（清）纪昀：《瀛奎律髓勘误》

高步瀛：《唐宋诗举要》

以下著述转引自刘学锴《唐诗选注评鉴》

（宋）刘辰翁：《唐诗品汇》《盛唐诗评》

（明）胡震亨：《唐音癸签》

（明）周敬：《删补唐诗选脉笺释会通评林》

（明）顾璘：《批点唐音》

（清）黄淳耀、黎简：《李长吉集》

（清）沈德潜：《重订唐诗别裁集》

（清）王琦：《李长吉歌诗汇解》

（清）黄生：《唐诗摘钞》

（清）朱之荆：《增订唐诗摘钞》

（清）沈德潜：《唐诗别裁集》

（清）李锳：《诗法易简录》

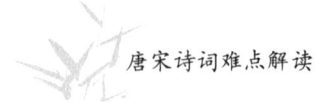

（清）施补华：《岘佣说诗》

（清）吴昌祺：《删订唐诗解》

（清）何焯：《义门读书记》

以下著述转引自顾青《唐诗三百首名家集评本》

（宋）黄彻：《䂬溪诗话》

（宋）谢枋得：《唐诗品汇》

（明）唐汝询：《唐诗解》

（明）桂天祥：《批点唐诗正声》

（明）朱谏：《李诗选注》

（清）沈德潜：《唐诗别裁集》

（清）沈德潜：《唐诗别裁》

（清）施补华：《岘佣说诗》

（清）黄叔灿：《唐诗笺注》

以下著述转引自唐圭璋《宋词三百首笺注》

（清）黄蓼园：《蓼园词评》

（清）陈廷焯《白雨斋词话》

（清）陈廷焯《云韶集》

罗大经：《鹤林玉露》

以下著述转引自韩兆琦《唐诗选注集评》

（明）顾璘：《唐五律诗精评》

（清）钱谦益：《钱注唐诗》

（清）章燮：《唐诗三百首注疏》

刘咸炘：《李太白集校注》